1026

1026

개정판 1쇄 발행 | 2024년 3월 30일

지은이 김진명
발행인 한명선

책임편집 김수경
제작총괄 박미실
디자인 모리스

주소 서울시 종로구 평창길 329(우편번호 03003)
문의전화 02-394-1037(편집) 02-394-1047(마케팅)
팩스 02-394-1029
전자우편 saeum2go@hanmail.net
블로그 blog.naver.com/saeumpub
페이스북 facebook.com/saeumbooks
인스타그램 instagram.com/saeumbooks

발행처 (주)새움출판사
출판등록 1998년 8월 28일(제10-1633호)

ⓒ 김진명, 2024
ISBN 979-11-7080-046-0

한국 현대사의 가장 미스터리한 하루, 10월 26일

1026

김진명
장편소설

새움

차례

작가의 말

　《한반도》라는 제목으로 이 소설을 발표할 당시 대한민국의 대통령은 김대중이었다. 남북 정상회담을 예언했던 이 소설이 발표된 이듬해 실제로 역사적인 회담이 이루어졌고 그로부터 두 번의 정권교체가 있었다. 소설을 발표한 후 10년이 흐른 지금 그분은 서거했고 햇볕정책은 폐기됐다. 이 소설은 이러한 상황 속에서 다시금 개정판을 내게 되었다. 10·26이라는 소재와 역사적 사실만 살아 있을 뿐 거의 새 책에 다름 아닐 만큼 손을 많이 봤다. 그러나 강산도 변한다는 만큼의 세월이 흘렀지만 10년 전 소설 말미에 붙였던 작가의 말의 의미나 의도는 조금도 탈색되지 않은 것 같다. 그때 쓴 작가의 말은 이런 것이었다.

　1976년 제럴드 포드 대통령은 아주 특별한 명령 하나를 내린다.

　미국 정부의 어떤 공무원도 다른 나라 지도자의 암살에 관여해서는 안 된다. (특별 명령 11905)

　이 특별한 명령은 그로부터 5년 후 레이건 대통령에 의해 글자

한 자 고쳐지지 않은 채 다시 한 번 되풀이된다.

왜 이런 이상한 특별 명령이 반복적으로 내려졌을까? 소련이나 중국을 공격할 때 곧잘 인권을 들먹이던 미국으로서는 한 번 선포하기에도 부끄러운 내용일 텐데…….

나는 형식논리적으로 그리 어렵지 않게 결론에 이르렀다. 이것은 1976년과 1981년 사이에 외국의 원수가 암살된 일이 있고, 그 암살에 미국의 공무원이 개입했다는 반증이 아니겠는가. 그러면 그 사이에 암살된 외국의 지도자는 누가 있을까? 나는 그 사이에 암살된 외국의 지도자로 지구상에서 오직 한 사람밖에 찾아내지 못했다.

대한민국의 대통령 박정희였다.

1979년 10월 26일, 대통령 박정희는 꿈에도 생각지 못했던 중앙정보부장 김재규로부터 총격을 받고 유명을 달리했다. 사건 후 김재규는 보안사 서빙고 분실에서 가혹한 고문을 받다가 '내 뒤에는 미국이 있다'고 절규했다. 그러나 그에 대한 수사는 전혀 이루어지지 않았다. 이제 김재규는 세상을 떠나고 세월은 흘렀다. 하지만 미국 정부의 이 이상한 특별 명령은 나의 뇌리에서 좀처럼 지워지지 않는다.

중앙정보부장 김재규가 인생의 은인으로 여기며 가장 존경한다던 박정희 대통령을 시해함으로써 한반도의 역사는 급격히 몸부림치기 시작했다. 이후 터져나온 12·12와 5·18도 이미 그날 밤 잉태되었고, 지금까지 한반도의 그 누구도 10·26으로부터 자유롭지 못하다.

그런데 우리는 과연 이에 대한 진상을 얼마나 제대로 알고 있는 것인가?

김재규는 그의 주장대로 치밀한 계획하에 유신의 심장을 쏜 것일까, 아니면 보안사의 발표대로 충성 경쟁에서 밀리는데다가 차지철 경호실장의 월권과 인격적 무시를 견디지 못해 우발적 범행을 저지른 것일까?

그동안 우리는 이 두 가지의 상반된 주장 사이를 오가면서 10·26을 이해해야만 했다. 그러나 10·26에는 이 두 주장만으로는 설명되지 않는 것이 있다.

김재규는 사상 유례가 없는 신속한 재판을 받고 광주민주화운동이 일어나자마자 사형돼버렸고, 사람들은 언제부터인가 그를 천하의 얼간이로 간주하기 시작했다. 무소불위의 독재자를 살해하고 혁명을 시도한 사람으로서는 도저히 납득할 수 없는 엉성한 사전 준비와 사후 처리가 비웃음을 샀던 것이다. 그러나 아무리 김재규를 저능아로 치부해도 10·26에는 정리되지 않는 것이 있다.

왜 합동수사본부는 육군참모총장까지 불러놓고 결행한 김재규의 거사를 단지 우발적이라고 발표했을까? 왜 김재규가 '내 뒤에는 미국이 있다'라고 말한 부분에 대해서는 전혀 수사를 하지 않았을까? 왜 주한 미군 고문관실에서는 이미 10·26 전부터 육사 11기를 스터디했던 것일까? 왜 미국대사는 절대로 광주로의 병력 이동을 승인하지 않았다고 거짓말을 거듭했을까? 왜 김재규는 정승화를 그렇게 어정쩡하게 불러두었을까? 왜 박정희가 개발했던 핵과 미사일에 관계된 자료는 몽땅 증발해버렸을까? 왜? 왜? 왜?

이제 바야흐로 세계가 바뀌고 있다. 그러나 아직도 우리는 세계 유일의 분단 국가로 남아 있다. 수많은 북한 동포들이 굶주림으로 탈출하거나 죽어가고 있다. 굶어죽는 북한의 아이들을 외면하면서 무슨 휴머니즘을 얘기할 것이며, 중국에 팔려가는 북한의 여성들을 외면하면서 무슨 정의를 부르짖을 것인가.

지금 우리가 어떤 생각을 가지느냐가 참으로 중요하다. 우리의 선택이 다음 세기의 한반도 역사를 결정하기 때문이다.

그러기 위해 우리는 20세기 최후의 20년간 이 땅에서 격동한 참된 역사를 알아야 한다. 우리는 그 사건들의 원인이 무엇이고 그 모든 현상의 배후에서 어떤 힘이 작용했는지를 알아야 올바른 선택을 할 수 있을 것이다.

나는 전력을 다해 10·26을 추적했고 그 결과를 이 작품에 담았다. 이 소설은 사실과 허구의 경계선에 놓여 있다. 발표된 사실은 늘 극히 일부에 불과하다. 우리의 삶, 그리고 역사에 드러나지 않은 채 감추어지고 묻혀져버린 진실이 얼마나 많을 것인가. 그 진실은 어둠에 숨겨져 수수께끼로 남는다. 때로는 허구의 소설이 발표된 사실보다 훨씬 진상에 가깝게 접근하는 길이라는 것을 다시 한 번 얘기하고 싶다.

나는 이 소설을 쓰면서 이름을 밝힐 수 없는 두 분으로부터 도움을 받았다. 인생의 파멸을 가져올 수도 있는 위험을 무릅쓰고 오로지 조국에 대한 사랑과 역사에 대한 의무감으로 진실을 밝혀주신 두 분께 진심으로 감사드린다. 어떤 경우에도 이분들의 이름은 밝히지 않을 것임을 작가의 말에서 미리 밝혀둔다.

아울러 중앙정보부 감찰실장으로 10·26을 겪으셨던 김학호 장군께 감사드린다. 나는 이분을 통해 인간 김재규의 체취를 가장 많이 느꼈다. 그리고 미국의 기호열 기자에게도 감사한다. 그가 미국 정부문서보관소를 온통 헤집고 다니면서 발견해낸 많은 자료가 참된 역사의 발굴에 이바지하기를 바란다. (1999년 3월)

워낙이 위험을 감수하고 자료를 내준 여러 고마운 분들의 이름을 개정판이라고 해서 지워버릴 수는 없다. 그 사이 김학호 장군은 유명을 달리하기도 했다.

이제 새로운 이름과 얼굴로 재탄생하는 이 책은 가명을 썼던 인물의 본이름을 찾아주고 불필요한 에피소드를 정리하는 등 내용적으로도 윤택해졌다고 생각한다. 모든 면에서 이전보다 나은 모습을 갖추게 되어 기쁘고 감사하다. 모두가 이 책의 전신인 《한반도》를 읽어준 독자들 덕분이다. 다시 한 번 이 자리를 빌려 감사드린다.

2010년 2월

제천 용두산 자락에서 김진명

선후배

하버드대학교 앞 케임브리지 광장.

행인들로 붐비는 광장에서 구성진 목소리의 판소리 한마당이 벌어지고 있었다. 경훈은 오봉팽 노천카페의 의자에 앉아 아이스 티를 한 모금씩 마시며, 한창 신이 올라 걸쭉한 목소리를 뽑아내고 있는 수연을 바라보았다. 개량한복을 입고 합죽선을 든 수연은 호기심에 사로잡힌 다양한 피부색의 사람들에게 둘러싸여 있었다.

한국의 1인 오페라를 이제껏 접해보지 못했던 사람들은 처음에는 그저 잠시 서서 구경하다가 곧 땅바닥에 신문지 따위를 깔고 앉았다. 그들의 표정에 인간의 목에서 어떻게 저런 소리가 나오는가 하는 놀라움이 차츰 자리 잡기 시작하면서 여기저기서 간간이 탄성이 터져나왔다.

「춘향이 비몽사몽간에 고개를 들어보니 꿈에도 그리던 이 도령이라……」

수연은 어깨를 가로지른 삼베끈에 맨 북을 이따금 두들겨가며 한껏 흥이 오른 목소리로 판소리 〈춘향가〉의 절정을 넘어가다가 경훈을 보자 짐짓 여유를 두며 눈짓을 보내왔다. 소리를 처음부터 끝까지 다 해야 하는 정식 공연은 아니었지만, 수연은 서둘러 마치는 기색이 역력했다.

「이젠 너 아주 제대로 소리꾼이 되었구나. 구성진 목소리에 제법 기분이 동하던데.」

변호사 이경훈은 이제 삼십대 초반이지만 얼굴은 서른이 채 안 돼 보였다. 담배를 피지 않는 듯 소년처럼 입술이 붉었고, 체격은 약간 가냘파 보였으며, 움푹 파인 눈은 그가 속이 깊고 치밀한 성격의 소유자일 것이라는 느낌을 주었다. 그는 한여름의 태양에도 불구하고 넥타이를 맨 긴 와이셔츠 차림이었고, 그의 하얀 피부는 햇볕에 전혀 그을리지 않은 듯했다.

「호호. 이것도 자주 하니까 이제는 정말 인이 박혔나 봐.」

화장기 없는 건강한 피부가 돋보이는 수연은 뒤로 질끈 동여맨 말총머리에 거침없고 분방한 태도 때문인지 나이에 비해 훨씬 어려 보였다.

「괜히 나 때문에 일찍 끝낸 거 아냐?」

「당근, 선배 때문이지. 하지만 바쁜 사람이 여기까지 와줬는데 내가 이거나 두들기고 있으면 되겠어?」

수연은 대수롭지 않다는 듯 북을 들어 보였다.

「그래도 예술인데……?」

「예술? 호호호. 좀 부끄러운걸.」

수연은 1달러짜리 지폐가 수북이 쌓인 통을 들여다보며 겸연 쩍은 웃음을 지었다. 그녀는 재미 삼아 광장에 나오기 시작했던 것이 이제는 제법 벌이가 되기도 해서 토요일이면 어두워질 때까지 공연을 계속하곤 했다.

「오랜만에 맥주나 한잔할까?」

「좋지. 선배가 사는 거지?」

수연은 차를 집에 두고 나왔던 터라 경훈의 옆자리에 앉았다. 자동차는 시원한 해안도로를 상쾌하게 달렸다.

「선배, 우리가 미국서 처음 만난 게 벌써 2년 됐지?」

「그럴 거야. 내가 연수 오자마자 너를 봤으니까.」

「참, 얘기 들어보니까 선배 회사에서 아주 특별한 대접을 받는다면서.」

「누가 그래?」

「일전에 한국에 들어갔을 때 마침 동창회가 있어 나갔더니, 애들이 선배 얘길 많이 하던데.」

「회사는 모든 직원들을 동등하게 대우해. 다만 순서에 차이가 있을 뿐이지.」

「겸손하긴. 선배처럼 입사한 지 3년 만에 하버드에 1년, 로펌에 1년 보내주는 케이스는 이제껏 없었다던데.」

경훈은 웃음으로 대답하곤 운전에 열중했다.

자동차는 해안도로에서 조금 벗어난 조용한 모래사장에 바퀴자국을 남기며 천천히 멈추었다. 경훈이 문을 열고 나오자 소금기 머금은 바람이 얼굴을 스쳐갔다. 대서양은 언제나처럼 잔잔했다. 끼룩끼룩 울어대는 갈매기가 그림처럼 파란 하늘을 가르며 날아오르는 풍경은 한없이 평화로웠다.

「저기 비치 바가 있네. 그것도 소리라고 목이 컬컬하네.」

두 사람은 자리에 앉아 수연은 맥주를, 경훈은 스카치를 시켰다. 수연이 맥주 한 잔을 단숨에 비우고는 경훈의 얼굴을 물끄러미 쳐다보았다.

서수연, 그녀는 경훈의 대학 후배이다. 수연은 맑고 시원한 인상을 주는 미인이지만 소탈하기로도 유명했다. 전공 강의보다 소문난 영화나 연극 관람이 우선이었고, 전공 서적보다 소설이나 잡지를 더 챙겨보던 괴짜였다.

'내 꿈은 변호사가 아니라 작가였거든. 아빠 때문에 멋모르고 법학과를 왔지만.'

누군가 물으면 그렇게 답했던 그녀는 명랑하고 상냥해서 모든 친구들에게 인기가 있었다. 그랬기에 그녀는 학교를 마치자마자 혈혈단신 미국으로 건너와서 자신의 삶을 개척하고 있는 것이었다.

「그런데 너, 판소리 공연은 어떻게 하게 됐어?」

「호호. 그건 내 스트레스 해소법이야. 그런데 뜻밖에도 제법 돈까지 되네. 보스턴 처음 와서 케임브리지 광장에 갔는데 전세계의 수많은 민속 악기들이 연주되고 있잖아. 근데 우리 것만 없는 거야. 갈 때마다 찾았는데 우리 건 끝까지 없더라구. 열 받치지 뭐야. 우리 사물놀이며 가야금 같은 게 나오면 히트 치겠다는 생각이 들었어. 에이, 내가 못 나설 건 뭐야 싶었지. 근데 뭐 할 줄 아는 게 있어야지. 그래서 아예 판소리를 배워버렸어. 선배도 알다시피 내가 본래 노래에는 소질이 있잖아.」

「데뷔 공연은 어땠어?」

「대성공이었지 뭐. 양코배기들이 사람의 목에서 이런 소리가 나올 수 있을 거라고 상상이나 했겠어? 이젠 광장에서 돈 제일 잘 버는 사람이 바로 나야. 호호.」

「하하. 네가 그걸 안 했다면 우리도 아마 못 만났겠지. 그냥 지나치려다가 도대체 누가 이렇게 판소리를 하나 싶어 봤더니 너더라구.」

「그러게. 그때 선배 보고 눈물 나도록 반가웠는데.」

수연은 한국에 있을 때는 워낙 범생이 같았던 경훈에게 별로 관심이 없었었는데, 미국에서 다시 만난 후 그를 좋아하게 됐다. 그녀는 경훈을 통해 똑같은 무게의 뇌라도 그 성능은 무섭게 다를 수 있음을 깨달았다. 이제까지 인간에게 머리란 게 도대체 무슨 소용인가, 삶이란 오직 몸으로 뛰면 되는 거지 하는 태도로 살아왔던 수연은 경훈을 만나면서 가끔 그 머리의 성능에 대해 섬뜩한 느낌을 갖게 된 것이다.

둘은 자주 만나는 사이는 아니었다. 경훈이 워낙 바쁘다 보니 지난 2년 동안 언제나 수연이 먼저 연락해야 겨우 얼굴을 볼 수 있었다. 그나마 경훈이 로펌에 들어가 소송에 관여하고 나서는 더욱 만나기 힘들었고, 만나도 그가 양복 차림으로 나타나 편하지 않았다. 토요일 오후에 경훈 스스로 자신의 공연장까지 와준 것은 처음 있는 일이었다.

그러고 보니 연수를 마친 경훈이 보스턴을 떠날 날이 임박했다는 사실이 떠올랐다. 오늘은 아마 그래서 왔으리라는 생각이 들었다. 그렇지만 그런 우울한 얘기를 화제로 삼고 싶지 않았다.

「참, 선배. 내 부탁 하나 들어줄래? 오늘 저녁때 꼭 가봐야 할 모임이 하나 있는데, 한국에서 걸려올 전화가 한 통 있어서 고민 중이었거든. 전화 때문에 약속을 취소할 수도 없고⋯⋯.」

수연이 불현듯 말했다.

「무슨 전환데?」

「장사와 관련된 일이야. 여기서 대리점 하나를 내려고 하는데 한국에서 확인 전화가 올 거거든. 자동응답기 같은 걸로는 안 돼. 꼭 전화 받는 사람이 있어야만 하는데, 한국 전화라 미국 애들한테 부탁할 수도 없고⋯⋯. 선배가 좀 받아주면 안 될까?」

「내가 어떻게?」

「내 전화를 선배 번호로 자동 연결되도록 해두면 선배 집에서 받을 수 있잖아. 한국인이 전화해서 물으면, 나는 나갔고 전화 받는 곳은 가게라고 하기만 하면 돼. 내가 가게를 가지고 있는지 확인하는 단순한 전화니까.」

「저쪽과 내가 서로 모르는 사이인데 대화가 될 리 있겠어?」

「단순한 확인 절차야. 그냥 가게라고 하기만 하면 끝나는 일이야. 좀 도와줘.」

경훈은 잠시 생각하다가 대답했다.

「알았어. 내일은 어차피 하루 종일 집에서 자료를 살펴볼 참이었으니까 받아주지 뭐.」

「그럼 이따 저녁때 선배 번호로 돌려놓을게. 미안해, 선배. 선배처럼 바쁜 사람한테 이런 하찮은 일이나 부탁해서.」

「됐어. 후배 잘못 만난 탓이지 뭐.」

둘은 웃으며 가볍게 잔을 부딪쳤다. 경훈은 결국 이제 자신이 돌아갈 날이 얼마 남지 않았으며 그동안 즐거웠다는 마지막 인사를 할 기회를 얻지 못하고 헤어졌다.

한밤의 전화

때르르릉 때르르릉 때르르릉…….

경훈은 벌써 열 번도 넘게 울리는 전화를 향해 짜증이 밴 손길을 뻗으며 무의식적으로 벽에 걸린 시계를 쳐다봤다. 언뜻 눈에 스치는 바늘의 위치가 턱없이 낯설게 느껴지자 그는 눈가를 찌푸리며 시간을 확인했다.

새벽 2시.

분명 잘못 걸려온 전화일 것이다. 경훈은 전화를 향해 내밀던 손길을 거둬들이며 베개에 머리를 더 깊이 묻었다.

때르르릉. 때르르릉…….

그러나 전화벨 소리는 그치지 않았다. 이때 경훈의 머리를 스치는 기억이 있었다.

수연이 부탁했던 전화.

「제기랄!」

경훈의 손은 급히 수화기를 움켜쥐었다.

「여보세요?」

그러나 수화기에서는 아무런 소리도 흘러나오지 않았다. 경훈의 목소리가 다시 한 번 메마른 목줄기를 타고 나왔다.

「여보세요?」

상대편에서는 여전히 대답이 없었다. 경훈은 조용히 수화기를 내려놓았다. 베개 속으로 머리를 묻은 지 2~3분이나 지났을까, 전화기는 다시금 요란한 벨 소리를 냈다. 무슨 전화가 이런 한밤 중에 올까. 경훈은 뭔가 이상하다고 생각하면서도 그 전화를 수연과 연결시킬 수밖에 없었다. 한국에서의 전화, 혹은 수연이 친구들과 어울려 취한 채 장난전화를 해대는지도 몰랐다. 경훈은 화를 참으며 전화를 받았다.

「여보세요?」

역시 대답이 없었고, 경훈은 다시 수화기를 내려놓으려 손을 뻗었다. 그때, 이미 귀를 떠난 수화기에서 마치 모기가 앵앵거리는 것처럼 작은 소리가 들렸다. 경훈은 황급히 수화기를 귀에 갖다 댔다.

「수……연…….」

고통에 찬 목소리가 전화선을 타고 흘러나왔다.

「말씀하세요.」

「수……연…….」

생명이 꺼져가는 듯한 노인의 가냘픈 목소리였다. 하지만 목소리는 분명 위급한 중에도 수연을 찾았다.

「지금 서수연 씨는 없습니다.」

그러나 상대는 경훈의 목소리를 듣지 못한 듯 정신을 잃어가고 있는 상태에서 수연의 이름만 반복해 불러댔다.

경훈은 마음이 다급해졌다. 목소리의 느낌으로 어쩌면 상대가 죽어가는 중일지도 모른다는 생각이 들자 머리털이 곤두서는 듯했다. 상대가 그런 상태라면 경훈은 자신이 수연 대신 전화를 받아주어야 한다고 판단했다.

「네, 수연입니다. 말씀하세요.」

상대는 남자 목소리인지 여자 목소리인지도 가늠하지 못한 채 신음소리를 내더니, 수연이라는 말에 정신이 드는지 낮고 가는 목소리로 말했다.

「나…… 제리…… 제리……야」.

「네, 그런데 목소리가 왜 그러세요?」

들끓는 가래 때문에 잘 이어지지도 않는 목소리는 듣기에도 음산했다. 이것이 상대의 본래 목소리인지 아닌지도 경훈은 알 수 없었다.

「아……아직도…… 내가…… 살아 있나?」

「아니, 무슨 말씀이세요? 살아 있냐니요?」

「그……그래…… 추워…… 춥……다.」

「무슨 일이 있으세요? 사고가 생겼나요?」

「아…… 출혈이…… 너무 심해, 출혈이…….」

출혈이라는 말에 경훈은 그나마 남아 있던 잠기마저 싹 달아났다.

「911 신고는 하셨나요?」

「아니야, 이미…… 너무 늦었어. 너무…….」

「그럼 제가 하겠습니다. 제가 911 신고…… 근데 거기가 어디죠?」

그러나 이미 상대는 완전히 체념한 상태였다.

「아냐…… 소용 없어.」

「그래도 구급차를 불러야죠. 어디세요?」

「아니, 늦었어…… 그보다…… 내 말 잘 들어. 꼭…….」

「말씀하지 말고 가만히 계세요. 구급차를 부르겠어요. 거기가 어딥니까?」

다급한 경훈의 제지에도 불구하고 노인은 간신히 들릴 만한 소리로 말을 이어갔다.

「바……박 대통령…… 비밀…… 10·26…… 비밀을…… 내가…… 수연…… 하……하……하우스…… 으……으……헉.」

노인이 수화기를 떨어뜨리기 직전에 들린 것은 분명 숨이 넘어가는 소리였다. 경훈은 수화기를 귀에 더 바싹 갖다 대고 노인을 부르며 기다렸지만 10분이 지나도록 저쪽에서는 아무런 소리도 들려오지 않았다.

경훈은 수화기를 내려놨다. 도대체 이게 어떻게 된 일인가. 갈피를 잡지 못하던 경훈의 뇌리에 어쩌면 이것은 수연의 장난일지 모른다는 생각이 스쳤다. 처음부터 수연의 부탁은 전에 없던 일로 조금 장난스럽게 느껴졌었다. 아마 이 전화는 장난전화가 아닐까?

그러나 다음 순간 경훈은 고개를 가로저었다. 그렇게 생각하기에는 노인의 목소리가 너무나 절박했다. 이 늦은 밤에 한국인 노인을 미리 대기시켰다가 어떤 연극배우도 흉내내지 못할 죽음의 목소리를 들려준다? 아무리 장난이라도 그럴 수는 없었다. 장난이라면 그냥 끝날 일이지만 만약 그렇지 않다면…….

경훈은 신중해야 한다고 생각했다. 어떻든 간에 지금은 일단 신고부터 해야 한다.

「교환, 지금 이리로 걸려온 전화번호를 확인해주세요. 주소가 필요합니다. 저쪽에 응급 환자가 있습니다. 911에 신고해주세요.」

전화를 끊은 후에도 경훈의 가슴은 쉽사리 진정되지 않았다. 혹시라도 다시 전화벨이 울릴지 모른다는 생각에 방 안을 서성이며 한참을 기다렸다. 경훈은 먼동이 틀 무렵에야 간신히 다시 눈을 붙일 수 있었다.

노인의 죽음

잠에서 깨어난 경훈은 수연이 얘기한 한국으로부터의 사업상 전화는 걸려오지 않았다는 사실을 깨달았다. 그는 다시 한 번 새벽의 괴전화는 수연의 장난이 아닐까 생각했다. 워낙이 엉뚱한 친구니까 그럴 수도 있겠다는 생각이 한편으로 들었지만, 아무리 장난이라도 그런 목소리를 낼 수는 없다는 생각에 이내 고개를 저었다. 그런데 그 내용으로 봐서는 다소 장난스럽기도 했다. 박 대통령을 언급하고 10·26이 어떻다느니 하는 것은 평범한 사람이 죽어가면서 할 얘기는 결코 아니었다. 이래저래 수연을 통해 확인할 수밖에 없는 일이었지만 지금으로서는 수연에게 전화를 걸어 봐야 자신의 전화로 다시 연결될 테니 그녀로부터 전화가 걸려오기를 기다릴 수밖에 없었다. 수연으로부터는 저녁이 다 되어서야 사무실로 전화가 걸려왔다.

「선배, 내 전화 왔었어?」

「……」

「왜 그래? 기분 나쁜 일 있었어?」

경훈은 전화로 얘기할 상황이 아닌 것 같아 퇴근 후 만날 약속을 했다.

시내의 한 커피숍에서 수연을 만난 경훈이 물었다.

「너 제리란 사람 아니?」

「제리?」

「그래.」

「아니, 모르겠는데.」

경훈은 수연의 대답에 놀라지 않을 수 없었다. 죽기 직전에 전화를 걸어올 정도라면 보통 사이가 아니었을 텐데, 모르는 사람이라니?

「널 알던데. 노인 목소리였어.」

수연은 한참 생각했다.

「아 참, 그래. 그렇구나. 그분의 미국 이름이 제럴드 현이라고 그러셨지. 제리라면 현 선생님, 바로 그분을 말하는구나. 가끔 통화를 하는 분이야. 근데 왜? 그분한테 전화가 왔었어?」

「어떤 사람이지?」

「글쎄 그냥, 외로운 어르신이랄까? 평범한 노인분인데, 왜?」

경훈이 자초지종을 이야기하자 수연은 소스라치게 놀랐다.

「그래? 그분이 돌아가시기 직전에 전화를 하셨단 말이야?」

경훈이 고개를 끄덕이곤 물었다.

「그분이 누군데? 이제 자세히 말해봐.」

「정말 잘 모르는 분이야. 그분을 처음 만난 게…….」

수연은 노인과 처음 만났던 날의 기억을 떠올렸다.

꽤 오래전, 수연이 아르바이트하던 한국 식당에 온 노인은 광장에서 판소리 하는 것을 봤다며 수연에게 아는 체를 해왔다. 그리곤 먹성 좋게 서너 가지 안주와 소주 세 병을 비우고 나가다 돈이 없다는 것이었다. 그런 식으로 음식값을 떼이는 일이 간혹 있는 주인이 그냥 보낼 수 없다고 으름장을 놓을 때 수연이 나서서 대신 돈을 지불하고는 노인을 곱게 돌려보냈다. 뿐만 아니라 택시를 불러 기사에게 집까지 잘 모셔다 드리라고 부탁하고 요금도 치러주었다. 그런데도 노인은 비굴한 표정을 짓는다거나 형식적인 인사치레조차 없었다. 다음에 와서 갚겠다는 말 한마디 없이 떠나는 노인을 주인은 경멸에 찬 눈초리로 쏘아보았지만, 수연은 왜 그런지 그 쓸쓸해 보이는 노인에게 마음이 갔다.

그 후로 노인은 수연이 판소리를 하는 케임브리지 광장과 식당에 자주 나타났다. 전처럼 돈을 내지 않는 경우는 없었지만, 그렇다고 수연이 먼젓번에 내주었던 돈을 갚지도 않았다. 적지 않은 돈이었으나 수연도 달라고는 하지 않았다.

「표정이 무척 쓸쓸해 보이셨어. 하지만 어딘지 모르게 기품이 있는 분이셨지. 이후부터 조금 가까이 지내게 되었던 거야. 생각나면 가끔 전화도 하시고. 그런데 현 선생님이 정말 돌아가셨을까?」

「아마 그럴 거야.」

수연이 서둘러 자리에서 일어섰다.

「교환이 911로 신고했댔지?」

경훈이 고개를 끄덕였다.

잠시 후 전화를 걸고 돌아온 수연의 뺨에 눈물자국이 남아 있었다.

「정말 돌아가셨대. 어디 연락할 연고자도 없나 본데…….」

수연은 그만 울음을 터뜨리고 말았다.

「진정해.」

경훈은 수연을 위로했다.

「그분은 조울증으로 고생하셨어. 병원 신세를 지기도 했지만 이제는 말끔히 나았다고 하셨었는데…….」

「뭐하던 사람이었어?」

「당신 말씀으로는 은퇴하기 전에는 일반 회사에 다니던 평범한 사람이었다는데, 그런 것 같지는 않았어.」

「어째서?」

「연금을 받고 계셨는데 일반 사회보장연금은 아닌 것 같았거든. 게다가 그다지 돈이 궁한 모습도 아니었어. 오히려 내키는 대로 쓰시는 편이었어. 」

「그건 좀 이상한데? 아깐 소주값도 제대로 없었다고 하지 않았나?」

「아, 그건 돈이 없다고 하면 내가 어떻게 나올까 궁금해서 그냥 한번 해본 거라 그러셨어.」

「참 나, 재밌는 분이시네.」

경훈이 쓴웃음을 지었다.

「그런데 현 선생님이 마지막으로 한 말이 뭐였다고?」

경훈은 제럴드 현이 남긴 말을 그대로 전했다.

「그게 무슨 뜻일까?」

「일단 그것은 제럴드 현이라는 사람이 10·26의 비밀을 알고 있었다는 뜻으로 해석돼. 그리고 그 비밀을 털어놓고 싶어 한 것인지도 몰라.」

수연은 미간을 좁혔다.

「10·26이라면 김재규 정보부장이 박정희 대통령을 살해한 사건 아니야?」

「그래, 1979년 김재규가 차지철 경호실장과 박정희 대통령을 죽인 엄청난 사건이지.」

「그런데 현 선생님은 왜 그런 얘길 내게 하셨을까?」

경훈도 수연을 따라 이맛살을 찌푸렸다.

「'하우스'라는 건 또 무슨 말이지?」

숨이 넘어가는 상황이었지만 제럴드 현은 비교적 명확하게 자신의 뜻을 전달한 것이다. 그러나 경훈과 수연은 그 하우스라는 말이 무슨 뜻인지 짐작조차 할 수 없었다. 한참이나 생각하던 수연이 여전히 복잡한 표정을 풀지 않은 채 조심스럽게 말했다.

「청와대와 얽힌 어떤 비밀이 있다는 뜻이 아닐까? 청와대를 영어로 블루 하우스라고 하잖아. 여기서는 늘 영어를 쓰셨으니까 청와대를 하우스라고 말씀하신 것이 아닐까?」

경훈은 수연의 추리가 제법 그럴듯하다는 생각이 들었다. 하우스와 관련하여 생각해볼 수 있는 것은 역시 청와대뿐이었다.

「그렇지만 그것만으로는 무슨 얘기인지 알 수 없어. 그보다 더 심각한 건, '박 대통령 비밀, 10·26 비밀'이라는 말이야. 그분 얘기를 곧이곧대로 받아들인다면 10·26에 얽힌 비밀이 있다는 것 같은데, 이상하잖아. 10·26에 도대체 무슨 비밀이 남아 있다는 거야?」

고개를 끄덕이며 듣고 있던 수연이 일어섰다.

「이럴 게 아니라 가봐야겠어.」

「어디를?」

「어디긴, 병원이지. 가서 왜 돌아가셨는지, 연고자에게 연락은 됐는지 알아봐야지.」

수연은 응급구조센터에 전화를 걸어 병원을 확인했다. 메트로 폴리탄병원이었다. 경훈은 서둘러 나서는 수연을 마뜩찮은 표정으로 따라나섰다.

연고자

병원에서 확인할 수 있는 것은 별로 없었다. 구급차가 제럴드 현의 집에 도착했을 때 그는 이미 숨을 거둔 후였다는 것이 전부였다.

「사인이 뭐죠?」

「위정맥 출혈로 인한 쇼크사입니다.」

「위정맥 출혈은 왜 일어났는데요?」

「술이죠. 벌써 열 번도 더 터졌던 걸 때워왔던데요.」

「세상에, 가엾어라! 지나친 음주 때문에 그렇게 되셨단 말이죠?」

「그래요.」

단 세 마디로 제럴드 현의 죽음은 설명되었다.

「연고자는 없습니까?」

「그런 건 원무과에 가서 물어보세요.」

경훈과 수연이 원무과에서 담당 직원을 찾아 연고자에게 연락은 했는지 여부를 묻자, 오히려 그 직원이 두 사람에게 신문하듯 되물었다.

「사망자와 어떤 사이신가요?」

「아니, 특별한 사이는 아닙니다.」

경훈이 서둘러 대답했다.

「혹시 연고자를 알고 있습니까?」

「모릅니다.」

경훈이 냉정하게 대답하는 것을 옆에서 우두커니 서서 지켜보던 수연이 불쑥 끼어들었다.

「아직까지 연고자를 찾지 못했나요?」

담당 직원은 수연을 훑어보며 대답했다.

「그래요, 아무 데도 연락할 곳이 없어요.」

「저를 연고자로 기입해주세요. 그분은 아마 연고자가 없을지 몰라요. 저도 장례식을 지켜보아야 할 거 같아요.」

「사망자와는 어떤 관계입니까?」

「아무런 관계도…….」

「그럼 안 됩니다.」

「연고자가 되려면 꼭 무슨 관계라야 하나요?」

「가족이나 친척, 혹은 오랜 친구…….」

「바로 그거예요. 친구, 제가 그분의 유일한 친구였어요.」

담당 직원은 잠시 수연의 얼굴을 물끄러미 바라보다가 서류를 한 장 내주었다.

「빈칸에 기입하고 서명하세요.」

서류에는 '별도의 법적 서류 없이 이 신고서만으로는 어떤 법적인 관계도 성립하지 않는다'라고 쓰여 있었다.

「이런 게 왜 여기 쓰여 있지? 선배, 이게 무슨 의미야?」

수연이 서류를 들이밀며 쳐다보자 경훈은 약간 눈살을 찌푸렸다. 경훈은 수연의 이런 돌발적인 행동이 마음에 들지 않았다.

「이 서류만으로는 상속 등의 법적인 관계가 성립하지 않는다는 뜻이야.」

수연은 꼼꼼히 읽어보지도 않은 채 서류를 작성하고는 서명했다.

「연고자로서 상속과는 상관없이 공식적 비용 외의 사적 비용을 부담할 용의가 있습니까?」

「그게 무슨 뜻이에요?」

「얼마가 될지는 모르지만 사적 비용을 부담하는 사람이 있다면 처리가 아무래도 원활하다는 뜻이지요.」

「장례는요?」

「장례는 치를 사람이 없으면 시에서 대신 해줍니다만 아무래도 빈약하죠. 」

「제가 장례비를 부담할 테니 장의사나 소개해주세요.」

「그럼요, 그게 낫습니다. 아무런 연고자도 없이 혼자 쓸쓸히 죽는다는 건 이 세상에서 가장 슬픈 일이죠.」

담당 직원은 수연이 장의사를 소개해달라고 하자 무뚝뚝했던 조금 전과 달리 싱글벙글 웃는 낯으로 전화번호를 일러줬다.

「이 회사는 우리하고 협조가 잘 되니까 모든 것을 알아서 잘 처리해줄 겁니다.」

담당 직원의 인사를 뒤로하고 병원 문을 나서면서 경훈이 물었다.

「그렇게 쉽게 연고자를 자처하고 나설 만한 관계는 아닌 거 아냐?」

「그렇지만 아무런 연고자도 없다는데 그냥 그렇게 보낼 수는 없잖아.」

경훈이 고개를 절레절레 저었다.

「이제 뭘 하지?」

「집으로 가보자.」

「집? 제럴드 현 선생님의 집 말이야?」

「그래.」

「참, 그래야겠네. 이혼한 부인에 대한 무슨 기록이라도 있을지 모르겠다.」

제럴드 현의 집은 보스턴대학 부근의 분위기 좋은 주택가에 자리 잡고 있었다.

「어머, 집이 꽤 크네.」

「정말, 혼자 살기에는 너무 크군.」

경훈은 자동차를 현관 앞에 바로 갖다 댔다. 어둠이 짙게 깔렸지만 불은 켜져 있지 않았다. 문은 잠겨 있었다.

「이상하군, 연고자도 없는데 누가 문을 잠갔을까?」

「이웃집에서 잠그지 않았을까?」

「확인해봐야겠어.」

그러나 이웃집의 벨을 누르자 나타난 사십대 남자는 자신은 모르는 일이라고 했다. 깊은 밤에 구급차가 와서 사람을 실어 간 사실조차 모르고 있었다.

수연을 집 앞의 거리에 내려주고 돌아온 경훈은 눈을 감고 생각에 잠겼다.

어젯밤의 일을 어떻게 받아들여야 할 것인가.

죽음의 순간에 전화를 걸어와 마지막 한마디를 비명처럼 남기고 갔다면 그 한마디가 결코 허튼소리는 아닐 거라는 생각이 경훈의 머리를 무겁게 짓눌러왔다.

어떤 사람도 자신의 죽음을 받아들이는 순간에 거짓말을 하지는 않을 것이다. 그것도 자신이 일부러 전화를 걸어서까지, 더군다나 특별한 관계도 아닌 상대에게. 가끔 통화를 하던 사이였다고는 해도 수연과는 아무런 이해관계가 없다는 사실에 비추어 볼 때 그의 말은 더욱 진실성이 부각되는 것이었다.

그렇다면, 그의 말이 거짓이 아니라면? 그러나 경훈은 이내 고개를 가로저었다. 10·26에 무슨 비밀이 있다는 말인가.

김재규 정보부장이 박정희 대통령과 차지철 경호실장을 쏘아 죽인 그 사건으로 말미암아 한반도의 역사는 급격히 몸부림치기 시작했지만, 사건 자체야 너무도 명명백백하게 밝혀지지 않았던가. 한국뿐만 아니라 미국, 일본, 아니 전세계에 그 사건의 진상은 하나도 숨김없이 드러난 바였다.

그는 그 사건의 수사가 조작되었다고 얘기하고 싶었던 것일까? 그러나 그건 더욱 불가능한 얘기였다. 누가 그 시점에서 수사를 조작할 수 있단 말인가. 아무리 생각해도 그건 죽어가던 한 노인의 헛소리요, 인생의 벼랑 끝에 선 정신병자의 독백에 지나지 않을 것이었다. 그런데 하필 자신이 그 순간에 그런 독백을 듣다니.

경훈은 고개를 세차게 흔들고는 자리에서 벌떡 일어났다. 잊어야만 하는 기분 나쁜 목소리였다. 기억에서 지워버려야만 하는 불쾌한 주말이었다. 경훈은 일찌감치 자리에 들어 잠을 청했다. 자고 나면 모든 것이 잊혀지리라.

하지만 이상하게도 잊으려 하면 할수록 노인의 목소리는 더욱 또렷하게 귓전을 울려왔다. 그 가쁜 숨소리와 더불어 토씨 하나 잊혀지지 않고 전부 생생하게 되살아났다. 한마디 한마디를 떠올리던 경훈은 온몸이 떨려오는 것을 느꼈다. 도저히 자리에 누워 있을 수가 없었다.

그래, 죽는 순간에 일부러 그런 전화를 걸어 거짓말을 할 리는 없다. 더구나 노인의 의식은 남자의 목소린지 여자의 목소린지조차 구분을 못하지 않았던가. 그는 죽기 직전에 전력을 다해 무언가를 말하려고 했다. 만약 그의 말이 진실이라면? 경훈은 자리에서 벌떡 일어나 방 안을 서성거렸다.

과연 10·26의 진실은 무엇인가? 표면으로 드러난 사실과는 다른 진실이 은폐되어 있다는 것인가? 아니면 그저 한 노인의 헛소리에 불과한가?

곰곰이 생각하던 경훈은 일단 제럴드 현의 내력을 알아봐야 겠다고 결론지었다. 나머지는 그 다음에 생각해도 충분했다. 제럴드 현이 무엇을 하던 사람인가를 알면 그가 토해낸 말들의 신빙성이 가려질 것이다. 경훈은 이렇게 생각을 정리하고나서야 간신히 잠을 청할 수 있었다.

뜻밖의 유산

제럴드 현의 장례식은 초라했다.

「주님이시여, 여기 외롭고 가련한 영혼이 주님의 곁으로 가나이다. 비록 그의 인생이 힘들고 외로운 것이었다 할지라도 이제 주님의 곁으로 돌아가는 이 불쌍한 영혼을 받아주소서.」

병원에서 소개해준 목사의 추도사는 지극히 짧고 형식적이었다.

사람들이 모두 떠나고 난 뒤 묘 앞에는 두 사람만이 남아 있었다. 경훈은 간단히 묵념만 하지 않고 무릎을 꿇고 절을 했다. 이 세상에서 그와 마지막으로 대화한 사람으로서 예의를 차리고 싶었기 때문이었다. 몸을 구부리고 머리를 숙이자 마음이 숙연해졌다. 그리고 가슴 한편에서 자신도 모르게 노인에 대한 약속의 말이 흘러나왔다.

'편안히 가십시오. 마지막 순간에 하시고 싶은 말씀이었다면 얼마나 가슴에 맺혀 있었겠습니까. 제가 할 수 있는 한 당신의 한을 풀어드리겠습니다.'

경훈의 뒤를 이어 수연이 절을 했다. 그녀는 한참 동안 어깨를 들썩이며 흐느꼈다. 수연은 다시 한 번 노인의 묘에 묵념을 올리고는 주차장으로 걸어내려오며 무의식중에 경훈의 팔을 잡았다. 누군가를 저 세상으로 보냈다는 허전함과 단둘이 그 의식을 치렀다는 동질감에 마음이 따뜻해졌던 것이다.

주차장에 이르러서 수연이 경훈에게 한 사나이를 눈짓으로 가리키며 속삭였다.

「선배, 아까부터 저 사람이 계속해서 우릴 따라오던데. 기분이 좋지 않다.」

「음, 나도 느끼고 있었어. 하지만 나쁜 사람 같지는 않은데.」

「어머, 우리에게 다가오고 있잖아.」

묘지에서부터 수연을 뚫어지게 바라보던 사나이가 묘한 웃음을 띠며 두 사람에게로 다가왔다.

「안녕하시오. 서수연 씨 맞지요?」

「예.」

「나는 윌리엄이오. 윌리라고 불러도 좋소.」

검정색 양복을 점잖게 차려입은 사십대 중반의 사나이는 수연에게 악수를 청했다.

「그런데 누구시죠?」

「변호삽니다. 제럴드 현 씨의 유언을 집행하기로 계약을 맺었소.」

「네? 유언이라고요?」

「그렇소.」

「아니, 현 선생님은 갑작스러운 쇼크로 돌아가셔서 그럴 여유가 없었을 텐데요?」

「사전에 유언을 해두셨소. 열흘 전에 나를 찾아오셨소.」

「어머, 그럼 현 선생님은 돌아가실 걸 진작에 알고 계셨단 말인가요?」

「다시 위정맥에 출혈이 있으면 끝이라고 생각하고 계셨소. 하지만 도저히 술은 끊지 못하겠다고 하셨소. 마시다가 죽는 한이 있더라도.」

수연은 얼굴을 찡그렸다.

「아마 가족이 없어 의지가 그만큼 약해지셨을지도 몰라요.」

변호사는 수연을 계속해서 뚫어지게 바라보다 깜짝 놀랄 만한 얘기를 전했다.

「제럴드 현 씨는 수연 씨에게 자신의 전 재산을 남기셨소.」

「뭐라고요?」

「여기 유언장 사본이 있소.」

수연은 유언장을 받아들고 꼼꼼히 보다가 갑자기 소리쳤다.

「안 돼요. 이럴 수는 없어요. 이건 아니에요. 나는 그분의 유산을 받을 수 없어요. 그럴 자격이 없다고요.」

변호사의 입가에 묘한 미소가 떠올랐다.

「뜻밖이군요. 연고가 없다고요? 그럼 왜 이 장례식에 검정 드레스를 입고 장례비를 부담하신 거죠?」

「외로우셨던 그분한테 아무 연고자가 나타나지 않았기 때문에 제가 나섰을 뿐이에요. 그분에게는 이혼한 부인이 계세요.」

「알고 있소. 하지만 그분은 유산을 모두 수연 씨에게 남기셨소. 부인에게는 이혼할 때 일시불로 합의금을 지불하셨소. 어쨌든 내게 못 받겠다고 얘기해봐야 소용이 없습니다. 나는 변호사로서 고인의 유언대로 집행할 의무만 있습니다.」

수연은 경훈을 처다보았지만 그로서도 뭐라 할 말이 없었다. 그보다는 오히려 유산 상속으로 인해 제럴드 현의 내력을 알 수 있는 상대를 만났다는 사실이 중요한 것 같았다. 경훈은 두 사람의 대화가 끊긴 틈을 이용해 변호사에게 물었다.

「제럴드 현 씨에 대해 잘 아십니까?」

「아니오. 열흘 전에 찾아오셨을 때 처음 뵈었소.」

「그분은 이런 일이 있을 줄 알고 계셨던 걸까요?」

「글쎄요. 그건 모르겠소. 하지만 아까도 얘기했다시피 머잖아 돌아가실 걸 예감하셨던 것 같소.」

「유산 이외에 다른 얘기는 없었습니까?」

「없었소.」

「유산은 모두 얼마나 됩니까?」

「살던 주택을 빼곤 모두 현금이오. 현금만 180만 달러요. 여기서 상속세와 몇 가지 사소한 지불금만 빼면 됩니다.」

수연은 놀라서 벌어진 입을 다물지 못했다.

「오, 하느님. 안 됩니다, 안 돼요. 이건 뭐가 잘못됐어요. 제가 그런 돈을 받을 순 없습니다. 제 것이 아니에요.」

변호사는 입가에 미소를 지으며 수연의 놀라는 표정을 즐기고 있었다. 경훈은 여전히 변호사를 주시하며 물었다.

「그는 무엇을 하던 사람인가요?」

「그런 얘기는 나누지 않았소. 고객이 얘기하지 않는 것은 묻지 않는 것이 내 원칙이죠.」

경훈의 얼굴에 실망의 빛이 스쳐갔다.

「유언을 효율적으로 집행하기 위해서는 그 사람에 대해 잘 알아야 하지 않습니까?」

「그럴 수도 있겠지만 그것이 나의 의무는 아니잖소.」

변호사는 수연에게 편한 시간을 택해 사무실로 나와달라고 요청했다.

「잠깐, 그런데 그 집의 열쇠는 누가 가지고 있죠?」

경훈은 돌아서는 변호사에게 급히 물었다.

「열쇠는 내가 가지고 있소. 구급대원들이 문을 부수고 들어갔기 때문에 내가 다음날 아침 사람을 불러 바로 수리했소.」

「그런데 제럴드 현 씨가 사망한 것은 어떻게 알게 됐습니까?」

「아, 매일 오전 10시에 내가 전화를 걸기로 약속했소. 안 받으면 무슨 일이 있는지 확인하기로 했던 거요.」

「그랬군요.」

제럴드 현이 사망한 일요일 오전에 변호사는 곧장 그의 집으로 갔던 것이다.

「열쇠를 줄 수 있나요?」

「안 되오. 당신에게는. 수연 씨가 요구하면 줄 수 있지만」

변호사는 웃으며 대답했다.

수연이 열쇠를 달라고 하면 그것은 곧 상속을 받아들인다는 뜻이 되는 것이었다.

「네, 그럼 제게 주세요.」

수연은 열쇠를 받아 바로 경훈에게 건넸다. 경훈의 입장을 배려하려는 의도였다. 변호사는 무슨 의미인지 고개를 절레절레 흔들며 주차장으로 걸어갔다.

「가보자.」

「잠깐, 옷이라도 갈아입고.」

수연은 입고 있는 검정 드레스가 거추장스러운 듯 어색한 몸짓으로 주춤거렸다.

「그런데 그 옷은 어디서 난 거야?」

「장의사에서 빌렸어. 아예 그곳에 가서 갈아입었으면 좋겠는데.」

「그렇게 하자.」

최상급 비밀 보호자

제럴드 현의 집은 큰 규모와는 달리 내부가 매우 검소했다. 어느 집에나 몇 개쯤 걸려 있을 법한 싸구려 그림조차 하나 없었다. 텅 빈 흰 벽이 오히려 깔끔한 장식처럼 여겨졌다.

「그렇게 많은 유산을 남긴 분이 이처럼 검소하게 사셨다니 …….」

수연의 얼굴에 안타까움이 떠올랐다.

「책상 서랍을 찾아봐. 뭔가 인적사항이 나오겠지.」

경훈은 수연에게 말하고 자신은 책장과 옷장 등을 샅샅이 훑었다.

몇 시간 동안을 찾았지만 제럴드 현의 내력을 얘기해줄 신분증이나 면허증, 사회보장 카드는 물론 보험 카드 하나 나오지 않았다. 경훈은 얼굴을 찌푸리고 무언가를 골똘히 생각했다.

「도저히 이해가 안 돼. 아무리 이혼을 하셨다 해도 이렇게 가족사진조차 한 장 없다니.」

수연이 넋두리처럼 중얼거리자 경훈이 말했다.

「수연아, 이건 결코 우연이 아니야. 뭔가 이상해.」

「우연이 아니란 건 무슨 얘기야?」

「보통 사람이라면 이처럼 철저하게 사진이나 기록이 없을 수는 없어.」

수연이 고개를 끄덕였다.

「그럼 제럴드 현 선생님은 어떤 분이셨을까?」

「한 가지 분명한 것은 보통 사람과는 전혀 다른 삶을 살아온 분 같다. 충분한 재산을 지니고 있으면서도 사업상의 명함이라든가 증권이나 투자 관계 서류도 한 장 없고……」

이때 경훈의 머릿속을 번개같이 스치고 지나가는 것이 있었다.

「너 저번에 연금이 있었다고 하지 않았니?」

경훈의 물음에 수연이 고개를 끄덕였다.

「그래, 연금을 받으신다고 했어.」

「그렇다면 연금을 수령하던 통장이 있겠네. 연금 증서와 번호도 있을 거구.」

「그렇겠네. 하지만 지금 이 집에서는 연금 증서를 찾을 수 없잖아. 왜 그럴까? 그런 걸 딴 데다 보관하실 리도 없을 텐데.」

「어쨌든 그걸 추적하면 이분이 무슨 연금을 받았는지, 무엇을 하던 사람인지 알 수 있을 거야.」

「연금 증서를 찾을 수 없는데 어떻게 추적한다는 거야?」

「유산이 있잖아. 유산 통장으로 추적하는 거야. 은행에 가서 통장을 정리하면 되지. 이제 통장은 네 거니까 얼마든지 정리해 달라고 할 수 있어.」

「아, 그렇구나. 그 통장에 연금을 보내는 기관이 기록되어 있겠구나. 그러면 먼저 변호사 사무실로 가야겠네.」

「그래, 가서 연금을 보낸 기관의 이름을 찾으면 내게 전화해 줘.」

「왜? 같이 안 가고?」

「응, 회사에 일이 있어. 들어가봐야 돼.」

「알았어.」

경훈이 회사에서 소송 관계 서류를 훑어보고 있을 때 수연이 전화를 걸어왔다.

「선배, 알아냈어. 연금이 나오는 기관 말이야.」

「어디지?」

「공무원연금관리공단이야.」

「공무원이라고?」

「그래.」

「연금 번호는?」

「그런 건 안 나와 있어.」

「연금 번호가 없을 리가 있나? 번호가 아니라면 무슨 다른 표식이라도 있겠지.」

「아냐, 아무것도 없는데.」

「다시 한 번 잘 살펴봐.」

「아니야, 정말 없어. 없다니까.」

「알았어. 내가 알아보지. 수고했어.」

「잠깐만, 선배.」

「왜, 더 할 말 있어?」

「나, 지금 뭘 어떻게 해야 할지 모르겠어.」

「상속 때문에?」

「그래. 분명 내가 받을 돈이 아니잖아.」

「일단 받아둬. 네 말대로 네가 그분의 유일한 친구이자 연고자니까.」

「그래도…….」

「자, 그럼 또 연락하자.」

경훈은 전화를 끊고는 바로 비서를 불렀다.

「공무원연금관리공단에 연락해서 이 사람의 연금 종류와 수령액을 알아봐줘요.」

경훈의 방을 나갔던 금발의 여비서는 오래지 않아 돌아와서는 보고했다.

「블랙이에요.」

「어느 정도요?」

비서는 손가락 세 개를 들어 보였다. 최상급 비밀 보호자라는 뜻이었다. 그 정도면 공단과 아주 잘 통하는 사람이라고 해도 알아내는 건 불가능했다. 미국 정부에서는 연금을 지불하는 사람들의 인적사항을 단계를 나누어 보호하고 있었다.

경훈은 고개를 끄덕였다. 제럴드 현은 역시 예상했던 대로 보통 사람이 아니었다. 그의 집에 인적사항을 알 수 있는 종이 한

최상급 비밀 보호자

조각 없던 것도 이해가 갔다. 그는 철저하게 과거를 숨기고 살았던 것이다.

「알았어요. 수고했어요.」

비서가 나간 뒤 한동안 생각에 잠겨 있던 경훈은 인터폰을 눌렀다.

「케렌스키 대표 자리에 계십니까?」

「네.」

「지금 올라가도 되는지 여쭤보세요.」

비서는 잠시 후 대답했다.

「기다리시겠답니다.」

경훈은 자리에서 일어나 양복 상의를 챙겨 입고 건물 맨 꼭대기 층에 있는 케렌스키의 방으로 갔다.

비서를 세 사람이나 쓰고 있는 케렌스키 대표는 마치 자본주의의 화신 같은 인물이었다. 세상에 아무것도 부러울 게 없을 것 같은 그는 모든 변호사들의 선망의 대상이었다. 그는 전 미국을 뒤흔든 수많은 사건들을 수임했고, 일단 맡은 사건에 대해서는 승소하지 못한 적이 거의 없었다.

「이 변호사, 어서 오시오. 하버드대학 교수들로부터 당신이 이제껏 봐오던 변호사들과는 많이 다르다는 얘기를 듣긴 했지만 이 정도일 줄은 몰랐소. 이제 그 허드슨 일렉트로닉 건은 끝난 거나 마찬가지요. 이 변호사가 파헤친 그들의 탈법 메커니즘을 재판부가 전부 인정했소. 세상에, 어쩌면 그런 엄청난 비밀을 손금

보듯 낱낱이 파헤칠 수 있었소? 연수 기간이 끝나도 부디 한국으로 돌아가지 말고 여기서 나와 함께 일합시다. 최고의 대우를 해 드리겠소.」

「고마운 말씀입니다.」

케렌스키는 경훈을 보자마자 극찬을 늘어놓기에 바빴다.

「대표님. 그런데 한 가지 부탁드릴 것이 있습니다.」

「뭐요? 내 힘이 닿는 데까지 도와드리리다.」

「이 사람의 인적사항을 좀 알아봐주십시오. 정부에서 연금을 받는데 그 신분이 블랙 3입니다.」

「블랙 3라…… 그렇다면 최상급 비밀 보호자라는 뜻인데.」

「그렇습니다.」

케렌스키는 잠시 생각하는 눈치더니 이윽고 힘주어 말했다.

「보스턴의 다른 어떤 이가 부탁을 해왔어도 나는 거절했을 거요. 그러나 이 변호사가 부탁하는 일이니 반드시 들어주고 싶소. 그런데 시간이 좀 필요하오. 안전한 루트를 통해야 하니까. 내일 정오까지 기다려주시오.」

「고맙습니다. 대표님.」

경훈이 감사의 표시를 했다.

케렌스키는 자리에서 일어나 엘리베이터까지 경훈을 직접 배웅했다.

첩보원

다음날 점심 무렵, 케렌스키는 경훈을 불러 봉투 하나를 건넸다. 봉투는 테이프로 단단히 밀봉되어 있었다.

「워싱턴에서 방금 도착한 거요. 아무도 보지 못했소. 도움이 되었으면 좋겠소.」

「감사합니다.」

경훈은 감사를 표하고 자신의 방으로 내려와 긴장된 마음으로 봉투를 열었다. 봉투 속에는 제럴드 현에 대한 개인 정보가 빼곡이 들어 있었다. 경훈은 제럴드 현의 이력서를 보고 또 보았다.

성명   Gerld Kangil Hyun

한국명   현강일

가명   GH, 제럴드 현

생년월일   1930. 10. 14

직업   (전) 미 국방성 정보·공작 전문

학력   1945. 3. 서울 일신국민학교 졸업

            1945. 4. 보성중학교 입학

            1951. 6. 보성중학교 6년제 졸업

1951. 12. 고려대학교 영문과 입학

1952. 3. 국립서울대 문리과대학 영문과 2학년 편입

1953. 미국 워싱턴주립대학 정치학과 전학. 교환 유학

1955. 미 국방성 언어대학원 교수(한국학)

1956. 미 육군 소집, 교수 자격 2년간 징집 연기

1957. 11. 미 육군 소집, 입대

1958. 미국 태평양사령부 첩보정찰사령부 소속

　　　일본 도쿄 신주쿠 지구 미 육군 대위 현지 임관

1959. 문관 자격 미 태평양사 첩보사 극동 지역 한국 담당. 국

　　　내 정치·군사책(도쿄, 서울 근무)

1960. 한국 육군 HID부대 미 육군 고문 겸임

1961. 미 육군 8군사 G2 전적

1963. 한국 주둔 유엔군 총사령관 특별고문관실

1972. 한미 관계 미 의회 특별조사위 출두(워싱턴 D.C.),

　　　국제관계 비밀 증언(한국 국내 정치·군사 전반)

1979. 11. 미 국방성 육군 대령 정보·공작 전문 요원 전역

　　　(28년 근속)

　제럴드 현은 경훈이 생각했던 것 이상으로 중요한 인물이었다. 정확히 말해서 거물이라 할 수 있었다. 공군 검찰관으로 군복무를 했었던 경훈이기에 이런 종류의 이력서를 읽는 법은 전문가 수준이었다.

1953년부터 미 육군 첩보부와 밀접한 관계를 맺고 있었던 제럴드 현은 서울대학교 영문과 재학 중 워싱턴주립대학으로 교환 유학했다는 점에 비추어볼 때 미국의 정보 계통에서 일찌감치 그를 포섭했다는 의미로 해석되었다. 그리고 미 국방성 언어대학원에서 한국학을 가르쳤다는 것은 한국에 파견될 미국인들을 대상으로 스파이 교육을 시켰다는 얘기고, 1958년에 한국인으로서는 드물게 미 육군 대위로 도쿄 첩보사에 임관했다는 것은 이후 한국에서 행했을 그의 역할과 영향력이 어느 정도였을지를 충분히 짐작하게 하는 화려한 경력이었다.

제럴드 현의 이력은 완벽히 준비된 요원의 그것이었다. 결국 한국인으로서는 드물게, 그것도 정보·공작 전문 요원으로서는 미국인에게도 드물게 주어지는 최고 계급인 미 육군 대령으로 전역했다는 사실이 그의 화려했을 경력을 증명해주고 있었다.

경훈은 수연에게 전화를 걸어 만날 약속을 정했다.

경훈으로부터 설명을 들은 수연은 입을 다물지 못했다.

「현 선생님이 보통 분은 아닐 것 같았지만 그런 정도였을 줄은 정말 몰랐어.」

「대단한 이력이지. 한국인으로 미국 정부에서 이 정도 역할을 한 사람은 없었을 거야. 이제 우리는 앞으로 어떻게 할 것인가를 결정해야 해.」

「무슨 뜻이야?」

「나는 그 사람이 평소 깊은 갈등을 겪어왔다고 생각해. 신분을 증명할 아무런 단서도 남기지 않은 것으로 봐서 그는 철저하게 첩보원으로서의 원칙을 지키면서 살아온 거야. 물론 자기가 알고 있는 비밀에 대해서도 완벽하게 입을 다물었겠지.」

「조울증도 그래서 생긴 건가 봐.」

「자신이 알고 있는 비밀을 남에게 털어놓을 수 없다는 것은 엄청난 스트레스를 주는 일이지. 비밀이 크면 클수록 스트레스의 크기도 비례할 테고.」

「그럼 결국 마지막 순간에 그 비밀을 털어놓으신 것으로 봐야 하는 거야?」

「그렇지. 그런데 마지막 순간에 그런 말을 한 데는 그 비밀의 가치가 크게 작용했을 것 같아.」

「그건 또 무슨 뜻이야?」

「그도 인간이라, 자신이 생각하기에 옳지 않았던 일에 대해서는 회의를 느꼈을 거야. 하지만 평소에는 정보·공작 요원으로서의 본분에 가로막혀 있다가 죽음의 순간이 되어서야 자신도 모르게 본능적으로 튀어나온 거 같아. 그 전화를 내가 받게 된 거구.」

수연은 잠시 생각하다가 물었다.

「선배 생각에는 그분이 옳지 못하다고 생각한 것이 바로 박 대통령의 죽음이라는 거지?」

「그래.」

「현 선생님은 왜 10·26에 비밀이 있다고 하셨을까?」

「그는 일반인들이 보지 못하는 것을 볼 만한 지위에 있었어. 무언가 분명한 것을 알고 있었을 거야.」

「그렇다 하더라도 이미 확실한 수사 발표가 나고 20년이나 지난 사건인데……」

「수사나 발표, 그 후 언론의 추가 확인 모두 완벽했어. 하지만 그 못지않게 완벽한 것이 또 하나 있어.」

「그게 뭐야?」

「바로 제럴드 현의 신분, 그리고 그 사람이 죽음의 순간에 전화를 걸어왔다는 사실 말이야.」

경훈의 긴장된 얼굴을 바라보며 수연은 고개를 끄덕였다.

「그런데 하필 현 선생님은 왜 내게 전화를 거셨을까?」

「다시 생각해보니까 그것도 당연한 일이었던 것 같아.」

「왜 그렇지?」

「그의 갈등을 그대로 나타내는 거지.」

「이해가 가지 않는걸. 난 선배처럼 머리가 좋지 않으니까 좀 쉽게 설명해줘.」

「그 사람은 머리부터 발끝까지 첩보원이었어. 자기 이력에 대한 단서를 전혀 남기지 않은 것만 봐도 짐작할 수 있는 거야. 그런 그였기에 죽음의 순간에 이르러서야 그동안 가슴속에 품고 살던 비밀을 알려야겠다고 생각한 거야. 그리고 그 순간 유일하게 연락할 수 있었던 사람은 바로 너, 서수연뿐이었던 거지. 아마 그분이

네게 어떤 비밀을 유언처럼 털어놓은 것은 무슨 기대를 해서라기보다는 그냥 조금이라도 마음이 편안해지기 위해서였을 거야. 그렇게 그는 한 인간으로서 갈등 끝에 가슴속의 비밀을 털어놓았지만, 결국 무덤까지 비밀을 가지고 가야만 하는 첩보원의 삶을 살았다고 볼 수 있는 거지.」

「그래, 이제 이해가 돼.」

수연은 경훈의 얘기를 들을수록 제럴드 현에 대한 연민이 더해졌다.

한동안 침묵하던 경훈이 평소와 다르게 긴장된 목소리로 말문을 열었다.

「그런데 문제는 이제부터 시작이라는 거야.」

「문제라니?」

「죽음의 순간에야 나올 수 있는 엄청난 고백을 바로 우리가 들어버렸다는 거지.」

「그렇구나. 그럼 우린 이제 어떻게 해? 다른 사람들에게 알려야 하지 않을까?」

경훈은 수연의 불안해하는 얼굴을 조용히 바라보며 고개를 흔들었다.

「우리에게 주어진 선택은 둘 중 하나야.」

「무슨 소리야?」

「하나는 못 들었던 걸로 하고 그냥 넘어가는 거고.」

「또 하나는?」

「우리가 그 비밀을 파헤치는 거지.」

「우리가? 선배하고 내가?」

「그래.」

수연이 마른침을 삼켰다.

둘 사이엔 한동안 침묵이 흘렀다.

부탁

보스턴이라는 도시의 사정을 속속들이 아는 사람들에게 가장 확실한 법률 회사를 들라면, 그들은 단연코 엄지손가락을 세우며 '에이펙스로펌'을 꼽을 것이다. 이름 그대로 지난 10여 년간 한 번도 정상의 자리를 내놓지 않고 있는 에이펙스로펌은 유수한 보스턴의 로펌 중에서도 몇 손가락 안에 들어가는 훌륭한 법률 회사다.

이 회사가 수많은 전통적 로펌들을 따돌리고 업계의 선두를 다투는 것은 전적으로 대표인 케렌스키 때문이었다. 천재로 소문난 그는 사람을 볼 줄 아는 눈을 가졌고, 자신이 인정하는 사람에게는 아낌없이 투자하기로도 정평이 나 있었다.

경훈은 원래 하버드의 로스쿨에서 수강만 할 예정이었는데, 어느 날 케렌스키의 눈에 들게 되면서 일정이 불가피하게 변경되었다. 로스쿨에서 벌어진 모의재판에서, 경훈은 초빙된 배심원들의 얼굴을 보고 누구에게 어떤 질문을 던지고 누구를 기피해야 하는지를 족집게처럼 집어내는 직관력을 내보인 바 있었다. 케렌스키는 그때 커다란 감동을 받았다. 천재란 본래 뛰어난 직관의 소유자라고 믿는 그에게 경훈이 특별하게 보인 것은 당연한 일이었다. 이후 케렌스키는 이제까지 그 누구를 스카우트하던 때와도 비교할 수 없는 열정으로 경훈을 초빙했다.

경훈은 에이펙스 같은 일류 로펌이 보스턴에 있는데 굳이 뉴욕까지 갈 필요는 없겠다는 생각에서 케렌스키의 초빙을 수락했던 것이다.

이후 경훈은 오직 논리와 거짓말이 횡행하는 법정 싸움에서 전혀 색다른 무기를 선보였다. 관상으로부터 오는 직관.

케렌스키는 직관이야말로 진정한 의미의 판단이자 천재들만 사용할 수 있는 방법이라고 생각했다. 사색이나 추론은 평범한 사람들의 방법이라는 것이었다. 따라서 케렌스키는 이 이상한 직관 능력을 지닌 경훈을 어느 누구보다 인정했다.

「이 변호사, 좀 올라와주겠소?」

경훈은 인터폰을 통해 케렌스키의 호출을 받고 엘리베이터로 향했다.

「어서 오시오, 이 변호사.」

케렌스키는 엘리베이터 앞에서 기다리고 있다가 경훈을 맞았다. 그리고 오랜만에 만나는 친구처럼 반가운 표정으로 경훈을 힘껏 포옹했다. 케렌스키 특유의 제스처였다.

「자, 들어갑시다.」

방에는 몇 사람이 둘러앉아 회의를 할 수 있는 원탁과 손님을 맞을 때 쓰는 소파가 있었고, 푸른 하늘이 내다보이는 통유리 앞에 두 개의 안락의자가 놓여 있었다.

방으로 들어서자마자 케렌스키는 조금 전 정감어린 표정을 거두고는 심각한 표정으로 말했다.

「부탁이 하나 있소.」

케렌스키는 가방 하나를 내밀었다.

「……?」

「라스베이거스로 가서 이것을 좀 전해주시오. 그러면 상대는 물건 하나를 줄 것이오. 그 물건을 나에게 갖다주시오. 어떤 상황이 벌어지더라도 그 물건을 반드시 건네받아야 하오. 어떤 경우라 하더라도 말이오. 아, 그는 한국인이오.」

이 말을 할 때 케렌스키의 눈이 유난히 빛났다. 경훈은 직감적으로 그 물건이 매우 중요한 것임을 알아차렸다.

케렌스키는 경훈에게 검은 가방을 건네주었다.

「이게 뭐죠?」

「돈이오.」

「얼맙니까?」

「70만 달러. 현금이오.」

「네?」

경훈은 놀랐다. 70만 달러라면 현금으로 주고받기에는 너무나 큰 액수였다.

「라스베이거스의 엠지엠카지노에 가서 그 사람을 찾으시오. 이름은 필립 최요.」

경훈은 못마땅했다. 이런 일을 자신에게 부탁하다니. 돈을 받을 사람이 한국인이라는 사실과 뭔가 관계가 있을 거라고 생각하면서도 말이 먼저 나갔다.

「글쎄, 이런 일을 제가 하기에는 좀…….」

「꼭 이 변호사가 맡아주시오.」

케렌스키는 강한 눈빛으로 경훈의 눈을 쏘아보았다.

「무슨 돈입니까?」

「도박을 하다 빌린 돈이오.」

「그런데 꼭 제가 가야 할 필요가 있습니까?」

「다른 직원이 할 일은 아니오. 아무것도 묻지 말고 갖다주시오.」

경훈은 자신이 돈을 운반한다 하더라도 법적으로 별문제가 없을 거라는 생각은 들었지만 어딘지 모르게 께름칙했다. 그러나 애써 좋지 않은 기분을 털어버렸다. 비록 이상한 느낌이 들기는 해도, 얼마 전 자신의 어려운 부탁을 들어준 케렌스키의 청을 거절하기는 어려웠다.

「알겠습니다.」

「이 사실은 나와 이 변호사 외에는 아무도 모르게 해주시오.」

경훈은 당연한 일이라고 생각했다. 이런 일을 누구에게 말한단 말인가. 그러고 보니 케렌스키는 다른 직원을 보내는 것보다 이제 곧 한국으로 돌아갈 자신을 시키는 편이 안전할 거라고 생각하는 모양이었다.

「알겠습니다.」

케렌스키는 양복 주머니에서 얼마간의 현금을 꺼냈다.

「카드를 쓰지 말고 모든 비용을 현금으로 지불하시오.」

「네.」

케렌스키는 철저하게 비밀을 유지하려 애쓰는 것 같았다.

「형제. 이것은 내 일이지만 동시에 이 변호사의 일이기도 하오.」

형제라고? 케렌스키로부터 처음 듣는 말이었다. 형제라니? 의아해하며 걸어나가는 경훈의 등에 대고 케렌스키가 다시 한 번 '형제'라는 말에 힘을 주며 덧붙였다.

「기억해두시오. 언젠가 이 형제라는 단어가 필요할 때가 있을 것이오.」

경훈은 케렌스키의 언동이 몹시 신경에 거슬렸지만 잠자코 걸어나왔다.

의문의 죽음

라스베이거스. 세계 최고의 환락 도시로 불리는 이곳의 밤은 수많은 사람들의 꿈과 한숨으로 채워져 있다. 일확천금의 꿈을 안고 이 도시에 발을 디디는 사람들은 주변을 스치는 단 한 번의 기회라도 놓치지 않으려고 눈동자를 빛내며 신경을 곤두세운다. 그러나 그들은 하루 이틀이 지나면서 이 도시가 뿜어내는 마성에 시든 푸성귀처럼 생명력을 잃고 만다.

수많은 기회가 스쳐가지만 아무도 그 기회를 주워 담지 못한다. 인간의 내면에 잠재해 있는 무한한 욕망이 결국은 모든 것을 놓치게 만드는 것이다.

마침내 그들은 그 화려했던 꿈만큼이나 비통한 한숨을 내쉬며 이 도시를 떠나야 한다. 동전 한 푼 남아 있지 않은 주머니를 만지작거리며 다시는 이 괴물 같은 도시를 찾아오지 않으리라 맹세하지만, 그들은 다시 이 환락의 도시 라스베이거스로 돌아올 날을 꿈꾸며 하루하루를 살아간다. 탐욕은 나방의 애벌레처럼 잠복하고 있다가 화려했던 한때의 순간을 끝내 잊지 못하게 만들어 부나방처럼 이 도시로 날아들게 만드는 것이다.

경훈이 공항에 내려 게이트를 나서자마자 자신의 이름이 써진

피켓이 눈에 들어왔다. 리무진의 운전기사가 기다리고 있었던 것이다. 그는 카지노 호스트로부터 나가 있으라는 지시를 받았다는 것이다. 경훈이 호텔에 도착하자 VIP 서비스의 직원이 기다리고 있다가 반갑게 맞았다.

「여행은 힘들지 않으셨습니까?」

「괜찮아요. 그런데 어떻게 내가 올 줄 알고 있었죠?」

「미스터 케렌스키로부터 연락을 받았습니다. 최고의 대접을 해드리라고 하셨습니다.」

「그럴 필요 없습니다. 나는 게임을 하지도 않을 텐데.」

「게임과는 아무 상관이 없습니다.」

직원의 태도로 보아 케렌스키는 이 카지노에서 VIP 중의 VIP라는 것을 알 수 있었다. 경훈은 직원의 안내를 받아 카지노에서 제공하는 펜트하우스로 들어갔다.

32층의 펜트하우스에서 야경을 내려다보는 경훈의 입에서 자신도 모르게 탄성이 쏟아졌다. 거대한 네온사인 같은 도시는 그야말로 불야성을 이루고 있었다. 라스베이거스는 미국식 자본주의가 만들어낸 걸작인 동시에 기형아였다.

경훈은 샤워를 마친 뒤 돈을 금고에 넣어두고 바로 카지노로 내려갔다. 케렌스키가 얘기하던 한국인을 찾아 돈을 전해주어야만 마음이 편할 것 같았다. 경훈은 카지노 호스트를 전화로 불러 필립 최가 묵고 있는 방을 물었다.

「그분은 지금 안 계십니다. 이틀 후에 돌아오시겠다고 하셨습니다만……」

「뭐요? 없다니. 어디로 가셨다는 얘깁니까?」

「그건 모르겠습니다. 그런데 혹시 이경훈 변호사십니까?」

「네. 맞습니다.」

「그렇군요. 그분이 이 변호사께 전해드리라고 하신 물건이 있습니다.」

「뭐죠?」

「뭔지는 모르겠습니다. 어디로 가져다드릴까요?」

「지금 룸으로 올라갈 테니 거기로 갖다줘요.」

룸으로 찾아온 카지노 호스트는 경훈의 신분을 확인하고 나서 작은 나무 상자를 내놓았다. 뚜껑과 몸체가 맞닿은 자리에는 얇은 셀룰로오스 띠 같은 것을 붙이고 그 위에 다시 테이프를 붙여 누구라도 열어보면 당장 표시가 나게 해둔 목갑이었다. 케렌스키가 아닌 다른 사람은 열어보지 못하도록 장치를 해둔 모양이었다.

경훈은 자신이 찾아올 것을 아는 것으로 보아 이미 케렌스키가 이 사람과 통화를 한 모양이라고 생각했다. 케렌스키가 얘기하던 '그 물건'이란 바로 이것일 테지만 돈은 어떻게 해야 할지 판단이 서지 않았다.

「그 필립 최라는 분으로부터 돈에 대한 얘기는 없었나요?」

「돈은 다음에 갖다달라고 했습니다.」

이상한 일이었다. 케렌스키는 빌린 돈이라 했고 그 돈을 주어야 물건을 받을 것처럼 말했는데, 이건 뜻밖의 상황이었다.

경훈은 혹시 케렌스키가 아직 회사에 있을지 모른다는 생각이 들어 전화를 걸었다.

「네, 에이펙스로펌입니다.」

이상했다. 이렇게 밤늦은 시각에 교환기가 아니라 누군가 직접 전화를 받다니.

「저는 이 변호산데, 누구시죠?」

「아, 이 변호사. 비상팀의 폴입니다.」

「그런데 어떻게 된 일이죠? 자동 교환장치가 풀리고 비상팀에서 직접 전화를 받다니?」

「……케렌스키 대표께 사고가 생겼습니다.」

「네?」

「대표께서 실종되셨습니다.」

「그게 도대체 무슨 말이에요, 실종이라니?」

「너무나 급작스런 일이라 저희도 모두 당황하고 있습니다만, 하여튼 실종되셨습니다.」

「아!」

어제 오후에 케렌스키의 방을 나설 때 느꼈던 께름칙한 기분은 결국 이런 일에 대한 예감이었던가.

「모두 회사에 나와 계십니다. 부대표께서 통화를 하고 싶어하시니 잠깐 기다리십시오.」

이내 수화기에서는 부대표 사이몬 변호사의 목소리가 흘러나

왔다.

「이 변호사, 거기 어디요?」

경훈은 대답을 하려다 말고 멈칫했다. 케렌스키는 철저한 비밀을 당부하지 않았던가.

「이번 소송 건 때문에 만나볼 사람이 있어서 보스턴을 떠나 있습니다.」

「어제 케렌스키 대표 방에서 단둘이 얘기를 나눴다고 하던데, 뭐 특별한 내용은 없었소?」

「글쎄요, 특별한 얘기는 없었습니다.」

「케렌스키 대표께 사고가 났소.」

「방금 들었습니다만 무슨 일이 생긴 겁니까?」

「마음이 울적하다면서 보트를 타고 낚시를 하러 나갔다가 바다 한가운데에서 빠지신 모양이오.」

「다른 가능성은 없습니까?」

「자살이라고 생각하는 사람들도 있는 모양이오. 그러나 워낙 바다 한가운데서 일어난 일이라 정확한 상황은 아무도 알 수 없소. 다만 그분이 돌아가신 건 분명한 것 같소. 조금 전, 그분의 방풍 재킷이 파도에 떠밀려 다니는 것을 해안경비대의 순찰선이 발견했다는 연락이 왔소.」

「구명 재킷은 입지 않으셨나요?」

「보트 관리인에 의하면 오늘따라 구명 재킷을 놔두고 나가셨다는 거요.」

「도저히 믿어지지 않는군요. 어떻게 이런 급작스런 일이…….」

「머리가 아주 복잡하셨던 모양이오. 지금은 나도 정신이 없소. 내일 아침 출근해서 얘기합시다.」

「네.」

경훈은 전화를 끊고 잠시 생각에 잠겼다. 석연치 않은 것이 한둘이 아니었다. 깊은 바다에서의 실족이라니. 아니면 자살한 것 같다니. 도박으로 빚진 돈 70만 달러를 전달해달라고 한 걸 보면 그와 관련된 듯도 했지만 아무리 그렇다 해도 케렌스키는 여전히 세상에서 못할 것이 없는 사람이었다. 회사의 주식만 하더라도 수백만 달러가 넘을 것이지만 무엇보다 그의 진정한 힘은 미국 사회를 움직여나가는 영향력에 있었다.

그에 더해 70만 달러라는 거액을 받기도 전에 물건을 맡겨두고 사라진 필립 최라는 인물도 수상쩍었다. 어떤 일도 70만 달러라는 거액을 받는 일보다 우선할 수는 없는 것이 아닐까?

이런 정황들로 보아 케렌스키의 사고는 단순히 자살이냐 타살이냐를 따지기 이전에 훨씬 복잡한 사정이 있는 것이 분명했다. 이것저것 생각하던 경훈은 빨리 보스턴으로 돌아가기로 했다. 그는 곧바로 호텔을 빠져나와 공항으로 향했다. 일이 어떻게 되어가더라도 일단은 케렌스키가 자신에게 부탁한 것을 함부로 노출시키지 않기로 했다.

며칠이 지나도록 케렌스키의 사체는 발견되지 않았다. 결국 경찰은 케렌스키의 실종을 자살로 결론지었다.

다시 며칠이 지나자 그나마 제기되던 다른 가능성들은 사람들의 입에서 차츰 멀어져갔다. 그것은 케렌스키의 부인이 발견한 메모 때문이었다. 딱히 유서라고 보기에는 어려울지도 모르지만, 케렌스키가 실종되던 날 아침 집에 써두고 나온 그 메모를 경찰은 유서로 단정했다.

점점 숨이 막혀온다. 이제 내가 선택할 수 있는 길은 없다.
도박의 끝은 파멸밖에 없다는 걸 나는 죽음으로 이 세상에 알린다.
사랑하는 아내여, 이제 한 줄기 빛조차 스러지고 나면 알바트로스의 날개에 올라 안개 깔린 천국에서 다시 만납시다.
그동안 안녕.

에이펙스의 이사회에서는 의결권과 경영권 등의 문제 때문에 빠르게 케렌스키 대표의 사망 처리를 하고자 했다. 더 이상 대표 자리를 공석으로 두고 있을 수만은 없었던 것이다. 그로 인해 오는 손실은 숫자로 따지기 어려울 정도였다.

장례식이 끝나고 나자 경훈은 이제 그만 한국으로 돌아가야겠다고 생각했다. 케렌스키도 없는 마당에 에이펙스로펌에서의 근무는 무의미했다. 그러나 마음에 걸리는 게 있었다. 바로 케렌스키가 자신에게 넘겨준 70만 달러의 돈이었다. 그 돈을 필립 최에게 넘겨주어야 할지 케렌스키의 부인에게 주어야 할지 판단이 서지 않았다. 그리고 그 작은 목갑도 문제였다. 경훈은 목갑을 부인에게 넘겨주려고 케렌스키의 집으로 찾아갔다. 그러나 문은 굳게 잠겨 있었다. 경훈은 몇 번이나 전화를 걸었지만 케렌스키의 부인과는 통화가 되지 않았다. 경훈은 일단 목갑을 은행의 대여금고에 넣었다. 끝까지 부인을 찾아 넘겨줄지를 고민했지만 케렌스키가 이 일에 대해 비밀을 지켜달라고 부탁했던 게 떠올랐다. 경훈 자신도 호기심이 생겨나지 않는 것은 아니었지만 이 흉흉한 분위기에서 괜히 사건에 휘말리고 싶지도 않았다. 하여, 시간이 좀 지난 후 부인에게 넘겨주는 게 낫겠다는 결론을 내렸다.

다음날 경훈은 출근하자마자 부대표의 호출을 받았다.

「이 변호사, 내 방으로 좀 올라오시겠소?」

케렌스키의 사망 직후부터 그의 자리를 대신하고 있는 부대표를 만나기 위해 경훈은 엘리베이터를 탔다.

부대표는 어느새 케렌스키의 방을 차지하고 있었다.

「안녕하시오? 이 변호사.」

경훈은 먼저 분위기를 짚어보았다.

「다름이 아니고 이 변호사가 그동안 우리 회사를 위해 기여한 바가 워낙 커서 이제는 정식으로 계약을 맺을 때가 되었다고 생각하오. 그래서 말인데, 어떤 대우를 해주면 좋을지 의논하고자 하오.」

「말씀은 고맙지만 저는 이제 한국으로 돌아가야 할 것 같습니다.」

경훈은 단호하게 의사 표시를 했고 그의 확고한 의지를 확인한 부대표는 더 이상 강요하지 않았다.

경훈은 당장 이곳을 떠난다고 해도 문제될 것이 없었다. 비서에게 자신의 짐을 챙겨 한국으로 보내줄 것을 부탁하고, 가까웠던 몇 사람에게만 따로 작별 인사를 나눴다. 이사업체에 전화를 걸어 한국으로의 포장이사를 부탁하고는 대금까지 치렀다. 경훈의 직관은 자신도 모르게 모든 일을 신속히 처리토록 하고 있었다.

모든 정리가 끝나자 경훈은 수연을 만났다. 한국으로 돌아간다는 경훈의 말에 수연은 서운함을 감추지 못했다.

「돌아갈 때가 된 것을 알고는 있었지만, 그래도 너무 서운하다. 제럴드 현 선생님 문제도 그렇고, 상속 일도 있고…….」

「염려 마. 그 일이 어떤 형태로든 마무리될 때까지는 나도 다른 일은 하지 않을 작정이야. 일단 한국에 가서 10·26 당시의 상황이 어땠는지, 당시 제럴드 현이라는 인물이 과연 어떤 역할을 하기는 했었는지 알아볼게.」

수연의 얼굴에 불안감과 아쉬움이 짙게 깔렸다.

「할 수 없지 뭐. 그럼 오늘 밤이 보스턴에서 선배와 함께하는 마지막 밤이겠구나.」

두 사람은 잠깐 동안 서로의 생각에 빠져들며 침묵했다. 시간이 좀 지난 후 수연이 결의가 담긴 목소리를 밀어냈다.

「내가 받은 재산 말인데, 우선 현 선생님이 마지막 남긴 말을 규명하는 데 아낌없이 쓸 거야. 그게 도리잖아.」

도박사

다음날 아침 일찍 경훈은 라스베이거스행 비행기를 타고 보스턴 상공에 떠올라서야 비로소 자신이 떠난다는 사실을 실감했다. 즐겁고 유익했던 유학 생활이었다. 이제는 언제 다시 오게 될지 모를 보스턴이었다.

경훈은 라스베이거스에 도착해 호텔 객실에서 룸서비스로 식사를 마쳤다.

「필립 최는 바카라 테이블에 있습니다.」

게임장으로 내려간 경훈은 첫눈에 필립 최를 알아볼 수 있었다. 초저녁이라 그런지 바카라 테이블에서 게임을 하는 사람은 단 한 명밖에 없었고, 그가 바로 동양인이었기 때문이기도 했다.

동양인이라 해서 한국인으로 단정지을 수는 없지만 경훈의 안목은 한국인과 일본인, 그리고 중국인을 가려내는 데 실수한 적이 없었다.

경훈은 한동안 말없이 필립 최가 게임하는 것을 지켜보았다. 필립 최는 엄청난 액수의 칩을 쌓아놓고 있음에도 불구하고 아주 적은 금액만 베팅하곤 했다.

경훈은 처음 접하는 게임이라 지루한 줄 모르고 구경을 했고,

슈에 담은 카드가 다 되었을 때는 벌써 한 시간이나 지나 있었다.

「이번 슈에서는 3만 달러를 땄군. 칩을 모두 바꿔줘.」

필립 최는 앞에 있던 칩을 딜러 쪽으로 밀었다.

딜러가 몇 번씩이나 칩을 세고 또 세어 고액 칩으로 교환해 주자 필립 최는 그것을 모두 손가방 안에 집어넣었다.

자리에서 일어난 경훈은 필립 최에게 한국말로 물었다.

「혹시 최 선생님이신가요?」

필립 최는 경훈을 잠시 훑어보고는 대답했다.

「그렇소만…….」

「저는 보스턴에서 케렌스키 변호사의 일로 왔습니다.」

「아, 이 변호사군요. 어디 조용한 데로 갑시다.」

필립 최는 칩을 모두 캐셔에게 맡긴 후 경훈을 자신의 방으로 데려갔다. 방은 초호화판이었다. 라스베이거스의 야경이 대형 유리창을 통해 한눈에 들어왔다. 필립 최는 냉장고에서 마실 것을 꺼내왔다.

「돈을 전달해달라고 하셨기에 왔습니다.」

경훈은 가방을 내밀었다. 필립 최는 가방을 열고는 돈을 세어보지도 않고 눈으로 쓱 훑은 다음 옆으로 치워버렸다.

「그분의 근황은 아시죠?」

경훈은 혹시 필립 최가 케렌스키의 죽음에 대해 알지 모른다는 생각에 말을 꺼냈다.

「이상한 일이오.」

필립 최도 케렌스키의 죽음에 대해서는 이유를 모르겠다는 표정이었다.

「케렌스키 변호사님은 왜 도박에 지셨을까요? 평소 천재라 자부하시던 분이었는데…… 도박이란 것이 그분의 머리로도 도저히 이겨낼 수 없을 만큼 어려운 겁니까?」

경훈은 쓸데없는 질문이라 생각하면서도 필립 최의 반응을 떠보기 위해 물었다.

「미스터 케렌스키, 보통 사람이 아니었지. 그는 처음에는 도박을 철저히 수학적으로 파악하려 들었소. 사실 수학자나 과학자들이 가장 도박에 약한 사람들이오. 늘 그들이 제일 먼저 잃지. 그들은 기氣를 이해하지 못하고, 그 무한한 수양의 세계로 깊이 들어갈 수가 없소. 도박을 보면 동서양 문화의 차이를 느낄 수 있는데, 서양인들은 대체로 공격적이고 도전적이오. 참고 기다리는 수양의 단계를 넘어 참선으로까지 들어가는 정靜의 세계를 이해하지 못하지. 진정한 힘이란 바로 그 기다리고 참는 것에 있는데 말이오. 못 참으면 도박은 끝이오. 케렌스키는 오래지 않아 수학의 세계를 넘어 이 정의 세계를 깨달았소. 하지만 안타깝게도 그는 이기는 길에 이르는 원리는 파악했지만 자신의 마음을 다스리는 데는 실패했지. 철저히 자기를 비워야 하는데 그게 안 된 거요. 자기를 버려야 하오. 자존심을 버리고 자기가 이룬 것을 버려야 하오. 또한 성품이 선량해야 하오. 착하지 않으면 역시 이길 수 없으니까.」

「최 선생님은 마치 도인처럼 말씀하시는군요.」

「비슷할 거요. 도인만큼이나 도박사도 정신세계를 중요시하는 사람들이니까. 도박에서는 감정을 다스리는 것이 중요하오.」

「감정을 다스리는 일은 그리 어려울 것 같지 않은데요.」

「아니오. 도박에서는 그것이 가장 어렵소. 예를 들어 절에서 10년 이상 도를 닦은 승려의 방에 천하절색의 미녀가 매일 들어온다고 합시다. 승려는 이성으로는 그 미녀를 안아서는 안 된다는 것을 너무나 잘 알지만 실제로는 아마 파계하고 말 거요. 도박에서 감정을 다스린다는 것은 그것보다도 훨씬 어려운 일이지. 그러니 도박에서 항상 이긴다는 것은 거의 불가능하오.」

말을 마친 필립 최는 홈바에서 술과 얼음을 꺼내 온더락스를 만들어서 가지고 왔다. 경훈이 술잔을 넘겨받으며 물었다.

「최 선생님은 어떠십니까?」

「작게 지고 크게 이기지. 감정을 조절하면서.」

「도박에는 운이라는 것이 따른다고 하지 않습니까? 거개의 도박사들은 소위 이 끗발을 중시하는 게 아닌가요?」

「한두 번 끗발이 붙을 수는 있겠지. 그러나 그런 것은 모두 궁극적인 패배를 앞당기는 현혹에 불과하오. 프로는 운을 얘기하지 않는 법이오.」

경훈은 필립 최의 철학이 매우 견고하다는 것을 느꼈다. 그의 한마디 한마디는 체험에서 우러나오는 절절한 것이었다. 그리고 그가 터득한 철학은 인류의 스승들이 제시했던 삶의 원칙과 다를 바 없었다.

경훈은 《장자》에 나오는 소 잡는 사람의 얘기를 떠올렸다. 하찮은 직업이지만 소를 잡는 것도 한 가지만 성심성의로 하다 보면 나중에는 칼이 힘줄이나 뼈 사이사이로 빠져다녀 칼을 갈지 않고도 순식간에 소 한 마리를 잡는다고 했다. 매일 승부를 하면서도 그 좁고 좁은 승패의 갈림길 사이를 빠져다니는 필립 최 역시 어느 정도는 도인의 경지에 올라 있는 듯했다.

다음날 경훈은 로스앤젤레스로 가서 한국행 비행기 표를 샀다. 그는 자신이 2년간의 미국 생활 끝에 커다란 숙제를 얻어 간다는 생각을 하며 피식 웃음을 흘렸다. 그는 우연히 휘말리게 된 일에 대한 엄청난 압박감을 느끼며 비행기에 몸을 실었다.

추적

　법무법인 대표는 귀국한 경훈을 반갑게 맞아주었다. 케렌스키의 죽음에 대해서는 무척 안타까워했다.

　「이해할 수 없는 일이군. 자살이라니. 카지노에서 얼마를 잃었는지 모르겠지만 그 사람이 그런 정도로 죽음을 선택한다는 게 도저히 이해되지 않는군. 아무튼 이 변호사에 대한 믿음이 상당했는데……. 그건 그렇고 다시 같이 일하게 되어 반갑소.」

　「정리할 게 있어서 시간을 좀 가졌으면 좋겠습니다.」

　「그렇게 해요. 쉬면서 이쪽의 감각을 회복하는 것도 중요하지. 오자마자 일에 파묻혀버리면 능률도 안 오를 거요. 하지만 주변의 지인들이나 고객들에게 돌아왔다는 인사 정도는 해두는 게 좋을 것 같소. 내일부터 사무실도 마련해둘 테니 당분간 개인 사무실로 쓰시고.」

　「고맙습니다.」

　역시 대표는 깐깐하면서도 세심했다.

　「그리고 이건 귀국 선물이오. 아직 상용화가 안 돼서 제법 비싼 거요.」

　대표가 웃으며 내민 것은 핸드폰이었다.

「고맙습니다. 이렇게까지 신경 써주셔서.」

경훈은 며칠간 지인들과 고객들에게 전화를 걸거나 잠시 만나 인사를 나눈 뒤 차분히 도서관에 들어앉아 10·26 관련 기사를 검토하면서 국내 생활을 시작했다.

10·26에 관한 국내 언론의 보도는 거의 대동소이한 것으로, 당시 보안사가 주축이 된 합동수사본부의 발표를 근간으로 하고 있었다.

경훈은 기존의 발표와 해설을 무시하고 자신만의 가설을 세워 보길 되풀이했다. 사건 자체가 워낙 최고 권력층에서 일어난데다 수사도 당시 무소불위의 권력을 구가하던 보안사에서 독자적으로 한 것이고 보면, 기존의 발표만 그대로 받아들일 수는 없었다. 당시 자료들을 꼼꼼히 검토한 끝에 경훈은 10·26에 대한 의문점을 나름대로 새롭게 정리했다.

경훈이 보기에 의문점은 한둘이 아니었다. 우선 같은 합수부의 수사 발표와 기소 내용부터가 모순되었다. 합수부는 10·26을 김재규 정보부장의 우발적 범행으로 발표하고 나서 정작 기소 때에는 내란 목적 살인죄를 적용했던 것이다.

김재규 부장의 진술도 백팔십도 달라졌다. 합수부에서 발표한 진술서에는 '야당에 대한 정보부의 공작 실패와 부마사태에 대한 유약한 대응으로 대통령으로부터 질책을 받은 뒤 정보부장직에서 해임될 수도 있다는 불안감이 있던 중 차지철이 말끝마다 자신을 깔아뭉개고 대통령이 동조하여 인격적 모멸감을 느껴 범행을 저질렀다'고 해놓고, 정작 재판을 받을 때는 '조국의 민주화를 위하여 유신의 심장을 쏘았다'고 진술했다.

경훈은 아무리 사소한 자료라도 놓치지 않고 읽고 또 읽었다. 10·26에 관한 자료 중 경훈의 눈길을 가장 잡아끌었던 것은 박정희의 '자주국방론'이었다. 김재규는 정책상 박정희를 반대한 가장 큰 이유로 '자주국방론'을 꼽았다. 모든 자료 검토를 끝내자 경훈의 발걸음은 빨라지기 시작했다.

경훈은 탐문 끝에 김재규를 신문했던 수사관 한 명을 찾아냈다. 부장검사로 있는 선배를 통해 만난 오십대 중반의 전직 수사관은 처음에는 다소 불안한 눈길로 경훈을 살폈지만 김재규 건과 관련해서는 이미 모든 공소시효가 소멸되었다는 사실을 상기시키자 곧 당당한 태도를 회복했다.

음식점에서 만난 전직 수사관은 소주가 몇 잔 들어가자 확실히 안정을 찾았는지 탁한 목소리로 얘기를 꺼냈다. 그는 스무 살 이상이나 연상이었음에도 변호사라는 신분 때문인지 경훈을 대하는 말투가 아주 깍듯했다. 그런 그의 어투 속엔 당시 자신들의 행위에 상당한 자부심을 가지고 있는 듯했다.

「하루는 왼쪽만을, 또 하루는 오른쪽만을 무자비하게 팼습니다. 각하를 시해한 인간이니까 보호할 가치고 뭐고 없다고 생각했거든요.」

「왜 그렇게 한쪽만을 때립니까?」

「그래야 더 고통스럽습니다. 사람이라는 게 온몸을 다 맞으면 감각이 무뎌지거든요.」

경훈은 그의 증언 속에서 김재규가 서빙고에서 당했을 고통을 짐작할 수 있었다.

「그는 건강이 몹시 나빴는데 고문을 할 수 있었습니까?」

「아마추어는 따귀 한 대 때리다가 사람을 죽이는 경우도 있지만 우리는 전문가들입니다. 전문가들은 아무 자국을 남기지 않고도 지옥보다 심한 고통을 줄 수 있다 그거죠. 건강 같은 것은 문제도 안 됩니다.」

「김재규는 수사 중 박정희 대통령에 대해 어떤 태도를 보였습니까?」

「김재규의 모든 진술은 각하를 존경한다는 베이스 위에서 이루어졌습니다. 그래서 각하의 여자 관계 등에 대해서는 한마디도 하지 않았어요. 그것은 자신에 대한 동정 여론을 구하는 데도 매우 중요한 요소였는데 말입니다. 생각해보세요. 각하께서 영화배우·탤런트·모델·가수, 심지어 여대생까지 여자에 탐닉한 독재자였다고 진술한다면 여론이 얼마나 들끓었겠습니까? 사람들은 그런 데 민감한 법이니 시끄러울 수도 있었을 테니까요. 물론 그런 진술이 나왔다고 해도 밖으로 알려지진 않았겠지만요.」

「여유가 있었던 모양이군요.」

「네. 김재규는 모진 고문 속에서도 처음에는 강한 자신감을 보였습니다. 자신은 반드시 살아난다고 믿고 있었지요. 그러나 시

간이 지날수록 그 자신감이 엷어지더니 12·12 후에는 극도로 불
안하고 초조한 기색을 보였습니다. 무언가를 애타게 기다리고 있
다가 오지 않는다는 것을 깨달은 것 같았다고나 할까요. 그때부
터 그는 논리를 세우기 시작했습니다. 자신의 혁명론을 구성하기
시작했던 거지요.」

「그에게 자유롭게 진술할 분위기가 주어진 적이 있었습니까?」

「글쎄요. 그는 연행되던 그날부터 혹독한 고문을 받았습니다.
자유롭게 진술할 분위기가 주어질 리 없었겠죠.」

사건이 있던 날 밤 김재규는 육군본부 벙커로 갔다. 거기서 그는 자
신이 대통령을 살해한 사실을 숨기려고 했지만 결국 김계원 비서실
장으로부터 사실을 전해들은 정승화, 노재현에 의해 체포된다. 그
후 그는 보안사 정동 분실에 감금되었다가 다시 서빙고의 수사 분실
로 옮겨진다. 수사 분실에서 김재규는 이학봉 중령의 지시를 받은
신동기 수사관에 의해 무참하게 얻어맞는다.

키는 작지만 갖가지 무술에 능하고 간이 큰 신동기는 '이왕 어느 쪽
으로든 결정을 보아야 할 상황이라서 무식하게 밀어붙였다'고 말했
다. 그는 한 달 전 중앙정보부 부설 정보학교에서 여섯 달 과정의 정
보 교육을 마칠 때 성적이 우수하여 김재규 부장으로부터 상을 받
은 적도 있고 호송하는 과정에서 다소 정이 들기도 했었다. 그러나
지금은 안면을 몰수할 때라고 판단했다. 김재규와 공모한 반란 부대
를 알아내 조치를 취해야 한다는 강박관념이 수사관들을 지배하고

있었다. 이런 긴급한 상황에서 자백을 빨리 받아내는 방법은 물리력에 호소하는 것이었다.

— 어이, 김재규, 솔직히 이야기하자. 어느 군부대를 몰고 올 거야? 우리도 알아야 손들고 항복할 것이 아닌가.

신 수사관은 이때부터 한 30분간 김재규를 '거칠게' 다루었다. 정보부장 김재규는 살인범으로 전락하고 있었다.

— 어느 군단과 결탁했어?

— 없습니다. 단독으로 시해했습니다.

김재규는 쇠로 만든 의자에 앉았다가 나뒹굴어질 때마다 스스로 의자를 바로세운 뒤에 자세를 딱 바로잡고 앉아서 다음의 타격을 기다리는 것이었다. 꼭 일본 무사 같았다. 비굴한 모습을 보이지 않으려고 애썼다.

-조갑제,《내 무덤에 침을 뱉어라》중에서 인용

「김재규는 실상 철저한 박정희주의자였습니다. 우리는 그에게서 이념보다는 감정으로 인간관계를 설정하는 듯한 태도를 느낄 수 있었는데, 그는 한평생 박 대통령에게 은혜를 입었다고 생각했습니다. 일본의 사무라이를 추종하는 듯한 그로서는 은혜를 배신으로 갚은 것이 견딜 수 없는 고통이었을 겁니다. 그는 틈만 나면 박정희 대통령이 누운 쪽을 향해 무릎을 꿇고 눈물을 뿌렸으니까요.」

「이상하지 않습니까? 그런 그가 아무리 홧김이라고는 하나 그

추적

토록 존경하는 대통령을 죽였다는 것이? 혹시 발표되지 않은, 세상이 모르는 무슨 이유를 찾아내지는 못했습니까?」

전직 수사관은 잠시 생각하는 눈치더니 결심이 선 듯 말했다.

「김재규는 무조건적으로 박정희를 추종했지만, 한 가지 점에서는 일관되게 비판했습니다.」

「뭐죠, 그게?」

「박정희 대통령의 자주국방론이었습니다. 그는 어떤 때는 그것을 '각하의 잠꼬대'라고까지 표현했습니다.」

경훈도 그에 대해서는 이미 자료를 통해 확인하고 있었다. 그럼에도 불구하고 물었다.

「내 나라를 내가 지키자는 게 자주국방인데 그게 왜 나쁘다고 생각했을까요?」

「중앙정보부장 자리에서 보기에는 문제가 있어 보였나 보죠. 아무튼 그게 김재규가 각하를 비난한 유일한 진술이었죠.」

경훈은 전직 수사관을 통해 김재규가 박정희의 자주국방론을 부정했다는 사실을 다시 한 번 확인한 것이 성과라면 성과였다. 그와 헤어져 돌아오면서도 경훈의 머리에선 의문이 떠나지 않았다. 왜 그랬을까?

10·26의 비밀이 무엇이든 간에, 의리의 사나이 김재규가 유독 자주국방론을 잠꼬대 같은 것이라고 폄하했다면 거기에는 분명 그럴 만한 이유가 있을 것 같았다.

실마리

경훈은 10·26과 함께 제럴드 현이라는 인물에 대한 확인 작업에 들어갔는데, 그의 한국에서의 활동 상황을 알아보는 일부터가 쉬운 일이 아니었다. 그가 근무했던 주한 미군의 고문관실을 찾아가보는 게 최우선이겠지만 그곳에 접근하기란 그리 만만한 일이 아니었다. 매우 민감한 정보를 수집하고 분석하는 이 기관은 실제 주한 미군의 귀와 눈인 동시에 수많은 한국의 유력 인사들을 보이지 않게 관리하는 곳이기도 했기 때문이다. 선이 닿을 만한 선배 몇 명을 찾아가서 부탁을 해봤지만 모두 난색을 표했다.

다른 방법을 모색하며 생각에 생각을 거듭하던 경훈은 제럴드 현이 조울증에 걸려 고생했었다는 점에 착안해 다른 루트를 찾아냈다. 그가 만약 군에 있을 때 병을 얻었다면 그는 미8군 병원에서 치료를 받았을 가능성이 컸던 것이다. 만약 그렇다면 원하는 정보를 얻을 수도 있을 것 같았다. 미8군 병원과 접촉할 수 있는 길은 의외로 가까운 곳에 있었다.

「이봐, 지미. 8군 병원 일을 맡고 있지?」

경훈은 같은 회사에 근무하는 지미를 불러내 점심을 사주며 물었다. 미국에서 예일대를 졸업하고 2년간 뉴욕의 로펌에서 근무하다가 한국으로 온 그는 성품이 선량하고 친절했다. 지미는 회사의 많은 변호사들 중에서 특히 영어에 능통한 경훈과 오래전부터 가까운 사이였다.

「그래. 그런데 왜?」

「8군 병원의 지난 기록을 좀 볼 수 있을까?」

「기록? 무슨 기록?」

「진료 차트 말이야.」

「그 정도야 뭐……. 누구 건데?」

「어려울 수도 있을 거야.」

「글쎄, 그까짓 게 뭐 그리 어렵겠어.」

경훈은 제럴드 현의 생년월일과 이름을 적은 쪽지를 지미에게 넘겨주었다.

「어디가 아팠던 사람이야?」

「조울증.」

「조울증?」

「그래.」

지미는 조울증이란 말에 관심이 가는지 쪽지를 살펴더니 고개를 약간 흔들었다.

「나이를 보니 옛날 사람 같은데…….」

「기록이 없어지거나 하지는 않았겠지?」

「환자 기록은 무엇에 쓰려고 그래? 소송이라도 붙었나?」

「이유는 묻지 말고.」

「급한 거야?」

「가능한 한 빨리.」

「알았어. 알아볼게.」

지미는 오후에 바로 경훈에게 연락을 해왔다. 경훈이 찾아가자마자 그는 제럴드 현에 관한 자료를 꺼내놓았다.

「찾느라고 고생 좀 했어. 차트실에는 기록도 안 돼 있는 사람이더군.」

「그런데 어떻게 찾았어?」

「둘러대다보니까 나도 모르게 정곡을 찔렀더라고.」

「무슨 소리야?」

「차트가 없다 하더라도 엑스레이나 기타 검사실에서 독자적으로 보관하는 기록에는 이 사람의 이름이 있을 수 있다고 주장했지. 다른 병원에서도 그렇게 기록을 찾아 환자의 이익을 보장해 준 선례가 있다고 우겼어.」

「천재적 거짓말이군.」

「병원에 있는 기록이란 기록은 모두 다 뒤졌어. 컴퓨터에 입력된 자료는 하나도 없더군. 그런데 어떤 친절한 여직원이 서류 보관 창고를 한번 뒤져보라고 했어. 혹시 거기 있을지도 모른다면서, 통상 혈액형 대장이 가장 잘 보관되어 있을 거라고 하더군. 과연 그랬어. 긴급 수혈에 대비해 모든 입원 환자들의 것을 기록

해두었더라고. 이 사람 이름도 거기에 있었지.」

「고마워.」

경훈은 자신의 사무실로 돌아와 서류를 펼쳤다. 지미가 넘겨
준 제럴드 현에 관한 기록은 의외로 간단했다. 의무 기록이 아닌
혈액형 대장이라 그런 모양이었다.

환자명 : 제럴드 현
병　명 : 조울증
입원일 : 1979년 10월 18일
퇴원일 : 1979년 10월 27일
혈액형 : (RH+A)

내용을 훑어보는 경훈의 눈길은 제럴드 현의 입·퇴원일에 가
서 멎었다.

79년 10월 18일에 입원하여 10월 27일에 퇴원. 경훈의 직관은
날카롭게 번득였다. 제럴드 현은 바로 10·26을 사이에 두고 입원
했다가 퇴원한 것이다. 특히 퇴원일은 바로 10·26 다음날이었다.
10·26에 비밀이 있다는 마지막 말을 남기고 죽은 그가 10·26 다
음날 병원에서 퇴원했다는 기록이 왠지 예사롭게 보이지 않았다.

다음으로 경훈은 한국인 중에 제럴드 현을 알고 있을 만한 사
람을 추적해 들어갔다. 케렌스키가 구해준 제럴드 현의 신상명세
서에 따르면 그는 한국에서 정보와 공작을 다루며 근 30년 가까

운 세월을 보낸 사람이었다.

경훈은 공안검사로 있는 동기와 선배들을 수소문해서 제럴드 현을 알 만한 위치에 있는 사람들의 명단을 작성했다. 그러나 그들 대부분이 제럴드 현에 대해 알지 못했다. 그들이 정말 제럴드 현을 모르고 있는 것인지, 알고도 입을 열지 않는 것인지는 확인할 수 없었다. 정보와 공작 계통의 인물들은 입이 무겁다는 측면도 작용했을 것이다.

그러나 명단 속 인물을 거의 다 만나갈 무렵 마침내 성과를 거뒀다. 오랫동안 정보 계통에서 종사하다 은퇴한 경찰 출신 한 사람이 나섰던 것이다.

「제럴드 현? 혹시 그 사람 이름이 현강일이오?」

「네, 그렇습니다.」

「나는 직접 알지 못하지만, 그를 잘 알 만한 사람은 알고 있소.」

「누굽니까?」

「오세희라고, 예전에 치안본부 외사과 간부였소.」

「지금 어디 있나요?」

「지금은 캐나다에 가서 살고 있지.」

「캐나다에요?」

경훈은 다소 맥이 풀렸지만 그나마 다행이 아닐 수 없었다.

「혹시 주소나 전화번호를 아시는지요?」

「그런데 무슨 일로 그러시오?」

「결코 그분에게 해가 되거나 누를 끼치는 일은 아닙니다. 부탁드립니다.」

「해 될 일이야 뭐 있겠소. 그래도 혹시 모르니 이 변호사의 전화번호를 주시오.」

비록 나이 든 노인이었지만 아직도 정보 계통에서 일하던 깐깐함이 그대로 느껴졌다. 쉽게 남의 전화번호를 가르쳐줄 인물이 아니었지만 경훈의 선량해 보이는 얼굴과 말하는 태도가 신뢰를 준 모양이었다.

노인은 경훈의 전화번호를 받아 적은 후 낡은 수첩을 꺼내 한참 이름을 찾더니 오세희의 전화번호를 일러주었다.

「고맙습니다.」

「그는 정직하고 예의바른 사람이오. 가끔 한국에 들어올 때면 옛날 동료들을 찾아 술도 사고 그러지. 캐나다에서는 크게 성공했다더군.」

노인은 오세희에 대해 좋은 감정을 가지고 있는지 처음과 달리 온화한 표정을 짓고 있었다.

경훈은 집으로 돌아와 캐나다와의 시차를 확인하고는 오세희에게 전화를 걸었다. 전화는 오세희의 비서로 여겨지는 여자를 거쳐 그에게 연결되었다. 한국이라고 하자 오세희는 무척 반가워하며 응대를 했다. 그런데 경훈이 혹시 제럴드 현을 아느냐고 묻자 어투가 백팔십도 달라졌다.

잠시 침묵하던 그가 물었다.

「당신은 뭐하는 사람이오?」

「변호삽니다.」

「그런데 무슨 일이오?」

「그분에 대해 여쭤볼 게 있습니다.」

「뭘 말이오?」

「전화로 여쭐 일이 아닌 것 같습니다. 괜찮으시다면 찾아뵐까 합니다.」

경훈이 다짜고짜 캐나다로 찾아가겠다고 하자 오세희는 꽤 놀란 모양이었다. 다시 짧은 침묵이 이어진 후에 오세희가 나직한 목소리로 물어왔다.

「그분에게 무슨 법적 문제라도 생겼소?」

「그런 것은 아닙니다.」

「그렇다면 왜 캐나다까지 오겠다는 거요?」

경훈은 이제 단도직입적으로 얘기를 꺼내는 편이 낫겠다고 생각했다.

「현 선생님은 돌아가셨습니다. 저는 그분의 죽음과 관련하여 몇 가지 조사를 하고 있습니다.」

「아니, 뭐라고요? 강일이 형님이 돌아가셨다구!」

순간 저쪽에서 받은 충격이 느껴졌다. 외마디 탄식이 들리고 한동안 말이 없던 오세희가 잠시 목소리를 가다듬은 후 다시 입을 열었다.

「뭘 조사하는 거요?」

「제 친구가 현 선생님의 상속인입니다. 친구와 제가 그분의 마지막 유언을 듣게 되었습니다.」

「그게 무엇이었소?」

「그것과 관련해서 듣고 싶은 말이 있습니다. 」

오세희는 다시 잠시 생각하는 눈치더니 짧게 말했다.

「그렇다면 오시오.」

「고맙습니다.」

천기누설

다음날 아침 경훈은 바로 공항으로 나갔다. 비행기 티켓은 오세희와 통화가 이루어진 직후 예매를 해두었었다.

태평양을 가로질러 밴쿠버에서 입국 수속을 마친 경훈은 다시 비행기를 갈아타고 약 두 시간을 날아 오세희가 살고 있는 에드먼턴에 도착했다.

「어서 오시오.」

공항에서 첫눈에 경훈을 알아본 오세희의 눈매는 예사롭지 않았다. 비록 점잖고 온화한 인상이었으나 그 예리한 눈빛은 결코 평범한 삶을 살아온 사람이 아님을 보여주고 있었다. 관상에 특별한 조예가 있는 경훈도 그의 나이를 쉽게 짐작하기가 어려웠다.

「오세희요.」

「반갑습니다. 오 선생님. 현 선생님과는 무척 가까운 사이셨던 모양입니다.」

오세희는 고개를 끄덕이다가 오른손을 들어 보였다. 집게손가락이 잘려나가고 없었다.

「이 손가락이 잘려나갔을 때 형님이 캐나다까지 와서 나를 위로해주셨었는데……. 어떻게 그렇게 급작스럽게…….」

오세희의 굳건해 보이던 표정에 잠시 동요가 일었다.

두 사람은 주차장까지 같이 걸어가 차를 탔다. 차가 공항을 벗어나자 잔디로 뒤덮인 평원과 추수를 마친 넓은 밀밭이 끝없이 펼쳐졌다. 산들거리는 바람을 맞으며 시내로 들어가는 길은 무척 상쾌했다.

「매우 평화로워 보이는군요.」

「그렇소. 여기 사람들은 대부분 대자연에 순응하면서 겸허함을 배우며 조용히 살고 있소.」

「여기서는 어떤 일을 하셨습니까?」

경훈은 대형 링컨컨티넨털 타운카를 유유히 몰고 있는 오세희를 돌아보며 물었다.

「개발을 했소.」

「개발이라면요?」

「땅을 사서 거기에 전기와 상하수도를 놓고 도로를 만든 다음 사람들에게 집을 지을 수 있도록 분양을 하는 거요.」

「그렇군요.」

오세희는 덧붙여 말했다.

「개발을 한다고 모두가 성공하는 것은 아니오. 나는 정말 최선을 다했소.」

오세희는 자신의 성공에 대해 강한 신념을 가지고 있었다.

「나는 한국에서 단돈 천 달러도 가져오지 못했소. 요즘의 투자

이민과 비교하면 하늘과 땅 차이지. 처음에는 공장에서 일을 했는데 그만 손가락 하나를 잃고 말았소. 그때 받은 보상금 3천 달러로 빈 병 수집 장사를 시작했소.」

경훈은 고개를 끄덕였다. 오세희는 자수성가한 사람이었다. 그에게 차츰 믿음이 갔다.

「나는 우리나라의 이민정책과 외환정책이 잘못되었다고 생각하오. 우리나라의 잘사는 사람들, 가령 국민의 상위 30퍼센트가량에게는 마음대로 돈을 가지고 외국에 이민 갈 수 있도록 해야 하오. 미국이든 캐나다든 돈 없이 오면 하류 생활을 면치 못하지.」

「요즘 이민 가는 사람들은 제법 돈을 가지고 나가지 않습니까?」

「내 말은 돈 있는 사람들이 큰돈을 가지고 나갈 수 있도록 해야 한다는 뜻이오. 적어도 제대로 된 사업을 할 수 있게끔 말이오.」

「언어도 짧은데 사업이 잘될까요?」

「한국인들은 반드시 성공하오. 사업을 하기에는 사실 한국이 세계에서 가장 어려운 곳 중 하나요. 그곳에서 성공한 기질이라면 어디서건 잘할 수 있소. 또한 그 사람들이 빠져나간 자리에 다른 사람들이 이어서 돈을 벌 수 있게 되고, 다시 그들이 부유해지면 또 외국으로 나가는 것이오. 좁은 땅덩이의 한국은 이렇게 순환되어야 하오.」

「국부가 빠져나가지 않을까요?」

「한국인들처럼 핏줄 근성이 강한 사람들은 없소. 유대인이 그 맞수라고나 할까. 이 두 민족은 가히 불가사의라 할 만하지. 세계 경제를 장악한 유대인들을 보시오. 모두 밖에서 번 돈으로 조국에 힘이 되고 있소. 한국도 풀어놓아야 하오. 자원도 없는 나라에 똑똑한 사람들만 득실거리니 갖은 사기 수법이 나오는 것 아니겠소.」

경훈은 오세희의 말에 뭐라 당장 반박할 수는 없었지만 그의 조국에 대한 사랑은 느낄 수 있었다.

「아까 다치셨을 때 현 선생님이 다녀갔다고 하셨는데, 그때가 언제쯤이었습니까?」

「82년 가을 무렵이었소.」

「그분이 전역을 하신 후였군요.」

「그렇소. 미국 정부는 중요한 사람을 절대 외국에서 살도록 하지 않소. 형님은 전역 후에 바로 미국으로 들어가서 사셨소.」

오세희는 생각했던 것보다 훨씬 더 제럴드 현에 대해 많이 알고 있는 듯했다.

「오 선생님은 어떻게 현 선생님을 알게 되셨습니까?」

「간부 후보생으로 경찰 생활을 시작한 나는 어느 정도 경력을 쌓고는 치안본부 외사과에 근무하게 되었소. 당시 내가 하던 일은 주로 외국인들의 동태를 살피고 그들 사이에 떠도는 정보를 수집하는 일이었소.」

경훈은 고개를 끄덕였다. 그런 위치라면 자연히 제럴드 현과 만나게 되었을 것이다.

「현 선생님은 무엇을 하시던 분입니까?」

「한국에 관한 모든 것을 관장하시던 분이오.」

경훈은 미소를 지었다. 아무리 제럴드 현이 한국의 정보와 공작을 관장하던 인물이었다고 하더라도 그렇게까지 표현하는 것은 심하다는 생각이 들었기 때문이다.

오세희는 경훈의 마음을 읽기라도 한 듯 말을 이었다.

「형님은 5·16혁명 때부터 한반도 정세에 관여하기 시작했는데, 그런 점에서 형님과 한국 정부의 관계는 바로 한국의 현대사와 다를 바 없다 할 것이오.」

「그분이 한국에 오신 게 언제쯤인가요?」

「형님이 한국에 오신 지 얼마 안 돼 군사혁명이 일어났소. 당시 태평양사령부 소속으로 한국에 건너오셨는데, 형님은 이미 5·16을 예견하고 자신이 할 일을 준비하고 계셨던 거요.」

「5·16이 날 것을 미리 알고 계셨다고요?」

「그렇소. 형님은 조국에 깊은 애정을 품고 계셨소. 도쿄의 사령부에서 정보장교로 근무하시던 때부터 틈만 나면 한국으로 날아와 정보를 수집하시곤 했소. 그러다가 5·16에 대한 정보를 입수하셨던 거지.」

「도대체 어떻게 그런 극비 정보를 얻으셨을까요?」

「거기에는 재미있는 일화가 있소.」

오세희는 옛날이야기라도 하는 듯 감회 어린 얼굴로 서두를 꺼냈다.

「당시 박정희 소장은 이미 군사혁명을 결심하고는 호시탐탐 기회를 엿보고 있었소. 워낙 큰일이라 노심초사하던 그는 어느 날 대여섯 명의 부하를 데리고 동대문 옆에 사무실을 내고 있던 지창룡을 찾아갔지. 지창룡은 6·25를 예견하고 동작동 국립묘지 터를 잡아주는 등, 이승만 대통령의 국사國師로서 이름이 높았던 사람이오.」

「그런 사람을 박정희 소장이 거사 전에 찾아갔다면 그건 무모한 행동이 아니었을까요?」

「그런 면도 있겠지. 하지만 어떤 면에서는 계산이 서 있는 행동이었다고도 할 수 있소. 만약 정말로 혁명에 성공할 관상이라면 지창룡도 입을 다물고 있을 수밖에 없으리라고 확신했던 거지.」

경훈은 그럴 수도 있겠다는 생각이 들었다.

1961년 벽두였다.

사복 차림의 다부진 사내 다섯 명과 군복 차림의 사내 두 명, 이렇게 일곱 명이 동대문운동장 옆 을지로 7가에 있는 내 사무실로 찾아왔다.

군복 차림을 한 두 사람의 계급을 보니 하나는 육군 대령이요 다른 하나는 중령이었다. 나머지 사복 차림들도 단정한 머리와 절도 있는 거동 등으로 봐서 군인들임을 알 수 있었다.

「선생, 선생의 역술이 귀신같다기에 이렇게 찾아왔소. 오늘이 마침 토요일이고 해서 오후에 잠깐 시간을 냈소이다. 우리 모두의 신수나 좀 봐주시오.」

순간 나는 놀라지 않을 수 없었다. 대령 한 사람만 빼고 나머지 여섯 사람 모두가 얼굴 가득 상서로운 기색으로 차 있는 게 아닌가. 아무리 일행이라고 하지만 이렇게 모두가 길상일 수는 없었다. 중령의 얼굴을 보니 머지않아 곧 차관급으로 영달할 상이었다. 나머지 사람들은 모두 장관급에 오를 대길상을 하고 있었다. 어떻게 이럴 수가 있는가.

아찔했다.

나는 잠깐 화장실에 다녀오겠다고 핑계를 대고는 자리를 피해 바깥으로 나왔다. 나는 정신을 가다듬고 연방 눈을 비벼보았다. 참 별스런 일이었다. 그간 수많은 사람들을 상담해봤지만 이런 경우는 처음이었던 것이다. 직감적으로 와 닿는 게 있었다. 나는 냉정한 마음으로 다시 들어갔다. 한 번 더 그들의 상을 볼 심산이었다. 그러나 두 번 보아도 분명 만면달기의 기색들이었다.

「당신의 나이가 올해 몇이오?」

더 이상 거칠 게 없었다. 나는 사복 차림을 한 이들 한 사람 한 사람의 나이를 물으면서 선언하듯 일러줬다.

「곧 장관이 될 것입니다.」

네 사람 다 장관이 될 거라고 하자, 모두가 어이없어하는 기색들이었다.

다음은 중령의 나이를 물었다. 처음에 본 대로 장관은 어렵겠고, 차관급은 될 상이었다.

그 다음은 대령이었다.

「당신은 일심을 가지면 충신인데, 지금은 분명 이심을 가지고 있으니 부디 관재를 조심하시오. 화를 당할 것이 염려되오.」

그랬더니 흠칫 놀라는 눈치였다. 그의 상을 보니 인당이 붉고 준두에 흑기가 끼어 있었다. 두 마음을 가지고 있다고 한 까닭이 거기에 있었다.

모두 다 보아주고 이제 한 사람만 남게 되었다. 아주 다부진 인상의 키가 작은 위인이었다. 두 눈에서 불꽃 같은 영채가 쏟아져나오고 있었다.

「선생, 나는 왜 안 봐주는 거요? 나도 마저 보아주시오.」

카랑카랑한 목소리였다.

「허허, 물론 봐드려야지요. 여러분들은 잠시 나가서 기다려주시오. 이분만 남게 하고 말이오.」

나머지 여섯 명이 두말 않고 자리를 비켜주었다. 이들이 꾸미는 일이 무엇이겠는가. 지금은 정치적 혼란기였다. 4·19의거를 계기로 이승만 정부가 무너지고, 7·29총선을 통해 집권한 민주당은 신구 양파로 분열되어 원색적인 권력투쟁을 벌이고 있었다. 국민들의 정치의식도 성급하게 고양된 나머지 남북 분단이라는 냉혹한 현실을 다소 잊고 있는 시점이었다. 뿐더러 군부 내부에는 파벌 간의 대립 구조가 심화되어 있는 상태였다. 그렇다면 자명했다.

혁명, 그리고 새로운 제왕, 대통령의 출현!

이들은 성공할 것인가.

찰나에 걸쳐 생각을 달려야 했다. 입술이 타들어오는 결단의 순간이었다.

하지만 나는 그 말을 감췄다. 천기누설을 하지 않으려는 뜻이었다.

오직 마음으로만 전해야 하는 극비사항이었다.

나는 사복 차림의 마지막 사람과 마주 앉아서 아주 조용히 말했다.

「먼저 물어볼 말이 있습니다.」

「……?」

「실례의 말씀이오나 오해는 마시고 제 말씀을 들어주십시오. 지금 선생님께서는 뭔가 계획하고 계신 일이 있습니다. 아마 4월 며칠쯤으로 잡아놓고 있을 겁니다. 이날은 실패의 날입니다. 한 달 뒤인 5월로 연기하여 거사하시면 뭔지는 몰라도 대성하실 겁니다.」

내가 여기까지 말해도 그는 아무런 응답이나 미동도 않고 묵묵히 듣고만 있었다. 나는 계속해서 그 까닭을 설명해주었다.

「그 이유는 이러합니다. 선생 얼굴 전체가 좋은 기색으로 충만하기는 하온데 이마의 일각 옆의 보각 부위가 꽉 막혀 있어서 선생이 생각하신 날에 거사하시면 실패로 끝납니다. 반드시 내가 일러준 날을 참고하십시오.」

그는 한동안 나를 빤히 쳐다보더니 고개를 끄덕끄덕하는 거였다. 물론 입은 열지 않았다.

이로써 나의 감정은 끝났다. 그가 밖에 있는 사람들을 보고 그만 들어오라고 하자 모두가 들어와 앉았다.

그중 한 사람이 내게 대뜸 이렇게 말하는 것이었다.

「여보시오. 우리는 선생이 관상을 잘 보신다고 해서 심심풀이로 신수나 좀 볼까 하고 왔는데 엉뚱하군요. 선생 같은 엉터리는 처음 봤소이다. 아니, 저 친구가 이제 중령인데 곧 장관급에 오른다니 어디 생각 좀 해보십시오. 장관급이 되자면 적어도 별 셋 정도는 달아야 하지 않겠소? 나도 장관, 저 사람도 장관, 아니 선생은 장관 병이라도 걸린 사람 같소이다. 너무도 틀리니 없었던 걸로 하십시다그려.」

「그럼 그러십시다.」

이렇게 하여 그들은 돌아갔다. 없었던 걸로 하자는 말은 일종의 묵계 같은 거였다. 그쪽에서는 비밀을 보장해달라는 뜻이고, 이쪽에서는 염려 말라는 뜻이었다.

그날부터 나는 하루하루 초조한 나날을 보내야 했다. 정월 대보름, 여느 때처럼 지방으로 별자리를 보러 갔던 나는 북방 8수 가운데 하나인 위성이 심하게 요동치는 걸 똑똑히 보았다. 세 개의 별로 구성된 위성이 움직이면 군사가 일어날 징조였다. 과연 몇 달 뒤 5·16군사혁명이 터졌고, 예전에 찾아온 눈이 서리한 군인이 박정희 소장이라는 이름으로 세상에 떠올랐다.

-지창룡, 《하늘이여 땅이여 사람들이여》 중에서 인용

혁명가

오세희는 상기된 얼굴로 이야기를 계속했다.

「그들은 모두 비밀을 유지하려고 애썼지만 형님의 정보망을 빠져나가진 못했소.」

「아마도 그 대령이…….」

「자세한 것은 모르오. 하지만 전체적으로는 지금이나 당시나 대단한 미국의 정보망에 걸려들었다고 봐야 할 것이오. 당시 형님의 눈귀가 곧 미국의 눈이요 귀였으니까. 일선에서의 정보를 독식하다시피 한 분이니 그런 정도의 정보는 당연히 포착했던 거요.」

「현 선생님은 그 정보를 상부에 보고하셨습니까?」

「아니오. 형님은 진지하게 고민하셨소. 당시의 남북 대치 상황에서 민주당 정부는 갈피를 못 잡아 흔들리고, 사회는 혼란에 빠져 있었소. 군부조차도 파벌이 갈려 있는 상황이라 형님은 과연 어떤 길이 최선인가를 깊이깊이 생각하셨소. 그러다 그 지창룡이라는 사람을 직접 찾아가보기로 하셨던 거요.」

「그를 취조하셨습니까?」

「아니오. 과연 그가 용한가 어떤가를 알아보려 했던 거지.」

「그거 참 재미있군요.」

「형님은 지창룡에게 신수를 봐달라고 하셨소. 그러자 그 양반은 첫마디에 '당신은 물 건너서 온 분이군요' 하더라는 게지.」

「그래서요?」

「형님은 시침을 떼고 무슨 일을 하면 먹고살 수 있겠느냐고 물었소.」

「그랬더니요?」

「그 양반 얘기가 '세상에서 제일 큰 나라가 평생 먹여 살리는데 무슨 먹고살 일을 걱정합니까' 하더라는 거요. 형님은 그 소리를 듣고 얼른 그 자리를 벗어났다더군.」

「그래서 그 지창룡이라는 사람의 말을 믿고 박정희 소장을 밀어주셨습니까?」

「아니오. 혼자만 알고 고민 중이던 어느 날 혁명이 터져버렸던 거요.」

「현 선생님이 5·16을 방관하셨다는 것처럼 들리는데, 미국의 정보장교로서 모든 것을 알면서도 방조하셨다는 이야긴가요?」

「그런 것은 아니오. 형님은 박정희 소장을 깊이 있게 관찰하셨던 거요. 그의 행적, 사상 등을 철두철미하게 좇으셨지. 형님은 태평양사령부에 청원을 내 아예 주한미군사령부로 자리를 옮기셨소. 형님으로서는 박정희 소장의 우국충정에 조금이라도 문제가 있으면 즉각 그를 제거할 생각으로 관찰하셨지만, 형님이 보시기에 박정희 소장은 신념을 가진 애국자로 믿음이 갔던 거요. 이후 형님은 5·16 직후 박정희 소장과 직접 맞대면하셨소. 비밀리에 관찰하던 입장에서 벗어나 이제는 상부의 명령을 받은 미국 정보 담당자의 입장에서 박정희 소장이 어떤 인물인가를 심사하고 평가하기 위해서였던 거요.」

「대단한 위치에서 한국의 일인자를 만나실 수 있었군요.」

「그렇소. 항상 비상시에는 정보와 공작을 담당하는 사람들이 가장 무서운 법이오. 당시 미국에서 형님에게 박정희 소장의 신상명세서를 보내왔는데, 거기에는 박정희 소장이 적색분자였다는 기록이 있었소. 미국에서는 쿠데타를 일으킨 박정희 소장의 사상, 특히 그가 공산주의자인가 아닌가를 엄밀히 판단하여 보고하라는 지시가 내려왔던 거요.」

「그 신상명세서는 누가 작성했던 것입니까?」

「CIA 본부에서 작성된 서류로 알고 있소.」

「당시 박정희 소장의 입장은 어떤 것이었나요?」

「미 육군의 대위 계급장을 달고 있는 형님을 대하는 박정희 소장의 태도는 당당했소.」

「현실적으로 미국의 승인을 받아야 했던 박정희 소장으로서는 마냥 당당하게만 나올 수는 없었을 텐데요.」

「거기에 박정희 소장의 풍모가 있었던 거요. 어린 시절과 청년 시절을 일본인 밑에서 머리 숙이고 살아야 했던 그는 일생일대의 혁명이 성공하는 순간 또다시 미군 계급장을 달고 나타난 사나이에게 고개를 숙이고 싶지는 않았을 것이오. 그러나 역시 상대의 기분을 거스를 수도 없었을 테고. 내가 듣기로는 그때……
박정희 소장이 너무 당당하게 나오는 터라 형님도 몹시 화가 났
다고 하오. 그런 태도가 자신을 무시해서가 아니라, 이제 막 혁명
에 성공한 사람으로서 다시 외세에 고개 숙일 수 없다는 박정희
소장의 신념 때문이라는 걸 받아들이기에는 당시 형님도 의욕이
넘치는 청년에 불과했으니까요.」

「그렇겠군요. 현 선생님의 입장에서는 그동안 자신이 알면서도
나름 배려해주고 있던 박정희 소장이 강하게 나오는 것이 편치만
은 않았을 것 같군요. 그래서 두 사람이 충돌했나요?」

「아니오. 형님은 결국 박정희 소장에게 머리를 숙이셨소.」

「무슨 일이 있었습니까?」

「박정희 소장은 마지막 순간에 손을 꼬옥 쥐면서 말없이 형
님의 눈을 지그시 들여다보더라는 거요. 그리고 얼마가 흘렀을
까, 박정희 소장의 눈에서 눈물이 비치더랍니다. 형님은 그때 마
치 순간적으로 해탈에 이르듯이 그 침묵의 의미가 깨달아지더랍
니다. 박정희 소장의 눈물은, 지난 백 년간 강대국의 간섭과 지배
속에서 쌓여온 한과 분노를 안고 혁명을 일으켰는데, 또다시 이
러지도 저러지도 못하는 상황에 빠진 한 민족주의자가 흘리는
눈물이었던 것이오. 형님은 이후 그때 보인 박정희 소장의 눈물
을 티우의 웃음과 비교하더이다.」

「티우라면?」

「미국의 쿠데타 공작에 의해 월남의 육군 중령에서 일약 대통

령이 된 사람 말이오. 그는 대통령이 되자 비굴한 웃음을 흘리며 미국대사는 물론 미군의 정보담당관 앞에서까지 잘 부탁한다고 거듭거듭 고개를 숙이며 충성 맹세를 했던 데 반해, 박정희 소장은 끝까지 당당하게 처신했던 것이오. 형님은 그의 눈물에서 약소국을 이끌어 진정 민족의 미래를 밝혀보고 싶다는 한 인간의 진실을 보셨던 거요. 협잡꾼의 가벼운 웃음이 아닌, 영웅의 진정한 눈물이 형님의 가슴을 적셨던 것이오.」

당시의 상황을 전하는 오세희의 눈에도 어느새 물기가 비쳤다.

「형님은 그길로 물러나와서는 본국에 타전했던 거요. 박정희 소장은 한국을 이끌 확실한 지도자이며 투철한 반공주의자라고 말이오.」

경훈은 가슴이 뭉클했다.

「아름다운 광경이었군요.」

「형님은 그렇게 한국사의 전면에 등장하게 되었소.」

「그렇다면 현 선생님은 박정희 정부에 대해 매우 우호적이셨겠군요?」

「꼭 그렇지만은 않았소. 형님은 박 대통령이 잘하는 것은 지원하고 못하는 것은 과감하게 철퇴를 가했소. 그것이 바로 형님의 임무였으니까.」

「잘하고 못하는 것의 평가 기준이 무엇이었을까요?」

「음, 그것은 미국의 기준이었소.」

「그러면 그분도 역시 어쩔 수 없는 미국의 대변인이었군요.」

「형님은 기본적으로 미국 정부의 공무원이셨소. 다만 그분의 가슴속에 민족에 대한 끓는 피가 있었던 거지.」

경훈은 고개를 끄덕였다.

「이제 이 변호사가 이곳까지 날아온 이유를 말할 차례가 된 것 같은데……」

「저는 지금 10·26에 대해 조사하고 있습니다. 현 선생님이 마지막 순간에 저와 통화하시면서 10·26에는 비밀이 있다고 말씀하셨기 때문입니다.」

「그럼 형님의 유언이 그것이었단 말이오?」

「그렇습니다. 저는 우연히 고인의 유언을 듣게 된 셈입니다.」

오세희의 얼굴이 어두워졌다.

「어떻게 된 연유인지 자세히 듣고 싶소.」

경훈은 수연의 이야기며 그로 인해 자신이 전화를 받게 된 이야기, 그리고 10·26에 비밀이 있다는 마지막 말까지 오세희에게 들려주었다.

「그렇게 된 것이군. 그래, 형님의 장례는?」

「예, 조금 전 말씀드린 수연이란 친구가 장례를 치렀습니다.」

「고마운 일이군.」

「슬픔이 크시겠지만…… 마지막에 하우스라는 말도 하셨는데 혹시 짐작 가는 일이 없습니까?」

「하우스라…… 글쎄, 청와댄가?」

오세희는 얼굴을 찌푸리며 한참 골똘히 생각하더니 고개를 좌우로 흔들었다.

「여기까지 왔는데 미안하오. 나는 그 부분에 대해서는 아는 게 없소.」

그러나 경훈은 거기서 물러설 수는 없었다. 제럴드 현에 대해서 누구보다도 잘 알고 있는 이 사람에게서 가능한 한 많은 것을 알아내야 했다.

공작

「기이하게도 현 선생님은 1979년 10월 18일에 8군 병원에 입원했다가 10월 27일에 퇴원하셨습니다. 27일에 퇴원하신 것은 틀림없이 박 대통령의 서거 때문일 겁니다. 막중한 책임을 지고 계시던 분이 그런 큰 사건이 벌어졌는데 침대에만 누워 계실 수는 없었겠지요. 그런데 그분은 왜 하필이면 그 첨예한 시기에 입원을 하셨던 걸까요? 그분이 정말 최고의 정보를 다루던 분이라면 우연치고는 더욱 이해하기 힘든 우연처럼 여겨지는데.」

경훈의 말에 오세희도 같은 느낌이 든 모양이었다.

「마치 10·26을 피하려고 한 것 같다는 말이군.」

「그렇습니다. 왜 그러셨을까요? 병명도 무슨 급성 질환이 아니라 조울증입니다.」

오세희도 납득이 안 간다는 표정이었다.

「모를 일이군.」

「혹시 그분은 사전에 10·26을 알고 계시지 않았을까요?」

잠시 생각하던 오세희는 고개를 흔들었다.

「그럴 리는 없소. 형님은 박 대통령을 매우 존경하셨소. 뿐만 아니라 대통령가의 사람들과도 친하셨지. 자신이 대통령의 영애인 근혜 씨를 마음에 두고 있다는 고백까지 하신 적이 있을 정도 니까.」

「네?」

「놀랄 것은 없소. 두 사람 사이에 무슨 진척이 있었던 것은 아니고 형님이 혼자 사모하셨다는 거요. 사실 그 당시 한국인치고 근혜 씨의 조용하고 사려 깊은 모습을 흠모하지 않은 사람이 어디 있었겠소?」

경훈은 쓴웃음을 지었다.

「형님한테는 낭만적인 기질이 있었소. 늘 바바리코트 차림으로 비 오는 날이면 대낮부터 스탠드바에 앉아 스카치를 홀짝거리기도 했고, 기분에 취하면 워즈워스의 시 한 편을 읊조리기도 하셨으니까.」

「체격은 어떠셨나요?」

「중키에 어깨를 약간 꾸부정하게 굽히시고 다녔소. 선량한 눈빛에 늘 점잖은 어휘를 구사했었지.」

그 시절에 서울대학교 영문과를 다니다 워싱턴대학으로 유학을 갔다면 그 정도의 낭만을 구가하던 인텔리였을 것이다.

「형님이 10·26을 미리 아셨을 리는 없소. 하지만 이 변호사 말대로 정말 형님이 10월 18일에 입원했다가 27일에 퇴원하셨다면 무슨 사연이 있는 듯하니 한번 확인을 해봐야겠소.」

「네? 그걸 물어볼 만한 사람이 있습니까?」

「언젠가 형님이 내게 의사 한 사람을 찾아달라는 부탁을 한 적이 있었소. 알아보니 그 의사는 캐나다의 몬트리올에 있는 병원에서 연구원으로 오래 근무했더군.」

「그래서 오 선생님께 부탁을 하신 모양이군요.」

「그렇지는 않소. 그때까지도 형님은 그 사람이 어디에서 근무하는지 알지 못했으니까. 그보다는 사람을 찾는 일은 내가 전문이고, 또 나만큼 믿을 만한 사람이 없어서였을 거요.」

경훈은 고개를 끄덕였다.

「그런데 그가 누구기에 찾아달라고 하셨을까요?」

「바로 미8군에 근무했던 형님의 주치의였소.」

「그랬군요. 그래서 연락이 닿았습니까?」

「그런데 그렇질 못했소.」

「왜요?」

「그의 행방을 찾은 뒤 기쁜 마음으로 연락을 드렸는데 악화된 병세 때문인지 만나고 싶은 마음이 사라졌다는 것이었소. 이후 더욱 주변과 단절하더니 나와도 거의 연락을 끊으셨던 거요.」

「현 선생님은 왜 그 의사를 찾았던 걸까요?」

「보고 싶었던 거겠지. 형님은 그에 대해 무척 좋은 인상을 가지고 계셨소. 전역하실 때에도 그가 형님에게 최대한 유리하게 서류를 작성해주었다고 하더이다.」

「그랬었군요. 당시 그분의 상황은 어땠나요?」

「그 의사는 당시는 매우 불우한 처지에 놓여 있었소. 개업을 했는데 바로 의료사고가 생겼던 모양입디다. 처방해서는 안 되는 약을, 그것도 약사를 통하지 않고 직접 환자에게 주었다가 환자가 사망하고 말았고, 그 때문에 그는 복역 중이었소.」

「현 선생님이나 주치의나 모두 말년이 불행하셨군요.」

오세희는 갑자기 무슨 생각이 들었는지 비장한 목소리로 물었다.

「이 변호사, 분명히 강일이 형님이 10·26에 어떤 비밀이 있다고 하셨소?」

「그랬습니다.」

「그것도 돌아가시기 직전에 말이오?」

「그렇습니다.」

「그렇다면 그것은 이 변호사의 일이기 이전에 내 일이기도 하오. 나는 평소 형님께 큰 빚을 진 사람이오. 내가 캐나다로 몸을 뺄 수 있었던 것도 형님이 도와주셨기 때문이지. 내가 이 변호사에게 도움이 되었으면 좋겠소.」

「저야 오 선생님이 도와주신다면 큰 힘이 될 테지만…….」

「같이 합시다. 아마 이게 형님의 뜻이었을 거요. 일단 이렇게 합시다. 나는 형님을 치료했던 그 주치의를 다시 찾아 형님이 10·26을 전후해 입·퇴원하신 경위를 알아보겠소. 결과가 나오는 대로 이 변호사에게 통보하리다. 그리고 형님과 나누었던 예전의 통화 기록 같은 것도 꼼꼼히 살펴봐야겠소.」

「통화 기록이 남아 있습니까?」

「나는 정보 계통에서 같이 일했던 사람들과 나눈 대화는 꼭 녹음해두곤 하오. 직업상 몸에 밴 버릇이지.」

경훈은 고개를 끄덕였다.

「그 외에도 필요한 게 있으면 언제든 연락 주시오. 그 당시 사람들에 대해서는 아무래도 내가 이 변호사보다 좀 더 아는 편이니까.」

오세희는 여러 면에서 경훈에게 도움이 되었다.

미리 예약해둔 호텔에 자동차가 닿을 즈음에는 할 이야기가 거의 끝나 있었다.

「저는 내일 돌아가는 비행기를 예약해야겠습니다.」

「이렇게 먼 거리를 날아왔는데 하루 정도는 쉬면서 부근의 재스퍼에 가서 로키산맥이라도 둘러보고 가는 게 어떻겠소?」

잠시 생각하던 경훈은 그게 좋겠다는 결론을 내렸다. 오세희에게서 제럴드 현에 대한 얘기를 가능한 한 많이 들어둔다면 틀림없이 도움이 될 터였다.

다음날 아침 오세희는 지프를 몰고 경훈이 묵고 있는 호텔로 찾아왔다.

오세희는 재스퍼까지 왕복 열네 시간이나 되는 거리를 조금도 피곤한 기색 없이 차를 몰았다.

「요즘 한국의 상황은 어떻소?」

「IMF가 터졌을 때보다는 다소 경기가 회복된 듯하나, 실업 문제는 여전히 심각합니다.」

「대통령이 고민이 많겠군. 원래도 일 욕심이 많은 양반이 IMF

를 떠안았으니 오죽하겠소.」

「한국의 정치인들을 잘 아십니까?」

「강일이 형님과 내가 나누던 대화가 거의 그런 것들이오. 우리는 한국의 모든 정치인들에 대해 정보를 교환했소. 그러면서 우리 나름대로 진짜와 가짜를 판단하곤 했지. 형님은 워낙 힘이 있는 분이라 정치인들이 형님에게 잘 보이기 위해 무던히 애를 쓰곤 했소. 형님에게 잘 보인다는 것은 곧 미국에게 잘 보이는 것이었으니까.」

「그랬겠군요.」

「언젠가 한번은 우연히 YS, DJ와 같이 형님의 서명이 들어간 문건을 본 적이 있소. 세 사람이 민주화를 위해 같이 노력한다는 내용이었는데, 형님의 괴짜로서의 면모를 한눈에 보여주는 문건이었지. 미국의 정치공작 전문가가 야당의 두 대표와 공동으로 서명한다는 게 어디 보통 일이오?」

「심각한 외교적 문제를 불러일으킬 수도 있었을 텐데요.」

「하지만 형님은 그런 것을 통해 두 야당의 투사를 정치 테러로부터 보호하려 했던 거요.」

「그런 숨은 의도가 있었나요?」

「그런 점에서 형님은 이후락을 늘 못마땅하게 여기셨소. 그러다 기회를 잡았는데, 용금호 사건을 아시오?」

「김대중 씨 납치사건이 아닙니까?」

「그렇소. 그때야말로 형님과 내가 일사불란하게 함께 움직였지.」

「진실은 어떤 것입니까? 과연 김대중 대통령 말대로 미국 비행기가 나타났습니까?」

「어땠을 것 같소?」

「저는 늘 그 부분이 의심스러웠습니다. 온몸이 묶이고 눈까지 가려진 상태에서 김대중 대통령이 비행기 소리를 들었다는 것도 그렇고, 더군다나 그 비행기가 미국에서 자신의 위기를 알고 보낸 것이었다는 주장은 받아들이기가 어려웠습니다.」

「음, 사실 김대중 씨 이야기가 틀린 건 아니오. 분명히 그것은 미국 비행기였고, 그분은 비행기 소리를 들었소. 그것도 오랫동안 말이오.」

「어떻게 된 일입니까?」

오세희는 담배를 꺼내 한 대 피워 물더니 차창 밖을 향해 연기를 내뿜었다. 그는 아침의 서늘한 공기 속으로 흩어지는 연기를 잠시 바라보다가 천천히 낮은 목소리로 이야기를 이어나갔다.

「이후락의 지시에 따라 일본 호텔에서 김대중 씨를 납치한 중앙정보부원들은 그분을 용금호에 싣고 한국으로 오는 길이었소. 오는 도중 김대중 씨를 처리하려던 그들은 바로 위에서 비행기 소리가 들리자 혼비백산했소. 미 공군 마크가 선명한 그 비행기는 이후 한순간도 용금호를 떠나지 않았소.」

「미국은 김대중 납치를 어떻게 알고 그 비행기를 보냈던 걸까요?」

「그것은 전적으로 김대중 씨의 운이 좋았기 때문이오. 사실 그 비행기는 항시 동해상을 순찰하던 미국 정찰기였는데, 일본에서 곧장 한국으로 달려가고 있는 그 배를 우연히 발견하고 주목하게 되었던 거요. 그 배에 김대중 씨가 납치되어 있다는 것을 안 것은 그 후 배를 집중 감청했던 결과였소. 그 보고는 즉각 강일이 형님에게 올라갔고, 형님은 정찰기로 하여금 단 한순간도 그 배에서 떨어지지 말도록 지시했던 겁니다. 그때 형님은 즉시 나에게 그 사실을 알려주었소.」

「왜요?」

「경찰로 하여금 증인의 역할을 맡도록 한 거지. 즉, 중앙정보부의 범행을 제삼자인 경찰에게 확인시켜, 꼼짝 못하고 김대중 씨를 댁까지 모셔다드릴 수밖에 없게 만들었던 거요.」

「이후락 씨는요?」

「그 배의 행적이 모두 카메라에 담기면서 중앙정보부의 공작이었다는 사실이 밝혀졌고, 그에 대해 누군가는 책임을 져야 했소. 그때 형님이 이후락을 지목하셨던 거요. 이후락은 즉각 해임됐소. 다만 일본과의 마찰을 우려해 모든 것이 비공식적으로 진행되었는데, 당시 나는 일본의 반발을 막기 위해 특수 작전을 펼쳐야 했소.」

「특수 작전이라면?」

「당시 정부 전복을 꾀하는 학생들의 비밀 회합이 있었는데 그 가운데 일본인 강사 한 사람이 포함되어 있었소. 그들의 요구사항이 적힌 문건이 그를 통해 외국으로 빠져나갈 참이었는데 덜미가 잡혔던 거였소. 나는 그 일본인을 일본 정부와 연결시키려 했고, 결국 김대중 납치사건과 그 사건을 맞바꿀 수 있었소.」

정보원들의 명암이 교차하는 사건들이었다. 두 사람이 이야기를 나누는 동안 자동차는 어느새 해발 3천 미터가 넘는 로키산맥에 올라 있었다. 한여름인데도 머리에 눈을 이고 있는 웅대한 산들이 펼쳐져 있었고, 그 눈이 녹아 흘러내리는 물소리가 경훈의 가슴을 쓸어내렸다.

「이 변호사, 조심하시오. 어젯밤 많은 생각을 했소. 형님의 얘기까지 듣고 보니 이게 보통 일이 아니라는 생각이 들었소. 사실 나도 박 대통령의 죽음에 대해서는 석연치 않았소. 내 경험에 따르면, 이런 일은 물밑에 있을 때는 아무 일도 아닌 게 되지만 막상 물 위로 떠오르게 되면 소용돌이치게 되어 있소. 괜한 걱정인지 모르지만 이 변호사는 이미 큰 위험에 노출되어 있을 수도 있소.」

「잘 알겠습니다.」

경훈은 숙연해졌다. 그만큼 책임감도 무거워졌다.

「정말 김재규의 범행은 의도적이었을까요?」

「우발적이었다고 보기에는 시대 상황이 너무나 절묘했던 것 같소. 시대는 박 대통령의 죽음을 요구하고 있었던 게 사실이오.」

「시대가 그분의 죽음을 요구하고 있었다고요?」

「그렇소. 어차피 그분은 아무에게도 권력을 넘겨주지 못할 상황에 처해 있었소. 차지철 같은 충복을 데리고 끝까지 권력을 쥐고 있는 것밖에는 다른 선택이 없었다는 얘기요.」

「왜 그렇게 생각하십니까?」

「박 대통령은 어려서부터 군을 동경했던 분이오. 대구사범을 나와 교사 노릇을 꽤 오래 하다가 가장 나이 많은 생도로 만주군관학교에 들어갔던 걸 보면 그분의 군에 대한 남다른 집착을 알 수 있소. 그분은 애국심이란 군인들의 전유물이라고 생각했소. 민간인을 믿지 못했던 거요. 이승만 정부를 못 믿었고 4·19 후의 민주당 정부를 못 믿었소. 그런 그였기에 김대중이나 김영삼 같은 민간 지도자에게 권력을 넘겨줄 리는 없었던 거요.」

「그럴 법하군요. 그러니 정권 이양이라는 것은 박 대통령의 죽음이 전제되어야 가능했다는 말씀이군요. 현 선생님은 한국의 정치인들과는 어떤 관계셨습니까?」

「모두가 강일이 형님을 따랐소. 그럴 수밖에 없는 것이, 형님은 미국을 대리하여 한국에 나와 있는 분이었으니까. 물론 대사가 있고 CIA 지부장이 있었지만, 실제로 한국 사정을 손바닥 들여다보듯 하는 이는 바로 형님이었소. 20여 년을 한국에서 순전히 정보·공작 요원으로 근무하셨으니 당연한 일 아니었겠소.」

「재야와의 관계는 어떠셨습니까?」

「물론 형님은 재야와도 은밀한 관계를 맺고 계셨소. 공작이란 것은 모든 것을 다 고려해야 하는 일 아니겠소.」

「그랬겠군요.」

경훈은 박정희의 죽음에 뭔가 다른 이유가 있다면 정치인이나 재야 운동가들도 혐의에서 완전히 자유로울 수는 없다고 생각했다. 어찌 됐든 그들의 목표가 정권교체와 유신 철폐였다면 박정희를 제거해야 할 대상으로 여겼을 이들은 바로 그들이었다. 김재규 역시 중앙정보부장으로서 숱한 정치인이나 재야 인사들과 은밀히 교류를 가졌을 게 분명했다. 그들 중 누군가가 김재규를 설득했을 가능성도 배제할 수 없다는 생각이었다.

그러나 경훈은 이내 고개를 흔들었다. 이런 추리로는 제럴드 현과 10·26의 관계를 설명하지 못한다.

「저기 좀 보시오.」

머리에 화려한 뿔을 단 사슴 한 마리가 도로 한가운데를 가로질러 건너고 있었다. 오세희는 자동차의 속도를 줄이더니 사슴 앞에 가서는 완전히 정지시켰다.

「이들이 자연을 보호하는 것을 보면 소름 끼칠 정도요. 야생동물이 다니는 지역이면 어떤 개발도 허용하지 않지. 일 년에 나들이 몇 번 하는 야생동물들 때문에 땅 사놓고 헛된 세월만 보내는 사람들도 많소. 교회에서 야생동물들이 제발 다른 길로 다니게 해달라고 기도하는 사람도 있을 정도니까.」

「우리에게도 그럴 정도의 땅이 있으면 좋겠네요.」

두 사람은 수많은 호수와 강을 구경하면서 로키산맥의 산길을 상쾌하게 달렸다. 이윽고 돌아올 무렵에는 오세희도 약간 피로해 보였다. 그러나 경훈은 오세희가 휴게소에서 커피 한잔을 마시면서 이내 피로를 회복하는 것을 보고는 놀랐다.

「저는 바로 공항으로 데려다 주시면 고맙겠습니다.」

「벌써 시간이 이렇게 되었나?」

시계를 들여다본 오세희는 곧장 공항으로 차를 몰았다.

「그 의사에게서 무슨 이야기라도 들으시면 꼭 연락해주십시오.」

「알겠소. 여기 일은 걱정 말고 몸조심하시오. 특히 사고를 조심하시오.」

「오 선생님도요.」

두 사람은 게이트 앞에서 굳은 악수를 나누었다.

선물

이틀간의 캐나다 방문을 마치고 돌아온 경훈은 다시 한 번 지금까지의 과정을 되짚어보며 그 사이 얻게 된 정보를 하나하나 정리해나갔다. 아직은 어떤 결론도 내릴 수 있는 단계가 아니었다.

무엇보다도 정보가 절대적으로 부족했다. 대통령 시해사건에 대한 수사가 일사불란하게 군 기관에서 이루어졌다는 사실이 무엇보다 치명적이었다. 수사에 미심쩍은 부분이 한둘이 아니었지만 10·26이후의 소용돌이치는 역사 속에서 그 수사의 책임자였던 전두환, 노태우가 10여 년간 집권했으니 그 사건에 대해 누구도 반론을 제기하지 못했던 것은 당연하다. 더욱이 당시 김재규 본인의 자유로운 진술이 확보되지 못한데다, 이제 와서는 증언할 사람도 모두 사라져버린 것이다. 설사 거기에 어떤 비밀이 있다 하더라도 밝힐 수 있는 성질의 것이 결코 아니었다.

그로부터 며칠 후, 수연이 뉴욕발 대한항공편으로 입국했다. 무릎 아래까지 내려오는 긴 스커트를 입은 그녀는 여느 때보다 성숙해 보였다.

수연은 수많은 출영객들을 눈으로 살피다가 경훈을 발견하자 반갑게 손을 흔들었다.

「어서 와. 힘들진 않았어?」

「전혀. 선배가 공항에서 기다리고 있다고 생각하니 야릇한 기대감조차 생기던걸.」

「엉뚱하기는.」

「자, 이거 받아.」

「뭔데?」

「선물이야.」

수연은 정성 들여 은박지로 포장한 작은 상자를 내놓았다.

「지금 여기서 풀어봐야 해?」

경훈이 혼잡한 공항 청사를 의식하면서 물었다.

「아니, 이따가 밤에 봐. 혼자서.」

「그래, 고맙다. 지금 집으로 갈 거니?」

「응, 피곤해서 좀 쉬고 싶어. 선배도 바쁠 텐데. 난 나대로 움직일게. 그거 뜯어보고 연락줘.」

집에 돌아온 경훈은 우선 수연이 준 선물을 풀어보았다. 예쁘게 싼 선물 상자 안에는 포장과는 전혀 어울리지 않게 낡은 수첩한 권이 들어 있었다.

경훈은 수첩의 첫 페이지를 펼쳤다. 모두 한글로 쓰여 있었다. 수첩의 앞뒤를 살피던 경훈이 눈썹을 꿈틀했다. 기대하지 않던 이름이 낡은 글씨 사이에서 눈에 들어온 것이다.

제럴드 현.

수첩은 제럴드 현의 것이었다. 그제야 경훈은 수연이 상상 외로 치밀했다는 것을 깨달았다. 선물이란 형태는 일종의 안전장치였다. 수연은 무언가 매우 중요한 자료를 자신에게 전해준 것이다. 이것에는 틀림없이 10·26의 비밀이 담겨 있으리라. 기대감을 잔뜩 담은 경훈의 눈길이 번개처럼 수첩의 내용을 훑었다.

수첩에는 제럴드 현이 겪은 정신장애가 그대로 드러나 있었다. 오랜 세월이 지나는 동안 낡을 대로 낡아 빛바랜 연륜만 담고 있는 수첩에는 제럴드 현이 썼다가 지우고 썼다가 또 지운 생각의 편린들이 고스란히 남아 있었다.

케네디의 동서 화해와 박정희의 자주국방. 이들은 출신 성분은 달라도 너무나 닮은 이상주의자들이었다. 죽음조차도……

메모 중에는 유독 케네디에 대한 것이 많았다. 그 가운데 마지막쯤에는 무슨 소리인지 모를 메모가 있었다.

이제 노벰버를 스터디하는 것이 대세다. 그리고 그 일은 내가 해야 한다. 모두가 등을 돌리고 있다. (79. 3. 26)

하문, 이놈은 왜 나를 슬슬 피하는 걸까? 나 모르게 할 수 있는 일은 하나도 없다는 걸 잘 아는 녀석이 왜 그러지? (79. 10. 11)

제리, 네가 원하는 것은 모두 해줄게라고? 하문, 네가, 네가 그럴 수 있는 거야? 그 자식은 이미 빼돌리고. (79. 10. 27)

경훈은 수첩을 덮고 잠시 생각에 잠겼다. 수연은 변호사로부터 제럴드 현의 유품을 넘겨받았을 것이다. 그중에서 이 수첩은 제럴드 현의 생각이 글로 기록되어 남겨진 유일한 자료일 터였다.

경훈은 다시 한 번 차분히 수첩의 내용을 처음부터 훑었다. 역시 케네디에 관한 여러 단상들. 그리고 마지막의 수수께끼같은 메모들.

수첩을 덮는 경훈의 머릿속에 한 문장이 남았다.

케네디의 동서 화해와 박정희의 자주국방.

장군의 회한

　제럴드 현의 수첩을 덮은 경훈은 시간을 확인하고는 서둘러 사무실을 나설 채비를 했다. 오늘은 꼭 만나야 할 사람이 있었다. 10·26 관련 자료 속에서 찾아낸, 반드시 찾아보아야할 사람이었다. 경훈은 일부러 이날을 기다렸다.

　딱 하는 소리와 함께 술잔이 테이블에 꽂히듯 떨어졌다.
　「싱거운 양반.」
　노인은 눈을 감은 채 독백을 계속했다. 안주엔 젓가락도 대지 않고 벌써 몇 잔째 소주잔만 거푸 기울이고 있는 그의 미간이 몇 번이나 찌푸려졌다가 다시 펴지곤 했다.
　「이해가 되질 않아…….」
　우람한 몸집에 강직하게 생긴 그의 얼굴은 복잡하게 얽힌 실타래 같은 표정으로 휘감겨 있었다. 그 복잡함 위로 진한 감정이 솟는 듯 얼굴 근육이 가끔 씰룩거렸다.
　「망할 놈의 영감.」
　그의 입가에서 급기야는 원망에 찬 목소리가 새어나왔다. 그러나 그 목소리는 듣기에 따라서는 단순한 원망이라기보다는 어딘

124

지 애타는 안타까움 같기도 했다.

「손님, 오늘은 술이 좀 과하신 것 같네요. 이제 그만하세요.」

사십대 후반쯤으로 보이는 술집 여주인이 노인을 지켜보다가 걱정스럽다는 듯이 말을 건넸다.

「내가 술이 과하다고? 아니야, 오늘은 좀 마시고 싶어.」

노인은 다시 술잔을 채웠다.

「아유, 안 되겠어요. 저라도 술을 따라드려야지, 이러다간 폭음 하시겠는걸요. 이제 연세를 좀 생각하셔야죠.」

여주인은 앞치마에 손을 닦으며 노인의 앞자리에 앉았다.

「나이를 생각하라고… 그래, 이제 나도 내일이면 칠십이구먼.」

그러나 잡티 하나 없는 얼굴과 우렁찬 목소리의 그는 이제 겨우 예순이 넘어 보일 뿐이었다.

「어머, 벌써 그렇게나 되셨어요? 저는 이제껏 모시면서도 그러신 줄을 몰랐네요. 그렇다면 더욱 조심하셔야죠.」

여주인의 말에 갑자기 노인이 언성을 높였다.

「조심해? 이 나이에 무엇을 조심하란 말이야!」

대단한 기력이었다. 쩌렁쩌렁 울리는 목소리는 결코 칠십 노인의 것이 아니었다. 느닷없이 노인의 목소리가 노기를 띠자 여주인은 민망해서 어쩔 줄 몰라했다. 평소에 늘 점잖던 노인이었기에 놀라움은 더했다.

「어머, 왜 그러세요? 무슨 안 좋은 일이라도 있으세요?」

「갑갑한 양반! 당신은 머저리야, 머저리!」

술이 오른 노인의 눈에서 광포한 빛이 뻗쳐나왔다.

「도대체 아까부터 누구를 그렇게 머저리라고 하시는 거예요?」

「김재규.」

「네?」

「김재규, 김재규 몰라? 그 천하의 얼간이, 중앙정보부장 김재규를 몰라?」

「알다마다요. 그런데 왜 그리 하염없이 그분을 욕하고 계세요?」

「망할 놈의 영감.」

노인은 허탈한 표정으로 다시 술잔을 기울였다.

「가고 없는 사람인데 이렇게 원망하시는 걸 보면 각별한 관계셨던 모양이죠?」

「각별한 관계? 각별해도 너무 각별했지. 그 망할 놈의 영감하고는 말이야.」

「그런데 왜 이렇게 원망하시느냐고요.」

「영감이 그럴 줄이야…….」

「대통령을 시해한 것이 못마땅하신 거로군요.」

노인은 고개를 들어 여주인의 얼굴을 흘끗 쳐다봤다.

「그게 아니야.」

「그럼요?」

「당신은 몰라도 돼.」

노인은 한 손으로 탁자를 짚으며 자리에서 일어났다. 몸이 잠시 기우뚱했지만 이내 균형을 잡았다. 나이는 들었어도 오랜 세월 운동으로 단련된 몸이었다.

「나는 안 죽어. 절대로 죽지 않아!」

노인은 취중에도 잔돈까지 꺼내 정확히 셈을 치르고는 밖으로 나섰다. 여주인의 걱정 섞인 배웅을 받으면서 집을 향해 걸어가던 그의 눈에 달빛이 반사되면서 반짝했다. 눈물이었다. 그러나 노인은 고인 눈물을 닦으려 하지 않고 느릿느릿 걸음을 옮겼다. 몇 발자국 걷지 않아 눈물 한 줄기가 뺨을 타고 주르르 흘러내렸다. 노인의 입가가 실룩거렸다.

피와 땀이 서려 있는
이 고지 저 능선에
쏟아지는 별빛은
어머님의 고운 눈길
전우야 이 몸 바쳐
통일이 된다면
사나이 한 목숨
무엇이 두려우랴

눈물자국이 남아 있는 입가에서 자신도 모르게 군가가 흘러나왔다. 감상에 젖은 노인의 몸이 비틀거렸다.

「내가 이젠 요만한 술에도 비틀거리다니…….」

노인은 몸을 꼿꼿이 하려고 애를 썼다. 그러나 그럴수록 만취한 몸은 한쪽으로 기울어지다 또 반대쪽으로 기울어졌다. 그는 손을 이마에 갖다 댔다. 집까지는 가파른 언덕이었다. 심장이 쉴 새 없이 벌렁거렸지만 노인은 가쁜 숨을 몰아쉬며 쉬지 않고 언덕을 올랐다. 그러나 지나치게 취한 탓인지 평소 같으면 금세 다 올랐을 언덕 중간에서 발을 헛디뎌 그만 쓰러지고 말았다. 그러자 그의 입에서는 오기 섞인 소리가 튀어나왔다.

「난 안 죽어. 절대로 안 죽어.」

노인은 일어나려 했으나 몸이 말을 듣지 않았다. 그대로 드러누워버리고 싶었다. 그러나 그럴 수는 없었다. 주정꾼들처럼 길바닥을 헤맬 수는 없었다. 일어나려 안간힘을 쓰는 노인의 귀에 부드러운 음성이 들려왔다.

「장군님, 제가 부축해드리겠습니다.」

순간 노인의 눈이 번쩍 빛났다. 노인은 고개를 돌려 소리의 주인공을 날카롭게 쏘아봤다.

「누구냐, 네 놈은?」

「먼저 일어나시지요.」

「네 놈의 정체를 밝혀!」

노인은 거짓말처럼 날쌘 동작으로 일어났다.

「저는 이경훈이라고 합니다.」

「누가 네 놈의 이름을 듣자 그랬어? 뭐하는 놈이냔 말이야?」

경훈은 내심 감탄하고 있었다. 술집에서부터 따라왔지만 그토록 취해서 비틀거리던 노인이 자신이 나타나자 몸을 꼿꼿이 세우고 날카로운 눈매로 쏘아볼 줄이야. 역시 한평생을 군에서 보낸 장군의 정신력은 보통 사람의 것과는 현격한 차이가 있었다.

「변호삽니다.」

「뭐야? 변호사라. 이놈 거짓말 한번 엉뚱하게 해대는구나. 이 밤에 변호사란 족속이 취한 노인을 일으켜준단 말이야? 이 나라가 그렇게나 된 나라야? 거짓말하지 마라, 이놈. 솔직하게 취객털이라고 해. 먹고살기 힘들어 나왔으니까 한푼 달라고 왜 솔직히 말 못하나? 그러면 내가 모른 체할까 봐 그래? 나 그런 사람 아냐, 이놈아!」

「장군님, 저는 정말 변호삽니다. 불안해하지 마십시오.」

「불안? 하하하. 이놈아, 내가 이 천하의 김학호가 취객털이에게 불안해한단 말이야? 이놈 참 웃기는군.」

김학호는 경훈의 차림새나 말씨로 보아서 취객털이는 아니라고 생각했는지 음성이 다소 부드러워졌다.

「사실 아까 술집에서부터 장군님을 지켜보았습니다.」

「나를 지켜봐? 이놈 봐라. 너 스파이냐?」

「아닙니다. 아까 말씀드렸듯이 변호삽니다.」

김학호는 그제야 진지한 눈길로 경훈을 바라보았다.

「변호사? 변호사가 무슨 이유로 나를 지켜봤단 말이야?」

「뭘 좀 여쭤보고 싶은 게 있습니다.」

「하하하. 요놈, 너 기자지? 기자란 놈들이 아무리 해도 안 되니까 이젠 변호사라고 거짓말까지 하는구나. 안 돼. 아무것도 얘기할 수 없어.」

「기자가 아닙니다.」

「그래? 그럼 신분증을 내놔봐.」

경훈은 신분증을 꺼내 김학호에게 주었다. 김학호는 신분증을 한참 뚫어지게 보더니 말투가 약간 부드러워지며 이해할 수 없다는 듯이 물었다.

「변호사가 내게 웬일이야? 뭘 물어보겠다는 거지?」

「길거리에서 드릴 말씀은 아닙니다. 어디로 좀 들어가시죠?」

「무얼 물어보려는지 알아야 어디로 들어가든 나오든 할 것 아냐.」

「많이 취하신 것 같으니까 어디 편한 데 앉는 게 낫겠습니다.」

김학호는 경훈의 예의바르고 진지한 표정이 마음에 들었는지 고집을 꺾었다.

「그래, 요 위에 작은 맥줏집이 하나 있는데 거기 가서 자네가 도대체 무슨 일로 나를 찾아왔는지 한번 들어보지.」

주택가가 시작되는 어귀에 있는 작은 카페를 찾아 들어가 자리를 잡자 젊은 아가씨가 메뉴판을 들고 왔다. 경훈은 맥주를 시켜 김학호의 잔에 따랐다. 김학호는 목이 컬컬했는지 단숨에 잔을 쭉 비웠다.

「그러고 보니 자네는 늘 보던 사람들하고는 분위기가 좀 다르구먼. 그런데 왜 나를 만나러 온 거지?」

「저는 일부러 오늘을 택해서 찾아뵈었습니다.」

「오늘을 택해서라고? 그럼 자네는 오늘이 무슨 날인지 안단 말이야?」

「네. 장군님도 그래서 이렇게 취하시지 않았습니까?」

「오늘이 무슨 날인데?」

「정보부장이 돌아가신 날 아닙니까.」

「……아는구먼. 자네는 그래도 보기보단 예의가 있는 모양이군. 아무 때고 전화질이나 삑삑 해대는 기자 놈들과는 뭐가 달라도 달라.」

김학호는 잠시 말을 멈췄다가 이내 눈을 부릅뜨고 화난 음성으로 말을 이었다.

「무슨 조선인가 하는 잡지에 최 아무개라는 기자 놈이 있는데, 그 새끼는 새벽 1시만 되면 꼭 내 집에 전화를 걸어서 뜬금없이 한번 만나자는 거야. 그래서 내가 '야, 이 쌍놈의 새끼야. 너는 가정도 없냐? 기자란 놈들은 이 한밤중에 남의 집에 전화를 걸어도 되는 무슨 특권이라도 있냐?' 그랬더니, 그 새끼가 '역사에 책임이 있는 사람이 자꾸 안 만나주니까 이러는 거 아니오' 하길래, 내가 '네가 날 보자고 하면 나는 무조건 너를 만나야 되냐?' 했더니 '만나줄 때까지는 한 달이고 두 달이고 이럴 겁니다' 하더구먼. 새끼, 진짜 독종이야. 정말 매일 밤 전화가 오는데 번호를 바꿔도 소용이 없더라고. 그 새끼 때문에 한 달 동안 잠 못 잔 거 생각하면 잡아죽이고 싶어. 세상에 어째 그런 새끼가 다 있는지.」

김학호는 기자 기피증이 있는 모양이었다.

「그래. 하필 오늘을 택해 나를 찾아온 이유가 뭐야? 그것도 내가 한참 취하기를 기다렸다가 말이야」

김학호는 뜻밖에도 경훈이 오늘이 무슨 날인지 알고 있자 친밀감을 느끼는지 말이 부드러워졌다.

「김재규 부장의 박 대통령 시해사건에 대해서는 당시 합수부에서 조사한 것이 결론으로 되어 있습니다. 우리 국민뿐만 아니라 온 세계 사람들이 합수부의 수사를 그대로 믿고 있다는 얘깁니다」

「그럴 수밖에 없는 일이지. 당시 합수부 말고 어느 누가 감히 나설 수나 있었나?」

「합수부의 결론에 따르면, 김 부장은 박 대통령의 총애를 얻기 위해 차지철 경호실장과 벌인 충성 경쟁에서 밀리고 중앙정보부의 정치공작도 번번이 실패한데다. 김 부장의 유약한 스타일을 대통령이 나무라고 그것을 옆에 있는 차지철이 부추기자 순간적으로 격분하여 차지철을 해치우기로 결심했다고 합니다. 그래서 밖으로 나가 '똑똑한 놈으로 셋만 준비해'라고 말하며 부하들을 대기시킨 후 총을 들고 들어와 먼저 차지철을 쏘고, 차지철이 화장실로 숨자 대통령을 쏜 다음, 다시 차지철을 쏘아 죽인 후 대통령을 확인사살한 것으로 되어 있습니다」

김학호는 경훈의 눈을 빤히 들여다보았다. 그는 김재규의 사형집행일에 찾아온 이 정체불명의 변호사가 하는 얘기에 귀를 기울이고 있었다.

「그래서?」

「저는 김 부장의 행위에 대해 합수부와는 다른 시각에서 범행을 재구성해보았습니다.」

「어떻게?」

김학호의 눈이 번쩍 광채를 발했다.

「결론부터가 다릅니다. 김재규는 박정희를 우발적으로 살해한 것이 아니라 미리 범의를 갖고 치밀하게 준비했다고 보는 것입니다.」

「어째서 그렇게 생각하는데?」

「저는 법정에서 소송사건을 많이 다룹니다. 따라서 실제 일어났던 사실과 법정에서 다루어지는 진실은 판이하게 다르다는 것을 누구보다도 잘 알고 있습니다.」

「음, 좀 혼란스럽군. 지금 술을 마셔서 머리가 썩 명쾌하지 않으니 내일 아침에 다시 얘기를 나누는 것이 어떻겠나?」

김학호는 40년 세월을 정보 계통에서 살아온 거물답게 경훈이 꺼내는 이야기의 수준이 그간 세상에 회자되던 것과는 근본적으로 다르다는 사실을 깨닫곤 말을 잘랐다. 이런 이야기를 술에 취한 상태에서 들어서는 안 된다는 본능적인 의식이 고개를 들었던 것이다.

「내일 어디서 뵙지요?」

「내 집으로 와주겠나?」

「몇 시가 좋으십니까?」

「아침 10시가 좋을 것 같군.」

「알겠습니다.」

역사의 증인

다음날 아침, 김학호와 마주 앉은 경훈은 놀라지 않을 수 없었다.

술과 감상에 젖어 흔들리던 어제의 모습은 간 곳이 없고 노장군의 무게만이 묵직하게 전해져왔기 때문이다.

「어제는 통성명조차 하지 않은 것 같소. 나는 김학호요.」

김학호가 웃음을 띠며 손을 내밀었다.

「이경훈입니다.」

「그래, 이 변호사는 이 일과 무슨 관련이 있소?」

「저는 아무런 관련이 없습니다.」

「아무런 관련도 없다고? 그런데 왜 내 눈에는 이 변호사가 이 일에 상당히 깊숙이 관련된 것처럼 보이는 거지?」

「저는 한국인의 한 사람으로서 이 사건의 진실을 알고자 하는 것뿐입니다.」

「진실이라?」

「박정희 대통령 시해사건 전체가 제게는 수수께끼로 여겨집니다.」

「그렇소?」

김학호는 날카로운 눈길로 경훈의 얼굴을 훑었다.

「그런데 그게 설혹 수수께끼라 하더라도 내가 그 답을 줄 수는 없을 것 같은데. 물론 나도 흥미는 있지만 말이오.」

「일단은 제 얘기를 들어만 주셔도 좋습니다. 사실 김 장군님은 당시 시해사건의 성격을 누구보다 잘 알 수 있는 가장 중요한 분이 아니십니까?」

김학호는 고개를 끄덕였다. 틀림없는 얘기였다. 사실 그 일이 우발적 범행인지 준비된 거사인지 가장 잘 알고 있을 사람은 김재규 자신이지만, 그가 가고 없는 지금 그 다음은 누구냐고 묻는다면 김학호 자신조차 '바로 나요!'라고 답할 것이다. 김학호는 젊은 변호사가 의외로 사건의 본질을 정확히 짚고 있다고 생각했다.

「김재규 부장이 수사기관에서 뭐라 했다 하더라도 그것은 그 수사기관을 장악하고 있는 사람의 의도에 따라 묻히거나 변질되어버리고 맙니다. 당시 상황에서 감히 누가 김재규의 신문 과정에 참여할 수 있었겠습니까?」

「그건 그렇소.」

「당시 김 장군님은 현역 소장 계급으로 중앙정보부 감찰실장이라는 직위에 계셨습니다. 하지만 실제로는 중앙정보부의 제2인자셨지요. 김재규 부장은 모든 일, 그야말로 모든 일을 김 장군님과 의논했기 때문입니다.」

김학호는 묵묵히 고개를 끄덕였다.

「김 부장은 보안사령관 시절부터 당시 참모장이던 김 장군님을 신뢰하여, 중앙정보부로 옮기면서 특별히 장군님을 모시고 갔습니다.」

김학호에겐 좋았던 시절이다. 당시 막강한 권세를 자랑하던 윤필용 사령관에게 단신으로 찾아가서 '당신 똑바로 하시오. 천하가 당신을 두려워해도 나 김학호는 추호도 두렵지 않소' 하고 일갈했던 적도 있을 만큼 권력은 물론 기백이 넘치던 시절이었다.

「박 대통령도 복잡하고 긴급한 사항에 대해서는 김 장군님이 직접 들어와서 브리핑하시도록 했을 정도였지요.」

김학호의 입가에 미소가 피어올랐다. 박정희는 이따금씩 김재규에게 '그 뚱땡이보고 들어와서 직접 설명하도록 해' 하고 지시하곤 했었던 것이다.

박정희는 김학호의 단도직입적이고 간결한 브리핑을 좋아했다. 지나치게 유약했던 김재규 부장이 대통령의 눈치를 봐가며 브리핑하던 것에 반해 김학호는 번뜩이는 안광을 내쏘며 속에 있는 말까지 거리낌없이 내뱉곤 했다. 배석한 부장은 몇 번이나 안색이 바뀌었지만 대통령은 시원하다는 표정으로 '뚱땡이가 성격 하나는 화끈하군' 하며 등을 두드려주었다. 그럴 때면 김학호는 왜소한 대통령에 비해 체구가 너무 큰 게 죄송스럽기까지 했다.

부장도 쩔쩔맸던 차지철이지만 김학호는 전혀 두려워하지 않았다. 부리부리한 눈으로 청와대에 들어오는 모든 사람을 제압하고 통제했던 차지철도 김학호와 눈이 마주치면 먼저 미소 짓고는

'김 장군 들어오셨소' 하며 비위를 맞추지 않았던가.

김학호는 순간 분노가 울컥 치밀었다. 그런 작자가 경호실장이 되어 각하의 눈과 귀를 막음으로써 역사가 이렇게 비참해졌다는 생각이 들었던 것이다. 그 인물은 대통령이 총격을 당하는 순간 대통령을 버려두고 자기만 살자고 화장실에 숨지 않았던가. 대통령이 죽어가는데도 화장실에서 고개만 빼꼼 내밀고 '각하, 괜찮습니까' 했던 차지철. 김학호의 입에서는 자신도 모르게 욕지거리가 튀어나왔다.

「개새끼, 그럴 줄 알았으면 그때 패죽여버렸을 텐데.」

경훈은 뜻밖이었다. 수사와 정보 계통에서 40년 세월을 보낸 사람의 성격이 이렇게나 직설적이라니. 자신도 공군 검찰관으로 근무해서 익히 아는 바지만, 수사나 정보 계통에 오래 근무한 사람들은 매끄럽기 그지없었다. 경훈은 김학호의 성격이 이러니 신군부가 권력을 잡고 여러 가지로 회유했어도 권력 한 줄기에 유혹되지 않았구나 싶었다. 그것은 말하자면 대통령과 정보부장에 대한 김학호의 의리였을 것이다.

「김재규 부장은 자신의 병이 심해질수록 점점 더 김 장군님을 의지하게 됐을 겁니다. 대통령도 좋아하고 차지철도 두려워하는 김학호, 게다가 이 김학호는 내가 보안사 시절부터 가장 아끼던 인물이 아닌가, 아마 이것이 김 장군님에 대한 김 부장의 생각이었을 겁니다.」

김학호는 다시 고개를 끄덕였다. 사실이 그랬다. 김학호는 나이

어린 변호사가 신통했다. 그러나 쉽게 입을 떼지 않았다. 경훈이 결론적으로 하고자 하는 말이 무엇인지 아직 알 수 없었기 때문이다.

「심지어는 국가의 가장 중요한 인사인 삼군 참모총장을 임명하는 데에도 김 장군님의 영향력이 가장 컸습니다. 이미 보안사, 아니 그 이전 방첩대 시절부터 전국의 장성이란 장성은 모두 꿰고 있던 김 장군님은 복수 혹은 3배수로 정보부에서 청와대로 추천하던 서류에 자신이 가장 괜찮다고 생각하는 사람을 대통령이 선택하도록 하실 수 있었습니다. 즉, 대통령의 심리를 정확히 파악하고 계셨던 거죠. 추천서를 대통령이 좋아하는 스타일로 써올리면 되었으니까요.」

「당신 뭐하는 사람이오? 어떻게 그런 것까지 다 알지?」

김학호가 느끼기에 경훈은 누구에게 당시 상황을 전해 들어 그러한 사실들을 알고 있는 것 같지는 않았다. 자신의 마음 저 깊숙이 묻혀 있는 사실을 이 세상의 누가 안단 말인가. 경훈은 김학호가 질문한 말에는 대답하지 않고 자신의 얘기를 계속했다.

「마지막 군 인사에서 정승화 장군이 육군참모총장이 되도록 하신 것은 참 잘하셨다고 생각합니다. 당시 고위 장군들이 권력자에 빌붙어 출세를 하려는 어지러운 판에, 평생을 야전으로만 돌던 강직하고 합리적인 장군을 총장으로 앉힌 것은 군과 나라의 안보를 위해서 잘된 인사였으니까요.」

그랬다. 당시의 어지럽기 짝이 없는 상황에서 군이라도 자리를 지켜야 한다는 생각에서 김학호는 참군인이었던 정승화를 필사적으로 밀지 않았던가.

「본시 간이 좋지 않았던 김 부장은 쉬이 피로를 느끼고 어떤 때에는 매사를 귀찮아했습니다. 중앙정보부의 그 방대한 업무를 정력적으로 수행해가기가 어려웠던 것이죠. 그 상황에서 부장 역할의 상당 부분은 다른 사람이 대신 수행해야 했습니다. 그 사람이 누구였을까요? ……바로 김학호 장군님이었습니다.」

「좋아, 그건 이제 그 정도 하면 됐고, 대체 무슨 얘기를 하고 싶은 건가?」

「10·26 당일에도 김재규 부장은 김 장군님을 생각하고 있었을 겁니다.」

「……」

김학호는 그날 오후 늦게 받았던 전화를 떠올렸다. 어쩌면 당시 정승화를 만나러 갔던 김정섭 차장보 대신 자신이 궁정동에 있었을지도 모를 일이었다.

— 김학호, 저녁에 무슨 일 있나?

— 네, 각하께서 시키신 일을 오늘 밤 안으로 마무리져서 내일 보고해야 합니다.

— 참, 그렇지. 그 일이 있지.

— 무슨 일이 있습니까?

— 응, 육군 총장을 저녁이나 같이 하자고 오라 그랬는데 각하

와 행사가 겹치게 됐어. 자네가 나가서 총장하고 대신 식사를 하면 했거든. 어쨌거나 자네가 만나던 사람이니까 실례도 안 되고.

— 저도 그러고 싶지만 보고서 때문에 어렵겠습니다.

— 할 수 없지. 안면은 없지만 김정섭 차장보를 보내야겠군.

도상 훈련

「장군님께서 합수부에서 겪으신 고통도 이루 말할 수 없으셨 겠죠? 그 신문을 견뎌낼 수 있는 인간은 없을 것입니다. 아는 사 실은 모조리 불게 되어 있죠. 김 장군님도 예외는 아니셨을 겁니 다.」

김학호는 고개를 끄덕였다. 기억하고 싶지 않은 기억들이 스쳐 갔다.

「거기서도 장군님은 같은 대답을 하셨겠죠. 왜냐하면 그게 장 군님이 알고 있는 전부였으니까요. 그런데 제 의문은 거기서 시작 됩니다.」

「의문이라고?」

「장군님은 왜 그것이 김 부장의 단독 범행이었다고 결론 내리 셨던 겁니까? 장군님을 현장에 참석시키지 않았기 때문입니까?」

김학호는 머리를 흔들었다.

「그건 아니야. 그러나 나는 누가 뭐래도 그 사건이 김재규 부장 의 우발적인 행동이었다는 확신을 가지고 있소. 아까 당신이 말 한 대로 김 부장의 의중을 나보다 잘 알고 있었던 사람은 이 세 상에 존재하지 않아.」

「어째서 그렇게 확신하실 수 있으셨던 겁니까?」

김학호는 잠시 망설이더니 마침내 입을 열었다.

「바깥 사람들은 전혀 알 수 없는, 우리만의 방법이 있었소.」

「우리라고 하면 김재규와 장군님을 말하는 겁니까?」

김학호는 고개를 끄덕였다.

「김 부장은 보안사령관 출신, 나는 보안사 보안처장과 참모장 출신이오. 우리는 보안사령부의 모든 것을 아는 상태에서 중앙정보부를 장악했지. 다시 말해 한국의 모든 기밀은 우리를 통해 가지 않을 수 없었소. 거기에 비하면 청와대 경호실은 차지철이가 까불긴 했어도 각하 주위를 맴도는 강아지 수준이었지.」

이번에는 경훈이 고개를 끄덕였다.

「김 부장과 나는 수십 번이나 도상 훈련을 했소. 만약의 경우…… 만약의 경우에 대한민국을 장악하려면 무엇을 어떻게 해야 하는가를 말이오.」

「만약의 경우라면……?」

「말 그대로 만약의 경우였소. 우리는 이미 전쟁이 아닌 상태에서 한국을 장악하기 위해서는 어떻게 해야 할지, 열두 시간 이내에 신병을 확보해야 할 사람들의 거처와 움직임 따위를 철저하게 파악하고 있었소. 모두 합쳐 백 명이 좀 안 되었지. 무슨 뜻인지 알겠소? 그들만 연행하면 대한민국은 한동안 공백 상태가 되고 마는 거였소. 누가 무슨 짓을 해도 나설 사람이 없었다는 거지.」

「그러나 대중(大衆)이 있지 않습니까?」

「대중? 김대중은 있을지 몰라도 그냥 대중은 없는 거요. 대중이란 늘 선전과 공작에 이용당하는 존재들 아니오. 그들이 도대체 무엇을 할 수 있겠소?」

김학호의 얼굴에 조소가 일었다.

「첩보란 처음부터 끝까지 조작이오. 그리고 그 희생자는 언제나 대중이지.」

40년을 수사와 정보로 살아온 김학호의 대중관은 철저하게 냉소적이었다.

「무슨 말인지 알겠소? 그날 밤, 부장이 나에게 한마디만 했으면 상황은 끝날 수 있었소. 더도 말고 단 한마디만…….」

김학호의 눈빛이 갑자기 살기를 띠었다. 이 세상 무엇이라도 태워버릴 듯 이글거렸다. 그러나 그것도 잠시, 이내 그 눈빛은 두 갈래로 갈라지며 빛을 잃었다. 하나는 뭐라 말할 수 없는 후회와 아쉬움으로. 그리고 또 하나는 원망으로.

「'김학호, 시작해'라고 한마디만 했으면 세상은 달라졌을 거요. 우리는 혁명을 할 수 있었던 거요. 당시 부장이나 나나 부마사태를 보면서, 그 절규하는 민중의 목소리를 들으면서 더 이상은 안 된다고 생각했지. 김재규 부장이, 나 김학호가 차지철처럼 아양만 떠는 애완견이었을 것 같소? 우리의 가슴은 뜨거웠소. 한평생 조국을 위해 일해왔다는 신념이 있었단 말이오. 나 김학호, 40년을 방첩대·보안대·정보부의 최고 핵심직으로만 돌았지만 부정하지 않았소. 축재하지도 않았소. 아무 놈 모가지만 비틀어도 하룻

밤에 몇 억은 나오던 시절이었지만, 이 김학호 그런 짓 한 번도 안 했소. 나는 평생 동안 죽일 놈 죽이고 살릴 놈 살렸소. 그런데 유신 독재가 이대로 더 가면 끝장이라는 생각이 우리의 가슴을 무겁게 짓눌러오기 시작했던 거요. 그 도상 훈련에는 그러한 우리의 신념이 깃들어 있었던 거요.」

「그런데요?」

「그런데, 그런데 나는 끝내 그 한마디를 못 들었던 거요. 그 한마디, '김학호, 시작해'라는 한마디를 말이오.」

경훈은 이제야 이해할 수 있을 것 같았다. 김학호가 왜 김재규 부장이 형장의 이슬로 사라진 날 홀로 술잔을 기울이며 '망할 놈의 영감'에 대한 아쉬움과 그리움에 가슴 저몄는지, 그리고 어째서 김재규 부장의 행위를 우발적 단독 행동이라고 확신하는지도……

「지시가 떨어졌다면 그날 밤으로 애들을 풀어 모두 다 잡아들였을 거요. 그리고 설득하는 거지. 이대로 가면 온 나라 학생이 다 죽는다, 지금 봉기는 학생이 아닌 중산층이 들고일어난 시민 봉기다, 민란이다. 어차피 대통령은 죽었다, 우리가 일어나 나라를 바로잡아야 한다고. 그리고 밤사이에 혁명위원회를 조직하고 김재규 부장은 다음날 아침 혁명위원장이 되어 있는 거요. 바로 긴급조치를 해제하고, 양심수를 전원 석방하며, 신문사·방송국을 장악해서 '부장이 구국의 일념으로 유신의 심장을 쏘았다. 이제 전 국민이 진정한 민주 조국의 길로 나가자'고 공포하는 거지.

남산에서 말이오.」

경훈의 머리가 번개처럼 돌아가고 있었다. 정말 그랬다면 어떻게 되었을까.

「아마 성공했을 거요. 성공하고도 남았겠지. 부마사태에서도 보았듯 당시 모든 국민이 유신의 폭압정치에 절망하고 있었으니까. '유신의 심장을 쏘았다'라는 이유 하나만으로도 모두가 우리 편이 되었을 거요.」

「군부는요?」

「부장이나 나나 군 출신이오. 그리고 정승화 총장은 신중한 인물이었지. 차지철처럼 독재자에게 무조건적으로 충성하는 강아지는 아니었소. 그런 순간에는 아무도 못 나서는 거요. 일단은 눈치를 보게 돼 있지. 모르면서 죽음을 각오하고 나서는 인간이 있겠소? 가장 중요한 것은 모른다는 거지. 권력이 돌아가는 그 무서운 속도를 아무도 따라잡을 수 없다는 거요.」

「김 부장은 왜 그렇게 하지 않았을까요? 그렇게나 수없이 도상 훈련을 해놓고도?」

「그게 수수께끼요, 수수께끼. 나도 도무지 그것을 이해할 수 없소.」

「당황해서 그러지 않았을까요?」

「모든 언론이 그렇게 얘기했지. 우발적으로 벌어진 일이었기에 김재규의 머리에는 박정희 시해 후 아무런 대책이 없었다고. 그것은 바로 합수부의 수사 결과이기도 하고. 하지만 나는 그것을 도저히 이해할 수 없다는 거요. 그렇게 철저히 훈련이 되어 있었는데, 그 순간에 왜, 코앞에 남산을 두고 용산으로 들어갔느냔 말이오. 정말, 정말 이해할 수 없는 일이오. '김학호, 시작해'라고 한마디만 했으면 모든 게 끝날 일이었는데……」

「혹시 김 부장이 정 총장으로부터 협박을 받거나 하지는 않았을까요?」

「무슨 협박?」

「육본으로 가지 않으면 부하들이 정보부로 자신을 데리러 올 것이라든지 뭐 그런……. 말은 완곡하게 하더라도 그 정도면 김 부장이 무슨 말인지 알아들었을 게 아닙니까?」

「천만에, 오히려 그 반대지. 정보부로 들어가기만 하면 10·26은 부장과 총장이 공모한 쿠데타가 되고 마는 거요. 누가 총장이라도 그것은 어쩔 수 없는 상황이 되어버리는 거지. 총장이 부장을 협박해? 절대 그럴 순 없소. 운전사나 박흥주, 김정섭 차장보나 김 부장이나 정 총장이나 합수부에서 그렇게 진술한 사람도 없고 말이오. 아직도 모르겠소? 합수부 조사라는 것이 무엇을 말하는지를.」

「그렇군요.」

「나는 그 수수께끼를 두고두고 생각했소. 도대체 왜, 도대체 왜 김 부장은 자기 안방인 남산을 버려두고 용산으로 간 걸까? 자기 편이라고는 하나도 없는 그 낯선 곳으로 말이오.」

「김재규 부장이 혼잣말처럼 '어디로 가지? 남산? 육본?' 했을 때 박흥주가 육본이 낫겠다고 했고, 이어서 정 총장이 육본으로 가자고 했다는 증언이 있지 않습니까. 다시 말해 당시 김 부장이 당황한 상태에서 판단력이 흐려져 옆사람들의 말을 그대로 따랐던 건 아닐까요?」

「결코 아니오. 김 부장은 유약한 사람으로만 알려져 있지만 황소 같은 고집이 있던 사람이오. 한번 생각해둔 것은 무슨 일이 있어도 끝까지 밀고 나가는. 그가 그 황망 중에 김계원 비서실장에게 '형님, 저는 한번 한다면 하는 놈입니다'라고 얘기한 것도 그러한 사실을 뒷받침해주고 있는 거요. 나는 합수부의 발표나 언론의 추측은 어느 것 하나 받아들일 수 없소. 그렇게 도상 훈련을 많이 했던 사람이 남산을 옆에 두고 마음이 흔들려서 부하의 말을 쫓아 육본으로 갔다는 게 있을 수 있는 일이오? 그건 그야말로 김재규를 천하의 바보로 만들어놓은 결론이오.」

경훈은 고개를 끄덕였다. 김학호의 말은 상식적으로 생각해도 맞는 말이었다. 사람은 당황할수록 자신이 익숙한 것, 안전한 것을 따라가기 마련인 법이다.

남산과 용산

「남산으로 오면 살고 용산으로 가면 죽게 되어 있었어. 그런데 부장은 용산을 택했단 말야. 그래서 나는 부장의 그날 행위는 절대로 의도된 게 아니라고 주장하는 거요. 만약 그랬다면, 혁명을 하려고 했다면 부장은 틀림없이 내게 '김학호, 시작해'라고 말했을 테니까.」

김학호의 결론은 단호했다. 김재규를 대리했던 이 사람 김학호. 그의 말에는 조금도 허점이 없어 보였다. 10·26은 정말 그런 것이었을까? 김재규의 우발적 살해? 그러나 그때 경훈의 뇌리 한편을 치고 올라오는 의문 하나가 있었다. 그런데 만약 김재규가 김학호에게도 밝히지 못한 다른 사정이 있었다면? 만약 그렇다면 김학호의 결론은 치명적 결함을 갖게 되지 않는가.

「김 장군님의 생각이 옳을 수 있습니다. 그런데 상식적인 관점에서 10·26에 대한 지금까지의 해석은 몇 가지 모순점을 가지고 있습니다.」

김학호는 흥미로운 표정으로 경훈의 입가를 주시했다.

「그 첫 번째는 대통령 시해 행위를 김재규 부장의 우발적 범행으로 몰고 가려는 일관된 시도인데, 법정에서 사건의 진실을 파악하는 데 있어 가장 경계해야 할 것은 당사자 혹은 참고인의 진술입니다. 진술이란 터무니없이 당사자의 일방적 입장을 대변하거나 그 반대이기 쉽습니다. 펜을 주고 마음대로 쓰라고 하면 전자의 경우가 되고, 수사기관에서 압박을 가하면 후자의 경우가 됩니다. 지금껏 합수부, 또 합수부의 결론에서 조금도 벗어나지 못하고 있는 언론은 언제나 사람들의 진술을 판단 근거로 삼았습니다. 예를 들면 김재규 부장은 합수부의 진술에서는 충성 경쟁에서 밀린 소외감으로 우발적 범행을 저질렀다고 했고, 재판에서는 민주화의 열망으로 오랜 준비 끝에 유신의 심장을 쏘았다고 했습니다. 그 가운데 어떤 것이 진실입니까. 그중의 하나만을 믿는 것은 잘못된 게 아니겠습니까.」

「그렇다면 김 부장의 행위가 우발적이 아니었다는 무슨 증거라도 있단 말이오?」

「김재규 부장은 당일 오후 4시 10분쯤 남산에 있는 부장실에서 차지철의 전화를 받았습니다. 저녁 6시에 각하를 모신 대행사가 있다는 내용이었지요.」

김학호는 당시의 기억을 되살렸다. 그날 김재규는 오후 4시가 조금 넘어 궁정동으로 갔다.

「김재규 부장은 전화를 받고 곧 남산 사무실에서 나왔습니다. 짧은 거리라 불과 10분 만에 궁정동에 도착한 김재규는 4시 40분쯤 집무실 인터폰으로 아래층에 있던 박흥주 대령에게 정승화 육군참모총장한테 전화를 걸라고 지시했습니다. 그때 박흥주 옆에 있던 윤병서 비서관이 즉각 총장실로 전화를 했다고 진술했습니다.」

김학호는 순간 당황했다.

「아시겠습니까? 김재규는 대통령과의 대행사에 참석하러 궁정동으로 와서 정 총장에게 전화를 했던 것입니다. 같이 저녁을 먹으면서 조용히 얘기나 나누자고요. 너무도 잘 아시겠지만 '대행사'란 대통령과 비서실장, 경호실장, 그리고 정보부장이 같이 저녁을 먹고 술을 마시는 자리입니다. 노래 부를 여자와 대통령을 모실 여자까지 불러서요. 대행사 장소는 궁정동의 정보부 안가고 주최자는 정보부장입니다. 경호실 직원들도 여기까지 와서는 대통령의 경호를 정보부에 넘깁니다.」

김학호는 경훈이 무슨 말을 하려는지 알 것 같았다.

「아시다시피 정보부장은 대통령이 자리를 떠나는 밤늦은 시간까지 만찬장을 떠날 수 없습니다. 즉, 정승화 총장하고 저녁을 먹으면서 조용히 얘기를 나눌 시간은 없다는 얘깁니다.」

김학호의 호흡이 거칠어지기 시작했다.

「명색이 육군참모총장입니다. 경우에 따라서는 국가의 일인자이기도 한 사람입니다. 그런 사람을 6시 30분에 저녁 먹자고 불러놓고 자신은 9시가 넘어야 끝나는 다른 만찬에 가 있겠다고 생각할 사람은 아무도 없을 겁니다.」

김학호의 눈언저리가 파르르 떨렸다.

「오후 4시에 이미 남산에서 김재규 부장을 만났던 김정섭 차장보는 5시에 다시 전화를 받습니다. 6시 30분까지 궁정동으로 와서 정승화 총장과 같이 식사를 하라는 것이었습니다. 김 부장은 정 총장과는 식사를 할 뜻이 아예 없었던 것이지요. 상식적으로 판단해보십시오. 합수부니 언론이니 하는 장막을 전부 걷어내고 말입니다. 그래야만 그 다음 의문을 해결할 수 있습니다.」

김학호의 눈길이 경훈의 얼굴에 화살처럼 박혔다.

「그 다음이라면?」

「바로 김 장군님의 수수께끼. 왜 김 부장은 남산을 지나쳐 용산으로 갔나 하는 의문 말입니다.」

「으음. 당신 얘기는 정 총장이 김 부장과 공모라도 했다는 뜻이오?」

「그건 아닙니다.」

경훈의 목소리는 단호했다.

「그래, 절대 그럴 수는 없어. 만약에 그랬다면 합수부 수사에서 밝혀지지 않았을 리가 없지.」

「장군님, '김학호, 시작해'를 버리십시오. 주관을 버리고 객관으로 보십시오. 김재규 부장의 행위는 결코 우발적인 것이 아닙니다. 합수부는 김 부장을 왜소하게 만드는 데 총력을 다했습니다. 그러기 위해서는 그의 행위를 우발적인 것으로, 그가 박정희에게 총애를 받지 못한 반발심에서, 인사에서 밀릴 것을 염려한 용렬한 심리에서, 차지철에 대한 콤플렉스와 스트레스에서 일을 저지른 것으로 만들어야 했습니다. 그렇지 않고 10·26을 김재규 부장이 치밀하게 준비해서 독재에 저항해 시행한 거사라고 발표할 수는 없는 것이었겠죠. 만약 그랬다면 김재규를 살려내라거라 독재 타도의 구호가 터져나오면서 사회는 극심한 혼란 속으로 빠져들어갔겠죠. 그것을 모를 리 없었던 전두환의 보안사는 치밀했습니다. 그들은 김 부장의 행위와 민중의 염원이 이어지는 것을 차단했던 겁니다. 하지만 합수부 발표의 허구는 이내 밝혀지고 맙니다. 그들은 10·26을 김재규 부장의 우발적 범행으로 규정하고 발표했지만, 정작 기소할 때는 내란 목적 살인죄를 적용했습니다. 김재규의 범행이 우발적이 아닌, 치밀하게 계획하여 대통령과 경호실장을 살해한 범행이라고 봤다는 것입니다.」

「둘 중 하나는 조작일 수밖에 없다는 얘기로군.」

「아무리 조작해도 진실은 결국 드러나기 마련입니다. 만약 그당시 계엄이 실시되지 않았다면, 즉 정 총장이 무소불위의 계엄사령관이 아니었다면 그 역시 사건의 초기에 연행되었을 테고 김부장과 공범으로 몰려 형장의 이슬로 사라졌을지도 모르는 일입니다. 계엄이 정 총장을 살리고 10·26을 김 부장만의 우발적 범행으로 규정짓게 한 거죠.」

「그러나 정 총장도 나중에 결국 12·12로 추락하지 않나?」

「그때는 이미 상황이 달라진 후입니다. 그때 상황 역시 복잡했죠. 여하튼 10·26 직후 합수부는 김 부장을 단순한 살인범으로 만드는 일에 전력을 다했고, 대중은 결국 속아 넘어갈 수밖에 없었습니다.」

김학호는 쓴웃음을 지었다. 대중은 속을 수밖에 없는 존재라고 자신이 강변했던 사실이 떠올랐기 때문이다.

「이 변호사 말대로라면 내 수수께끼는 어떻게 해석할 건가?」

「아직까지는 저도 확실치 않습니다만, 혹시…… 혹시 말입니다…….」

경훈의 말투가 지금까지와는 달리 더없이 신중해졌다.

「이런 가정은 어떨까요?」

「……?」

「다른 사람은 모르는, 김 부장만 아는 비밀이 있었다.」

「김 부장만이 아는 비밀이라고?」

「그렇습니다. 그만이 아는 비밀 말입니다.」

「어떤 걸 말하는 거지?」

「앞서 말했듯 만약 이것이 계획된 거였다면 김재규가 정 총장을 불렀다는 것은 무엇을 의미할까요? 정 총장의 힘, 즉 군의 힘을 이용한다는 계획이었겠죠.」

「당연한 일이지. 군을 배후에 업지 않고서 혁명은 불가능한 거니까.」

「그때 김재규 부장은 두 가지 복안을 가지고 있었을지 모릅니다. 하나는 정승화 총장을 데리고 남산으로 들어가는 것이지요. 그럴 경우 김 부장은 정 총장에게 수경사를 동원하여 정보부를 호위하게 했을 겁니다. 다른 하나는 실제 그랬던 것처럼 함께 육군본부로 들어가는 것인데, 이때에는 확실한 보장이 필요합니다.

정 총장을 비롯한 군이 확실히 자기편이라는 보장 말입니다.」

「……?」

「그러나 정 총장은 사전에 김 부장으로부터 어떤 말도 듣지 못했고 군의 누구도 마찬가지였습니다. 즉, 외견상 군이 김재규의 편이라는 징후는 어디에도 없었습니다. 더군다나 정 총장이 자기편이 아니라면, 김 부장 자신이 주장하던 바대로 계엄령이 선포될 경우 정 총장이 일인자가 될 것이고 더군다나 육본에서라면 총장이 자신을 구속할 것은 불을 보듯 뻔한데, 그걸 알면서도 용산으로 갔다는 것은…….」

「갔다는 것은……?」

「김 부장은 군이 자기편이라는 확신이 있었을 거라는 얘깁니다. 그래서 정 총장을 불러두고 그와 행동을 같이했던 겁니다.」

「그러나 정 총장과는 사전 모의가 전혀 없었잖소?」

「바로 그겁니다. 그래서 저는 가정을 세워보자는 것입니다.」

「가정이라면?」

「그 밖에 누군가가 있지 않았겠느냐 하는. 김재규 부장으로 하여금 군이 자기편이라고 믿도록 한 누군가가 말입니다.」

「그럴 수가…….」

김학호는 경훈의 치밀한 논리에 입이 다물어지지 않았다. 그러나…….

「그게 누구라는 말이오?」

「그게 누구인가를 아는 것, 그게 10·26의 비밀을 푸는 열쇠가 아닌가 생각됩니다. 만약 이런 가정이 가능하다면 김 부장이 남산으로 가지 않고 용산으로 간 것, 즉 '김학호, 시작해'라는 카드를 쓰지 않은 이유에 대해서는 답이 됩니다. 그런데 그 다음이 문제입니다. 그렇다면 혁명은 성공했어야 하는데 그러질 못했습니다. 성공은커녕 결과적으로 김재규는 바보 멍청이가 되어버렸습니다. 여기에는 우리가 모르는 엄청난 음모가 있을지도 모릅니다.」

「음모? 엄청난 음모라고? 그게 뭐지?」

「저는 지금 그걸 파헤쳐가고 있는 것입니다.」

경훈은 그쯤에서 자리에서 일어났다. 더 이상 그로부터 확인할 말은 없을 듯해서였다.

「좀 더 확실해지면 다시 찾아뵙겠습니다.」

김학호는 아쉬운 듯 경훈을 바라보았다.

김재규의 진술

사무실로 돌아온 경훈은 김재규가 보안사에 연행되어 최초로 작성한 자필 진술서를 다시 꺼내 읽었다. 경력 및 범행 동기부터 사후 처리 계획까지 번호를 매겨 작성한 진술서는 읽기가 역겨울 정도였다. 비록 김재규의 손에 의해서 쓰여지기는 했지만 말이 자필 진술서지 사실은 고문에 의해 조작된 기록과 다름없었기 때문이다.

전체 8항으로 쓰여진 진술서 가운데 경훈은 특히 8항에 주목했다.

8. 사후 처리 상황은 다음과 같이 하려고 하였습니다.

궁정동에서 육군 총장과 김정섭 차장보를 대동, 육본에 도착(차후 행동을 망설임)하여 혁명으로 유도하느냐, 총장을 협박할 것인가 사살할 것인가 망설였고 벙커에서 김계원 비서실장을 전화로 유도, 보안 유지를 당부시키고 육본 벙커, 총장실에 각군 수뇌와 각료가 소집되면 출입구를 잠그고 위협, 연금 조치하여 혁명으로 유도할까 망설였습니다. 이상 진술은 사실 그대로 명확하게 진술하였습니다.

-1979년 10월 28일 진술인 김재규

8항에 있는 김재규의 진술은 가능성이 전혀 없는 환상과도 같은 것이었다. 정보부가 아닌 육군본부에 가서 육군참모총장을 협박할지 사살할지 망설였다는 진술에는 웃음이 나올 지경이었다.

진술서 전체가 이렇듯이 우스꽝스러운 내용들로 가득 차 있었다. 합수부나 언론이나 모두 이 웃기는 진술서에 기초해서 10·26의 성격을 규정지었지만, 엄청난 고문 끝에 나온 이 진술서를 믿는다는 것 자체가 역사의 날조에 동참하는 행위일 수밖에 없었다.

하지만 다음 순간 경훈의 눈빛이 갑자기 변했다. 이 우스운 진술서의 행간을 주목하고 나서였다. 거기에는 김재규의 숨은 의도가 분명히 있었다. 그가 정승화에 대해 '협박', '사살'이라는 표현을 쓴 데는 간단치 않은 이유가 있을 것 같았다.

그 표현에서는 정승화를 보호하려는 목적이 엿보였다. 강압적으로 쓰여졌을 이 진술서에서조차 정승화를 보호하려는 김재규의 의지는 간절하기까지 했다. 거사에 대한 아무런 사전 협의도 없었던 정승화를 이토록 보호하려고 한 것은 무엇 때문일까. 김재규는 뭔가 일이 잘못되었지만 언젠가는 정승화 총장이 자신의 목숨을 구해줄 사람이라고 마지막까지 믿고 있었다는 이야기가 아닐까. 경훈은 자신의 가정으로 되돌아갔다. 김재규는 분명 참모총장인 정승화로 대표되는 군부가 자신의 편이라는 생각을 하고 있었음에 틀림없었다. 비록 자신이 직접 접촉하지는 않았지만 군부와 자신을 연결시키는 다른 누군가가 있었을 것이라는 가정이 확고하게 의식 한가운데 자리 잡았다. 적어도 그는 측근 중의 측근인 김학호에게조차 존재를 숨길 만큼 훨씬 강력하고 믿을 만한 힘을 가진 자였을 것이다. 그가 누구이든 분명한 것은 '김학호, 시작해'까지 포기하면서 용산으로 가게 만들 만큼 강력한 힘의 소유자였을 게 분명했다.

「음……」

경훈이 다 식어버린 커피잔을 습관적으로 들어올릴 때 전화벨이 울렸다.

「선배, 나야.」

수연이었다.

「어, 그래. 전화 기다렸어.」

「내가 준 선물은 뜯어봤어?」

「그래, 케네디에 대한 기록이 대부분인데 더 찬찬히 들여다볼게.」

「노벰버를 스터디한다느니, 하문이니 제리니 하는 얘긴 무슨 관련이 없을까?」

「알아봐야겠지. 아무튼 중요한 걸 입수한 것 같다.」

전화를 끊고 난 경훈은 제럴드 현의 수첩을 다시 첫 페이지부터 샅샅이 살폈다.

수첩의 내용은 대충 이런 것이었다.

존슨의 행정명령 88호는 나를 분노하게 만든다. 어째서 케네디 암살의 수사 결과를 2039년까지 공개하지 못하게 했는가. 그때에는 사건에 관계된 사람은 모두 이 세상을 떠나고 없다. 결국 존슨의 명령은 사건을 묻어두자는 것이 아닌가.

피그만 사건. 일단 케네디의 승리로 보였지만 결국 그들은 대통령에게 죽음을 선물하지 않았는가.

케네디의 죽음 직후 떨어진 존슨의 월맹 폭격 명령. 이것은 결국 무엇을 말하는가. 케네디는 월맹 폭격을 그리도 완강하게 거부하지 않았던가.

수첩의 내용을 꼼꼼히 확인했지만 특별히 도움이 될 만한 것은 없었다. 이렇게 되면 수첩은 단순한 유품에 지나지 않게 되는데, 그나마 10·26과 관련해 박정희라는 이름이 언급된 문장 하나가 여전히 뇌리에 남았다.

케네디의 동서 화해와 박정희의 자주국방. 이들은 출신 성분은 달라도 너무나 닮은 이상주의자들이었다. 죽음조차도······.

케네디와 박정희. 한 사람은 대부호의 아들로 하버드를 거친 엘리트, 또 한 사람은 가난한 어린 시절을 보내고 피지배 국민으로서 고독과 슬픔을 가슴 깊이 품은 군인 출신이다. 둘 다 대통령이란 직위에 올랐었다는 것 외에는 더 이상 공통점을 찾을 수 없는 그들이 닮은 이상주의자들이라고?

「음…….」

경훈은 나직한 신음을 내뱉었다. 그 구절을 몇 번이나 되뇌면서 집중하다 보니 어쩌면 제럴드 현은 둘의 닮은 점을 죽음에서 찾고 있는 것이 아닐까 하는 생각이 들었다.

케네디도 박정희도 현직 대통령의 신분으로 죽임을 당했다.

암살. 굳이 두 사람의 닮은 점을 찾자면 바로 대통령 신분으로 암살당했다는 점이다. 어쩌면 제럴드 현은 이 두 사람의 암살에 대해 생각하다 이 메모를 남긴 것은 아닐까?

불현듯 떠오른 생각에 경훈은 서류를 뒤져 재판 기록을 꺼냈다. 김재규의 진술 기록을 살펴보니 역시 이런 말이 나왔다.

박 대통령의 자주국방은 엄청난 혼란과 불안을 야기시켰습니다. 중앙정보부장으로서 본인은 이것이 잘못된 것이라는 명백한 판단을 가지고 있었습니다. 그러니까 자주국방은 잠꼬대 같은 것이었습니다.

기묘한 일치였다. 제럴드 현은 케네디가 살해당한 이유로 동서화해를, 박정희가 살해당한 이유로는 자주국방을 꼽았다.

그런데 암살의 실행자인 김재규의 진술에서도 자주국방이라는 말이 튀어나온 것이다. 자주국방? 그런데 이것이 죽임을 당할 이유가 될 수도 있다는 말인가?

경훈은 고개를 저었다. 이것은 제럴드 현의 단순한 메모일 수도 있는데 자신이 너무 깊이 생각하고 있는지도 모를 일이었다. 경훈의 생각은 수첩을 보기 전으로 다시 돌아갔다.

10·26에 대한 합수부 수사 발표의 요지는 김재규의 대통령 시해는 순전히 우발적인 상황에서 벌어졌다는 것이었다. 경훈은 그러한 합수부 수사 결과를 의심 없이 받아들이려 노력했다. 그러나 그러면 그럴수록 반감만 커졌다. 합수부 결론의 치명적인 모순이 도저히 덮어지지 않았던 것이다. 무엇보다 육군참모총장 정승화의 궁정동 내 대기는 어떻게 설명할 것인가? 자신이 주인이 되어 대통령을 모시고 치르는 만찬 시간에 식사나 하자며 정승화를 불러들이고 김정섭 차장보로 하여금 대신 접대를 시킨 사실은 도저히 그냥 넘길 수 없었다.

인과관계, 재판에서 가장 중요한 것은 바로 이 인과관계를 따지는 일이다. 인과관계로 볼 때, 김재규가 정승화와 같이 자동차를 타고 육군본부로 들어간 것이 전적으로 우연이었다는 결론은 얼마나 우스운 것인가. 김재규는 자신이 못 나갈 것을 뻔히 알면서 정승화를 불러들였고 일을 치른 후 그와 함께 육군본부로 가게 되었던 사실에 비추어볼 때, 김재규의 범의가 결코 우발적인 것이 아니었다고 판단할 수 있다. 어떤 재판관이라도 이 중대한 인과관계를 그냥 넘기지는 못했으리라.

김재규의 배후

　다음날 조금 늦게 사무실에 들어가자 비서가 전화번호 하나를 건네주었다.

　「돌아오시면 전화를 걸어달라고 했습니다.」

　오세희였다. 경훈이 전화를 걸자 오세희의 약간 들뜬 음성이 전화선을 타고 흘러나왔다.

　「그 의사는 한국에서 찾아야 할 것 같소. 형무소에서 나온 후 로버트 손이라고 이름을 바꾸고 어디에서 무얼 하고 살았는지는 모르겠지만, 최근 이 사람이 한국으로 간 걸로 나와요.」

　「여기로요?」

　「그렇소. 한 달쯤 전이오.」

　「로버트 손이라고요?」

　「그렇소.」

　「알겠습니다.」

　「그리고 언젠가 강일이 형님의 사무실 직원들을 소개받은 적이 있었는데 그중에 브루스라는 자가 있었소.」

　「그런데요?」

　「미남인데다가 인상이 좋길래 내가 형님에게 그자에 대해 물은 적이 있소. 어떤 임무를 띠고 있느냐고.」

「그랬더니요?」

「그때는 바로 대답하지 않더니 한참 시간이 흐른 후 바에서 같이 술 한잔을 하다가 불쑥 그 친구 얘길 꺼내는 거였소. '그 잘생긴 젊은 친구 말이야. 그래 봬도 아주 중요한 친구야'라면서. 그래서 나도 생각이 나서 '그 기생오라비 같은 친구 말입니까?' 했더니, 형님이 껄껄 웃으시며 '그래, 그 기생오라비 같은 친구가 생긴 건 그래도 한국의 중앙정보부장을 조종하는 친구야' 하는 거였소.」

「김재규를 전담했다는 말인가요?」

「그렇소. 그러면서 '카터의 주한 미군 철수가 왜 중단됐는지 알아?' 하고 물으시는 거였소.」

「그래서요?」

「이 변호사도 알 거요. 당시 주한 미군 참모장이었던 싱글러브라는 사람 말이오.」

「네, 기억합니다. 주한 미군 철수를 반대하다 카터 대통령에 의해 예편당한 사람이죠?」

「그렇소. 내가 '싱글러브 같은 사람들이 기를 쓰고 반대하니 카터가 안 되겠다 싶어 그런 게 아닙니까?' 했더니 형님이 배를 잡고 웃으시더군. 그러더니 싱글러브 그자는 CIA라고 하더군요.」

「싱글러브가요?」

「그렇소. 아무튼 그 브루스라는, 김재규를 전담했다던 바로 그자를 찾았소.」

「네?」

「형님과 전화상으로 옛날이야기를 했던 테이프를 듣다 보니 기생오라비라는 말이 나오지 않겠소. 이 친구다 싶어 즉각 추적했소. 물론 돈을 좀 썼지. 이 브루스라는 친구를 한번 회유해볼 참이오.」

「어떻게요?」

「그자는 은퇴하고 나서 그랜드캐니언에서 모텔을 경영하고 있었소. 그런대로 살아왔던 모양인데 최근에 문제가 생긴 것으로 조사됐소.」

「무슨 문젭니까?」

「모텔이 넘어가게 됐소. 아니 모텔뿐만 아니라 인생이 거덜나게 생겼지.」

「왜요?」

「그랜드캐니언은 바로 라스베이거스 옆에 있잖소. 거의 붙어 있는 셈이지. 그런데 그자가 최근에 라스베이거스의 카지노에서 엄청난 돈을 잃었소. 모텔을 잡혀 급전을 구한 것까지 몽땅 잃고 말았어요.」

「위기로군요.」

「그렇소. 그자의 위기는 곧 우리의 찬스라고 말할 수 있겠지.」

「돈으로 회유하실 생각인가요?」

「아니, 돈으로 회유하는 것은 실패할 공산이 크오. 상대는 욕심을 부릴 테고, 그러다 보면 우리 쪽이 함정에 빠질 위험도 있소. 상대가 우리를 간첩 혐의로 넘기면서 자신의 어려움을 해결하겠다는 계산을 할 수도 있을 테니까.」

충분히 그럴 수 있겠다는 생각이 들었다. 오세희는 역시 치밀했다.

「무엇보다도 그렇게 하자면 큰돈이 들 거요. 브루스가 어떤 정보를 가지고 있는지 분명하지도 않은 상황에서 그렇게 할 수는 없는 노릇이오.」

「그렇다면?」

「도박판에서 그자를 추궁해볼 생각이오.」

「어떻게 말입니까?」

「일단 도박판에서 돈을 잃은 사람은 별짓을 다 하게 되어 있소. 도박꾼은 마누라도 잡힌다고 하지 않소? 브루스는 지금 정신적 평정을 잃었기 때문에 하면 할수록 지게 되어 있지. 브루스가 모든 것이 끝장났다고 생각하는 순간 우리가 약간의 돈, 그자에게는 매우 큰돈이겠지만, 하여튼 돈을 주는 것이오.」

「정보의 대가로 말이죠?」

「그렇소.」

현실성이 있는 방법이었다. 도박에서 모든 것을 잃은 사람에게 주는 돈은 온전한 정신을 가졌을 때의 금액보다 수십 배 이상의 효과가 있을 것이다.

「하지만 그런 곳에서 정보를 요구하는 것은 위험하지 않을까요? 또 너무 급작스럽고 낯설지 않을까요? 틀림없이 의심을 살 텐데요.」

「그렇소. 그래서 우리는 꼭 필요한 사람을 고용할 필요가 있소.」

「무슨 뜻입니까?」

「사람을 사야 한다는 말이오. 이 일에 적합한 괴짜라고나 할까, 아무튼 그런 도박사를 말이오.」

「괴짜라고요?」

「그렇소. 카지노에는 왕왕 괴짜가 있소. 가령 마음이 동하면 처음 보는 사람에게 받을 기약도 없이 만 달러쯤은 그냥 줘버린다든지 하는 자들 말이오. 그런 괴짜로 하여금 브루스에게 돈을 주고 살아온 이야기를 하도록 만드는 거요. 브루스는 처음엔 적당히 얘기할 거요. 그러나 괴짜가 별로 관심 없는 듯이 하품을 하면서 겨우 몇 푼 집어줄 듯한 태도를 취하면 브루스의 얘기는 점차 깊어지겠지. 무슨 말인지 알겠소?」

「그럴듯하군요.」

「문제는 그런 괴짜 도박사를 구하는 일인데…….」

그때 경훈의 머리에 문득 필립 최가 떠올랐다. 이미 라스베이거스에서 도박사로 이름난 필립 최라면 이런 일에 적격일 듯했다.

「떠오르는 사람이 있긴 한데…… 제가 한번 연락해볼까요?」

「이 변호사가? 원, 세상에! 어떻게 그런 사람을 다 알고 있소?」

경훈은 웃음이 나왔다. 세상에는 별 이상한 직업을 가진 사람도 있고, 이상한 일도 이루어지는 법이라는 생각이 들어서였다.

경훈은 오세희에게 필립 최에 대해 간단히 말했다. 오세희는 반색하며 경훈에게 그 일을 맡겼다.

「브루스가 라스베이거스로 가면 내가 연락을 하겠소.」

케네디의 죽음

경훈은 오세희의 전화를 기다리며 바쁜 시간을 보냈다. 김재규 정보부장을 전담했다는 브루스라는 자를 만나게 되면 많은 의혹이 풀릴 것 같았다. 마침내 오세희로부터 전화가 걸려왔다.

「이제 갈 시간이 된 것 같소. 브루스가 이틀 전 라스베이거스로 떠났소. 내일쯤이면 둘 중 하나로 판가름이 나겠지.」

「저도 바로 떠나겠습니다. 어디서 만나면 좋을까요?」

「필립 최라는 사람은 어디에 있소?」

「주로 엠지엠카지노에 있습니다.」

「그래요? 그거 마침 잘됐군. 브루스도 엠지엠에서 하니까. 그럼 거기서 만납시다.」

경훈은 일이 제대로 되어간다고 생각했다. 이제 남은 건 라스베이거스로 날아가는 일뿐이었다.

경훈은 일정을 짜다 문득 이참에 케네디 암살 건에 대해 전문가의 조언을 들어볼 필요가 있겠다는 생각이 들었다. 경훈은 하버드에서 같이 공부했던 스테파니를 떠올렸다. 그녀가 근무하는 로펌에서 케네디와 관련된 여러 건의 소송을 진행해 왔던 것이다.

자신에게 남다른 호감을 표하기도 했던 스테파니의 얼굴을 떠올리면서 경훈은 미소를 지었다. 그리고 시계를 보고는 바로 수화기를 들었다. 교환과 비서를 거친 다음에 나온 스테파니의 목소리는 반가움으로 가득 차 있었다.

「어머, 경훈 씨. 어디예요?」

「한국이에요.」

「언제 그리로 갔어요? 나는 보스턴에 있는 줄 알았는데……」

「어쨌거나 잘 지내죠?」

「그럼요. 경훈 씨 보고 싶은 것 빼고는.」

스테파니의 농담은 경쾌했다. 몇 마디 안부를 묻고 경훈은 단도직입적으로 용건을 말했다.

「스테파니 회사에서 케네디 관련 소송을 몇 건 맡았죠?」

「네, 주로 우리 팀에서 맡았어요.」

스테파니의 목소리에서는 금세 호기심이 묻어나왔다.

「케네디의 죽음에 대해 전문가 얘기를 듣고 싶은데, 스테파니 생각은 어때요?」

「내 생각이라면요?」

「누가 어떤 동기로 죽였을까요?」

잠시 침묵이 흘렀다.

「그건 왜 묻죠?」

약간의 경계심이 묻어 있는 목소리였다.

「그냥……」

경훈은 무의미한 대답을 던져놓고는 뭐라고 덧붙여야 할지 잠시 생각했다.

「개인적인 호기심이에요, 아니면 일과 관련된 거예요?」

스테파니는 혹시 경훈이 케네디와 관련된 소송을 진행하는가 싶어 신경을 곤두세우는 것 같았다.

「하하, 스테파니. 나는 더 이상 에이펙스로펌에서 일하지 않아요. 지금 한국에서 잠시 쉬고 있어요. 순전히 개인적 호기심에서 알고 싶은 것뿐이에요.」

「그 일은 너무도 복잡해요. 경훈 씨도 잘 알다시피, 우리는 직무상 알게 된 비밀은 털어놓을 수 없잖아요.」

「비밀까지 알고 싶은 생각은 없어요. 다만 나는 지금까지 알려진 것들을 정리해보고 싶을 따름이에요.」

「호호. 경훈 씨 부탁이니까 내가 직접 조언자가 되어줄 수는 없지만 소개해줄 만한 사람은 있어요. 한번 만나보실래요. 그런데, 그러려면 미국에 와야 할 텐데.」

「그렇지 않아도 다른 일이 있어서 내일 출발해요.」

「경훈 씨가 많이 급한가 보죠? 그럼 알려드릴게요.」

경훈은 스테파니가 불러주는 케네디 전문가의 이름과 주소를 받아 적었다.

「경훈 씨가 찾아갈 거라고 미리 전화해둘게요. 일전에 우리한테 신세진 게 있어서 잘해줄 거예요.」

「고마워요. 스테파니.」

수화기를 내려놓는 경훈의 얼굴에 미소가 번졌다. 역시 스테파니는 사람을 기분 좋게 해주는 여자였다. 또 한편으로는 하버드 로스쿨의 잠재력이 느껴졌다. 하버드 출신끼리의 돈독한 의리는 미국 사회에서 거대한 세력을 형성하고 있었다.

경훈은 라스베이거스로 가기 전에 우선 라과디아로 날아갔다. 경훈은 호텔에 짐을 풀자마자 스테파니가 일러준 38번가의 사무실로 찾아갔다. 스테파니가 시간 약속까지 해둔 덕분에 그는 편하게 케네디 연구가와 마주 앉을 수 있었다.

「앉으시오. 난 빌이라고 하오. 뭘 마시겠소?」

상대는 경훈이 누구든 개의치 않는다는 듯이 인사부터 음료수까지 한번에 물어왔다.

경훈은 공손하게 인사를 하고는 음료수를 부탁했다.

「괜찮으면 스카치 한잔 합시다. 이 빌어먹을 케네디 얘기를 하려면 한잔 마시지 않고는 못 배긴단 말이오.」

「좋습니다.」

빌은 얼음 채운 스카치 두 잔을 가지고 와 경훈의 앞에 놓고는 자신도 맞은편에 앉았다.

「스테파니의 부탁도 있었지만 당신을 보니 기분이 좋아지는구먼. 그 진지한 자세가 마음에 드오.」

빌은 오십대 중반쯤으로 보였다.

「그런데 당신은 케네디의 무엇을 알고 싶은 거요?」

「누가 죽였는지, 왜 그랬는지 알고 싶습니다.」

「그렇겠지.」

빌은 다시 잔을 입에 갖다 댔다. 한참을 홀짝거리는 것으로 보아 이야기를 어디에서부터 시작해야 할지 생각하는 모양이었다. 빌은 경훈이 만난 보통의 미국인들과 달리 얼음을 입에 넣어 와자작 소리가 나도록 깨물어 먹었다. 그런 다음에야 입을 열었다. 빌은 일단 이야기를 시작하자 거칠어 보이던 태도와는 달리 목소리를 낮췄다.

「케네디 사건은 의외의 곳에서 그 본모습이 드러났소.」

「의외의 곳이라면?」

「워터게이트요.」

「네?」

경훈은 뜻밖의 얘기에 놀랐다.

「워터게이트, 민주당사 말이오.」

「……」

「민주당사에 침입했던 세 놈 중 하나가 닉슨을 협박했소. 현직 대통령인 닉슨을 말이오. 이 친구는 일단 현행범으로 붙들리자 앞날이 없다고 생각했던 모양이오. 그 통화 내용이 연방수사국에 감청당했지.」

「어떤 내용이었는데요?」

「백만 달러를 내놓으라는 것이었소.」

「큰돈이군요.」

「그렇지, 비상식적으로 큰돈이지. 그 돈을 주면 입을 열지 않겠다는 거였소.」

「닉슨이 워터게이트 침입을 직접 지시했던 모양이군요.」

「아니, 그게 아니오.」

「워터게이트 사건이란 닉슨이 민주당사 침입을 은폐하려다 들켜 대통령직을 사임한 것 아닙니까?」

「그 일은 그렇지. 그러나 이 친구가 닉슨을 협박한 것은 전혀 다른 내용이었소. 이미 그때 워터게이트와 관련한 닉슨의 추행이 드러났을 때라 그 일은 협박거리가 되지 못했지.」

「그러면 협박 내용이 뭐였습니까?」

「옛날의 그 일을 털어놓겠다는 것이었소.」

「옛날의 그 일이라구요?」

「그렇소, 옛날의 그 일.」

「그게 뭐죠?」

「그걸 알려면 먼저 이 친구가 무엇을 하던 자인지부터 알아야 하오.」

빌은 다시 스카치를 입에 갖다 댔다.

「옛날, 그러니까 이 친구가 말하던 그 옛날이지. CIA와 군부가 쿠바 망명인들로 조직한 부대로 하여금 쿠바를 공격하게 했던 일이 있었소. 소위 얘기하는 피그만 사건이오.」

「네, 알고 있습니다.」

「이 친구는 그때 활약했던 CIA 대원이었소.」

「그렇다면 그 당시 무슨 일이 있었던 모양이군요.」

「케네디 암살은 그 피그만 사건으로부터 시작되지. 당시 미국은 CIA와 군부가 지배하고 있었다고 보면 되오. 냉전이 한창일 때였으니까. 모든 정보를 그들이 수집하고 분석하며 허수아비 대통령에게 들이밀기만 하면 됐소.」

미국에도 그런 시절이 있었다. 아니, 그것은 그때의 일만은 아닌지도 모른다. 지금도 누가 CIA와 군부에서 분석하는 정보에 반론을 제기할 수 있는가.

「그러나 케네디는 달랐소. 그는 철두철미하게 검증하려 들었지. CIA든 군부든 무턱대고 믿으려 하지는 않았소. 케네디는 피그만 사건 직전에 미사일을 싣고 쿠바로 향하는 소련 함대를 저지하는 과정에서 CIA와 군부가 엄청나게 상황을 과장하고 극단으로만 몰고 가려 한다는 것을 알게 됐소. 그래서 피그만 사건 때는 절대로 미국 공군의 비행기가 직접 출격할 수 없도록 엄명을 내렸지. CIA는 일단 미국의 공군기가 절대 출격하지 않는다는 조건하에 케네디한테서 작전 승인을 얻었지만 원래의 계획은 그것이 아니었소. 공군기를 출격시키는 거였지. 그래서 그들은 상황을 과장하여 케네디한테 조르고 또 졸랐소. 심지어는 새벽 3시에 잠자리에 있는 케네디한테까지 전화를 걸어 공군기의 출격을 졸라댔소. 물론 케네디는 단호하게 거부했지. 미국의 공군기가 나타나지 않자 피그만을 공격했던 쿠바 망명 부대는 전멸하고 말았소. 그때부터 카스트로는 안정된 정부를 구축할 수 있었지.」

「케네디는 미움을 많이 받았겠군요.」

「피그만 사건은 CIA와 케네디 모두에게 엄청난 상처를 입혔소. 케네디는 군사 모험주의자들이 언제 무슨 수를 써서든지 문제를 야기시킬 수 있다는 사실을 절실히 깨달았지. 그래서 CIA의 간부들을 대폭 물갈이해버렸소. 한편 군부나 CIA는 케네디야말로 자신들의 적이란 생각을 갖게 되었지. 케네디가 있는 한은 어떤 일도 그들 뜻대로 할 수 없다는 공감대가 형성된 거요.」

「그 후로 CIA 및 군부와 케네디는 반목하게 된 것이군요.」

「그들뿐만이 아니라 케네디에게는 더욱 큰 적이 생겼소.」

「더욱 큰 적이라면?」

「군수산업체들이지.」

「그들이 어떻게 케네디와 적이 되었을까요?」

「음, 케네디의 세계 정책 원칙은 평화 공존이었소. 그는 쿠바의 미사일 위기도 흐루쇼프와 대화를 통해 풀어냈지. CIA와 군부의 대결 논리를 무시하고 끝까지 대화를 추구하여 결국 성공한 거요. 그 후 케네디는 세계적 군축을 시도했소. 그는 지구적 차원에서 생각할 줄 알았지. 그러나 그것은 미국의 군수산업체들에게는 큰 위협이 되었던 거요. 존폐를 좌우하는 문제로 떠올랐지. 군수산업이라 하면 직접 무기를 만들어내는 업체만을 얘기하는 것이 아니오. 군복을 만든다든지 식량을 공급한다든지, 그 개념은 매우 넓소. 줄잡아 약 2만여 개의 대기업들이 있지. 그들이 케네디를 반대한 거요. 게다가 거기에는 수천 개의 별들이 들어가 있었소.」

「별들이라뇨?」

「국방성에서 그만둔 자들이 모조리 그리로 들어간다는 뜻이오. 즉, 군수산업체란 군부와 마찬가지지.」

「알 만합니다.」

「결국 군수산업체가 냉전을 만들어냈다고 볼 수 있지. 그들은 소련과의 대화를 완강히 반대했소. 그리고 소련으로 하여금 군비 증강에 모든 힘을 쏟도록 유도했지.」

「그랬군요.」

「그들은 세계 각지에서 일어나는 모든 분쟁을 공산주의와의 대결로 규정지었소. 피그만 사건 이후 그들은 케네디에게 월맹 폭격을 졸라댔소. 그러나 케네디는 완강하게 거부했지. 생각해보시오. CIA와 군부, 그리고 막강한 군수산업체가 케네디를 어떻게 생각했겠는가를.」

「결국 그들이 케네디를 죽였나요?」

「아니오, 더 있소.」

「그 정도로도 충분할 텐데 적이 더 있습니까?」

「암살을 직접 실행한 것은 CIA지만 그 뒤처리에는 마피아가 개입했소.」

「아니, 어떻게 CIA와 마피아가 연합할 수 있죠?」

「CIA는 모든 일을 다 할 수 있소. 일단 하수인인 오즈월드를 범인으로 가장하여 댈러스경찰서에 넣어두고는 마피아의 킬러가 그를 죽이러 간 것이오. 붙들려도 아무런 연관이 드러나지 않는 자들이지.」

「그 킬러가 경찰서에서 오즈월드를 죽였나요?」

「그렇지. 그러고는 그 킬러 역시 누군가에 의해 죽임을 당했소.」

「굉장하네요. FBI의 엄청난 수사가 이루어졌겠군요.」

「아니오. 사건은 갑자기 미궁에 빠져버렸지. 법무장관이던 로버트 케네디는 힘을 잃었고, FBI와 댈러스 경찰은 관할권 논쟁으로 티격태격했소. 결국 의회에 진상조사위원회, 즉 워렌위원회가 구성되었지. 그러나 그들이 기껏 한 일이라곤 엉터리 범인 오즈월드를 진범으로 확정지은 것뿐이오. 그들은 어떤 진정한 증인도 부르지 않았지. 더욱 가관인 것은 존슨 대통령의 행정명령이었소. 케네디 암살에 대한 수사 기록을 2039년까지 공개해서는 안된다는 것이었지.」

경훈은 제럴드 현의 메모에서도 같은 내용을 본 기억이 났다.

2039년

「도저히 이해할 수 없습니다. 어떻게 그런 행정명령이 가능했을까요? 2039년이 되면 모든 관련자들이 죽고 없을 텐데, 도대체 존슨 대통령의 명령은 범인을 잡자는 겁니까, 말자는 겁니까.」

「워렌위원회의 엉터리 조사나 그 행정명령이나 모두 배후를 짐작하게 해주는 일이지. 닉슨, 그자가 그 모든 현상의 배후에 있었던 것이오. 아니, 정확하게 말하자면 닉슨을 앞세운 그들이 있었던 거지.」

「그러니까 암살 동기를 정리하면 세계 평화와 군축을 이상으로 삼았던 케네디가 강경 일변도로 치닫던 CIA와 군부, 그리고 군수산업체를 견제하고 압박하자 그들이 케네디를 제거할 필요를 느꼈다는 것이군요. 여기에 쿠바에 이권을 둔 마피아, 아울러 로버트 케네디의 철저한 범죄와의 전쟁에서 생존 위기를 느낀 마피아들까지 합세했구요.」

「바로 그렇소.」

「암살은 구체적으로 어떻게 실행됐습니까?」

「가장 중요한 것이 카퍼레이드 경로였지. 원래의 경로에서는 케네디를 저격하기 위한 적절한 지점을 찾을 수가 없었소. 길은 넓고 직진 코스인데다가 주변의 건물들은 모두 비스듬히 서 있어서, 자동차가 충분히 안전속도를 유지하면서 달릴 수 있었지. 그러나 그 경로는 갑자기 변경되었소.」

「저런, 누가 그렇게 함부로 경로를 바꿀 수 있단 말입니까?」

「카퍼레이드의 경로를 결정하는 권한은 댈러스 시장에게 있었소. 그가 경로를 바꾼 것이지. 바꾼 경로는 저격에 적절한 여러 조건들을 가지고 있었소.」

「시장은 어떤 이유로 경로를 바꾸었습니까?」

「당시 시장은 대로를 통행하는 많은 자동차들에게 지장을 주지 않기 위해서 경로를 바꾸었다고 했지만 그 얼마나 터무니없는 대답이오? 퍼레이드라는 게 원래 대로에서 행해지는 것 아니오? 케네디는 그 퍼레이드를 마치고 바로 공항으로 달려가 비행기를 탈 예정이었소. 공항으로 가는 직진 코스가 원래의 길이었지.」

「이해할 수 없는 일이군요.」

「아니, 충분히 이해할 수 있지. 댈러스 시장이 누군가만 상기한다면.」

「네? 그가 누구인가요?」

「마이클 카벨, 찰스 카벨의 친동생이지.」

「찰스 카벨은 누굽니까?」

「그가 바로 피그만 사건 때 케네디에게 쫓겨난 CIA 차장이오. 그는 쫓겨나면서 케네디를 죽여버리고야 말겠다고 공언했소.」

경훈의 눈이 휘둥그레졌다.

「아니, 어떻게 그런?」

빌의 눈에도 핏발이 섰다. 우연이라면 너무나 이상한 우연이었다. 케네디를 살해한 자들은 바뀐 카퍼레이드 경로의 한 지점에서 그를 기다렸고, 경로를 바꾸도록 지시한 시장은 케네디를 죽이고야 말겠다고 공언한 사람의 친동생이라니.

「그것에 대해 수사가 이루어지지 않았습니까?」

「전혀!」

빌의 대답은 단호했다.

「그들은 일단 오즈월드를 희생양으로 삼았소. 그는 인근 빌딩에서 총을 들고 서성이다 체포되었소.」

「아니, 어떻게 그럴 수가 있습니까? 대통령을 암살하고 달아날 생각도 않고 그냥 총기를 소지한 채 그 자리에 머물러 있었단 말입니까?」

「오즈월드로서는 전혀 이상할 것이 없었소. 그는 바로 옆에서 일어난 대통령의 죽음과 자신이 무슨 관계가 있으리라고는 전혀 생각하지 못했을 테니까. 아니, 그는 대통령이 죽었다는 사실조차 몰랐을 가능성이 크오.」

「오즈월드란 사람은 원래 무슨 일을 하던 사람입니까?」

「CIA의 하수인이었지. 소련에 망명을 시켰다가 다시 미국으로 빼오기도 하고, 뉴올리언스에서 혼자 삐라를 뿌리며 반정부 데모를 하게도 했소. 케네디 암살 얼마 전에는 전직 CIA 간부가 댈러스의 한 회사에 직장을 알선해주었지.」

「그렇게 체포된 오즈월드는 경찰서 유치장에서 살해됐단 말이지요?」

「그렇소. 케네디를 존경한다는 한 인물에 의해 총에 맞아 즉사했소. 그자는 총을 신문지에 싸들고 그곳까지 들어왔다는 거요.」

「저런, 어떻게 그런 일이 일어날 수 있습니까? 대통령 암살범에 대한 관리가 그렇게 허술할 수 있나요?」

「그 사건은 처음부터 끝까지 이상한 일투성이요.」

「오즈월드를 통해 밝혀진 건 없나요?」

「아무것도 없소. 그 자신도 아는 것이 없었을 테니까.」

경훈은 고개를 가로저었다. 도저히 이해할 수가 없었다. 미국이라는 나라가 자국의 대통령이 암살된 사건을 그처럼 허술하게 처리했다는 것이 믿어지지 않았다.

「결국 암살의 실행자들은 마피아였다고 보시는 겁니까?」

「그렇소. CIA든 뭐든 공무원이 암살의 실행에까지 가담하는 것은 나중이 위험하니까.」

「나중이라면?」

「누구라도 양심선언을 한다든가 협박을 해온다든가 하는 문제가 생길 수 있잖소. 마피아라면 다르지. 아마 하수인들 가운데 대통령 암살에 관계했던 자들은 모두 죽었을 거요.」

「케네디 암살과 연관시켜볼 만한 마피아의 죽음이 있었습니까?」

「예리한 질문이오. 플로리다 마피아의 소두목 셋이 의회의 케네디 암살 관련 참고인으로 소환된 적이 있었소. 그들은 바로 죽임을 당했소. 그 후 사람들은 의회의 소환장을 받으면 극도의 공포에 사로잡혔지. 케네디 암살과 관련하여 그렇게 16명의 증인들이 죽임을 당했소. 결국 아무도 증언하지 못한 채 모든 조사가 끝난 거요.」

「미국인들은 무엇을 하고 있었습니까? 사건이 그런 식으로 전개되는 것을 가만히 보고만 있었다는 말입니까?」

「케네디 암살사건이 처리되는 과정은 미국민에게 깊은 상처를 남겼소. 자신들이 사랑하는 조국이 때에 따라서는 매우 폭력적인 수단으로 경영된다는 사실도 절감해야 했소. 케네디의 암살은 국제사회에서의 미국의 위치에 대해서도 심각한 불안을 불러왔소. 케네디는 세계 평화와 모든 민족의 공존을 위해 다양한 문화의 가치를 인정하고 미국과 각국 간의 동등한 관계를 천명했소. 국제사회는 그런 케네디를 죽이고야 마는 미국의 현실을 지켜보면서 미국을 끌어가는 힘이 평등이 아니라 이기주의라고 믿게 된 거지. 실제로 이후 미국은 세계 정책에 있어 자국의 이익을 맨 앞에 내세우게 되었소. 생각해보시오. 세계 최강의 국가가 타국과의 관계에서 항상 자국의 이익을 최우선으로 할 때 어떤 결과가 빚어질지. 미국은 이미 정의를 잃은 거요. 가치관을 상실한 힘은 폭력으로 나타나지. 약소국가들을 상대로 휘두르는 폭력적 자본주의가 결국은 세계적 경제 불안을 가져오는 거요. 이 모든 게 케네디의 죽음 때 이미 예상되었던 일이오.」

빌은 한숨을 길게 내쉬었다. 경훈은 빌이 케네디 죽음의 미스터리를 파헤칠 뿐 아니라 그 죽음의 의미와 세계사적 파장까지도 설파하는 것에 놀랐다.

「케네디 암살 후에는 어떤 일들이 벌어졌습니까?」

「한마디로 군사적 모험주의, 아니 모험은 아니지. 미국의 군사 작전이 모험이 될 수는 없지. 어쨌든 미국은 강력한 군사 우선주의 정책을 채택했소. 어떤 문제든지 일단은 군사적 관점에서 해결책을 모색한다는 것이지. 존슨은 당장 월맹 폭격을 허락했소. 그리고 베트남전을 벌였지. 지금에 와서야 미국인들은 그것이 얼마나 잘못된 전쟁이었는지 반성하지만 그 당시에는 모두들 환호했소. 미국인들은 군사행동에 대해서는 무조건적인 지지를 보내는 전통이 있지 않소.」

빌은 그렇게 자조적인 말로 긴 이야기를 마쳤다. 쓴웃음을 짓는 빌의 눈에는 여전히 슬픔과 분노가 공존해 있었다.

빌의 사무실을 나서는 경훈의 머릿속은 복잡했다.

암살 동기. 믿을 만한 케네디 전문가 빌의 생각에 따르면, 케네디 암살이란 군사 대결로 가지 않으려던 젊은 이상주의자 케네디와 군사주의로 이끌고 가려던 CIA·군부·군산복합체, 그리고 쿠바에 막대한 재산과 이권을 가지고 있던 마피아와 닉슨을 비롯한 정치가들의 대결이었다.

그렇다면 박정희의 자주국방은 도대체 어떤 관점에서 케네디의 암살 동기와 연관된다는 얘긴가.

바카라

라스베이거스에 도착한 경훈은 오세희가 묵고 있는 호텔로 찾아갔다. 오세희는 이미 프런트 데스크에 메시지를 남겨두고 있다가 바로 내려왔다. 경훈은 오세희의 옆방에 짐을 푼 뒤 그의 방으로 건너갔다.

「예상외로 브루스는 상당히 따고 있소. 이러다간 우리의 계획이 틀어질지도 모르겠는걸.」

오세희는 걱정스런 표정을 지었다.

「이제껏 잃었던 돈을 다 만회할 정도입니까?」

「그렇소. 한 시간 전에 보았을 때에는 거의 만회한 듯했소.」

「그럼 낭패로군요.」

「그 친구는 본전을 찾으면 그만둘 가능성이 매우 높소.」

「그렇겠죠. 인생을 날렸다가 다시 찾게 되었으니 즉각 그만두겠죠.」

「다른 방법을 강구해야겠소.」

그러나 다른 방법이 먹혀들 가능성은 거의 없어 보였다. 브루스가 잃었던 돈을 만회하고 나면 그때는 어떤 비밀을 알아내려 해도 이쪽의 약점만 드러낼 뿐이다.

「일단 필립 최에게는 연락을 해야겠습니다. 한국에서 미리 전화를 넣어두었거든요.」

경훈은 필립 최의 휴대폰 번호를 눌렀다.

필립 최는 밝은 목소리로 전화를 받더니 곧 오세희의 방으로 찾아왔다. 그는 경훈의 소개로 오세희와 인사를 나눈 뒤, 방을 한 번 둘러보고는 수화기를 들어 카지노 호스트를 찾았다.

「이 방하고 이 옆방에 계시는 분을 펜트하우스로 모셔. 내가 있는 층으로 말이야. 최고로 모셔야 할 분들이거든.」

필립 최는 수화기를 내려놓으며 경훈에게 물었다.

「여행은 힘들지 않았소?」

언제 들어도 필립 최의 목소리는 잔잔했다. 그러면서도 겸손했다.

「아니요, 쾌적했습니다. 그나저나 괜히 번거로움을 끼치게 되었습니다.」

「천만에. 그런데 어떻게 된 연유인지 자세히 들어보고 싶소. 일단 장소를 옮깁시다.」

필립 최는 경훈과 오세희를 자신의 방으로 안내했다.

자리에 앉아 차 한잔을 마시고 나자 오세희가 먼저 입을 열었다.

「이것은 나라를 위한 일이오.」

이때 필립 최의 얼굴에 냉소가 번졌다. 오세희가 얘기를 계속하려 하자 필립 최가 말허리를 잘랐다.

「하나 분명히 해두고 싶은 것이 있소. 이 일이 어떤 종류의 일이든 나는 즐거운 마음으로 해드릴 거요. 그러나 나라를 위해서는 절대 아니오. 미안하지만 나는 오 선생님 같은 애국자가 못 되니까요. 내가 이 일을 기꺼이 하는 것은 이 변호사의 부탁이기 때문이오. 그는 안 줘도 될 돈 70만 달러를 굳이 내게 갖다주었고 모처럼 보는 인상이 좋은 사람이기 때문이오. 그러므로 조국이니 뭐니 그런 단어는 가급적 쓰지 않았으면 좋겠소.」

오세희는 약간 당황했지만 이내 단호하게 대답했다.

「알겠소.」

이어 오세희는 필립 최에게 이제까지의 상황을 있는 그대로 설명해주었다.

「그럼 일단은 브루스가 가진 것을 도로 다 잃도록 해야겠군요. 그의 입에서 정보가 나올 때까지 말이오.」

「그렇소. 하지만 그게 어떻게 가능하오? 바카라는 손님끼리가 아니라 카지노와의 게임이지 않소?」

그러나 필립 최는 그 물음에 대한 대답 대신 애매한 미소를 띤 채 이야기를 계속했다.

「그런 다음에는 다시 따도록 해야 하고요.」

「…….」

필립 최는 잠시 생각하는 표정을 짓더니 입을 열었다.

「지금 내려가서 그가 얼마를 가지고 있는지 보아둡시다. 그리고 나중에 지금의 액수까지만 다시 올려주면 되겠지요.」

세 사람은 자리에서 일어났다. 필립 최는 앞장서서 두 사람을 도박장으로 안내했다. 잠실구장만큼 커 보이는 카지노였지만, 필립 최는 누군가를 찾아 몇 마디 하더니 금방 브루스를 찾아냈다.

「역시 바카라 테이블에 앉아 있군요. 그 정도 돈을 잃었다면 당연히 바카라를 했겠죠.」

브루스와 일면식이 있는 오세희는 두 사람과 약간의 거리를 두고 떨어져 경훈에게 브루스가 누구인지를 턱짓으로 알려줬다. 잠시 서서 판이 돌아가는 것을 바라보던 필립 최는 브루스의 반대편에 앉았다. 브루스는 한창 게임에 몰두해 있었다.

필립 최는 사람을 불러 이것저것 물어보았다. 경훈은 그가 브루스의 현재 상황을 확인하는 것으로 짐작했다.

「백만 달러 가져와요.」

필립 최의 입에서 아무렇지도 않게 튀어나온 금액은 게임을 하고 있던 사람들을 놀라게 했다. 백만 달러라는 금액은 딜러가 가지고 있는 칩의 총액에 해당하는 것이었다. 카지노 측은 칩을 날라오기에 분주했다. 게임은 잠시 중단되고 딜러들은 칩을 세느라 정신이 없었다.

브루스는 테이블을 주도하며 게임을 하다 필립 최가 등장하자 김이 새는 모양이었다. 그의 엄청난 칩은 브루스에게 묘한 기분을 불러일으켰다.

「송사리 판이군.」

필립 최는 일부러 브루스를 향해 비웃음을 던지더니 불문곡직

하고 브루스의 반대편으로 베팅을 했다. 그 후 그는 죽어라 브루스의 반대편으로만 풀 베팅을 했는데 결과는 놀라울 정도였다. 브루스는 시간이 지나면서 거짓말처럼 가진 돈을 다 잃고 말았다. 카드가 어느 쪽으로 나오느냐의 문제가 아니었다. 브루스는 카드가 계속 불리하게 나오는데도 불구하고 죽어라 필립 최의 반대편으로만 풀 베팅을 했고, 두 시간 후 브루스는 하얗게 질린 얼굴로 일어났다. 마지막으로 베팅한 2백 달러마저 잃고 나자 더 이상 앉아 있을 수 없었던 것이다. 그는 차마 떨어지지 않는 걸음을 옮기다 말고 필립 최의 뒤에 멈춰 섰다.

필립 최 앞에 수북하게 쌓인 칩을 넋을 잃고 바라보는 브루스의 얼굴은 끝없는 회한과 절망으로 물들어 있었다. 필립 최는 가끔씩 그에게 시선을 던지며 고개를 흔들었다. 왜 그런 식으로 게임을 했는지 이해할 수 없다는 제스처였다.

브루스는 방으로 올라가고 싶었지만 이제 마지막이라는 생각이 들자 단 한 걸음도 떼어놓을 수 없었다. 그는 가끔 자신을 돌아보며 모든 것을 이해한다는 듯 고갯짓하는 필립 최와 시선이 마주칠 때마다 억지로 웃음을 지었다. 그것만이 절망에 빠진 브루스가 바깥 세계와 교신할 수 있는 유일한 신호였다. 브루스는 카지노 호스트를 통해 필립 최가 진정한 도박사라는 것을 알아냈다. 그리고 기분에 따라서는 턱없는 짓을 하는 괴짜라는 사실도. 브루스는 무엇보다도 그가 한국인이라는 사실을 다행으로 여겼다. 한국인에게는 자신도 할 얘기가 있었던 것이다.

이윽고 필립 최는 칩을 밀어내며 일어섰다.

「좀 쉬어야겠어. 이 칩을 보관해줘.」

딜러들은 황송한 표정을 지으며 서둘러 필립 최의 칩을 세었다.

브루스는 필립 최가 자리에서 일어나 움직이자 은밀히 뒤쫓았다. 그리고 필립 최가 엘리베이터를 타기 직전 간신히 말을 붙여볼 기회를 잡았다.

「게임을 참 잘하시더군요.」

필립 최는 브루스를 보자 무척 반가워하다가 이내 안쓰러워하는 표정을 지었다.

「아까는 왜 그렇게 했소? 그렇게 흥분해서는 이길 수가 없잖아요.」

「고통스럽습니다. 저도 왜 그랬는지 모르겠어요.」

「참……」

필립 최가 안타까운 한숨을 남기고 엘리베이터를 타려 하자 브루스는 다급하게 그를 붙잡았다.

「저어……」

「……?」

「잠시 얘기 좀 할 수 있겠습니까?」

「무슨 얘기요?」

필립 최의 목소리가 갑자기 건조해졌다. 브루스는 바뀌어버린 필립 최의 반응에 그만 용기를 잃고 말았다.

「말씀드릴 것이 있습니다.」

「뭔데요?」

「어디 좀 앉아서 얘기할 수 있겠습니까?」

「지금 식사를 하려던 참이오.」

「그럼 식사를 같이 할 수 없겠습니까?」

브루스는 필사적이었다. 어려운 말을 간신히 뱉어내는 브루스의 표정은 안쓰럽다 못해 처참할 정도였다.

「식사를?」

필립 최는 망설이는 듯하다가 대답했다.

「음, 그럽시다.」

필립 최는 앞장서서 중국 식당으로 갔다. 브루스는 자리를 잡고 앉아서 필립 최가 요리를 서너 가지 시킬 때까지 계속 자신이 어떻게 잃었는지, 얼마를 잃었는지에 대해 반복적으로 설명했다. 이런 브루스의 얘기를 필립 최는 지루한 표정 한 번 짓지 않고 들어주었다. 요리가 나오고 술이 얼근해지자 브루스는 드디어 마음에 품고 있던 얘기를 꺼냈다.

「언젠가 저는 2천 달러를 가지고 20만 달러를 딴 적이 있었습니다.」

「오호, 그래요?」

「아주 침착하게 했죠. 저는 그것을 잃으면 끝이라는 생각에 최저 베팅으로 일관했습니다. 시간과의 싸움이었죠.」

「시간과의 싸움? 대단하군요. 바로 그게 게임에서 이기는 원칙이지. 어떻게 그런 원리를 깨달았소?」

브루스는 용기를 냈다.

「저는 꼭 따야만 할 때는 달라집니다. 절대로 아까와 같이 한 번에 치거나 하지는 않죠.」

「그래야만 하오.」

「사실은 내일이면 집에서 돈을 부쳐올 텐데. 오늘 이렇게 허 탈한 상태에서는 잠을 이루지 못할 것 같습니다. 그래서 그런 데…….」

「말씀해보시오.」

「2천 달러만 좀 빌려주시면 내일 갚아드리겠습니다.」

브루스는 한번에 1만 5천 달러를 베팅하던 때와는 너무도 달 라져 있었다. 단돈 2천 달러를 구걸하는 그의 모습을 한참 바라 보던 필립 최는 표정을 냉랭하게 바꾸었다.

「잘 아시겠지만 도박판에서는 절대로 돈을 빌려주거나 받는 법 이 아니오. 운을 바꾸기 때문이지. 푹 쉬면서 기다렸다가 내일 돈 이 오면 게임을 시작하시죠.」

브루스는 애가 달았다. 필립 최라는 인물은 손에 잡힐 만한 거 리에 있는 듯하면서 아니었다. 그러나 여기서 물러설 수는 없었 다. 그는 무릎이라도 꿇고 싶은 것을 간신히 참으면서 매달렸다.

「미안합니다. 너무 잘 알지만 워낙 사정이 다급해서…….」

이제 브루스의 입에서는 집에서 돈을 부쳐온다는 등의 얘기는 더 이상 나오지 않았다. 잘생긴 모습에 어울리지 않게 비굴한 기색이 얼굴에 가득 찼다.

「잘 아시겠지만 나는 프로요.」

「네, 잘 알고 있습니다. 카지노 호스트가 선생님이 어떤 분인지 알려주더군요.」

필립 최는 잠시 브루스의 얼굴을 바라보았다. 브루스는 그의 시선을 받자 최대한 가련한 표정을 지었다.

「나는 평범한 사람들을 싫어하오. 뭔가 특별한 인간을 좋아하지. 알겠소?」

브루스는 무슨 말인지 몰라 필립 최의 입에 시선을 모았다.

「남들은 나를 괴짜라 부르지. 그러나 아무리 불쌍해도 평범한 인간을 돕지는 않소. 그들은 결국 거품처럼 사라져버리고 말기 때문이오. 나는 뭔가 좀 특별한 사람, 특별한 인생을 살아온 사람, 그런 사람이라면 가끔 도와주기도 하오.」

브루스의 얼굴에 희미한 희망의 그림자가 스쳐갔다.

「사실 저도 그렇게 평범하게 살아온 사람은 아닙니다.」

그러나 필립 최는 믿지 못하겠다는 표정을 지었다.

「그래요?」

「네.」

브루스의 일굴에 초조한 기색이 떠올랐다.

「어떻게 특별합니까?」

「혹시 한국 분이 아니십니까?」

「그렇소만…….」

「아, 잘되었군요. 사실 저도 한때 한국에서 근무했거든요.」

「무슨 근무를?」

세상에서 가장 무서운 것을 꼽자면 아마 도박일 것이다. 도박에서 모든 것을 잃은 사람은 필연적으로 자살을 생각하게 된다. 자살을 생각하는 사람이 무엇을 못하랴. 브루스는 무너져내리고 있었다.

「……」

그러나 브루스는 마지막 순간 망설였다. 본능적인 보안 의식이 그를 붙들어맨 것이다.

「뭐, 굳이 얘기할 필요는 없소.」

필립 최는 흥미 없다는 듯이 술잔을 입에 갖다 대면서 눈길로는 계산서를 훑었다. 브루스는 당황해하면서 술을 입에 털어넣고는 다급하게 말을 꺼냈다.

「특수한 일이었습니다. 혹시 주한 미군 철수에 대해 아십니까?」

「미군 철수요?」

「사실 제가 주한 미군 철수를 막은 사람입니다. 당시 미군이 철수했다면 한반도에서는 엄청난 일이 일어났을 겁니다.」

브루스는 초조하게 필립 최의 표정을 살폈다. 그의 표정에 변화가 있느냐 없느냐에 따라 자신의 목숨이 좌우될 판이었다.

「나는 한국에 대해 잘 모르오. 부모가 한국인일 뿐이지 나는 미국 시민이오. 어려서 여기로 왔으니까.」

필립 최가 시큰둥한 표정을 짓자 브루스는 다시 다급해졌다.

「당시 한국의 정보부장 김재규와 제가 미군 철수를 막아냈습니다. 우리가 아니었으면 한국은 북한의 무력 앞에 그대로 주저앉았을 테고, 지금 같은 발전은 꿈에도 생각하지 못했을 것입니다.」

「어떻게 그렇게 확신한단 말이오? 아무리 돈이 필요하다 해도 그런 억지는 쓰지 마시오. 그리고 김재규 부장이라고요? 그가 죽고 없다고 해서 함부로 얘기하지는 마시오.」

「정말입니다. 저는 김 부장과 보통 사이가 아니었습니다.」

필립 최는 귀찮다는 듯한 표정으로 술잔을 들어올렸다.

「그렇다 치고 당신이 어떻게 주한 미군 철수를 막았단 말이오?」

「당시 카터 대통령은 주한 미군 철수를 공약으로 내걸었죠. 과연 카터는 대통령이 되자 주한 미군을 차례로 철수시키기 시작했습니다. 우리는 그것이 부당하다고 생각했지만 당시의 한국 대통령을 미워한 카터는 오히려 철수에 가속도를 붙였어요.」

필립 최는 손을 내저었다.

「잠깐, 나는 그런 일에 흥미가 없소. 하지만 흥미를 느낄 만한 내 친구가 있지. 그는 소설가요. 만약 당신이 그런 얘기를 하고 싶다면 그 친구를 부르겠소. 어쩌면 그가 당신 이야기를 소설의 소재로 삼을지도 모르지. 만약 그가 흥미 있어 하면 당신에게 2만 달러를 주겠소.」

「네? 얼마라고요?」

「2만 달러.」

「오, 하느님! 아마 그 친구분은 틀림없이 흥미로워하실 겁니다. 분명합니다.」

브루스의 목소리가 떨렸다. 2만 달러라는 금액은 이 절망에 빠진 사나이를 완전히 흔들어놓았다.

「그럼 내일 만납시다.」

「아니, 그 친구분은 지금 어디에 계십니까?」

「그랜드캐니언에 관광 갔소. 하지만 전제 조건이 있소. 내 친구가 흥미 있어 한다는 전제하에 모든 것이 이루어질 것이오.」

「제발 그 친구분에게 제가 이야기할 기회를 꼭 주십시오.」

「노력은 해보겠지만 그 친구가 흥미 있어 할지는 모르겠소.」

브루스는 초조했다. 하지만 내일까지 기다릴 수밖에 없는 일이었다. 필립 최는 노련하게 상대의 심리를 조종했다.

두 개의 태양

다음날 식당에 나타난 브루스의 두 눈은 움푹 들어가 있었다. 2만 달러라면 그가 회생을 꿈꾸어볼 수 있는 돈이었다. 그가 간밤을 어떻게 보냈을지는 물어볼 필요도 없었다. 초조한 브루스에게 경훈의 여려 보이는 얼굴은 위안이 되었다.

「여기는 내 친구 미스터 리요. 상당한 재산가지만 취미로 소설을 쓰고 있소.」

경훈과 악수를 나누는 브루스의 손이 떨렸다.

「주한 미군 철수가 어떻고 했다면서요?」

경훈의 시큰둥한 태도는 브루스에게 절망을 안겨주었다.

「아니, 그것뿐만이 아닙니다. 더 중요한 얘기가 있습니다.」

「저는 별로 흥미가 없습니다. 그저 취미로 쓰는 글인데 주한미군 철수 따위에 무슨 흥미를 느끼겠소?」

브루스는 다급해진 나머지 눈물마저 글썽이며 사정했다.

「제발……」

경훈은 난감한 눈길로 필립 최를 바라보았다. 필립 최는 알 바 아니라는 듯 양손을 들었다 놓았다. 경훈은 뭐 이런 재미없는 사람을 만나라고 했느냐는 듯 필립 최에게 질책의 눈길을 던졌다.

「한번 들어나 보지 그래요.」

필립 최가 넌지시 권유하자 경훈은 할 수 없다는 듯 고개를 흔들고는 무관심한 표정으로 말을 꺼냈다.

「그럼 어디 들어나 보죠. 한국에서 무슨 일을 했습니까?」

「육군 중위로서 주한 미군의 정보 및 공작을 담당했죠. 그리고 한국의 중앙정보부장에게 영어를 가르쳤습니다.」

「음, 그래요? 그러면 정보부장과 인간적으로 가까웠겠군요.」

「네, 그럼요.」

「정보부장은 어떤 사람이었습니까?」

「정이 많고 의리가 강했습니다.」

브루스는 경훈이 질문을 던지자마자 바로바로 대답했다.

「그런데 선생의 그 정보 및 공작 임무와 정보부장은 어떤 연관이 있었습니까?」

「우리는 일단 한국의 최고 권력자 곁에 우리 사람을 심어두어야 한다고 생각했습니다. 그래서 선택한 인물이 김재규 정보부장이었죠.」

「최고 권력자라면 대통령을 말하는 겁니까?」

「네.」

「어떻게 정보부장을 당신네 사람으로 만들 수 있었지요?」

「우리는 김 부장에게 최고의 정보를 제공하곤 했습니다. 이것은 이중의 효과가 있었지요. 먼저 그는 우리의 예상대로 대통령에게서 두터운 신임을 받았습니다. 그가 정보부장으로서는 건강도 좋지 않고 정치공작에도 서툴렀지만 대통령의 신임을 계속 받을 수 있었던 것은 우리에게서 나가는 고급 정보 때문이었지요. 이것을 너무도 잘 아는 그는 우리와 밀접한 관계를 갖는 것만이 자신이 정보부장 자리를 유지하는 길이라고 생각했습니다.」

「또 하나의 효과란?」

「우리도 필요한 정보를 그에게서 공급받았습니다. 즉, 상부상조한 거죠.」

경훈은 고개를 끄덕였다. 그것은 간단하지만 가장 확실한 방법이었다.

「그런데 선생이 주한 미군 철수를 막았다는 것은 무슨 얘깁니까?」

「언젠가 미국을 방문한 김재규 정보부장에게 CIA의 터너 국장이 한 가지 소원만 말하라고 한 적이 있었습니다. 그러자 김 부장은 정색을 하고는 주한 미군 철수를 중단해달라고 하더군요. 나는 그것이 중요한 이야기다 싶어 최선을 다해서 터너 국장께 전달했습니다. 단순히 통역만 한 게 아니라 전력을 다해 한반도의 상황까지 전달했던 겁니다. 나의 눈앞에는 한반도에 전쟁이 일어날 경우 그 위대한 한강의 기적이 포화로 뒤덮이는 광경이 선했습니다. 그래서 나는 미군 철수를 막는 것이 내가 한국민을 위해서할 수 있는 일이라고 생각했을 뿐만 아니라 한국에서 근무하게된 것 자체가 신의 섭리라고 생각하고는 혼신의 힘을 다해 터너국장께 설명했던 겁니다. 사실 그것은 통역이 아니었습니다. 차라리 절규에 가까웠습니다.」

브루스의 텁수룩하게 자란 수염이 가늘게 떨렸다. 그때는 어땠을지 모르지만 지금 브루스의 입에서 터져나오는 소리야말로 절규였다.

옆에서 이야기를 듣고 있던 필립 최의 얼굴에 가느다란 미소가 피어올랐다.

「그런데 왜 터너 국장은 김재규 정보부장에게 소원을 말하라고 했습니까?」

「두 가지 이유에서였지요. 먼저 우리는 김재규라는 인물을 테스트했던 것입니다. 그의 그릇 크기를 시험했던 거죠. 그에게 과연 나라의 큰 고민을 정면으로 돌파하려는 의지가 있는지 궁금했습니다. 또 하나는 김재규가 그런 저돌적인 인물일 경우 소원을 들어줌으로써 확고하게 우리 편으로 만들어두겠다는 뜻이 있었습니다.」

「김 부장은 왜 하필이면 주한 미군 철수를 중단해달라고 부탁했을까요?」

「그것은 그 당시 대다수 한국민의 바람이었습니다. 또 김 부장으로서는 자신의 자리를 영구히 보전하는, 그리고 우리로서는 우리 사람을 최고 권력자 옆에 언제까지나 근접시켜놓는 최선의 방법이었죠. 사실 그때 한국의 대통령은 몹시 불안해하고 있었습니다. 미군 철수는 바로 박 대통령의 실권을 의미하는 것이었으니까요. 미군 철수를 막지 못하면 보수 중산층의 이탈은 물론 군부 쿠데타가 일어나든 시민 봉기가 일어나든 그로서는 감당할 수 없는 사태가 벌어질 것이 뻔했습니다. 박 대통령은 매일 고민을 하고 회의를 했습니다만 카터 대통령의 주한 미군 철수 의지는 요지부동이었습니다. 그러니 정보부장으로서 김재규의 고민도 당연히 미군 철수를 막는 일이었죠. 그러나 누가 미국 대통령의 결정을 저지할 수 있겠습니까?」

「그래서 어떻게 됐습니까?」

「터너 국장은 김재규 부장의 말을 듣고 즉각 대답했습니다. 어려운 일이지만 김 부장의 특별한 부탁이니만큼 들어주겠다고 말입니다.」

「그래서 어떻게 되었죠?」

「터너 국장은 신속히 남북한 군사력 비교라는 자료를 만들었습니다. 북한의 군사력이 남한보다 세 배는 강력하고 북한은 그 어느 때보다 호전적이라 미군 철수는 바로 남한의 붕괴를 의미한다는 내용이었지요. 그리고 그 자료를 은밀히 《워싱턴포스트》에만 넘겨주었습니다. 이슈화시키는 방법이었죠. 거대한 신문 하나에만 특종을 만들어주면서 붐을 조성하는 겁니다.」

「잘되었나요?」

「물론입니다. 삽시간에 워싱턴이 들끓기 시작했죠. 언론과 공화당 의원들은 한국이 공산권으로 넘어가는 데 대해 책임을 지겠느냐고 카터 대통령을 몰아붙였습니다. 한국이 넘어가면 일본도 넘어가고, 미국은 아시아를 몽땅 소련과 중국에 넘겨주게 되며, 그 다음은 유럽에 이어 미국까지 모두 공산주의의 제물이 되고 마는데, 도대체 카터 대통령은 뭐하는 사람이냐는 여론이 도처에서 물 끓듯 했지요. 심지어는 민주당 의원들조차도 카터 대통령을 공격했습니다. 결국 카터 대통령은 철수를 중단시킬 수밖에 없었지요. CIA가 마음먹고 나서서 하면 안 되는 일이 없습니다.」

「김재규 부장은 박 대통령에게 큰 칭찬을 받았겠군요? 선생도 한국 정부로부터 훈장이라도 받았습니까?」

「아니, 나는 곧 교체되었습니다.」

「이상하군요. 왜 교체되었습니까?」

「당시 나도 의외라고 생각했습니다. 상례에서 벗어난 인사였으니까요.」

「교체 시기가 아닌데 교체되었다는 얘깁니까?」

「그렇습니다.」

「후임으로 누가 왔습니까?」

「홀리건이라는 사람이었습니다.」

「계급은요?」

「소령이었습니다.」

「이상하군요. 선생은 중위였는데 소령이 그 일을 맡으러 오다니. 그도 영어를 가르쳤습니까?」

「그것은 모릅니다. 나는 곧 미국으로 떠났기 때문에.」

「홀리건은 원래 주한 미군이 아닌가요?」

「네, 그는 본토에서 왔습니다. 희미하게 들린 소문에 따르면, 그는 국방성 소속이 아니라 CIA 본부에서 나온 전문가라는 것 같았습니다.」

「그런 경우도 있나요? CIA가 군인으로 위장해서 오기도 합니까?」

「네, 군과 CIA는 사람이나 업무를 교환하기도 합니다. 그래서 두 가지 신분을 다 가진 사람도 있지요.」

「그런데 본토에서 온 사람이 바로 정보부장을 담당할 수 있습니까? 그는 한국어도 못하잖아요?」

「아닙니다. 홀리건은 한국어를 꽤 유창하게 했습니다.」

「그러면 선생은 그 후 한국에 없었습니까?」

「나는 니카라과로 옮겼습니다. 새로운 임무를 맡았죠.」

「그 후 그 일에 대해 들은 적은 없습니까?」

브루스는 더 할 얘기가 없는지 경훈의 눈치를 힐끔힐끔 봤다.

「그 후는 잘 모르겠습니다.」

「알았습니다.」

경훈은 별다른 흥미가 없다는 듯 포크를 집어 음식을 먹기 시작했다. 브루스는 조마조마한 심정으로 경훈의 표정을 관찰했다.

「참, 언젠가 내게 소설의 소재를 주겠다고 한 분이 있었는데, 그분도 역시 주한 미군이었습니다. 제럴드 뭐라고 그랬는데……」

「혹시 제럴드 현 아닌가요?」

「아, 그래요. 제럴드 현이었습니다. 그분을 압니까?」

「네, 알다마다요. 나의 상관이었습니다.」

브루스는 경훈이 제럴드 현의 얘기를 꺼내자 의심스러운 눈초리로 훑어보았다.

「주한 미군 철수와 관련해서 제럴드 현이 한 일은 없었습니까?」

「없었습니다. 그 일은 나하고 김재규 부장 둘이서만 했던 일입니다.」

「지금 제럴드 현은 어디에 있습니까?」

「그 후로는 만난 적이 없습니다.」

「소문도 못 들었습니까?」

「정신이상으로 전역했다는 얘기를 들은 것 같습니다만, 만나거나 하지는 못했기 때문에 지금은 어떻게 지내는지 모릅니다.」

「그분은 왜 정신이상이 되었습니까? 원래부터 문제가 있었나요?」

「아닙니다. 제럴드 현은 매우 날카로운 분이었습니다. 그분이 그렇게 될 줄은 꿈에도 몰랐는데…….」

경훈은 이쯤에서 끝내는 게 낫겠다고 생각했다.

「알았습니다.」

경훈이 말을 마치자 필립 최는 측은한 표정을 짓고 있는 브루스를 데리고 나갔다.

정보 계통에서 잔뼈가 굵은 오세희는 역시 판단이 날카로웠다. 그는 경훈에게서 브루스와의 대화를 전해 듣고는 즉각 소리쳤다.

「이번 일은 된 것도 안 된 것도 없는 결과가 되었군.」

「무슨 말씀입니까?」

「브루스에게서 알아내야 할 일이 홀리건이란 자에게 넘어갔다는 말이오. 아마 그 홀리건이 브루스보다는 훨씬 심각한 얘기를 김재규와 나누었을 거요. 이 변호사, 생각해보시오. 터너 국장이라는 놈이 김재규에게 준 미군 철수를 막아주겠다고 한 것은 고도의 심리전술이었소.」

「어떤 심리전술이죠?」

「김재규에게 강한 믿음을 주는 거지. 머릿속에서 그림을 그려보시오. 주한 미군 철수를 두고 끙끙대며 안절부절못하는 박 대통령과 주한 미군 철수를 막아주겠노라고 흔쾌히 수락하는 터너 국장의 당당한 모습을.」

「박 대통령이 너무도 초라해 보였겠군요.」

「그렇소, 마인드 컨트롤이오. 무슨 말인지 알겠소?」

「당시의 상황이 짐작 가는군요.」

「이후 김재규의 가슴속에는 하나의 태양이 더 뜬 거요. 바로 미국이라는 태양. 주인이 하나 더 생겼던 것이지.」

「주인이라구요?」

「그렇소. 김재규의 가슴속에는 미국이라는 새로운 주인이 차츰 자리를 잡기 시작한 거요. 초라한 한국 대통령을 서서히 밀어내면서 말이오.」

「박 대통령으로서는 서글프기 짝이 없는 일이었군요. 가장 믿었던 정보부장이 대통령보다 미국을 더 상전으로 생각하고 있었다니.」

「김재규로서도 어쩔 수 없었을 거요. 일단 미국이 노리고 공을 들이면 그렇게 안 될 수 없을 테니까. 김형욱을 보시오. 정보부장 시절 미국 놈들이 박 대통령의 뒷조사를 해달라고 하자, 박 대통령에게는 알리지도 않고 샅샅이 조사하여 그놈들에게 갖다 바치지 않았소?」

「한국 사회의 서글픈 현실이군요. 대통령의 최측근조차 미국을 추종했으니, 다른 사람들이야 오죽했겠습니까?」

「조국과 역사에 대한 자부심을 잃어서 그렇소. 비록 과학과 물질문명이 좀 뒤떨어졌다고는 하나 왜 한국인들은 5천 년을 이어 온 민족의 저력을 생각지 못하는가 말이오.」

「이제 어떻게 해야 하죠?」

「홀리건이라는 자를 추적해야겠소. 김재규는 죽고 없으니 그를 추적하는 것만이 유일한 방법이겠지.」

「그러나 쉽게 입을 열까요? 어쩐지 홀리건이란 자는 더욱 녹록치 않을 것 같은데요.」

「나도 그렇게 생각하지만…….」

오세희도 자신이 없어 보였다.

「그러나 해봐야지 어떡하겠소. 나는 미국에서 가장 비싼 탐정을 고용해서라도 반드시 그를 찾아내고 말겠소. 이 변호사는 어떻게 할 작정이오?」

「만약 10·26이 김재규의 우발적 범행이 아니라면, 즉 누군가 배후에 있었다면, 박 대통령이 왜 죽어야 했는지 그 원인을 밝히는 것이 가장 중요하다고 봅니다. 그래야만 우리의 현실, 우리의 한계에 대해 분명히 인식할 수 있고, 앞으로의 국가 경영에도 도움이 될 테니까요.」

「맞는 말이오. 역사는 언제나 되풀이되고, 그 진상을 모르는 인간에게는 예방이 있을 수 없소.」

오세희는 경훈의 손을 꼭 잡았다.

「그럼 나는 먼저 가겠소. 몸조심하고 또 연락합시다.」

경훈은 늘 바삐 움직이는 오세희를 보며 그가 성공한 데는 그럴 만한 충분한 이유가 있다고 생각했다.

호텔 로비까지 오세희를 배웅하고 돌아오던 경훈의 시야에 브루스가 들어왔다. 브루스는 가방을 들고 체크아웃을 하다가 경훈을 보자 겸연쩍은 미소를 지었다. 그는 경훈에게 비굴한 모습으로 사정했던 것을 지우기라도 할 양으로 다소 거만하게 손을 내밀었다.

「필립 최가 내 돈을 다 찾아주었소. 운이 좋았지.」

경훈은 놀랐다.

「아니, 어떻게 그 짧은 시간에?」

「롱 플레이어가 나왔소. 열여섯 번이나 연속해서.」

「그럴 수가?」

「그는 역시 프로요. 강철 심장이오.」

브루스는 필립 최에게 감탄과 더불어 존경을 표하는 모습이었다.

「아무튼 잘됐군요. 다시는 도박을 하지 마세요.」

「후후, 그건 당신이 염려할 문제가 아니오. 다만 다시는 당신한테 소설의 소재를 주기 위해서 주절거릴 일은 없을 거요. 이젠 지옥에 빠질 리 없으니까.」

브루스는 선글라스를 끼고는 성큼성큼 걸어나갔다.

필립 최

경훈은 도대체 이해할 수 없었다. 고등학교 시절 확률이란 것을 배울 때 동전의 앞면이 열여섯 번이나 연속으로 나올 확률은 2의 16승분의 1이라고 하지 않았던가. 열여섯 번이나 플레이어가 연달아서 나왔다면, 대충 암산해도 그 확률은 6~7만분의 1밖에 되지 않는다.

경훈은 잠시 혼돈스러웠다. 수학의 법칙이 도박이라 해서 적용되지 않을 리는 없다. 그렇다면 지금 브루스는 6~7만분의 1이란 확률을 잡아냈단 말인가?

경훈은 머리를 흔들며 필립 최의 방으로 갔다. 필립 최는 경훈을 보자 호탕하게 웃었다.

「이 변호사, 어떻소? 소득이 있었소?」

「물론입니다.」

「원하던 정보를 얻었소?」

「네. 아주 흡족합니다.」

필립 최도 진심으로 기뻐하는 얼굴로 말했다.

「그럼 한잔하러 갑시다. 축배를 들어야지.」

술자리 대화는 자연스럽게 카지노에 관한 것으로 시작되었다.

그런데 어느 순간 필립 최의 입에서 김형욱에 관한 이야기가 나왔다. 김형욱은 김재규 전에 중앙정보부장을 지낸 자였다.

「김형욱 전 중정부장도 한때 엠지엠에서 게임을 많이 했었소. 그는 아주 특이한 겜블러였지.」

「특이하다면?」

「김형욱은 항상 검은 선글라스를 끼고 도박을 했소. 나는 일반인들은 상상도 못할 액수를 베팅하며 좌중을 노려보던 그 매서운 눈길을 지금도 기억하오. 황색인들을 깔보던 미국인들이 존경과 두려움에 떠는 시선으로 그를 바라봤지. 나는 그것을 보며 유색인종 이민자도 그런 대접을 받을 수 있다는 사실을 깨닫고 솔직히 감동했던 적도 있었소.」

「재미있군요.」

「김형욱은 예측할 수 없는 괴상한 행동을 즐겼소. 마치 돈키호테처럼 말이오. 그는 그렇게 이민 생활의 외로움을 해소하고 있었던 것 같소.」

「괴상한 행동이라면?」

「김형욱은 카지노 측에서 제공한 보디가드를 수시로 두들겨 패곤 했소.」

「예?」

「그가 베팅한 후면 보디가드들은 항상 긴장을 하고 있어야 했지. 언제 뒤로 돌면서 따귀가 날아올지 몰랐거든. 그는 크게 베팅을 했다가 잃으면 어김없이 뒤로 돌면서 등뒤를 지키고 서 있는 정장 차림의 보디가드들에게 따귀를 날렸소. 그래서 보디가드들은 그가 게임하는 것을 지켜보다가 잃으면 황급히 뒤로 한 발짝씩 물러섰지. 그러자 김형욱은 수법을 바꿨소. 어떤 때는 이겼을 때도 뒤로 돌며 따귀를 날렸고 반대로 졌을 때도 후하게 팁을 뿌렸지. 그러자 보디가드들은 당황했소. 잃고 따는 걸로는 뭐가 날아올지 짐작할 수 없었으니까. 어떤 때는 따귀 대신 후한 팁이 날아오니 보디가드들은 멀리 가지도 못하고 가까이 가지도 못하는 희한한 촌극을 연출했소.」

「김형욱은 결국 어떻게 됐습니까? 돈을 땄나요, 아니면 잃었나요?」

「어땠을 것 같소?」

「잃었을 것 같군요.」

「물론이오. 아마 그런 식의 게임으로 카지노에서 돈을 딸 수 있다면 이 세상에 카지노에서 돈 못 딸 사람은 하나도 없을 거요. 용기와 기백만으로 되지 않는 게 도박이지. 그는 돈을 가지고 놀았소. 따려고 한 게 아니라 놀려고 한 거요.」

「그러나 돈은 무한정 있는 게 아니잖습니까?」

「결국 그 돈이 김형욱을 죽음으로 이끌었소.」

「돈이 그를 죽음으로 이끌었다구요?」

필립 최는 말없이 고개를 끄덕였다. 경훈의 가슴에서 불같은 호기심이 솟아올랐다. 중앙정보부에서 김형욱을 암살했다는 게 세상에 떠도는 소문이 아닌가.

「남들은 다 김형욱을 욕해도 나는 그를 호쾌하고 배포 있는 한국인이라고 생각하오. 누가 감히 양복을 입고 넥타이를 맨 백인들의 따귀를 그렇게 마음 내키는 대로 후려칠 수 있겠소? 돈만 있다고 되는 일이 아니오. 그래서 나는 그에게 깊은 호감을 가지게 되었지. 게다가 그는 의외로 따스한 면을 보이기도 했소. 모두가 김형욱을 도깨비로 알지만 사실 그에게도 인정은 있었소.」

「골프채로 캐디의 머리를 후려치기도 했다는데, 그런 그에게 인정이 있었다구요?」

「언젠가 나는 김형욱이 카지노의 한 귀퉁이에서 한국인 청년의 따귀를 때리며 호통치는 것을 본 적이 있소. 욕지거리를 해대며 몹시 화를 내기에 무슨 일인가 싶어 지켜봤지. 알고 보니 그 청년은 한국에서 유학 온 학생이었소. 그런데 카지노에서 유학 비용을 모두 잃고는 절망에 휩싸여 넋 나간 상태로 멍하니 몇 시간이나 앉아 있다가 김형욱의 눈에 띄었던 거요. 김형욱은 그렇게 그 학생을 호되게 나무라더니만 선뜻 잃은 돈 모두를 내주었소. 나는 그가 얼마나 어려운 일을 했는지 잘 아오. 도박꾼들에게 그런 것은 금기 중의 금기거든.」

「김형욱을 잘 아시는 모양이군요. 그와 같이 도박을 하신 적도 있습니까?」

「김형욱과 나는 도박의 차원이 달랐소. 무엇보다도 스타일이 너무 달랐지. 하지만 카지노에서 자주 마주치다 보니 그와 정이 들었소. 그리고 그의 처지가 안타까웠지. 김형욱에게는 어떤 종류의 울분 같은 것이 있었소. 이유야 어찌 됐든 조국에 돌아갈 수 없다는 사실이 그의 가슴에 응어리가 되어 남았던 거요. 그는 아내와 자식에 대한 사랑이 남달랐는데, 그것도 아마 피붙이 외에는 모두 그를 따돌렸기 때문이겠지. 그는 그런 울분 때문에 더더구나 도박에서 이길 수가 없었던 거요.」

「김형욱이 거액을 잃은 것을 보고는 최 선생님도 기분이 안 좋으셨겠군요. 카지노에서는 내심 그를 조롱했을 것 아닙니까?」

「조롱 정도가 아니었지. 이제껏 쌓였던 것이 일시에 폭발했소. 김형욱에게 욕을 먹으며 카드를 나누어주던 딜러, 매를 맞던 보디가드, 짐승 취급을 받던 매니저, 직원들로부터 끊임없이 불평을 들었던 경영자 할 것 없이 그가 돈을 잃고 마커를 쓰기를 바랐던 거요. 김형욱이 안하무인 격인 태도를 버리고 빚 독촉에 쫓겨 초조해하다가 마침내는 파멸의 나락으로 떨어지는 모습을 보고 싶어 했던 자가 한둘이 아니었소.」

「마커가 뭡니까?」

「카지노 측에서 빌려주는 돈이오. 물론 칩으로 빌려주어 계속 도박을 하게 하지만, 일단 그 마커를 쓰면 그것을 갚기 위해서라도 카지노에 발을 끊을 수가 없소. 마커는 결국 대다수의 인생을 파멸로 이끌지. 라스베이거스의 사람들은 증오든 사랑이든 모든 감정을 돈으로 표시하오. 철저하게 숫자를 신봉하며 사는 사람들이지. 여기 미국이 어차피 그런 사회지만.」

「그런데 아까 돈이 김형욱을 죽음으로 이끌었다고 하셨는데,

대다수의 사람들은 중앙정보부가 그를 죽였다고 생각하고 있습니다.」

「억측이오, 내용을 모르는 사람들의.」

「억측이라구요? 그렇다면 중앙정보부가 한 일이 아니라는 말씀입니까?」

경훈은 눈을 빛내며 물었다.

「그렇소.」

「어째서 그렇게 생각하십니까? 김형욱의 실종 미스터리를 추적하는 모든 사람들이 중앙정보부를 지목하는데요.」

「모두 엉터리요. 나는 그의 실종을 오랫동안 추적했소. 증거를 잡지는 못했지만 증거보다 더한 확신을 가지고 있지.」

경훈은 쓴웃음을 머금었다. 세상에 증거보다 더한 확신이 있을 수는 없었다. 하지만 필립 최의 얼굴은 신념에 차 있었다.

「자신의 확신만으로 어떤 주장을 믿어달라고 할 수는 없지 않습니까?」

「하지만 모두가 고개를 끄덕일 수밖에 없는 상황 논리를 제시한다면? 예를 들면, 어떤 사람이 외투를 꺼내 입은 것은 날씨가 추웠기 때문이라는 식으로 말이오.」

「그것은 거의 증거와 맞먹는 설득력을 가지요.」

「나는 그런 정도의 상황 논리를 세울 정보를 가지고 있소.」

경훈은 필립 최처럼 한 방면의 정점에 도달한 사람이 근거 없는 정보를 신봉할 것 같지는 않았다. 그러자 그의 상황 논리라는 것에 흥미가 생겼다. 경훈의 얼굴을 한동안 바라보던 필립 최가 의자에서 일어나면서 말했다.

「자, 자리를 옮겨 얘기합시다. 새로운 이야기는 새 공간에서 하는 게 낫지 않겠소?」

김형욱 실종 미스터리

필립 최는 리무진을 불러 라스베이거스가 한눈에 들어오는 니들타워로 경훈을 데려갔다. 필립 최는 회전 전망대의 창가 자리에 앉아 스카치를 한잔 따르고 나서 라스베이거스의 사막 너머를 바라보았다.

경훈은 필립 최가 황량한 사막을 더듬으며 촉촉한 상념에 젖어드는 것을 느꼈다. 그 상념이란 한 인간의 삶과 죽음에 관한 것이고, 그 인간은 김형욱일 것이다. 그리고 어쩌면 필립 최는 자신의 말로에 대해서도 생각하고 있는지 몰랐다.

「이해할 수 없군요. 확신이 있으시다면 왜 완벽한 미스터리로 남아 있는 사건에 대해 그간 침묵을 지키셨습니까?」

「김형욱의 마지막 행적에 대해 자신이 없어지곤 했기 때문이오. 그의 모든 행적을 설명할 수 있어야 하는데, 그가 파리로 가서 실종될 때까지 일주일간의 행적이 내 머리로는 잘 정리가 되지 않았소.」

필립 최는 서서히 상념을 거두어들이며 힘 있는 눈빛을 내쏘았다. 그는 목소리 톤조차 바꾸었다.

「김형욱의 실종 미스터리를 다루는 사람들은 맨 먼저 박정희와 김형욱의 갈등을 떠올리지. 무조건 그것을 원인이라 생각하는 거요. 다음으로는 박정희의 지시를 좇아 김형욱을 죽일 수 있는 기관을 떠올리지. 바로 중앙정보부요. 그러나 그렇게 아무런 근거도 없이 바로 결론을 내려버리고 그에 따른 상황이나 인물을 추적하는 것은 심각한 오류를 불러일으킬 수 있지.」

경훈은 필립 최가 상당히 논리적으로 출발한다고 생각했다.

「복잡하게 생각할 것 없이 대통령들의 입장을 봅시다. 전두환, 노태우, 김영삼, 김대중, 이렇게 네 대통령을 거치는 동안 이들이 김형욱의 실종에 관심을 갖지 않았을 리가 없소. 특히 김형욱의 실종 직후 권력을 잡은 전두환은 그 사건을 김재규 제거에 이용하려고 집중적으로 파헤쳤지. 김재규가 그런 짓을 했다면 그나마 민주투사니 뭐니 그를 가리키던 뒷얘기들조차 일축해버릴 수 있었기 때문이오. 그러나 아무 성과도 없었소. 김재규도 사형 직전 그 사건에 대해서는 아는 바 없다고 고백했지. 그 후 중앙정보부 직원들도 오명을 씻기 위해 전력을 다해서 그 사건을 추적했지만 전혀 소득이 없었소.」

「혹시 그 이후 다른 대통령들은 알고 있지 않을까요?」

「아니오. 대통령들이 안다는 것은 그들의 지시를 받아 사건을 조사한 사람들이 안다는 얘기고, 그렇다면 이 미스터리를 아는 이들의 수는 수십 명, 아니 그보다 훨씬 많아지지. 하지만 이 사건에는 그들이 모두 입을 꼭 다물고 비밀을 지켜줘야 할 공동의 가치가 없소. 오히려 공개를 하면 이득을 볼 이들은 있지만 말이오.」

「…….」

「즉, 한국 내에는 김형욱을 누가 죽였는지를 아는 사람이 한 명도 없단 얘기요. 모두가 모르는 거요. 그래서 완벽한 미스터리가 되어버렸지.」

「과연 그럴까요?」

「믿음이 안 가면 이렇게 생각해볼 수도 있겠군. 만약 중앙정보부에서 일을 저질렀다면 반드시 알 수밖에 없는 한 사람이 있소.」

「그게 누굽니까?」

「중앙정보부의 파리 지부장이오.」

경훈은 고개를 끄덕였다.

「국내에서라면 목포 직원들이 부산에 가서 현지 직원들 모르게 일을 저지를 수도 있겠지만 파리에서는 아니오. 첫째 문화가 다르고, 둘째 출·입국이 체크되며, 셋째 프랑스 공안당국의 감시를 벗어나야 하기 때문이지. 또 공작에 필수적인 현지 지원도 받을 수 없고. 어쨌든 중앙정보부에서 그 일을 조종했다면 파리 지부장이 모를 리 없지 않겠소. 또 그를 배제해야 할 이유도 없었고. 아니, 그의 지시와 도움을 받지 않고는 해낼 수도 없는 일이었소. 동백림 사건 때는 현지 공사인 양두원이, 김대중 사건 때도 역시 현지 공사인 김기완이 가담을 했으니까.」

「그렇겠군요.」

「나는 그 당시의 파리 지부장 이상렬이 일전에 어떤 잡지와 인터뷰한 것을 보았소. 그가 안됐다는 생각이 들더군.」

「어째서요?」

「이상렬은 20년 가까이 김형욱 암살의 중심인물로 의심 받아왔소. 그 사람의 괴로운 심정을 이해할 수 있겠더군. 그는 결국 공개수사까지 요청했소. 검찰이 나서서 자신을 수사해달라고 말이오. 그만큼 자신은 결백하다는 얘기지.」

「그랬나요?」

「사건 직후 이상렬도 신군부에 의해 소환되어 조사를 받았소. 김재규도 그 부분과 관련하여 조사를 받았고. 알겠소? 그 당시 무소불위의 권력을 휘두르던 신군부 말이오.」

경훈은 고개를 끄덕이며 공감을 표시했다.

「수사는 간단할 수밖에 없었소. 김형욱이 실종된 시기에 파리에 갔던 중앙정보부 직원들이 있는지, 만약 있었다면 그들의 알리바이를 확인만 하면 되는 일이었소. 이미 파리 현지에 있던 중앙정보부 직원들의 알리바이는 프랑스 정보부와 경찰에 의해 철저히 조사된 뒤였으니까. 프랑스 측에서는 우리 대사까지도 불러 조사했소.」

「'혐의 없음'이었습니까?」

「물론이오. 국내외의 수사에서 밝혀진 게 하나도 없었소. 그러니까 완벽한 미스터리지. 김재규 재판에서도 김형욱에 대한 얘기는 한마디도 나오지 않았소. 혐의가 전혀 없다는 얘기요.」

「청와대에서 박 대통령이 죽었다는 소문을 들은 적이 있는데 요.」

필립 최는 피식 웃었다.

「사건이 일어나고 얼마 지나지 않아 일본의 한 소설가가 《문예 춘추》에 〈오작교 작전〉이라는 제목의 공상소설을 발표했지. 중앙 정보부가 파리에서 김형욱을 납치하여 대한항공 편으로 서울로 옮긴 후 청와대에서 박정희가 직접 총을 쏘아 죽였다는 내용이 었소. 그런데 그것이 국내 언론에 사실처럼 보도되면서 김형욱을 중앙정보부와 떼어서 생각할 수 없게 되었던 거요.」

「아, 그 소문이 일본의 소설가가 쓴 작품에서 비롯되었습니 까?」

「그렇소. 그 소설가는 김대중 사건에서 힌트를 얻어 그런 소설 을 썼던 거요. 김형욱 사건이 아직까지 완벽한 미스터리로 남아 있는 까닭은 중앙정보부가 저지르지 않은 일을 중앙정보부가 저 질렀다고 단정하고 출발했기 때문이오.」

경훈은 다시 고개를 끄덕였다. 필립 최가 얘기하는 모든 정황 으로 보아 김형욱은 중앙정보부와 무관하게 죽었을 가능성이 있 었다.

「그럼 최 선생님은 김형욱이 어떻게 죽었다고 확신하시는 겁니 까?」

「어떤 사람의 죽음이든 거기에는 반드시 이유가 있소. 특히 누 가 죽였는가를 판단하려면 그 사람이 살해당할 이유를 합리적으로 판단해볼 필요가 있지. 김형욱의 경우는 두 가지요. 하나는 박정희를 비난했을 뿐 아니라 회고록을 출판하겠다고 협박했던 거요. 그리고 또 하나의 이유는 라스베이거스에서 비롯되었지. 아까 라스베이거스의 사람들은 감정을 돈으로 표시한다고 얘기했던 것 기억하오?」

「그게 무슨 뜻이죠?」

「김형욱은 봐주고 싶은 채무자가 아니었다는 뜻이오. 즉, 단 1달러의 빚이라도 지옥 끝까지 쫓아가 받아내고 싶은 채무자였지.」

「그는 얼마나 빚을 지고 있었습니까?」

「시저스 팰리스에 백만 달러, 트로피카나에 50만 달러. 이것이 겉으로 드러난 금액이오. 시저스 팰리스에서는 김형욱에게 딴 돈이 많으니까 어떨지 모르지만, 트로피카나에서는 그에게 돈이 많다는 소문만 듣고 첫 거래에서 돈을 빌려줬으니까 억울했을 거요. 물론 마케팅 담당자에게 화살이 돌아갔지.」

「그렇다면 아까 돈이 김형욱을 죽음으로 이끌었다는 말씀은?」

필립 최는 잠시 말을 멈추었다. 무엇인가를 생각하는 눈치였다. 그는 좌우를 둘러보더니 담담하게 말을 꺼냈다.

「여기 라스베이거스에는 단돈 3백 달러 때문에도 사람을 죽이는 힛맨들이 득시글거리오.」

「그렇다면 김형욱은 라스베이거스에 진 빚을 안 갚아서 죽었다는 겁니까?」

필립 최는 묵묵히 고개를 끄덕였다.

「단순한 추측에 불과하신 거죠? 정황 판단에 의한⋯⋯.」

「나는 김형욱의 실종 소식을 접하고서 드디어 올 것이 왔구나 싶었소. 평소에도 그가 살해될지 모른다고 예감했으니까.」

「하지만 그것은 단순한 예감이 아닙니까?」

「그렇소. 하지만 이 자리에서 나는 그 예감을 강변하려는 게 아니오. 아까도 얘기했지만, 김형욱이 실종되기 전 일주일 간의 행적을 있었던 그대로 말해주겠소. 이 변호사의 머리에서 보다 논리적인 추리가 나올 수 있지 않을까 기대하기 때문이오.」

「말씀해보십시오.」

마지막 행적

필립 최는 스카치로 목을 축이고는 본론을 꺼냈다.

「이 사건에서 객관적으로 드러난 사실은 몇 가지 없소. 아마이 변호사라면 모든 억측과 예단을 버리고 냉정하게 생각할 수 있을 거요. 객관적 사실을 입력하여 누구라도 수긍할 수 있는 결론을 내주시오. 마치 논리 퍼즐처럼 말이오.」

경훈은 잠자코 고개를 끄덕였다. 그렇잖아도 재판정에서처럼 해보고 싶은 기분이 들던 참이었다.

「우선 잠깐 사건의 배경을 설명해주리다. 김형욱은 미국에서 아주 외롭게 지냈소. 그는 신변의 안전 관계로 불안하기도 하고 사람들이 따돌리기도 해서 자연스럽게 도박에 빠져들었지. 도박이란 원래 혼자서 하는 게임이니까. 그가 즐겼던 게임은 바카라였소. 김형욱은 주로 라스베이거스에서 게임을 했지만 일 년에 두세 번쯤은 파리나 스위스 카지노로 가기도 했지. 그는 일주일만에 백만 달러를 잃은 적이 있을 만큼 베팅이 무척 셌소. 도박이란 무서운 거요. 그는 애초에 돈이 많았지만 결국 가진 재산을 거의 탕진했소. 그래서 김경재에게 회고록을 대필시키는 한편, 김경재도 모르게 회고록 출판을 미끼로 당시 중앙정보부장이었던 김재규와 거래를 했지. 그 회고록에는 박 대통령의 여자 관계를 비롯하여 그가 정보부장을 하면서 알게 되었던 한국의 어두운 이면이 망라되어 있었소. 박정희에게 치명타를 안길 내용만 골라서 말이오.」

「김형욱은 한국에서 그 회고록이 출판될 수 없으리라는 것을 모르지 않았을 텐데요?」

「물론이오. 김형욱은 그것을 협박용으로 쓰려고 했던 거지.」

「김형욱은 어떤 조건을 제시했습니까?」

「세 가지였소. 여권의 연장, 한국에 있는 재산 동결 해제, 그리고 150만 달러의 현금.」

「김재규는 그가 제시한 조건을 들어주었습니까?」

「처음의 두 가지는 들어주었고, 현금은 일단 50만 달러만 주었소. 완전한 회고록 원본을 넘겨주면 나머지 백만 달러를 주겠다며 김경재의 각서까지 요구했소. 김형욱의 동의 없이는 회고록을 출판하지 않는다는 내용으로 말이오. 김재규로서는 안전하게 하고 싶었던 거지.」

「김경재는 각서를 써주었나요?」

「김형욱의 부탁을 받은 김재규는 미국의 요원들을 시켜 진저리가 나도록 김경재의 집에 협박 전화를 해댔소. 결국 김경재는 각서를 써주었고, 그 각서는 나중에 김재규의 책상 서랍에서 발견되었지.」

「김형욱은 그 50만 달러도 모두 도박으로 날렸겠군요.」

「물론이오. 게다가 김형욱은 라스베이거스에서 거액의 마커를 쓰고 나서 심한 빚 독촉에 시달렸소. 그래서 그는 회고록의 완성을 몹시 기다렸지. 나머지 백만 달러를 받아야 했기 때문이오.」

「그 회고록과 김형욱의 프랑스 여행은 무슨 관계가 있습니까?」

「김형욱은 회고록이 완성된 직후 프랑스로 갔소. 김경재를 속인 건지 협박을 한 건진 알 수 없지만 아무튼 원본을 지니고서 말이오. 그는 프랑스에서 원본을 넘겨주고 백만 달러를 받기로 했던 거요. 」

「그러니까 김형욱이 파리에 가게 된 배경에는 김재규, 즉 중앙 정보부가 관련되었군요.」

「그렇소. 그런 관점에서 보면 사람들이 김형욱의 죽음과 중앙 정보부를 관련시키는 데 전혀 무리가 없지. 결과적으로는 결정적인 함정이 되지만 말이오.」

「재미있군요.」

「이제 파리에서 일어난 객관적 사실들만 나열해보겠소.」

경훈은 고개를 끄덕였다.

「김형욱은 10월 1일 혼자서 파리로 갔소. 비행기표는 뉴욕 맨해튼의 한 여행사에서 구입했지. 그는 뉴욕의 케네디공항에서 에어프랑스의 콩코드기를 타고 출발하여 파리의 드골공항에 내렸소. 파리에 내린 김형욱은 바로 최고급인 리츠호텔에 가서 6박을 했소. 그러고는 10월 7일 오전 10시에 2류급인 웨스트엔드호텔로 방을 옮겼지. 그는 웨스트엔드호텔에서 체크인할 때 5일간의 방값을 선불했소. 그러면서 파리 뉴욕 간 비행기표를 보이고는 다음날 떠나는 비행기의 자리를 예약해달라고 부탁했지. 김형욱은 방에서 약 30분간 머문 뒤 외출하는가 싶더니 잠시 후 키가 큰 동양인 한 사람과 다시 들어왔소. 종업원이 일찍 들어오셨네요 하는 인사말을 건네자, 옆에 있던 그 키 큰 동양인이 영어로 중요한 서류를 가지러 왔다고 대답했다는 거요. 그러고 나서 김형욱이 11시경부터 오후 7시까지 카지노에서 게임을 한 것까지는 확인되는데 이후 행방이 불분명해졌소. 실종이 확실해진 후 프랑스 경찰은 스위스 경찰에 김형욱의 소재 파악을 의뢰했고, 스위스 경찰은 소재 불명이라고 회신해왔소. 프랑스 경찰은 다시 전국의 경찰에 김형욱의 소재를 파악하라는 수사 지시를 내렸지. 이것이 확인된 객관적 사실의 전부요.」

경훈이 생각에 잠겨 있는데 필립 최가 덧붙여 말했다.

「아, 참고로 김형욱은 10월 3일인지 4일인지 정확하진 않지만 파리에서 《조선일보》 신용석 특파원의 부인으로부터 돈 3천 달러를 빌렸소. 그리고 10월 5일 점심때 카지노에서 도박을 하는 모습이 발견되었지. 또 웨스트엔드호텔에 남겨진 그의 짐가방에는 오를리공항의 꼬리표가 붙어 있었소.」

「아, 그것은 매우 중요한 사실들이군요.」

「그리고 또 얘기해두어야 할 것이 있군. 개선문 옆의 르그랑쉐르클카지노의 지배인은 김형욱이 최소한 3일 이상 카지노에 왔다고 증언했고, 김형욱은 실종되기 전날인 6일 밤 리츠호텔에서 술에 취해 소란을 피우다가 호텔 측의 제지를 받기도 했소. 이게 드러난 모든 행적이오.」

경훈은 턱을 고이며 깊은 생각에 잠겨들었다. 한참이나 눈을 감고 있던 그는 서서히 눈을 뜨며 낮은 목소리로 말했다.

「우선 김형욱의 거주지가 뉴저지인 것으로 보아, 그가 맨해튼에서 표를 구입했다는 것은 자신의 의지로 파리에 갔다고 생각할 수 있겠군요.」

필립 최는 고개를 끄덕였다. 경훈의 말하는 방식이 마음에 들었다.

「그런데 리츠호텔의 하루 숙박비는 얼마입니까?」

「대략 8백 달러 수준이오.」

「그가 6박을 했다면 숙박비만도 거의 5천 달러군요.」

「만만치 않은 금액이지.」

「말씀을 토대로 김형욱의 파리에서의 행적을 보면, 그는 거의 도박만 하며 보냈습니다. 그렇다면 그가 애초에 얼마 정도의 돈을 가지고 갔는가가 중요하겠죠. 리츠호텔에 든 것으로 보아 김형욱은 많지도 적지도 않은 금액을 소지하고 파리로 간 것 같습니다.」

「구체적으로 얼마 정도라고 생각하오?」

「김형욱의 행적을 보아서는 대략 3만 달러에서 5만 달러 정도. 그런데 파리에서 그를 만났다는 사람은 없었습니까?」

「좀 전에 얘기한 중앙정보부 파리 지부장 이상렬이 5일 점심때

르그랑쉐르클카지노의 1층에 있는 식당에 대사관 직원들과 점심을 먹으러 갔다가, 누군가로부터 2층에 김형욱이 와 있다는 말을 듣고는 인사하러 올라갔다고 하오. 전직 부장이니까 예의를 갖춰야 한다고 생각했던 거겠지.」

「김형욱의 반응이 어땠는지 아시나요?」

「이상렬 지부장이 인사를 하자 김형욱은 한 번 휙 돌아보고는 그냥 가라는 뜻으로 손을 내저었다는 거요. 그래서 어디에 머물고 있느냐고 물었더니, 김형욱이 돌아보지도 않은 채 퉁명스럽게 리츠호텔이라고 하기에 그냥 내려왔다고 했소. 아, 그때 이상렬 지부장은 김형욱의 주머니마다 두툼한 돈 뭉치가 채워져 있는 걸 보았다고 하오.」

「그것은 김형욱이 신용석 특파원의 부인에게서 3천 달러를 빌린 후겠네요?」

「그렇소.」

「김형욱이 신용석 특파원의 부인으로부터 3천 달러를 빌렸다는 사실은 매우 중요한 단서가 될 것 같은데요.」

「그렇소. 당시 신용석 특파원은 한국에 가 있었지. 그러니 김형욱이 웬만큼 어려워서는 그 부인에게 돈을 빌려달라고 얘기할 수 없었을 거요. 더욱이 3천 달러는 그들 부부에게 큰돈이었을 테니까.」

경훈은 고개를 끄덕이며 스카치를 한 모금 마셨다. 처음 머리를 짜낼 때와는 달리 비교적 여유 있어 보였다.

「이상렬 지부장 증언대로라면 김형욱이 그즈음 누군가로부터 거액의 돈을 받았다는 이야기가 되는군요.」

「음, 나도 그렇게 생각했소. 3천 달러를 가지고 그렇게 딸 수 있는 위인은 아니었으니까.」

「그것은 회고록의 원본을 넘기는 대가로 받은 돈일 겁니다.」

「그것밖에는 달리 돈이 생길 길이 없었겠지.」

경훈의 목소리에 힘이 들어갔다.

「그렇다면 우리는 여기서 박 대통령이나 김재규, 차지철은 김형욱을 죽이지 않았다고 유추할 수 있습니다.」

「어떻게 그런 논리가 나올 수 있소?」

「중앙정보부가 죽였느니 어쨌느니 하는 설들은 중앙정보부 측에서 돈을 주겠다고 김형욱을 유인한 후 죽였다는 것인데, 만약 그들이 죽이려고 했다면 굳이 돈을 줄 필요가 없었을 겁니다. 또 그 돈을 미끼로 김형욱을 유인했을 경우에도 돈은 밖으로 유출되지 않았을 겁니다. 돈의 유출이란 바로 김형욱의 신병이 자유로워진다는 것을 뜻하는데, 중앙정보부가 아무리 바보라도 돈을 줘놓고 신병까지 자유롭게 해둔 후 다시 접근하여 납치하려는 계획을 세웠을 리는 없으니까요.」

경훈은 사건의 핵심을 정확하게 짚어냈다. 필립 최는 그렇게 어설픈 몇 가지 행적에 기초해서 곧바로 사건의 본질을 파헤치는 경훈이 신비스럽게 느껴질 정도였다.

「동감이오. 김형욱이 돈을 받았다는 사실은 거래가 이루어졌

다는 사실과 더불어 그가 살해될 이유도 없어졌다는 것을 의미
하지. 나는 그 사실을 깨닫는 데 적잖은 세월이 필요했소. 그런데
그 웨스트엔드호텔에 나타난 키 큰 동양인은 어떻게 해석해야 하
오?」

「그 동양인은 김형욱의 원고를 확인하고 돈을 지불하는 역할
을 맡은 밀사였을 겁니다. 그 사람과 김형욱은 서로를 못 믿었기
때문에 안전하게 일을 처리하려고 했겠죠. 아마 그래서 돈과 회
고록을 쪼개서 교환했을 겁니다.」

「아, 정말 그랬을 수도 있겠군…….」

「그 동양인과 김형욱은 사전에 합의를 했을 가능성이 있습니
다. 특히 그쪽에서 그런 제안을 했을 겁니다. 김형욱은 믿지 못할
사람이라는 주의를 단단히 받고 왔을 테니까요.」

「틀림없소. 사실 김형욱은 그 무렵 라스베이거스의 빚에 워낙
쪼들렸지. 하지만 돈을 구할 방법이 없었소. 오직 회고록만이 유
일한 탈출구였지. 그래서 그는 김경재를 속여가면서 한편으로는
김재규와 또 한편으로는 일본의 한 출판사와 출판 계약을 맺기
도 했소.」

경훈이 사정을 짐작하겠다는 듯 고개를 끄덕였다.

「아이러니군요. 한쪽에는 출판하지 않겠다는 조건으로 돈을
요구하고, 또 한쪽에는 출판하겠다는 조건으로 돈을 달라고 했
으니…….」

「그때 계약에 응했던 일본 출판사 가운데 고단샤講談社가 있었

는데, 출판을 필사적으로 저지하던 중앙정보부는 이 고단샤에 상당한 대가를 주고 출판을 포기시켰지. 그러자 김형욱이 이번에는 일본의 마도샤慫社와 계약을 해버렸던 거요. 그래서 문고판으로 축약되어 책이 나왔소. 김형욱이 얼마나 어려웠던가를 보여주는 대목이지.」

「김형욱으로서는 일부 내용만 실어 박 대통령을 더 다급하게 하려는 의도도 있었겠죠.」

「일석이조의 포석이라 할 수 있겠지. 일부에서는 회고록이 일단 출판되어서 더 이상 가치가 없기 때문에 김형욱에게 돈을 줄 필요도 없었다고 생각하는 모양인데 그것은 사실과 다르오. 회고록은 김형욱이 파리를 방문하기 직전에야 완성됐으니까. 또한 박정희나 김재규로서는 회고록이 문제가 아니라 김형욱을 온순하게 잠재워두는 것이 더 중요했소. 회고록 출간이 화제가 되고 김형욱이 온 세상에 떠들고 다닐 일이 무서웠던 거요. 일본에서 나온 문고판이 별로 팔리지 않았다고는 하지만 완성된 회고록의 정식 출판은 여전히 두려운 무기였던 거요.」

「그런데 제 생각엔 그 밀사와 김형욱이 처음 만난 곳이 프랑스가 아니라 스위스였을 것 같습니다.」

「스위스?」

「김형욱은 처음의 50만 달러도 비밀이 보장되는 스위스 은행을 통해 받았을 가능성이 있습니다. 이처럼 그들이 미국이 아닌 스위스나 프랑스를 이용한 데는 무슨 이유가 있을 겁니다. 그 이유에 대해 생각해보신 적이 있습니까?」

「글쎄…….」

「당시 한국 정부는 미국에서 박동선의 로비 파동 등으로 인해 빚어진 코리아게이트를 매우 두려워했습니다. 그래서 미국으로 돈을 보냈다가는 괜히 꼬리를 밟힐 수 있다고 생각했기 때문에 김형욱과 거래를 할 수 없었던 거죠. 그러므로 처음의 50만 달러도 스위스의 은행으로 입금시켜 김형욱에게 지불했을 겁니다. 프랑스 경찰이 스위스 경찰에 연락을 했다는 건 스위스와 관련이 있다는 얘긴데, 그 관련성은 스위스 은행과 연결해서 생각해야 합니다. 또 가방에 오를리공항의 짐표가 붙어 있었다는 것도 생각해야죠. 뉴욕에서 프랑스로 가는 비행기는 드골공항에서 내리지요. 스위스라면 오를리공항이지만요.」

죽음의 그림자

「일리 있는 얘기요. 나는 근 20년을 생각하면서도 오직 프랑스만 염두에 두었지, 왜 오를리공항의 꼬리표가 붙어 있었는지에 대해선 진지하게 생각해보지 못했소.」

「증언을 토대로 김형욱의 일정을 재구성해볼 수 있을 것 같습니다.」

「일정을?」

「네.」

「의미가 있을 것 같군.」

「카지노 지배인의 증언에 따르면 김형욱이 최소한 3일은 카지노에 왔다고 했으니까 그것을 토대로 하면 될 것 같습니다. 김형욱은 첫날부터 이튿날과 사흗날을 카지노에서 게임을 하고, 나흗날 오전에 스위스에 갔다가 그날 밤에 돌아와 닷샛날에 다시 카지노에서 게임을 했을 거구요. 엿샛날 밤 리츠호텔에서 술에 취해 소란을 피웠다고 하니 게임을 하지는 않았을 겁니다. 그리고 문제의 이레째 아침에 호텔을 옮긴 후 그날 저녁까지 게임을 하고는 실종되었죠.」

「그렇겠군.」

「프랑스 경찰이 스위스 경찰에 김형욱의 소재 확인을 의뢰한 것으로 보아 그가 스위스에 갔다 온 것은 틀림없는 거구요. 오를리공항의 꼬리표도 확실한 증거가 되죠. 스위스에서 오는 비행기는 전부 오를리공항에 내리니까.」

이제 경훈의 추리는 무르익고 있었다.

「7일 오전 김형욱이 웨스트엔드호텔의 방에 머물다 키 큰 동양인을 데리고 들어왔다는 것은 그와 나머지 일을 처리하려고 했음을 의미합니다. 그런 일이 아니고서는 로비나 커피숍에서 만나고 말지 굳이 방에까지 데려올 필요는 없었을 테니까요.」

「그가 한국인이었다는 거요?」

「아마 그럴 겁니다. 영어로 대답했다는 사실로 미루어볼 때 그는 프랑스에 살던 사람은 아닌 것 같습니다. 미국에서 생활하면서 불어를 쓰는 사람이 없듯이, 프랑스에 살면서 영어를 쓰는 사람은 없지 않겠습니까. 그는 한국에서 임무를 띠고 간 사람일 겁니다.」

필립 최는 약간 충격을 받은 듯했다.

「놀랍소, 이 변호사. 모든 것이 너무나 쉽게 풀리는군. 내가 20년을 두고 생각해왔던 것들을 이렇게 순식간에 해결하다니……. 그럼 그자가 종업원에게 말한 중요한 서류라는 게 회고록이었다는 거군.」

「아마 그의 잠재의식 속에 있던 회고록이 그대로 튀어나왔을 겁니다.」

필립 최는 술잔을 들어 경훈의 앞에 내밀었다.

「이렇게 기분 좋은 밤은 참으로 오랜만이군. 수수께끼가 풀려 간다는 사실보다도 이 변호사 같은 사람이 세상에 존재한다는 것 자체가 경이롭기까지 하오. 자, 한잔합시다.」

경훈도 기분 좋게 술잔을 부딪쳤다.

「자, 이제 김형욱 사건의 미스터리 가운데 미스터리를 풀 시간이 된 것 같군.」

경훈은 천천히 술잔을 내려놓으며 필립 최의 다음 말을 기다렸다.

「도대체 왜 김형욱은 리츠호텔에서 웨스트엔드호텔로 옮겼을까 하는 점이오.」

「최 선생님은 그것에 대해 생각해보신 적이 없습니까?」

「글쎄…… 그것이 가장 풀기 어려운 의문점이었소. 그는 왜 호텔을 옮겼을까?」

필립 최의 복잡한 표정을 한참 들여다보던 경훈이 미소를 띠며 말했다.

「함정입니다. 중앙정보부의 공작론에 너무 집착하다 보면 아무것도 아닌 것을 괜히 이상하게 보는 함정에 빠질 수 있죠. 공작론자들은 김형욱이 아마도 리츠호텔에서 뭔가에 쫓겨서, 혹은 예감이 좋지 않아서 그랬을 거라고 얘기할지 모르겠지만 거기에 또 함정이 있습니다. 구체적인 상황을 모르는 사람들이 쉽게 걸려드는 함정이죠. 결과적으로 김형욱이 실종되었으니까 호텔을 옮긴 것도 신변의 안전을 고려했기 때문이라고 단정짓게 됩니다. 그러나 신변의 안전을 도모했다면 원래의 리츠호텔에 그냥 머무르는 것이 더 나았을 겁니다. 작은 호텔이 더 위험하니까요.」

「그렇다면 왜 그랬을까?」

「아마 김형욱이 웨스트엔드호텔에서 체크인할 때 비행기표를 보이며 뉴욕에 갔다 온다고 했던 것과 관계가 있겠죠. 웨스트엔드호텔의 숙박비는 얼마입니까?」

「백 달러 정도요.」

「그는 미국에 갔다 오겠다고 하지 않았습니까? 짐과 골프 클럽은 놔둔 채로 말입니다. 그러자면 방이 있어야 할 테고 하루에 8백 달러나 하는 리츠호텔은 부담스러웠겠죠.」

「그렇군.」

「김형욱 사건의 진정한 문제는 사람들이 그를 매우 특수한 신분의 인간으로만 보는 것입니다. 어제까지 권력자였던 사람도 오늘 형무소에 갈 수 있고, 어제까지 재벌 총수였던 사람도 오늘은 교통비가 없을 수 있습니다. 그게 인간입니다. 김형욱, 그는 파리에 갈 무렵 돈이 절박한 평범한 인간이었을 뿐입니다. 방에 짐을 두고 뉴욕에 갔다 오면서 하루에 8백 달러나 하는 비싼 방 대신 백 달러짜리 싼 방으로 옮기는 것은 너무도 당연한 일이지요.」

「그럴까? 그렇다면 나도 그 손쉽고 간단한 이치를 버려둔 채 수십 가지 복잡한 생각으로 골치를 썩이며 세월을 보낸 사람 중의 하나란 말이군.」

필립 최는 한동안 곰곰 생각하다가 고개를 무겁게 흔들었다.

「그런데 왜 김형욱은 돈을 챙겼으면서도 파리로 다시 돌아오려고 했을까?」

「음, 그것은 라스베이거스의 빚과 관련시켜 살펴볼 부분입니다. 돈에 쪼들리던 김형욱은 거액을 손에 쥐자 일단 다만 얼마라도 집에 갖다주어야 한다고 생각했을 겁니다. 도박꾼의 아내가 얼마나 고생하는지는 아시죠? 그도 아내와 자식에게 늘 미안한 마음을 갖고 살았을 겁니다. 그래서 급히 미국으로 가 아내에게 돈을 주고 싶었겠죠. 쓸 데가 너무도 많았을 겁니다. 하지만 그보다 더 급한 일이 있었습니다. 역시 도박이었죠. 그는 이제껏 잃은 돈으로 인한 괴로운 기억에서 헤어날 수는 없었던 겁니다. 그 돈을 찾는 길은 역시 도박뿐이라고 생각했던 거죠. 그러나 라스베이거스에는 다시 갈 수 없었습니다. 빚을 갚아야 했으니까요. 김형욱이 웨스트엔드 호텔로 옮긴 것은 이런 두 가지 욕망을 다 만족시키려는 의도에서였습니다. 즉, 일단 미국에 가서 아내에게 돈을 준 뒤, 일부는 도로 가지고 와 게임을 해서 돈을 딴다는 계획을 수행하기 위해서였죠.」

필립 최는 경훈의 추리를 한동안 찬찬히 곱씹었다. 그러던 그는 혼돈에 잠겼던 표정을 풀고 이제까지의 오랜 논리 여행을 마감하려는 듯 담배를 한 모금 깊이 들이마셨다가 내뿜었다. 그는 나직하나마 자신 있는 목소리로 말했다.

「그렇다면 이제 내가 이 변호사의 추론에 의거하여 결론을 내릴 때가 된 것 같소. 사실 결론은 난 것이나 마찬가지지만.」

「말씀해보십시오.」

「김형욱은 큰 실수를 범했소. 워낙 심하게 빚 독촉에 쫓긴 나머지 라스베이거스의 채권자들에게 파리에 가서 돈을 받기로 했다고 말해버렸던 거요. 라스베이거스의 채권자들을 과소평가했던 거지. 라스베이거스의 채권자들은 사람을 보내 김형욱을 은밀히 미행했다가 그가 정말 돈을 받는 것을 보고는 안심했소. 하지만 완전히 끝난 것은 아니었지. 그 돈은 김형욱이 자신들한테 주기 전까지는 여전히 김형욱의 것이었으니까. 그런데 문제가 터졌던 거요. 김형욱은 돈을 받고 나서 미국으로 돌아가지 않고 계속 도박을 했던 거지. 라스베이거스의 채권자들은 덜컥 겁이 났소. 워낙 베팅이 센 김형욱이 파리에서 돈을 모두 날려버릴 가능성이 너무나 높았기 때문이지요. 라스베이거스의 채권자들은 이미 미국에서 거덜난 김형욱이 그 돈마저 잃으면 영원히 빚을 받지 못하리란 생각에 조급해졌소. 그들은 라스베이거스의 보스에게 상황을 보고했지.」

「그래서요?」

「뻔하지. 김형욱이 돈을 전부 잃기 전에 즉각 덮쳐 돈을 뺏으라는 지령이 떨어졌던 거요.」

「라스베이거스 사람들이 파리에서 그렇게 완벽하게 범행을 저지를 수가 있었을까요?」

「그것은 식은 죽 먹기요. 라스베이거스의 뿌리는 이탈리아 마피아들이지. 흑인 조직들이 라스베이거스에는 아예 발도 못 붙이는 것을 보시오. 흑인이 출몰하면 라스베이거스는 끝장이라고 생각한 마피아들이 라스베이거스로 오는 모든 흑인 조직원들을 사막에 파묻어버린 거요. 그리고 파리는 이탈리아 마피아들의 앞마당이오. 보스가 한번 결정을 내리면 그 후에는 죽음밖에 없소. 아마 김형욱은 그렇게 돈을 다 빼앗기고 죽었을 거요.」

경훈은 말없이 고개를 끄덕였다. 김형욱의 파리에서의 행적은 필립 최의 결론을 뒷받침하고 있었다.

「김형욱은 세상의 모든 가치를 돈으로만 생각하는 미국 사회에서 탈출하고 싶어 했소. 그러나 조국으로 돌아갈 수는 없었고, 외롭고 지친 영혼을 도박으로 달랬지. 결국은 죽음으로써 그 괴로운 삶에 종지부를 찍고 만 것이오.」

「최 선생님의 배경 설명이 없었다면 김형욱 사건을 추리하는 데 오류를 범할 수밖에 없었겠습니다. 도박에 얽힌 김형욱의 삶을 모른 채 과거의 중앙정보부장이라는 시각으로만 보면 필연적으로 잘못된 결론을 내리게 되니까요.」

「가장 중요한 것은 파리에서의 행적에 대한 논리적 추론인데, 그것을 이 변호사가 풀어주었으니 결론을 이끌어낼 수 있었던 거요. 고맙소.」

경훈은 자신의 추론을 곰곰 되새기며 무의식중에 창밖을 내다보았다. 사막에는 이미 어둠이 짙게 깔려 있었다. 필립 최가 술잔을 들어 부딪쳐왔다. 경훈은 스트레이트 잔을 입 안에 털어넣었다. 사막과 술, 그리고 도박이 있는 이 도시의 밤이 이제는 낯설지 않게 감겨들었다.

경훈은 건너편 사막으로 천천히 눈길을 옮기다가 문득 필립 최가 김형욱의 실종을 쫓는 것이 단순히 아는 사람의 실종에 대한 의문의 차원을 넘어선다는 느낌이 들었다. 어쩌면 필립 최는 자신의 앞날에 대해서 어두운 의구심을 품은 채 김형욱의 실종을 추적했는지도 모를 일이었다.

「최 선생님은 어떠세요? 선생님의 운명은 어떠리라 생각하십니까?」

필립 최는 웃었다.

「나도 언젠가는 이 도박에서 패하고 말 것이라 생각하오. 조금이라도 긴장을 풀면 죽음의 어두운 그림자가 금방 덮쳐오지. 나는 느낄 수 있소. 제명에 죽지 못할 나의 운명을 말이오. 현명한 사람은 지기 전에 그만두는 법이오. 케렌스키처럼.」

「케렌스키처럼이라고요?」

「그렇소.」

「하지만 케렌스키 변호사님은 도박에서 지지 않았습니까? 그때 가져다 드린 돈도 도박빚이 아니었습니까?」

필립 최는 고개를 가로저었다.

「그렇지 않소. 케렌스키가 도박에 심취했던 것은 분명하오. 하지만 사실상 그는 도박을 이용하여 절묘하게 자신의 목표를 이루어가고 있었소.」

「그분의 목표가 뭐였죠?」

「구체적으로 알지는 못하지만…… 아마도 그의 투쟁이라고나 할까.」

「투쟁이라고요?」

경훈은 비상한 호기심이 솟았다. 지금까지도 여전히 케렌스키가 도박에 패해서 자살했다는 사실이 믿기지 않던 참이었다.

「그분의 투쟁이란 도박이 아니었습니까?」

필립 최는 천천히 고개를 가로저었다.

「프로는 상대의 게임을 보면 어떤 마음으로 하는지 알 수 있소. 케렌스키는 아주 거대한 적과 싸움을 하고 있었을 거요. 그와 같은 강력한 인물도 어떻게 해볼 수 없는 그런 적 말이오.」

경훈은 필립 최가 케렌스키에 대해서 상당히 많은 것을 알고 있다는 생각이 들었다. 그러고 보니 필립 최의 행동에 이상한 점이 있었다. 경훈이 70만 달러나 되는 엄청난 돈을 내밀었을 때 필립 최는 제대로 쳐다보지도 않았던 것이다. 아니, 그전에 그만한 돈을 빌려준다는 것 자체도 이해하기 힘들었다.

「어째서 케렌스키 변호사님께 그런 큰돈을 빌려주시게 되었습니까?」

필립 최는 손으로 턱을 한 번 쓰윽 훑어내렸다.

「케렌스키가 보스턴에서 급히 전화를 걸어와 내게 부탁했소. 한 사나이로부터 뭔가를 받아달라고 했지. 급하니 우선 내 돈을 지불하고 말이오.」

「그것이 그때 저에게 주셨던 그 목갑입니까?」

「그렇소. 나는 순간적으로 망설였지만, 케렌스키의 너무도 다급한 목소리와 평소 그의 인품을 보아 수락했지. 내게 그 목갑을 건네준 사나이는 쫓기는 듯했소. 그 사나이는 물건을 넘기고 돈을 받자마자 떠났지. 그때 나는 직감적으로 케렌스키가 뭔가 다른 일을 하고 있다는 것을 알았소. 그리고 그것이 그의 신분에 맞지 않게 위험한 일이라는 것도.」

경훈은 그때 왜 필립 최가 자리를 피한 채 목갑만 자신에게 전달했는지 알 수 있을 것 같았다. 필립 최는 일단 케렌스키의 부탁을 들어주긴 했지만 쓸데없는 일에 휘말리고 싶지는 않았을 것이다. 즉, 목갑을 가지고 있는 데서 오는 위험을 피하기 위해 카지노 호스트에게 맡겨두고 찾아오는 사람에게 전달하라고 했던 것이다.

「최 선생님은 그 일이 아주 위험하다는 것을 알고 계셨던 모양이군요.」

「프로로서의 직감이오.」

「케렌스키 변호사님의 자살에는 정말 간단치 않은 이유가 있는 것 같습니다. 그런데 그분의 적은 누구일까요?」

「……」

필립 최도 거기까지는 모르는 것 같았다. 경훈은 케렌스키의 목갑을 떠올렸다. 그 목갑에는 케렌스키의 자살을 설명하는 비밀이 숨어 있을 거라는 생각이 떠올랐다. 그가 죽음 직전에 건네받으려 했던 그 목갑의 비밀은 무엇인가. 경훈은 일단 의문을 묻어두고 잔을 들었다.

목갑의 비밀

다음날 경훈은 라스베이거스를 떠나 보스턴으로 향했다. 보스턴은행의 대여금고에 보관해두었던 목갑을 찾기 위해서였다.

보스턴에 도착한 경훈은 바로 은행으로 갔다. 그는 무심코 대여금고에서 목갑을 꺼내 가방에 넣으려다가 흠칫 놀라 손길을 거둬들였다. 테이프로 붙인 셀룰로오스 띠가 떨어져 있는 듯한 느낌이 들었던 것이다.

「잠깐, 잠깐 기다려요!」

경훈은 급히 금고 문을 닫으려는 은행 직원을 불렀다.

「왜 그러십니까?」

「누가 이 목갑에 손을 댔습니까? 누구에게 열어주었나요?」

「그럴 리가요.」

직원은 고개를 설레설레 흔들며 목갑을 들고는 이리저리 살펴보았다.

「아무 문제 없는데요.」

「그런가요? 미안합니다.」

「아니, 괜찮습니다.」

미소를 머금는 직원을 보며 경훈은 자신이 너무 과민한 것일까 생각했다.

「택시를 불러주세요.」

「네.」

경훈은 목갑을 가방에 넣은 다음 도망치듯이 은행을 나왔다. 누가 뒤에서 지켜보는 것 같은 이상한 느낌이 들었던 것이다. 그는 대기하고 있던 택시에 황급히 올라탔다.

경훈은 택시 운전사에게 공항으로 가자고 말하고는 차창 밖으로 눈길을 던졌다. 그러나 손으로는 자신도 모르게 가방 속의 목갑을 확인했다. 무심코 차창 밖을 바라보던 경훈은 예전과는 다른 코스로 택시가 가고 있는 것을 알아차렸다.

「어디로 가는 거요? 공항으로 안 가고……」

「네, 물론 공항으로 갑니다. 그런데 오늘 시내는 행사 때문에 차가 너무 막혀서요. 외곽 도로로 가는 것이 훨씬 빠릅니다.」

운전사는 친절하게 설명했다.

「무슨 소리요. 행사라니? 막혀도 좋으니까 시내로 갑시다.」

운전사는 툴툴거리면서도 시내로 방향을 바꾸었다. 경훈은 한참 만에 공항에 도착해서야 자신의 신경이 날카로워져 있다는 것을 알았다. 그러나 지금으로서는 모든 걸 조심하는 게 최선이었다.

보스턴을 떠난 비행기가 뉴욕의 공항에 착륙하자 경훈은 바로 국제선으로 옮겨탔다. 그는 일찌감치 게이트로 들어가 자리에 앉아 있다가 탑승 수속이 시작되자 곧장 비행기 안으로 들어갔다.

갑갑하지만 제일 안전한 방법이었다.

경훈은 비행기 좌석에 앉아서야 비로소 마음이 놓였다. 그는 자신의 직관이 왜 그처럼 날카롭게 퍼덕거렸는지 차분히 생각해 보았다.

경훈은 이내 그 목갑이 자신의 오감을 시종 강하게 자극하고 있다는 사실을 깨달았다. 몇 번이나 목갑을 뜯어보고 싶었으나 참았다. 케렌스키가 죽고 없는 지금, 경훈이 목갑을 열어본다고 뭐라 그럴 사람은 없지만 어쩐지 이상한 기분이 들었다.

만약 케렌스키가 죽지 않았다면?

경훈은 마침내 엉뚱한 생각에 빠져들었다. 케렌스키는 실종을 염두에 두고 자신더러 이 목갑을 찾아오라고 부탁한 것은 아닐까. 더욱이 무슨 일이 있더라도 반드시 찾아와야 한다고 신신당부까지 하지 않았던가.

이상하게도 목갑을 보면 케렌스키가 죽지 않고 살아 있는 것 같은 느낌이 들었다. 만인이 보는 앞에서 장례식까지 치렀지만 한번 떠오른 경훈의 의문은 지워지지 않았다. 경훈은 목갑을 열까 말까 망설이다 결국은 열지 않기로 결정하고는 가방 깊숙이 밀어넣었다. 틀림없이 목갑 안에는 예사롭지 않은 물건이 들어 있을 테고, 그 물건을 보는 순간 또 하나의 복잡한 사건에 말려들 것 같았다. 그리고 실종 끝에 자살로 결론지어진 케렌스키의 죽음도 부담스러웠다. 어쩌면 그가 자신을 찾아와 목갑을 돌려달라고 할지도 모른다는 엉뚱한 생각이 들면서 그때 목갑에 손을 댄 모습을 보이기 싫다는 생각도 작용했다. 어찌 되었건 경훈은 지금 추적하고 있는 10·26이 어느 정도 정리되면 그때 가서 열어보리라 생각했다.

경훈은 귀국 즉시 목갑을 다시 은행 대여금고 속에 보관했다.

사무실에는 수연의 전화가 와 있었다. 경훈이 전화를 걸자 그녀는 이내 밝은 목소리를 쏟아냈다.

「갔던 일은 잘됐어?」

「꽤 성과가 있었어. 넌 어때?」

「선배한테 알려줄 게 있어.」

「뭔데?」

「만나서 얘기해.」

노벰버

「선배, 현 선생님의 그 수첩에 적혀 있던 말들의 의미를 생각해
봤어?」

「음. 하지만 확실히 떠오르는 건 없었어.」

「그 수첩을 받았을 때부터 지금까지 생각해봤는데 말이야.」

수연도 역시 10·26에 깊이 몰입하고 있었다.

「성과가 있어?」

「그 '노벰버' 말이야, 그게 암호 같아.」

「암호?」

「그래.」

「11월이 암호라? 무슨 암호지?」

「노벰버는 단지 숫자 11을 나타내는 말이야.」

「숫자 11?」

「그래. 그걸 10·26과 연결시켜봐.」

「11월과 10·26?」

「깊이 생각을 해봤는데 혹시 11기를 가리키는 게 아닐까 하는
생각이 들었어. 육사 11기 말이야.」

「육사 11기라고?」

「그래, 육군사관학교 11기.」

경훈은 수연의 말에 깜짝 놀랐다. 전혀 생각지 못했던 해석이었다. 그러고는 수연이 얘기한 11기를 노벰버 대신 원래의 문장에 집어넣어보았다.

이제 육사 11기를 스터디하는 것이 대세다. 모두가 등을 돌리고 있다.

「어떻게 그런 생각을 했어? 노벰버가 은어인 것은 확실하지만, 어째서 육군사관학교 11기를 의미할 거라고 생각했느냐구?」

「언젠가 현 선생님이 식당에서 신문을 보며 술을 드시다가 '11기 놈들'이라고 내뱉는 걸 들은 적이 있어. 노벰버는 11월이니까 그렇게 연결이 되네. 아닐까?」

경훈은 수연의 순발력에 놀랐다.

「왜 아니겠어. 대단한 추리를 한 것 같다. 그 다음 '스터디'라는 말은 '연구한다'는 개념인데, 문자 그대로 옮기면 육사 11기를 연구한다는 말로 해석되는군.」

「그리고 '대세'라는 단어는 현 선생님 사무실 안의 분위기를 말하는 것 같아. 왜냐하면 그것이 그 다음의 '내가 해야 한다'라는 말과 일치하기 때문이지.」

「'모두가 등을 돌리고 있다'란?」

「그런데 그 문장만으로는 상대가 불분명해. 누구로부터 등을 돌리고 있다는 건지 판단이 서지 않는단 말이야.」

「제럴드 현 본인이라고 해석할 수도 있겠고, 아니면 다른 사람일 수도 있겠지. 어쨌든 육사 11기를 연구해야 한다는 문장은 아주 중요한 의미가 있을 것 같군. 너의 그 암호 해독이 큰 결과를 가져올 것 같다.」

「호호. 그래. 선배, 그러니까 앞으로 나 무시하지 마.」

「난 한 번도 너를 무시한 적은 없어.」

경훈은 수연의 순발력이 제대로 발휘됐다는 생각이 들었다. 육사 11기를 연구한다는 것은 과연 무슨 의미일까. 역사 속에서 육사 11기는 한국의 권력을 장악하고 두 사람이나 되는 대통령을 배출했다. 제럴드 현이 쓴 문장은 그 역사적 사실과 어떤 관계가 있는 것일까. 아니면 지나친 상상일까.

「'모두가 등을 돌리고 있다'라는 건 제럴드 현에게 등을 돌린다는 의미는 아닐 거야.」

「그럼 누구지?」

경훈은 잠시 말이 없다가 혼잣말처럼 중얼거렸다.

「박 대통령.」

「박 대통령?」

「그래, 모두가 박 대통령에게서 등을 돌린다는 것으로 해석할 때 여러 가지가 맞아떨어져.」

「그러니까 모두가 박 대통령에게서 등을 돌리니 현 선생님이 육사 11기를 스터디해야 한다는 것으로 해석할 수 있다는 말이야?」

「그래.」

「그게 무슨 뜻일까?」

「음…….」

경훈이 짧게 신음을 토했다. 뇌리 속에는 매우 의미심장한 해석이 떠올랐다.

많은 사람들이 정승화가 김재규와 그날 궁정동에 같이 있었다는 관점에서 10·26이 12·12를 태동시켰다고 말하지만, 자신의 짐작이 맞다면 10·26과 12·12는 다른 각도에서 보아야 한다는 생각이 들었다.

「왜 갑자기 입을 다물어?」

「이것은 쉽게 결론 내릴 일이 아닌 것 같아.」

수연이 다시 말을 이었다.

「그 다음 두 문장에 대해서도 생각해봤는데 말이야.」

경훈은 머릿속으로 제럴드 현의 메모를 떠올려보았다.

하문, 이놈은 왜 나를 슬슬 피하는 걸까? 나 모르게 할 수 있는 일은 하나도 없다는 걸 잘 아는 녀석이 왜 그러지?

제리, 네가 원하는 것은 모두 해줄게라고? 하문, 네가, 네가 그럴 수 있는 거야? 그 자식은 이미 빼돌리고.

「'하문'이란 이름이 참 이상해.」

「그래.」

「그건 이름만일까? 아니면 성도 포함된 걸까?」

「확실치 않아.」

「문장의 뜻은 비교적 간단한 것 같아. 하지만 처음 문장과 두 번째, 세 번째 문장의 사이에는 상당한 시간이 경과한 모양이야. 자세히 보면 볼펜의 진하고 옅은 정도가 다르거든.」

「음, 예민한 관찰력이구나.」

「그리고 두 번째와 세 번째 문장은 같은 맥락이야. 하문이라는 사람이 현 선생님을 슬슬 피하다가 누군가를 빼돌린 거지. 그러고는 미안하니까 원하는 것을 들어주겠다고 한 거야.」

경훈은 입속으로 몇 번이나 반복해보았다.

「수연아, 좀 더 생각해보자. 이런 건 잊어버리고 있다 보면 어느 순간 탁 튀어나오는 경우도 있으니까.」

「맞아, 생각 안 나는 거 억지로 쥐어짜면 머리만 아파. 나는 벌써 20일이 넘게 그 생각만 하고 있어.」

무서운 처방

경훈이 사무실로 돌아오자 오세희로부터 전화가 와 있었다.

「이 변호사, 로버트 손에 대해 뭐 좀 추적이 되었소?」

「아 참! 바로 알아보겠습니다.」

「서둘러야 할 것 같소. 방금 엄청난 사실을 알아냈소.」

오세희의 목소리가 떨리고 있었다.

「세상에는 사람을 치료하는 게 아니라 죽이는 의사도 있었소.」

「무슨 말씀이죠?」

「로버트 손이 한국의 용산병원에 가기 전에 근무했던 병원 말이오.」

「네.」

「그는 몬트리올 뉴런병원에 있었소. 그런데 그 병원은 CIA가 미국 국내법을 피해 캐나다에서 운영하던 곳이었소. 그곳에서는 무서운 일들이 자행된 적이 있었소.」

「어떤 일들입니까?」

「한두 가지가 아니오. 하지만 아주 간단하게 설명할 수는 있지, 그 모든 행위의 본질을.」

「……」

「사람을 전문으로 죽이는, 아니 최소한 죽이는 연습이라도 하는 의사가 있다면 이 변호사는 믿을 수 있겠소?」

「네?」

경훈은 경악했다.

「의학은 이 세상에서 정반대의 두 얼굴로 존재하고 있었소. 그것도 의술이라고 해야 할까, 정말 무섭고 잔인하며 살인적으로 쓰이는 의학적 기술이 있었단 말이오.」

「무슨 말씀입니까?」

「모든 것을 알 수는 없소. 하지만 중요한 것은 손이 그 병원의 중요한 멤버였다는 사실이오.」

「네? 손이 그 비인간적인 실험에 가담했다는 게 확실합니까?」

「그렇소.」

「강일이 형님의 병명을 떠올려보시오. 그리고 그 조울증이 급성으로 진행되었다는 사실도.」

「……」

「내 짐작이 맞다면 강일이 형님은 너무도 비참하게 최후를 마치신 거요.」

「비참한 최후라는 건 무슨 뜻입니까? 오 선생님은 손이 현 선생님께 어떤 종류의 정신적 타격을 가했다고 생각하시는 겁니까?」

「틀림없소. 손은 아주 특이한 약을 강일이 형님에게 복용시켰을 것이오. 감기 등의 가벼운 증세로 찾아간 형님에게 말이오. 내가 언젠가 말했듯이 형님은 그전에 한 번도 증상이 없다가 갑자기 입원하셨던 거요. 거기에 대해서는 달리 이유를 찾을 수가 없소. 삼척동자라도 다 알겠지만 정신질환이라는 것은 옆에 있는 사람이 가장 잘 아는 병이오. 증상이 반복되면서 차츰 쌓이다가 입원하게 되는 것이란 말이오.」

「그럼 현 선생님이 10월 18일에 입원했다가 10월 27일에 퇴원하신 것은 결국 손의 솜씨였다는 말씀입니까?」

「그렇소. 당시 나의 후임자는 강일이 형님과 자주 만났소. 부마사태 등 국내의 동향이 일촉즉발의 상태라 형님은 경찰의 정보를 극히 필요로 하고 계셨고, 경찰은 반대로 미군의 동향에 대한 정보에 목이 말라 있었지. 내가 후임자를 형님에게 개인적으로 특별히 소개시켰기 때문에 형님은 내 후임자를 자주 만나시곤 했소. 아까도 다시 확인했지만 당시 형님에게는 전혀 이상한 증상이 없었소. 그래서 형님이 막상 입원하셨을 때는 내 후임자도 깜짝 놀랐다고 했소.」

「그렇다면 그 특이한 약이란?」

「바로 그 병원에서 만든 약일 것이오. 한번에 사람의 정신을 날려버리는 가공할 약이었겠지.」

「그런 약이 정말 실재할까요?」

「그럼, 얼마든지 가능하지. 다만 그 치료법까지 연구했을지 어땠을지는 모르지만.」

「그럼 현 선생님은 그 파괴적 약품을 복용하고 평생 정신질환을 겪게 되신 걸까요?」

「아마 그러셨을 거요.」

오세희의 말이 맞다면, 제럴드 현은 너무도 끔찍한 일을 당한 것이다. 경훈은 언젠가 치명적 환각을 일으키는 버섯에 대한 얘기를 들었던 기억이 떠올랐다. 그 버섯을 조금만 먹어도 바로 신경계통에 타격이 온다고 했다. 아니, 그런 종류의 약초들은 셀 수도 없이 많을 것이다. 그런 것들을 연구하여 사람의 중추신경을 지배하는 것은 불가능한 일이 아니었다.

그러나 다음 순간 경훈은 고개를 세차게 흔들었다. 일단 그 사실을 받아들인다 하더라도 그 다음으로 이어지지가 않았다.

이유, 이유가 없는 것이다. 도대체 무슨 이유로 숀은 제럴드 현에게 그런 무서운 처방을 내렸던 것일까. 제럴드 현은 정보와 공작을 담당하는 주한 미군의 고급 장교가 아닌가. 게다가 CIA의 업무까지 공동으로 수행하는 극비 공작원이 아닌가. 그런데 그러한 제럴드 현에게 숀이 무슨 이유로 위해를 가했던 것일까?

「틀림없이 10·26과 관계가 있을 거요.」

경훈의 심리를 꿰뚫어보기라도 하는 양 오세희가 나직한 목소리로 말했다.

「무슨 관계가 있을까요?」

「정보 계통이란 워낙 사정이 복잡하니까 속단할 수는 없지만 형님이 입원하신 시기와 관련시켜 볼 때 관계가 있는 것만은 분명하오.」

제럴드 현이 입원한 시기는 10월 18일이고 퇴원한 시기는 10·26 직후였다. 그가 몸이 다 나아서 퇴원했을 리는 없겠지만 어쨌든 그는 10·26이라는 역사적 사건을 전후하여 입원하고 퇴원했던 것이다.

「도대체 무슨 일들이 일어났던 것일까요?」

「알 수 없지. 하지만 한 가지 분명한 것은 쑨이 강일이 형님을 해쳤다는 사실이오.」

「그렇다면 어째서 현 선생님은 쑨을 찾으려고 하셨을까요?」

「둘 중 하나겠지.」

「둘이라면?」

「하나는 복수요. 쑨을 찾아 자신을 그 지경으로 만든 데 대한 복수를 하시려고 했을 가능성이 있소.」

「또 하나는요?」

「강일이 형님 자신이 끝까지 이런 사실을 모르고 쑨에 대한 그리움과 고마움에서 감사를 표하시려 했을 수도 있소. 하여튼 분명한 것은 형님은 강제로 10·26으로부터 격리되셨다는 사실이오.」

「그렇다면 우리는 역사의 비밀을 한 꺼풀은 벗긴 것 같군요.」

「역사의 비밀이라면?」

「10·26이 김재규의 우발적 범행이었다는 역사적 결론을 어쩌면 바꿀 수 있을지 모르겠다는 말입니다. 하지만 하부구조가 정리가 안 되니……」

「배후를 움직이는 거대한 그림을 보면 짐작이 가는데 그 구체적인 행위와의 인과관계를 찾기 힘들다는 말이오?」

「그렇습니다. 현 선생님의 인생을 보면 딱 떨어지는데…… 안타깝습니다. 그분은 왜 끝까지 입을 다물고 계셨던 걸까요?」

「강일이 형님은 정보원이셨소. 형님으로서는 돌아가시는 그 순간만이 자신의 비밀을 털어놓을 수 있는 유일한 시간이었을 거요.」

경훈은 콧날이 시큰해졌다. 제럴드 현의 비애가 그대로 느껴졌다. 그는 하루에도 수십 번이나 비밀을 털어놓을 결심을 했다가는 지워버리고 다시 결심했다가는 지워버리면서 그 세월을 살아왔을 것이다. 더욱이 노인의 체력으로는 감당하기 힘든 조울증까지 견뎌내다 보면 무엇이 진실이고 허상인지조차 구분하지 못했으리라. 그러다가 불시에 그렇게 최후를 마쳤을 것이다.

「일단 현 선생님의 급작스런 정신병에 따른 당시 상황은 짐작되지만 아직 파헤쳐야 할 일들이 한둘이 아니군요.」

「물론이오. 하지만 형님이 당하셨던 수법이 워낙 교묘하고 아무도 입을 열지 않으니 결국 드러난 것은 아직 하나도 없다고 해도 과언이 아니지.」

완전범죄

경훈은 전화를 끊고 나서 바로 아래층의 지미에게 내려갔다.

「로버트 손이라고?」

「그래.」

「분명해? 그 이름이야?」

「그렇다니까.」

「어째서 그 사람을 찾지?」

「옛날의 일에 대해 뭘 좀 알아보려고 해.」

「뭔데?」

「왜 이래? 왜 이렇게 캐고 들어? 그냥 대사관에 좀 알아보면 되 잖아. 한국으로 왔다니까.」

「반드시 내게 이유를 말해야 해.」

「그냥 옛날 일이야.」

「아니, 옛날 일이 아니야.」

「그게 무슨 소리야?」

「그 사람 죽었어.」

「뭐? 죽어? 왜?」

「교통사고야. 뺑소니.」

「뺑소니? 정말 교통사고야?」

「음. 하지만 당신이 물어오니까 이상한 생각이 들어. 왜 물은 거지?」

경훈은 잠시 망설이다 설명을 해주었다.

「정보 계통과 연루된 의사란 말이지?」

지미는 명함 한 장을 꺼냈다.

「그는 이 사람을 만나러 왔던 거야. 제임스.」

「뭘 하는 사람이지?」

「무기중개상이야.」

「무슨 일로?」

「이 사람 제임스의 말에 따르면 둘은 친구였다고 해. 그냥 놀러 왔다고 하는데 다소 의심이 가. 하지만 어떻게 해볼 수 있는 게 없어.」

「교통사고는 어디서 난 거야?」

「리츠칼튼 건너편 거리상이야.」

「심층 조사는 해봤나?」

「물론. 하지만 별게 안 나와.」

「리츠칼튼에 묵고 있었나?」

「응.」

「통화 기록 조사도 했어?」

「그래.」

「한번 줘봐.」

지미는 주한 미국대사관의 고문변호사라 자세한 자료를 모두 가지고 있었다. 경훈은 통화 기록을 살펴보다 이상한 점을 발견했는지 지미에게 물었다.

「이 사람이 교통사고를 당한 시간이 몇 시지, 정확하게?」

「밤 9시 27분.」

경훈은 눈살을 찌푸리며 말했다.

「이건 교통사고를 가장한 살인일 가능성이 있는데.」

「뭐라고?」

「이것 봐. 이 사람이 한국에 와서 전화를 한 건 오직 한 군데야. 아마도 이게 제임스의 번호겠지?」

「그래. 제임스의 회사야.」

「첫날은 여러 번 통화하고 다음부터는 하루 한 번이야. 그리고 9시 20분에 호텔 방에서 전화를 받고는 9시 27분에 죽었어.」

「하지만 교통사고잖아.」

「이 사람을 특수한 신분의 소지자로 보고 생각해봐. 사고가 날 가능성이 있는 사람이라고 말이야.」

지미 역시 눈살을 찌푸렸다. 그는 뭔가 골똘히 생각하다 고개를 가로저었다.

「리. 이 전화는 미국에서 온 거야. 전화번호를 봐. 전화와 사고는 우연의 일치라고.」

「나는 오히려 그 점이 더 의심스럽단 말이야. 만약 이 제임스라는 사람이 미국에서 전화를 걸었다면 이건 완전범죄일 가능성이 있잖아.」

「이 번호로 전화를 걸어보자.」

지미는 즉각 수화기를 들어 미국의 전화번호를 눌렀다.

「보나벤처호텔입니다.」

경훈이 팔을 뻗어 수화기를 건네받아서는 전화가 걸려온 날짜를 불러주었다.

「여긴 제임스 사장님의 회사인데요. 사장님의 숙박비 명세를 팩스로 좀 보내주셨으면 합니다. 사장님이 그런 걸 안 챙겨서 할 수 없이 제가 해야 하거든요.」

경훈이 팩스 번호를 불러주고 전화를 끊은 지 얼마 되지 않아 바로 팩스 한 장이 들어왔다.

「봐, 여기 제임스가 있었어.」

지미는 눈이 휘둥그레졌다.

「그럼 제임스가 미국에서 전화를 걸어 마치 호텔 건너편에 있는 양 손을 불러내고 하수인을 시켜 죽였다는 말이야?」

「그런 얘기지.」

「어떻게 이 범죄를 입증하지?」

「입증할 수는 없어. 완전범죄니까.」

「그럼 눈 뜨고 보고만 있어야 한단 말이야?」

한참 생각하던 경훈이 눈을 빛내며 말했다.

「그럴 수밖에. 하지만 방법이 있을지도 몰라. 우선 제임스의 뒷조사를 해봐야지.」

「둘이 친구였던 건 분명해. 숀은 이 사진을 가지고 있었으니까.」

지미는 사진 한 장을 내놓았다. 두 사람의 미국인이 군복을 입고 찍은 사진의 뒷면에는 '1979년 서울에서'라는 기록이 있었다.

「이 둘은 일당이었단 말이군.」

경훈은 뭔가 걸려들었다는 표정으로 수첩을 꺼내 어디론가 전화를 걸고는 사무실을 나왔다.

「이 검사님요. 이게 얼마 만인교. 아니, 이제 변호사님이라고 불러야지.」

「네, 손 수사관. 반가워요.」

경훈이 만난 사람은 대검 수사지원팀의 베테랑 손인영 수사관이었다. 두 사람은 경훈이 오래전 수사검사로 있을 당시 인연을 쌓은 사이였다. 중키의 손 수사관은 단단한 가슴팍하며 만만치 않은 눈매가 결코 보통 깡다구가 아님을 보여주었다. 그의 옆얼굴에는 10센티미터도 넘는 깊은 상처가 나 있었다. 뿐만 아니라 반대쪽 귀는 중간 부분이 달아나고 없는 것을 아래위를 꿰매어놓아 우스꽝스러웠다. 원래는 과히 못생기지 않은 균형 잡힌 얼굴이었지만 워낙 큰 상처들이 마구 교차하다 보니 이제는 인물을 논할 계제가 못 되었다. 그러나 그 모든 상처가 치기배 폭력배들을 검거하다 생긴 것들이어서 그 자신에겐 영광스런 상처들이었다. 그런 깡다구를 지닌 수사관이었지만 함께 일할 당시 경훈이 경험 많은 부장검사도 쩔쩔매던 지능적 범죄들을 간단히 해결해내는 것을 보면서 나이를 떠나 깊은 존경심마저 가지고 있는 터였다.

「도움을 청할 일이 있어서요.」

「하모예. 이 검사님이, 아니 변호사님 일이라면 뭐든 해야지예.」

「우선 이 사람의 음성을 좀 따주세요. 호텔이든 항공사든 어딘가에 있을지 몰라요. 급합니다.」

경훈은 슌의 갖가지 기록을 손 수사관에게 넘겨주었다.

「항공사에는 틀림없이 있을 겁니더. 예약 전화를 녹음하니까 말입니더.」

「그리고 음성 변조 전문가도 좀 알아봐주고요.」

다음날 경훈은 지미를 만났다.

「지미, 내가 말하라는 대로 해봐.」

「갑자기 무슨 뚱딴지 같은 소리야?」

「함정을 한번 걸어봐야지. 슌 사건 때문이야.」

지미는 무슨 말인지 몰랐지만 경훈의 두뇌를 믿고 있는 터라 순순히 따랐다. 밖으로 나온 경훈이 손 수사관을 따라 음성연구실로 가서는 지미의 목소리가 담긴 테이프를 건네주자, 연구실 직원은 지미의 발음을 기계에 집어넣었다. 그러자 신기한 현상이 벌어졌다. 지미의 음성이 마치 슌의 음성처럼 바뀌어 들리는 것이었다.

경훈은 손 수사관과 함께 제임스의 회사인 리엔지니어링사에 들어서서 명함을 내밀었다. 경훈의 명함을 본 비서는 두 사람을 대기실로 안내했다. 이윽고 사장인 제임스가 나왔다. 그는 풍채가 좋고 눈매가 매서운 오십대 후반의 사나이였다. 제임스는 경훈에게 손을 내밀었다. 명함 교환이 끝나자 제임스는 감정이 담기지 않은 건조한 목소리로 물었다.

「이 변호사께서 우리 회사에는 무슨 일로 오셨습니까?」

아주 능숙한 한국어였다.

「녹음기가 있으면 좋겠군요. 이 테이프부터 들어보고 대화를 나누면 도움이 될 것 같습니다.」

제임스는 비서를 불러 녹음기를 가져오게 했다. 경훈은 테이프를 제임스에게 주었다. 잠시 후 녹음기에서 목소리가 흘러나왔다.

— 이 변호사, 내가 안 나타나거나 사고를 당하면 죽은 줄로 아시오.

— 누가 선생님을 해치려 합니까?

— 나는 리엔지니어링사 대표인 제임스를 만나러 왔소.

— 무슨 일로요?

— 나는 제임스에게 돈을 좀 나누어달라고 왔소. 그가 한국에서 번 막대한 돈은 사실 내가 벌어준 거나 다름없으니까.

— 어째서 그렇죠?

— 제임스를 비롯한 그들은 상부의 명령이라면서 나보고 제럴드 헌이라는 사람에게 특수한 약을 처방시켰소.

— 그래서요?

— 그 후 그는 평생을 정신장애로 고생하게 됐소. 워낙 의지가 강한 사람이라 견딘 것이지 보통 사람 같았으면 일찌감치 죽음에 이르렀을 거요.

— 그런데 제임스는 어떻게 돈을 벌 수 있었습니까?

— 한국의 새로운 권력자들로부터 무기거래상 허가를 받았소.

— 그러니까 다시 말해서 선생님은 제임스 대표를 협박해서 돈을 뜯으러 오신 거군요.

— 솔직히 그렇소.

— 제임스가 선생님께 돈을 줄까요?

— 둘 중 하나겠지. 돈을 내놓거나 나를 제거하려 하거나. 만약 내가 어떤 이유로든 죽게 되면 당신이 제임스를 만나 이 테이프를 근거로 돈을 받으시오. 반은 당신이 갖고 반은 내 가족에게 보내주시오.

테이프는 여기까지였다. 충격적인 증언이었음에도 제임스는 표정에 변화가 없었다. 경훈이 기다렸다는 듯 말을 이었다.

「가장 중요한 것은 어떻게 하면 그날 밤 그 시간에 로버트 숀을 호텔에서 나오도록 하느냐였죠. 숀은 한국에 와서 다른 사람과는 만난 적이 없습니다. 당신만이 손을 밖으로 나오게 할 수 있었지요. 당신은 손에게 옛 추억을 떠올리게 하며 한잔하자고 제안했겠죠. 뭔가 타협점을 찾자거나 하는 이유를 붙였겠죠. 바로 호텔 건너편에서 픽업을 할 테니 나오라고 말입니다. 그런데 당신은 그 전화를 길 건너편에서가 아니라 미국에서 했어요. 왜냐하면 나중에 누군가 의심을 해서 손에게 호텔로 걸려온 전화를 체크할 수 있기 때문에 말입니다. 그때에 미국에서 걸려온 전화라면 아무도 의심하지 않겠죠. 손의 가족이나 친구 등이 전화를 한 것으로 생각할 테니까 말입니다. 그래서 나는 미국의 호텔에 전화를 걸어 당신의 통화 기록을 확인해보았죠. 여기 그 자료가 있습니다. 한 통은 리츠칼튼호텔의 손에게, 또 한 통은 휴대폰을 들고 차에서 기다리고 있던 킬러에게 했던 거죠.」

그 순간 제임스는 조금 전 무표정하던 것과는 달리 눈을 희번덕거리더니 목소리를 낮추어 말했다.

「이 변호사, 나는 지금 몸이 찌뿌듯해 목욕을 가려던 참이었소. 같이 가고 싶으면 지금 나갑시다.」

경훈은 잠시 생각하다가 대답했다.

「그러죠.」

손 수사관은 엉거주춤 두 사람을 따라 일어섰다.

목욕탕의 증기실에 들어가서야 손 수사관은 제임스가 혹시 녹음을 당할까 봐 자리를 옮겼다는 사실을 눈치챘다.

「이 변호사, 조금 전 추리는 정말 대단했소. 가히 천재만이 해낼 수 있는 추리였소. 하지만 그 추리가 전부 맞다 해도 그것은 완전범죄요. 나는 손에게 술 마시지 말고 일찍 자라는 안부 전화를 했고, 또 휴대폰은 직원에게 건다고 건 것이 잘못 걸려 몇 마디 안 하고 바로 끊었으니까 말이오. 그 테이프도 흥미로운 자료가 될지 어떨지는 모르지만 범죄를 입증하는 증거자료는 되지 못한다는 것쯤은 이 변호사도 알 것 같은데.」

「인정합니다.」

손 수사관은 도대체 일이 어떻게 돌아가는 건지 정신이 없었다. 경훈의 말대로라면 지금 앞에 앉아 있는 제임스는 살인 교사죄를 범한 사람이다. 제임스 역시 자신의 범죄를 인정하면서도 너무나 태연히 경훈과 선문답 같은 대화를 나누고 있는 것이다.

제임스가 잠깐 나갔다 오겠다며 자리를 비운 사이 손 수사관이 경훈의 귀에 대고 낮은 목소리로 물었다.

「이 변호사님, 지금 이놈아를 발가벗은 채로 콱 연행해뻐리까예?」

「아닙니다.」

「아니, 지금 이놈아가 손을 죽였다는 거 아입니꺼?」

「그랬죠.」

「그런데 와 연행을 못합니꺼?」

「완전범죄입니다. 공소유지를 못해요. 알다시피 녹음 테이프는 만들어낸 것이니, 제임스를 직접 차로 친 사람을 붙들어 자백을 받기 전에는 소용이 없습니다. 아마 자백을 받아도 안 될 겁니다.

오히려 잘못하다가는 손 수사관이 징계를 받거나 파면까지 당할 수 있어요.」

손 수사관은 파면이라는 말에 찔끔했다.

「무엇보다도 제임스는 미국 사람입니다. 범죄를 저질렀다 해도 수사를 할 수 없어요. 설혹 어렵게 수사를 한다 하더라도 신병 처리를 할 수가 없고요.」

「그라믄 어떻게 합니꺼?」

이때 제임스가 들어왔다.

「손 수사관, 잠깐 자리를 비켜주시겠습니까?」

「아, 네.」

손 수사관이 증기실을 나가자 경훈은 수건으로 땀을 한 번 문지른 후 입을 열었다.

「나는 세상에 완전범죄가 존재할까에 대해 궁금해한 적이 있었어요. 여러 형태의 완전범죄를 생각해보았는데, 가장 완전한 것은 범죄자의 범행을 확신하면서도 입증할 방법이 없는 경우였어요. 아마 지금이 그러한 경우겠죠.」

「마음대로 생각하시오.」

「그래서 나는 거래를 하고자 합니다.」

「무슨 거래요?」

「범죄의 대가는 수사나 기소 혹은 유죄 판결만이 아니겠죠. 나나 저 밖에 있는 손 수사관이 떠들어대면 당신은 큰 타격을 받을 겁니다. 비단 사업뿐만이 아니라 가족이나 친구들로부터도 외면

당하고 삶에 엄청난 변화가 오겠지요. 게다가 언론의 집중 포화를 맞을 겁니다. 아무리 당신이라고 해도 견디기 힘들겠지요. 그러면 결국 당신은 비참한 상태로 한국을 떠나야 하고 지금 투자한 엄청난 금액을 한 푼도 못 건지게 될 겁니다.」

「나는 당신들을 명예훼손으로 고발할 텐데.」

「그러면 손해만 봅니다. 테이프가 당신의 유죄를 입증하는 데에는 별로 소용이 없을지 모르지만, 그런 고발 따위를 방어하는 데에는 정말 효과적이지요. 뿐만 아니라 언론의 눈과 귀를 불러옵니다. 전 언론이 달려들어 당신의 무기 커넥션을 까발릴 겁니다. 나는 손에 관한 정당한 자료들을 공개하고 말입니다. 변호사라는 신분은 충분한 공신력을 주죠. 당신은 도저히 이길 수 없습니다.」

제임스는 송골송골 맺힌 땀방울을 수건으로 닦아냈다.

「이 변호사, 당신이 요구하는 게 뭐요?」

「어차피 손은 죽을죄를 저질렀습니다. 한 사람의 인생을 그렇게 파멸시켜놓고서도 자신의 그 살인행위를 가지고 남을 협박해 다시 돈을 뜯으려 했으니 인간이라고 볼 수 없죠. 그 당시 당신의 행위도 용서할 순 없지만 군인으로서 상부의 명령을 따른 것일 테니 이해 못할 바도 아닙니다. 우선 손의 요구대로 약간의 돈을 그의 가족에게 보내세요.」

「그리고?」

「그리고 내게 두 사람의 얘기를 들려주세요.」

「두 사람의 얘기라고? 누굴 말하는 거요?」

「제럴드 현과 홀리건.」

갑자기 제임스의 얼굴이 밝아졌다.

「그들에 관한 무슨 얘기를 들려달란 말이오?」

「전역하기 직전의 상황을 알고 싶습니다. 손이 왜 제럴드 현에게 약을 쓰게 되었는지, 특히 10·26 직후 제럴드 현은 어떤 반응을 보였는지만 말해주면 됩니다.」

제임스는 이해가 안 간다는 듯 고개를 좌우로 흔들었다.

「도대체 그런 옛날얘기를 들어서 뭘 하겠다는 거요?」

「나의 관심사입니다.」

「이미 다 흘러간 얘긴데…… 홀리건에 대해선 무엇을 알고 싶다는 거요?」

「그가 김재규 정보부장을 담당하면서 무슨 일을 했는지를 알고 싶습니다.」

제임스가 고개를 끄덕이더니 잠시 후 말했다.

「비밀은 보장하겠죠?」

「물론입니다.」

「하지만 지금은 곤란하오. 생각해보겠소.」

경훈이 밖으로 나오자 손 수사관이 휘둥그레진 눈으로 그에게 물었다.

「결론이 어떻게 났십니꺼?」

「완전범죄예요. 범행을 입증할 길이 없습니다.」

「그라믄 그냥 둔단 말입니꺼?」

「공소시효까지 앞으로 15년이라는 시간이 있으니까 범행을 입증할 확신이 서면 한번 도전해보시고요.」

경훈은 손 수사관과 헤어져 사무실로 돌아왔다.

힘의 논리

차츰 10·26의 베일이 벗겨지기 시작했다. 손은 특수한 약을 써서 제럴드 현을 급성 조울증에 빠뜨렸다. 그럼으로써 제럴드 현은 자신의 의사와는 상관없이 10·26의 중심에서 빠져나가버리게 되었다.

이것은 뭘 말하는가. 미국은 10·26을 전후한 상황에서 아무래도 한국인인 제럴드 현이 방해가 된다고 생각했던 것은 아닐까. 혹시 제럴드 현이 10·26의 비밀이라고 했던 것은 미국이 10·26과 어떤 형태로든 연관을 맺고 있다는 내용이 아닐까. 그러자 경훈의 뇌리에 김재규의 진술이 떠올랐다. 그는 '내 뒤에는 미국이 있다'고 하지 않았던가.

경훈은 일전에 만났던 합수부의 전직 수사관에게 전화를 걸었다. 그는 기꺼이 경훈의 사무실까지 와주었다.

「합수부의 수사에서 김재규는 미국이 배후에 있다고 얘기하지 않았던가요?」

「네, 그랬습니다. 사실 10·26이 터지고 나서 배후에 미국이 있을지 모른다는 말도 있었죠. 그러나 미국 측에서는 아무런 반응이 없었습니다. 그러던 어느 날 신문을 받던 김재규의 입에서 실제로 '내 뒤에는 미국이 있다'는 절규가 튀어나왔죠.」

「그래서요?」

「조사는 일시 중단됐습니다. 너무 뜻밖인데다 우리가 어떻게 할 수 있는 일이 아니었기에 즉각 위로 보고가 올라갔고, 우리는 다음 지시를 기다렸죠. 한나절쯤 후 내려온 지시는 영원멸구永遠滅口였습니다. 즉, 영원히 다시는 그런 엉뚱한 소리를 못하게 하라는 것이었죠. 그 후 가해진 고문에 대해서는 상상에 맡기겠습니다.」

「결국 김재규는 두 번 다시 미국을 언급하지 않게 되었군요?」

「물론입니다. 그의 머릿속에 그런 얘기를 하느니 죽는 게 백번 낫다는 기억을 자리 잡게 만들었죠.」

「김재규의 입에서 그런 진술이 나왔다면 수사기관에서는 그의 말대로 정말 미국이 배후에 있었는지를 알아내는 게 순리 아닙니까?」

「웬만한 일이라면 그런 시도를 했겠죠. 그러나 너무 터무니없다고 여겼을 수도 있겠고…… 아무튼 그 사건은 모든 수사 과정이 모니터로 감시당하고 있었기 때문에 개인적인 호기심이 있어도 꾹 묻어두는 수밖에 없었죠.」

전직 수사관도 그 부분에 대해서 의혹을 가진 모양이었다.

「김재규의 태도는 어땠습니까? 그 말을 던져놓고 나서의 반응은요?」

「수사 초기부터 그는 무언가를 초조하게 기다리고 있었던 것 같긴 했어요. 그 말을 뱉어놓고 한동안 의기양양한 태도를 보이기도 했지만, 곧 위의 지시대로 혹독한 고문이 시작되자 영원히, 그야말로 영원히 입을 다물고 말았습니다.」

「재판 과정에서는 말할 수 있지 않았을까요?」

「그때는 이미 김재규가 자신을 민주투사로 탈바꿈시킨 뒤였어요. 미국의 앞잡이가 아닌 민주주의 수호자로 말입니다. 그는 자신이 미국을 운운한다 하더라도 살아날 길이 도저히 없다는 것을 깨닫고는 완전히 논리를 바꾼 거죠.」

경훈은 고개를 끄덕였다.

전직 수사관이 돌아가고 난 뒤 경훈은 다시 커다란 의문에 부딪혔다.

왜 합수부는 김재규의 그 중대한 발언을 정식으로 수사하지 않고 고문으로 깔아뭉개버렸을까.

배후에 미국이 있건 없건 수사상 반드시 밝혀냈어야 할 부분이다. 당시의 합수부 수사를 전담한 보안사에서는 진상을 알아내는 것이 급선무였을 것이다. 그렇다면 일단은 김재규의 입에서 터져나온 진술에 대해 무엇보다도 심도 있게 조사를 해야만 했다. 그런데도 보안사에서 김재규의 입을 봉하는 데만 급급했다는 사실을 경훈은 이해할 수 없었다.

어떤 경우에 그럴 수 있단 말인가. 경훈은 제럴드 현의 메모를 되새겼다. 거기서 제럴드 현은 모두가 박정희에게 등을 돌리고 있는 시점에서 자신은 육사 11기를 연구하겠다고 했다. 그는 도대

체 육사 11기의 무엇을 연구했으며 연구의 결과는 어디에 있는
가.

경훈은 육사 11기를 면밀히 연구하는 것이 10·26의 또 다른 숙
제라고 생각했다. 전두환을 대표로 하는 육사 11기는 그들의 주
장대로 정말 나라를 위해 어쩌다 보니 대권을 잡게 된 것인지,
아니면 처음부터 치밀한 계획과 음모에 의해서 대권에 다가가게
된 것인지. 후자라면 10·26이 그 시발점이 되었을 것이다.

경훈은 이것을 정확히 판단하기 위해서는 무엇보다도 합수부
가 움직인 방향을 규명하는 일이 우선이라고 생각했다. 전두환의
합수부는 어느 시점에서 대권으로 치달았던가.

경훈은 먼저 합수부 발표의 요지를 간추려보았다.

중정부장 김재규는 자신의 무능력이 노출된데다 차지철의 월권과
대통령의 차지철에 대한 편애에 심한 불만을 갖고 있었으며 금명간
있을 중요 보직 인사에서 중정부장직을 물러날 것을 걱정하던 중,
안가의 행사에서 대통령이 야당 공작 실패를 나무라고 차지철이 불
손하게 굴자 격분하여 차지철에게 총을 쏘고 내친김에 대통령까지
쏘았다.

합수부는 철두철미하게 김재규의 범행을 우발적이고 개인적인
범행으로 규정했다.

경훈은 범행 직후 작성된 김재규의 자필 진술서도 다시금 꼼

꼼꼼히 읽어보았다.

5. 본인은 거사를 다음과 같이 구상하였습니다.

가. 본인은 거사를 하여 정권을 장악하기 위해서는 철저한 보안 유지가 선행되어야 한다고 생각했습니다. 그것은 우리나라가 역대이조 때부터 이러한 거사에서 보안 누설로 한 번도 성공한 예가없기 때문에 본인도 그러한 것을 잘 알고 있어서 본인 독단으로구상하였던 것입니다.

나. 본인이 거사를 할 수 있는 방법은 어떠한 자리를 마련하여 각하를 모시고 한꺼번에 총격 살해하여야만 주위의 저지를 받지 않고 거사에 성공할 수 있다고 생각하였습니다.

다. 장소는 본인이 각하를 모시고 연회하는 중정 안가인 궁정동 연회실을 택하기로 하였습니다.

라. 시기는 적절한 기회를 보아 거행하기로 하고 기회가 포착되면 적은 인원으로 순식간에 살해하겠다고 생각하였습니다.

마. 각하와 경호실장을 본인이 직접 동시에 살해해야 방해자가 없어서 거사에 성공할 수 있다고 생각하였고, 어느 누구 하나도 살해에 실패하면 곤란하다고 생각하였습니다. 그래서 본인의 심복부하이며 사제 간인 박선호와 박흥주를 거사 인력으로 택하여그들은 본인이 무엇이든 지휘하면 목숨을 바칠 것이라고 생각하고 거사에 성공하면 그들에게 응분의 대가를 주면 무조건 따라

올 것이라고 판단, 거사에 동참케 하였습니다.

바. 거사 후 본인은 계엄 선포 후 3일간 보안 조치를 주장함으로써
사전 수립된 복안을 가지고 시행할 것으로 생각하였습니다.

합수부의 발표와 김재규의 진술서는 달라도 너무 달랐다. 합
수부는 김재규를 충성 경쟁에서 밀린 나머지 이성을 잃고 우발
적으로 범행을 저지른 것으로 몰아붙였지만, 김재규는 자신의
범행이 철저히 계획된 것이라고 진술하고 있는 것이다. 그런 와중
에 김재규는 미국의 배후를 주장했지만 합수부는 그의 주장을
고문으로 묻어버렸다.

경훈은 김재규와 미국의 관계를 규명하기 위해서는 좀 더 폭넓
은 조사가 필요하다고 판단하고는 당시의 기록과 자료를 뒤지다
뜻밖의 인물을 발견했다. 바로 고등학교 동창인 박상준인데, 그
는 5공화국이 들어서기 전후 사정을 치밀하게 조사해 잡지에 연
재한 적이 있었다.

경훈은 상준에게 전화를 걸어 자신이 좇는 바를 설명한 후 점
심 약속을 했다.

자리에 앉자마자 상준은 가지고 온 두툼한 봉투를 경훈에게
건넸다. 상준은 마치 경훈의 전화를 기다리고 있기라도 했던 것
처럼 관심을 보였다.

「당시 국방과학연구소에 근무하던 주요 인물들의 신상명세서

야. 예전에 취재할 때 만들어두었어. 이 인물들 중에 10·26 후 증발해버린 핵 개발과 미사일 개발의 도면 및 자료를 빼돌린 사람이 있을 거야.」

「무슨 소리야?」

「우리나라의 핵과 미사일 개발 자료들은 국방과학연구소에 보관되어 있었는데 10·26 이후 어느 날 갑자기 사라져버리고 말았지. 이상한 점은 아무도 그게 어디에 갔는지, 누가 손을 댔는지 모른다는 거야. 도무지 흔적을 찾을 수 없어.」

「도난당한 것은 아니겠지?」

「절대 아냐. 누가 감히 국방과학연구소에 들어가 그런 것들을 훔칠 수 있겠어? 만약 도난이라면 내부의 소행일 수는 있겠다 싶어. 10·26 후의 어수선하던 시기에 없어진 것 같으니까. 네가 10·26을 추적한다면 그 부분이 중요할 것 같아서 챙겨왔어. 거꾸로 없어진 자료를 추적하면 10·26이 보일 수도 있을 테니까.」

「그런데 정부에서는 없어진 연구 성과에 대한 수사를 하지 않았나? 돈도 엄청나게 들인 성과일 텐데.」

「수사가 다 뭐야? 모두 쉬쉬하며 넘어가고 말았지. 누가 감히 그런 얘기를 꺼낼 수 있었겠어?」

「왜? 엄청난 국가 기밀이 없어졌는데 쉬쉬하고 있다는 게 오히려 비정상이잖아?」

「미국이 최악의 경우에는 북한을 폭격하겠다고 하던 이유가 뭔데? 그게 바로 북한이 미사일과 핵을 개발한다는 이유 하나 때문이잖아. 이런 판에 없어진 연구 성과를 찾는 수사를 한다고?」

「지금에 와서 누가 빼돌렸는지가 큰 의미가 있을까?」

「물론 나도 누가 범인인지를 가리기보다는 어떤 메커니즘에 의해 핵과 미사일이란 자주국방의 중심이 자취를 감춰버렸는지 궁금해. 그리고 말한 대로 이것을 쫓다 보면 10·26이 훨씬 분명하게 드러나지 않을까 생각해.」

「너 혹시 내가 아는 내용을 너희 잡지에 실으려고 이런 고급 정보를 주는 것 아냐?」

「후후, 눈치챘구나. 사실 그런 의도도 좀 있지. '천재 변호사가 쫓은 10·26'이라. 제목만으로도 팔릴 기사야. 하지만 나의 진정한 의도는 그게 아냐.」

「그럼 뭐야?」

「역사의 진실을 찾고자 하는 거지. 늘 마음에 두고 있었지만 우리로서는 한계가 있어. 그런데 미국에서 2년간 유학하고 온 천재 변호사가 10·26을 쫓는다. 여기엔 반드시 뭔가가 있어. 너는 미국에서 뭔가를 알아가지고 온 거야. 따라서 너에게 거는 기대가 커.」

경훈은 놀랐다. 평소에 기자의 후각이란 돼지의 그것과 같다는 말을 들어오던 터였지만 이렇게 날카로울 줄은 몰랐다. 경훈은 본능적으로 얼버무렸다.

「마음대로 생각해.」

사기극으로 몰린 백곰 프로젝트

상준과 헤어져 사무실로 돌아온 경훈은 국방과학연구소 두뇌들의 신상명세서를 꼼꼼히 살펴보았다. 의심하면 한이 없겠지만 경력만으로는 당장 눈에 띄는 사람이 없었다. 국방과학연구소를 거쳐 미국의 기업이나 연구소로 간 사람들을 우선 용의 선상에 올릴 수는 있겠지만 그것만으로는 어떤 혐의도 입증할 수 없을 것이다.

경훈은 조용히 신상명세서를 덮었다. 참고 삼아 머리에 넣어두기는 하겠지만 지금 당장 무엇을 할 수 있는 상황은 아니었다. 하지만 하나 기억에 남는 것은 국방과학연구소를 대폭 정리할 당시의 소장이 육사 11기라는 사실이었다. 그가 10·26 이후 소장으로 임명된 것으로 보아 전두환과 동기라는 사실이 작용한 듯했다.

자리에서 일어나려던 경훈은 이상한 느낌이 들어 멈칫했다. 신상명세서에서 사리에 맞지 않는 무언가를 보았던 것이다. 경훈은 덮었던 신상명세서를 다시 펼쳤다.

경훈의 눈에 이경수라는 인물이 들어왔다. 신군부의 등장과 더불어 졸지에 국방과학연구소에서 쫓겨난 사람들 중 한 명이었다. 경훈의 눈길은 그의 현재 직업란에서 멎었다.

보험회사 부회장.

아무리 전공과 직업은 별개라지만 사람의 과거와 현재에 하는 일이 이렇게나 차이가 날 수는 없었다. 경훈은 이경수의 학력과 경력을 찬찬히 훑었다.

과학도로서 출발한 화려한 학력이나 경력은 말할 것도 없고 연구소에서도 단연코 최고의 위치에 있던 사람이다. 매우 중요한 프로젝트의 팀장으로 일하던 그가 지금은 보험회사에서 일하고 있다는 사실이 쉽게 받아들여지지 않았다.

경훈은 즉각 상준에게 전화를 걸었다.

「아까 네가 준 서류에 이경수라는 사람이 있던데, 그에 대해 알아?」

「그럼, 유명한 사람이지.」

「뭘 하던 사람이야?」

「예전에 백곰 사기극이라는 것이 있었어.」

「백곰 사기극? 그게 뭐지?」

「이경수 박사한테서 직접 듣는 것이 좋을 거야. 아마 네 머리로는 그 얘기로부터 뭔가를 이끌어낼 수 있을 테니까.」

「그런데 그 백곰이란 건 누구지? 어떤 사람이야?」

경훈은 신문에서 '광화문 백곰'이라는 주식시장의 큰손에 대해 읽었던 적이 있어 선뜻 그 사람을 떠올렸다.

「백곰, 그건 사람의 별명이 아니고 미사일 이름이야.」

「미사일이라고?」

「그래, 한국이 자체적으로 개발한 미사일이지.」

「그런데 그것이 사기극이라니, 도대체 무슨 말이야?」

「음, 거기엔 사연이 있어. 그러니 이경수 박사를 만나봐. 그 사람이 그 백곰 개발팀장이었어. 한국 과학기술계의 천재였지.」

상준은 대답 대신 경훈더러 이경수를 만나보라고 재차 권했다. 경훈은 바로 전화를 걸었다. 이경수는 내키지 않아 하면서도 전화를 건 경훈이 변호사라는 점 때문에 잠깐 시간을 내주는 기색이었다.

경훈은 이경수의 사무실로 가면서 고개를 갸우뚱했다. 국방과학연구소의 백곰미사일 개발팀장에서 보험회사 간부로 옮겨 앉은 그의 신분 변화가 아무래도 낯설게 느껴졌던 것이다.

「반갑소, 이 변호사. 내가 이경수요.」

「이경훈입니다.」

경훈은 이경수의 인상이 어딘지 보험회사의 중역과는 어울리지 않는다고 생각했다.

「백곰미사일 개발팀을 맡으셨다고요?」

「그렇소.」

「어딘지 이상한 느낌이 드는군요. 한 나라의 중추적인 무기 개발을 맡으셨던 분이 보험회사에서 일하신다는 사실이 말입니다.」

「그래요?」

이경수는 웃음을 지었다. 그러나 어쩔 수 없는 공허함이 그 웃음 속에 짙게 묻어나고 있었다.

「틀림없이 어떤 사정이 있을 것 같은데요. 우선 그 점을 좀 설명해주실 수 있으신지요?」

이경수는 잠시 생각하다가 이윽고 입을 열었다. 그는 차분해 보였던 처음과 달리 정작 얘기가 시작되자 흥분을 감추지 못했다.

「세상에 이런 놈의 나라가 있소? 내가, 아니 국방과학연구소에서 내쫓긴 8백 명이 넘는 사람들이 이게 무슨 꼴이오! 보험회사라니? 나는 다시는 과학이니 기술이니 하는 분야에는 그림자도 내비치지 않겠다고 맹세를 했소. 그래, 기술 중의 기술인 미사일 개발을 성공적으로 이끌었던 내가 보험회사에 있다는 게 말이나 되오? 한국 최고의 두뇌들이 이런 일을 하는 게 국가적으로 얼마나 비극이오! 이 보험회사 일, 아무나 할 수 있소. 그러나 백곰미사일 개발은 차원이 다른 문제요. 그 당시 미사일 개발에 성공한 나라가 세계에 몇 군데 없었소. 그걸 우리가 해냈는데, 그 고생해가며 성공해서는 다 같이 부여잡고 눈물을 흘리며 조국의 앞날을 축복했는데…… 지금 이게 무슨 꼴인지.」

경훈은 뜻밖이었다. 그를 만나기 전에는 기밀을 빼돌려서 전공 분야에서 밀려난 게 아닐까 생각했는데, 이야기를 듣고 보니 전혀 딴판이었던 것이다.

「이게 모두 10·26이 빚은 왜곡된 한국의 현실이라고나 할까, 그 망할 놈의 10·26 말이오.」

「……」

「우리는 박정희 대통령으로부터 장거리 유도탄을 개발하라는 명령을 받았소. 대통령은 우선 유도탄, 그 다음은 인공위성을 쏘아올릴 수 있는 로켓 개발을 염두에 두고 있었지. 유도탄은 대전 기계창에서 극비리에 만들어졌소. 우리는 그야말로 최선을 다했소. 완전 백지상태였지만 그 유도탄으로부터 시작해서 우리의 과학 기술, 국방 기술, 나아가서는 진정한 정치외교적 독립을 이룰 수 있다는 긍지로 집에도 가지 않고 연구에 연구를 거듭했지.」

「미국이 가만있지 않았을 텐데요?」

「그래요. 최대한으로 보안을 유지했지만 끝까지 그들을 속일 수는 없었소. 그들이 눈치를 채고 말았는데 박 대통령이 필사적으로 막고 나섰소. 우리는 거기서 그분의 무서운 집념을 봤소. 박 대통령은 거기서 꺾이면 앞으로 아무것도 못한다고 생각했던 거요. 측근에게 '나도 각오를 해야겠어'라고 얘기했을 정도니까.」

「그래서 개발은 성공했습니까?」

「그렇소. 4년 만인 1978년 9월 26일, 박 대통령을 모시고 주한 미군사령관 등이 지켜보는 가운데 우리는 시험발사를 치렀소. 통쾌한 성공이었지. 그 미사일은 우리가 독자적으로 개발한 추진제·탄두·유도 조정 장치를 가진 것으로, 원 모델이었던 나이키 허큘리스보다도 훨씬 나았소. 우리 개발팀은 손을 맞잡고 눈물을 흘렸지. 이제 미국 미사일 안 사고 오히려 우리 것을 수출할 수도 있다는 기대에 가슴이 부풀었소.」

「그런데 그런 백곰을 사기극으로 밀어붙였다는 것은 무슨 얘깁니까?」

「10·26이 결국 백곰을 사장시킨 거요. 미사일로부터 시작해서 우주항공 분야까지의 창창한 꿈을 가지고 있었는데 10·26 이후 이상한 소문이 들려오기 시작했소. 바로 백곰이 사기극이라는 거였지.」

「그 소문은 어디서 나온 겁니까?」

「전두환 보안사령관이 그 진원지였소.」

「이상하군요. 보안사령관이라면 당시 대통령이 가장 중점을 둔 무기 개발 사업에 훨씬 신경을 쓰고 있었을 텐데……. 발사 실험 당시에는 몰랐습니까?」

「아마 전두환처럼 잘 알고 있던 사람도 없었을 거요. 개발을 검토하던 때부터 발사 실험을 할 때까지 보안사의 감시를 받았으니까요. 더군다나 전두환은 보안사령관에 임명되자마자 대전 기계창으로 내려왔소. 나는 하루 종일 그를 안내하면서 어떤 부분이 어떻게 우리 힘으로 만들어졌는지 일일이 설명해주기도 했소. 그는 연신 감탄하면서 앞으로도 종종 내려올 테니 많이 가르쳐달라고 하더니 10·26이 일어난 이후 태도를 백팔십도 바꾼 거요.」

「어떻게 말입니까?」

「그는 틈만 나면 한국형 유도탄은 엉터리다. 미국 것에다 페인트칠만 했다는 식의 이야기를 떠들고 다녔소. 그러더니 곧 유도탄 개발팀을 해체시키고 국방과학연구소의 직원 839명을 하루아침에 해고시켜버린 거요. 그 후 우리 무기를 우리가 개발한다는 구호조차 없어지고 말았지. 앞으로 우리는 무기에 관한 한 평생 미국에 종속될 수밖에 없소. 프랑스보다 더 발전시킬 수 있는 기회가 있었는데도 말이오.」

「전두환은 왜 그렇게 표변했을까요?」

「미스터리지. 하지만 그것이 10·26과 연관되어 있다는 건 어린 아이라도 알 거요.」

「어떻게 연관을 지을 수 있을까요?」

「뻔하지 않소. 정통성 없는 정권을 잡고 나니 미국과의 관계를 확고히 해야 할 필요성을 느꼈던 것이고, 그러자니 미국의 요구를 들어주어야 한다고 생각했겠지.」

「그래서 백곰 개발팀을 해체시키고 그 비밀을 넘겨주기 위해서 백곰미사일을 사기라고 했다는 말씀인가요?」

「그렇소. 뿐만 아니라 박 대통령이 그동안 개발했던 핵무기에 관한 정보도 모두 미국으로 넘어가버리지 않았소.」

「백곰미사일의 개발 자료는 그대로 있습니까?」

「그것도 모두 없어져버렸소. 이미 8백여 명의 과학자를 한 번에 숙청할 때 모든 것이 끝나버린 것 아니오? 지금 나이키 허큘리스가 인천 상공에서 폭발하고 또 엄청난 돈을 들여 차세대 미사일을 미국에서 사온다고 하는데, 그때 제대로만 됐으면 우리는 이미 오래전에 최고 수준의 완벽한 국산 미사일을 가졌을 거요. 뿐만 아니라 우리 위성도 띄웠을 테고.」

이경수는 울분과 분노를 숨기지 않았다.

「남한이든 북한이든 미국이 하라는 대로 굽실거리기만 해서는 우주항공 분야의 자체 개발이란 어림도 없소. 아리안위성을 쏘아 올리는 인도를 보시오. 그 당시 우리와 비교도 안 되던 수준 아니었소? 또 중국인들은 어땠고? 그러나 지금은 보시오. 엄청난 돈을 쥐가면서 중국인들에게 우리 위성을 쏘아 올려달라고 부탁하고 있잖소. 배짱과 자존심을 다 내던진 우리에게 무슨 미래가 있겠소? 보험회사 부회장, 물론 나로서는 편한 자리요. 그런데 우리 같은 사람이 이러고 있어서 되겠소? 이미 20년 전에 나이키 허큘리스보다 나은 미사일을 개발해 세계적 명성을 얻기까지 한 내가 이러고 있어서 되겠냔 말이오. 이러고도 어떻게 이 나라에 과학기술의 미래가 있겠소!」

이경수 박사와 헤어져 돌아오는 경훈의 뇌리에는 백곰 사기극이 10·26과 연관되어 있을 거라는 이 박사의 말이 떠나지 않았다.

전두환을 중심으로 한 신군부. 생각해보면 참 맹랑한 존재들이 아닐 수 없다. 군인으로서 정권을 잡았다면 최소한 국방과 군사에 대해서는 어떤 정권보다 더욱 분골쇄신해서 백년대계를 세웠어야 한다. 그러나 핵이니 미사일이니 하는 국가 기밀을 몽땅 넘겨버리고, 율곡이니 뭐니 무기 구매를 통해 교묘히 축재를 하고, 끝내 재판에서 추징 명령을 받고도 돈을 감춘 채 검찰과 숨바꼭질을 하는 꼴이라니. 정녕 이런 자들이 대한민국을 이끌어 왔단 말인가.

그러나 다음 순간 경훈은 분노를 누르고 냉정하게 생각했다.

전두환은 어느 시점에서 미국과 이런 거래를 주고받았던 것일까. 이 박사의 생각대로 일단 정권을 잡고 나서 미국과 거래를 했던 걸까, 아니면 그보다 전에 이미 어떤 밀약이 존재했던 걸까.

경훈의 머릿속에는 다시 합수부의 수사 발표와 김재규의 진술서 사이의 머나먼 거리가 아로새겨졌다.

경훈은 사무실로 향하던 발걸음을 돌려 상준의 잡지사로 찾아갔다.

「이경수 박사를 만나고 나니 핵과 미사일이 10·26과 관련 있을 거라던 너의 말이 더욱 선명해지던데. 그러면 전두환과 미국이 거래한 시기는 언제쯤이라고 생각해?」

「글쎄, 그게 그렇게 중요한가?」

「물론 중요하지.」

「어째서?」

「시기가 언제냐에 따라 10·26과 나아가서는 12·12의 성격이 크게 달라지니까. 만약 정권을 잡고 나서 이루어진 거래라면 이경수 박사의 말대로 정통성이 없는 정권을 인정받기 위해서 그랬다고 볼 수 있겠지만, 그 시기가 정권을 잡기 전이었다면 상황은 그리 간단치 않은 거지.」

「음, 그럴 수 있겠군. 네 말을 듣고 보니 전두환은 정권을 잡기 전에 미국과 거래를 했겠다는 생각이 들어. 적어도 5·18 이전에는 틀림없이 어떤 종류의 교감을 나누었을 거야.」

「왜 그렇게 생각하지?」

「일전에 나는 12·12를 그토록 싫어하던 미국이 하루아침에 태도를 바꾸고 신군부를 절대적으로 지지하게 된 이유에 대해 깊이 생각해봤어. 레이건은 대통령 취임 후 최초로 만날 외국의 지도자로 전두환을 선택했고, 그것은 한국민들에게 미국이 전두환을 지지한다는 강력한 메시지로 해석되었잖아.」

「신군부가 김대중을 사형시키지 않고 미국으로 보낸다는 조건을 제시했기 때문이 아냐? 언론은 모두 그렇게 분석했잖아?」

「그런 이유도 있을 거야. 그러나 미국이 김대중 한 사람을 살리기 위해 그토록이나 비난해오던 신군부에 대한 태도를 백팔십도 바꿨을까? 그것은 어떻게 생각하면 미국이 전통적으로 가장 싫어하는, 협박에 대한 굴복이 되는데 말이야.」

「그럴까?」

「절대 아냐. 진상은 이랬던 거야. 이미 5·18 당시 한국군 이동을 승인했을 때부터 미국은 신군부를 지지했던 거야.」

「그런가? 그런데 정말 그때 미국이 진압 부대의 이동을 승인한 걸까? 위컴 사령관이 자신의 휘하에 있던 한국군을 광주에 투입하겠다는 신군부의 요청을 용인했던 거냐구.」

「그래.」

「믿을 수 없어. 언론에서도 그것은 단지 철없는 학생들의 주장에 불과하다고 썼잖아.」

「그런 민감한 문제를 국내 어떤 언론이 정면으로 다룰 수 있겠어? 물론 거기에는 미국의 언론 공작 탓도 있지만, 어쨌든 미국이

든 신군부든 입이 열 개라도 부정할 수 없는 확실한 증거가 있어.」

「그게 뭔데?」

「충정작전에 대한 기록이야.」

「충정작전이라면 광주 진압작전을 말하는 거잖아?」

「그렇지. 그 작전 기록의 5월 22일 자에 보면 '한미간 협의 사항 : 24일까지 대기'라는 대목이 있거든. 무수한 변명을 해대지만 그것 하나로 모든 사실은 명백한 거야.」

상준의 주장은 단호했다. 하지만 신중한 성격의 경훈으로서는 그것만으로 쉽사리 동의하기 힘들었다.

「글쎄, 그것만으로 단정짓기에는 마음이 놓이지 않는데……」

「그 다음은 모두 거짓말이야. 그들이 인정하려 하겠어? 릴리 대사라는 자는 《동아일보》와의 인터뷰에서 이렇게 발뺌했지. '20사단은 한국이 연합사의 작전통제권 밖으로 빼갔습니다. 광주에 투입됐을 때는 연합사의 작전통제권 밖이었습니다'라고. 그런데 80년 5월 22일 미 국방성 대변인은 이미 이렇게 발표했어. '위컴 한미연합사령관은 그의 작전지휘권 아래 있는 일부 한국군을 군중 진압에 사용할 수 있게 해달라는 한국 정부의 요청을 받고 이에 동의했다'라고 말이야. 그럼 둘 중에 하나는 거짓말인데 어떤 게 거짓말이겠어? 또 5·18 당시 대사였던 글라이스턴의 증언도 있어. '20사단 이동 승인은 위컴과 내가 검토했고, 내가 그렇게 하시오 했다. 나는 부대의 이동 전에 이것을 워싱턴에 보고했다'는. 이제 명백히 알겠어?」

「그런데 왜 그런 것들이 확실히 부각되지 않았을까? 왜 미국과 광주가 관계가 있느냐 없느냐 하는 것들이 미궁 속에 묻혀 있느냐 말이야. 왜 미국대사의 거짓말은 크게 부각되고, 실제 사실은 학생들의 주장쯤으로 비쳐지는 거지?」

「미국이 세계적으로 수행한 공작들은 모두 언론의 비호를 받아. CIA의 언론 공작이 개입돼 있는 거지. 언론이 미국의 입장을 옹호하느라 정신없는 경우도 있어. CIA의 가장 중요한 공작 중 하나가 바로 언론 공작이거든. 요즘 같은 IMF 체제하에서도 언론이 미국의 전술적 입장은 철저히 베일 속에 숨겨둔 채 클린턴을 비롯한 미국의 영웅들이 한국을 위해 애쓰는 모습만 부각시키고 있는 것이 그 좋은 예라고 할 수 있지. 지난번에 클린턴 대통령이나 고어 부통령이 내한해서 우리 정부에 재벌 해체를 강요할 때도 봐. 그들이 관련 미국 업계의 로비를 하는 건데도 마치 한국의 미래를 위해 애쓰는 듯한 모습만 비추잖아. 국민은 뭐가 뭔지 모르고 그냥 사는 거야. 그냥 말이야.」

상준의 시각은 냉정하고도 날카로웠다. 위컴 사령관은 12·12 때는 자신의 통제 아래 있던 병력이 서울로 진입한 것에 대해서 불같이 분노했지만, 5·18 때는 한국 정부의 요청에 동의해 병력의 광주 투입을 허용했다. 그렇다면 12·12 와 5·18 사이의 어느 순간 신군부와 미국의 거래가 이루어졌다고 볼 수 있을 것이다. 물론 거래의 조건은 핵과 미사일 개발의 성과를 넘겨주는 대신 미국이 협조한다는 것이었을 테고.

박정희와 카터

집으로 돌아온 경훈은 다시 한 번 10·26부터 12·12, 그리고 5·18에 관한 기록들을 샅샅이 검토했다. 진짜 중요한 정보는 의외의 곳에서 드러나는 법이었다. 모두가 아는 정보는 이미 조작될 대로 조작됐을 가능성이 컸다. 꼼꼼히 자료를 검토하던 경훈의 눈이 어느 순간 멈췄다.

허화평은 이미 10·26이 발생했을 때 저에게 5·16을 잘 연구해보라는 지시를 내렸습니다. 그는 이미 그때 대권을 생각하고 있는 것 같았습니다.

보안사 정보처장으로 근무하던 한용원이 5·18 수사 당시 검찰에서 진술했던 내용이다.

한용원의 이 진술 조서는 무엇을 말하는가. 허화평에게서 어떤 분위기가 감지되었기에 한용원이 이런 말을 할 수 있었을까.

경훈이 이런 생각에 빠져 있을 때 전화벨이 울렸다. 수연이었다.

「도움이 될 만한 사람을 하나 찾아서 전화했어.」

「누군데?」

「박 대통령 때 국방부 전략기획국장을 지낸 사람이야. 그 후 안기부 차장을 지냈고. 그 사람은《조선일보》와 가진 짧은 인터뷰에서 박 대통령 시해의 배후에 미국이 있을 거라고 말했어.」

「뭐라고! 그게 정말이야?」

「그래, 그 정도 높은 자리에 있던 사람으로서는 참으로 주장하기 어려운 얘기라. 그 사람에 대해 조사를 좀 해봤어.」

경훈은 수연에게 감탄했다. 나름대로 10·26과 관련된 자료라면 샅샅이 뒤졌다고 생각했는데 이처럼 중요한 것을 놓치고 지났던 것이었다.

「알아봤더니 그 사람 완전히 미국통이더라고. 10·26 바로 다음 날에 미국대사가 맨 먼저 만난 한국인이었어. 당시 육군 소장이었는데 말이야. 나중에 전두환이 레이건과 가진 한미 정상회담도 당시 공사로 있던 그 사람이 앨런 특보와 함께 애를 써서 성사시킨 거였어.」

「어떤 근거에서 그런 말을 했을까?」

「그건 나도 몰라. 필요하다면 만나봐.」

「그래야겠지.」

「그런데 좀 특이한 사람이야.」

「왜?」

「장성 출신에 전직 안기부 차장인 그가 상당히 진보적인 잡지에 기고를 했는데, 북한이 미사일을 개발해도 쌀은 보내야 한다는 내용이었어. 옳든 그르든 용기가 없으면 주장하기 힘든 것 아니겠어?」

경훈은 고개를 끄덕였다. 전략기획국장과 안기부 차장을 지낸 경력에 비추어볼 때는 놀랄 만큼 전향적인 내용이었다.

수연이 말한 그 진보적인 잡지는 다름 아닌 상준이 일하는 잡지사였다. 경훈은 다음날 상준의 도움으로 그를 손쉽게 만날 수 있었다.

10·26 당시 국방부 전략기획국장이었던 손장래는 자주국방의 큰 갈래인 율곡 계획을 입안하고 수행하는 데 있어서 핵심적인 인물이었다. 경훈은 그를 만나 이야기를 나누면서 안심할 수 있었다. 그는 진심으로 조국과 민족에 대해 걱정을 안고 사는 사람이었다.

「나는 전략기획국장을 거쳐 안기부 해외 담당 차장을 지냈소. 그 후에는 일본의 한 대학에서 연구교수로 오래 있었지. 미국과 일본을 오가며 내 나름대로 당시의 상황에 대한 정보를 수집했소. 나는 여러 가지 정황으로 봐서 박 대통령 시해의 배후에는 미국이 있다고 생각하게 된 거요. 무엇보다도 미국은 박 대통령의 자주국방론을 아주 싫어했소.」

경훈은 그와 이야기를 나누면서 새삼 제럴드 현을 떠올렸다. 제럴드 현은 모두가 밖에서 볼 수밖에 없었던 일을 안에서 볼 수 있는 위치에 있었다. 다만 정작 10·26 당일에는 병원에 있었기 때문에 결과적으로 10·26은 그를 피해 간 꼴이 되었지만.

「게다가 카터가 세계에서 가장 미워했던 지도자가 바로 박 대통령이었다는 점도 무시할 수 없을 거요.」

「하지만 카터는 독실한 교인으로서 그런 일을 할 사람이 아닌 것 같은데요.」

「관점의 차이지. 밑에 있는 사람들이 박 대통령의 독재로 수많은 시민들이 죽어가고 있다고 보고하면, 많은 사람을 살리기 위해 한 사람을 제거하는 것도 생각해볼 수 있지 않겠소.」

「그렇군요.」

「그러나 정작 문제는 밑에 있는 사람들이 그런 것을 대통령에게 보고하지 않고 일을 저지른다는 것이오. 대통령의 부담을 덜어주겠다는 거지. 그러니 일단 정책을 수행하는 자들끼리 의견이 일치하면 카터보다 백배 독실한 교인이 대통령의 자리에 있다고 해도 막을 수가 없는 거요.」

「그런데 카터와 박 대통령은 왜 그렇게 사이가 벌어졌습니까? 카터는 사람이 솔직하고 남을 증오할 것처럼 보이진 않던데요.」

「문제는 카터가 어떤 사람이냐에 달려 있었던 것이 아니오. 박 대통령은 당시 자주국방이라는 이름 아래 핵과 미사일을 개발하고 있었고, 미국은 갖은 방법으로 그것을 저지하려 들었소. 그렇다 하더라도 당시 김포공항에서 벌어진 일은 너무나 기가 막힌 일이었지. 대통령을 수행하면서 그때처럼 부끄러웠던 적은 없었소. 그 일 이후 박 대통령은 눈을 감을 때까지 미국을 증오했소.」

「도대체 어떤 일이 있었던 겁니까?」

손장래는 애써 일그러진 표정을 누그러뜨리며 이야기를 시작
했다.

「아직 도착하지 않았소?」

「네, 각하. 죄송합니다.」

외무부 의전국장이나 청와대 의전비서나 몸둘 바를 몰라 했
다. 벌써 30분 전부터 공항에 와서 카터가 탄 비행기를 기다리고
있는 박 대통령이 너무도 안쓰러웠다.

「괜찮소.」

박 대통령은 점잖게 말하고는 지그시 눈을 감았다. 그러나 공
항에 나와 있던 관료들은 끝없는 불안감에 휩싸여 있었다. 일국
의 대통령을 30분이나 기다리게 하는 것은 이유야 어쩌됐든 외
교 관례상 심각한 결례가 아닐 수 없었다. 의전이란 분 단위가 아
니라 초 단위로 국가 원수의 동작을 맞추는 것이 아닌가.

「지금 비행기는 어디에 있소?」

5분쯤 후에 눈을 뜬 박 대통령은 나직한 목소리로 물었다.

「죄송합니다, 각하. 비행기는 지금 청주 상공을 통과하고 있습
니다.」

「이미 오래전에 대구 상공을 지난다고 하지 않았소?」

「그렇습니다. 어떻게 된 일인지 비행기가 너무 느리게 날고 있
습니다.」

「음……」

박 대통령은 말이 없었다. 그러나 의전국장은 대통령의 심기가 무척 불편하다는 것을 너무도 잘 알았다. 미국 공군 1호기는 웬일인지 거북이 걸음처럼 느린 속도로 날아오고 있었다.

「놈들이 나를······.」

「······.」

그곳에 있던 사람들은 모두 알고 있었다. 미국이 고의로 박 대통령을 기다리게 하고 있다는 것을. 카터 일행은 좁은 공항 대기실에서 안절부절못하는 박정희를 생각하며 높은 하늘에서 조소를 지었을 것이다.

그러고도 30분이 더 지난 후 의전국장은 하얗게 질린 얼굴로 박 대통령 앞에서 차마 말을 꺼내지 못하고 있었다.

「각하, 죄송스런 말씀입니다만······.」

「무슨 일이오?」

「카터 대통령은 비행기에서 내려 공항 의전실로 오시지 않고 곧바로 헬리콥터를 타고 동두천의 미군 기지로 가실 예정이랍니다.」

「음······.」

「정말 면목이 없습니다, 각하.」

「그래서 나에게 비행기가 내리는 데까지 걸어오라는 뜻이오?」

「그렇습니다, 각하.」

옆에서 눈을 부라리고 있던 차지철 경호실장이 잡아먹을 듯한 표정으로 의전국장을 노려보며 분에 못 이겨 입을 열었다.

「각하, 청와대로 돌아가셔야 합니다. 아무리 미국이라도 이런 모욕을 당할 수는 없습니다. 이것은 우리나라에 대한 도발입니다.」

「아니야. 내가 나가지.」

「각하, 지금 빨리 나가셔야 헬리콥터를 타기 전에……」

「알았소.」

박 대통령은 자리에서 일어났다. 의전 사상 유례 없는 일이었지만 대통령은 개의치 않았다. 어차피 카터를 개인적 친분으로 만나는 것은 아니었다. 국민을 대표한 대통령이라는 신분으로 나온 자리였다. 대통령은 분노를 억누르고 묵묵히 걸었다. 밤공기가 싸늘했다.

「각하, 죄송하지만 걸음을 좀 빨리하셔야……. 비행기가 착륙하고 있습니다.」

박 대통령은 걸음을 빨리했다. 기왕 나온 바에야 카터의 헬리콥터가 떠나기 전에 도착해야만 했다. 미 공군 1호기를 향하여 거의 뛰다시피 발걸음을 옮겨놓는 대통령의 뒤로 고위 관료들이 얼굴에 땀이 맺히도록 분주히 따라갔다. 한밤의 기묘한 행렬이었다.

잠시 후 착륙한 비행기에서 갑자기 인파가 쏟아져나왔다. 짐가방을 어깨에 멘 수백 명의 기자들이 박 대통령 일행을 향해 무질서하게 달려나왔던 것이다.

그들은 한국의 대통령을 알아보지도 못했다. 박 대통령은 의연한 태도를 보이려고 했으나 기자들에 의해 이리저리 밀쳐졌다. 대통령을 수행하던 경호원들도 뜻밖의 사태에 어떻게 해야 할지 몰랐다.

외교 관례상 있을 수 없는 일이었다. 박 대통령은 간신히 수행 비서 한 사람의 팔을 붙잡고 수백 명의 기자들을 헤치며 두 번째로 도착한 미 공군 1호기로 다가갔다. 박 대통령의 행색이 말이 아니었다.

강렬한 서치라이트를 받으며 트랩을 내려온 카터는 초라한 모습으로 기다리고 있는 사람이 한국의 대통령이라는 말을 듣고 무심한 태도로 손을 내밀었다. 박 대통령이 손을 맞잡고 포즈를 취하려 했지만 카터는 바로 손을 빼고는 옆에 대기하고 있던 주한 미군의 헬리콥터에 올랐다.

기자들을 헤치고 가까스로 도착한 우리 측 수행원들은 카터가 헬리콥터에 오르는 모습과 그 헬리콥터를 향해 분노 어린 시선을 던지고 있는 박 대통령을 보았을 뿐이다. 한국 외교사상 가장 치욕적인 사건이었다.

「박 대통령으로서는 치욕스러웠겠군요.」

「나라 꼴이 말이 아니었지.」

손장래는 치밀어 오르는 분노를 애써 누르는 기색이었다.

「문제는 다음날 터졌소. 박 대통령은 정상회담이 시작되자마자 카터가 거부한 의제였던 철군 문제를 40분이나 거론했소. 마치 카터를 가르치려는 듯한 태도로 말이오. 카터는 너무 화가 난 나머지 자리에서 벌떡 일어나서는 나가버렸소. 사람들은 카터가 그렇게 화내는 것을 처음 보았다고들 했소.」

「그렇다면 부하들이 카터의 승낙을 받지 않고도 박 대통령을 제거하려 했을 법하군요.」

「어느 국가 원수도 직접 그런 일에 개입하지는 않소. 그런 것은 항상 정보나 공작에 종사하는 사람들의 몫이지. 무엇보다도 의심이 가는 것은 10·26 직전 갑작스럽게 펼쳐진 미국의 유화정책이오. 모든 것이 거꾸로 갔거든.」

「무슨 말씀입니까?」

「모든 것이 상식에 어긋났단 말이오. 그해 10월 4일 김영삼 총재가 정치공작에 의해 국회에서 제명되자 미국은 즉각 글라이스틴 대사를 소환했소. 불만과 항의의 표시였지. 외교 관례상 그렇게 소환하면, 양국 간 불편한 관계가 해소되거나 양해가 이루어져야 다시 귀임시키는 것은 이 변호사도 알 거요. 하지만 글라이스틴은 부마사태가 터진 10월 16일 돌연 귀임했소.」

「이례적이군요.」

「그뿐만이 아니오. 글라이스틴은 돌아오자마자 여야 할 것 없이 한국의 거물들을 만나러 다니느라 정신이 없었소. 그러면서 한국의 방위에 대한 미국의 공약 준수를 역설했지.」

「친미 분위기를 형성했다는 말씀이군요.」

「그렇소. 더욱 심한 것은 부마사태 기간 중 열린 한미 안보 회의에서 브라운 국방장관은 이제까지 줄곧 거절해오던 한국 측 요구 사항을 모두 들어주었소. 가령 무기 판매 최혜국 보장이라든지 F-16기 36대 도입이라든지…… 그때까지 카터 행정부가 모든 것을 인권 문제와 연결시키던 태도를 백팔십도 바꿨단 말이오. 그것도 최악의 인권 상황에서.」

「음, 그것은 아마도……」

「김재규에게 임무를 완수할 기회를 주기 위해서였다고 나는 생각하오. 내가 국방부에 있어봐서 알지만 당시는 중앙정보부가 국내외의 모든 일을 관장할 때였소. 대미 관계도 모두 중앙정보부의 책임이었지.」

경훈은 김재규를 담당했던 브루스의 말이 생각났다. CIA의 터너 국장이 소원을 말하라고 하자 김재규는 주한 미군 철수 중단이라 했고, 터너는 그 소원을 들어줌으로써 박 대통령으로 하여금 김재규를 절대적으로 신임하게 했다지 않았던가. 그렇다면 미국이 그때까지의 정책 기조를 완전히 거스르면서 갑자기 유화정책을 편 것은 김재규의 임무와 관련지어 생각하지 않을 수 없는 대목이었다.

「모든 것이 거꾸로 가고 있을 때 미국 측이 기다리던 순간이 차츰 다가오고 있었던 거요.」

경훈은 말없이 고개를 끄덕였다.

커미션

「그런데 쉽사리 이해가 되지 않는 부분이 있습니다.」

경훈이 다시 물었다.

「무엇이오?」

「왜 우리나라는 무기 구매가 그렇게 서툰 건가요? 정작 필요한 무기는 못 사고 심지어는 단종 직전의 무기를 사서 엄청난 손해까지 보고 말입니다.」

「무기는 매우 예민한 부분이오. 우리나라는 원하는 무기를 마음대로 살 수 없소. 미국의 지침을 따라야 하지.」

「그런 불평등한 관계가 어디 있습니까? 마음대로 사면 어떻게 되죠?」

「이 변호사, 미국 정부나 정치인은 군산복합체를 매우 두려워하고 있소. 그들의 도움 없이는 출세를 생각도 못하기 때문이오. 군산복합체는 재고를 처분해서 얻는 이익으로 새 무기를 개발해내지. 미국의 군사력은 이런 메커니즘 위에서 유지되는 거요. 그러니 우리나라는 영원히 재고를 치워줄 운명이오. 그들이 개발한 신무기를 살 수 있는 입장은 아니라는 말이오.」

「우리 입장이 참 딱하군요.」

「박 대통령은 이런 불평등을 참지 못했던 거요. 그래서 핵무기 개발을 서둘렀지. 핵무기를 개발하면 경제적 부담도 덜고 효율적으로 국방을 할 수 있다고 생각했던 거요. 지금 같은 국가 경쟁 시대에는 경제적인 국방이 더욱더 절실하오. 지금 미국은 IMF를 겪고 있는 우리에게 IMF에서 빌려준 자금으로 무기를 사라고 강요하고 있는 형국이오. 자기네가 꿔준 돈으로 무기를 사라는 거지. 실업자가 넘쳐나는 이 현실에서, 일본도 중국도 아닌 동족을 겨눌 무기를 말이오. 통탄할 일이지.」

「그 군사비를 산업 자금으로 돌릴 수 있으면 얼마나 좋을까요?」

「그러려면 우리나라가 미국의 입김에서 벗어나야 하오. 미국이 시키는 대로 따라만 하다가는 언제나 멍청한 소비자밖에 못 되지. 아마 한반도 역사상 가장 많이 허비한 부분이 군사비일 거요. 율곡에 40조가 들어갔지만 그중에 지금 쓸 만한 무기가 얼마나 되오? 엄청나게 많은 돈이 커미션으로 들어가고, 그 커미션 조금 더 먹겠다고 엉터리 무기만 잔뜩 들여다 놓고 못쓰게 되니 부품값은 부품값대로 계속 먹히고……」

「정말 가슴이 답답해지는 얘기군요. 그 거래의 속내는 어떤 건가요?」

「무기 거래의 경우 보통 국제 관례상 공급자가 구입자에게 5퍼센트 정도의 커미션을 주오. 하지만 인기가 없는 무기는 커미션이 더 높아지지. 게다가 특수하게 검토해야 할 무기는 컨설턴트 비용이라고 해서 10퍼센트가 더 붙소. 최고 20퍼센트까지의 커미션이 붙는 거지. 이 커미션 비용 중 반은 국내로 들어오지만 나머지 반은 들어오지조차 않소. 5·6공 시절 그 반은 최종 결정권자의 몫이었소.」

「최종 결정권자라면?」

「물론 대통령이지.」

「그럼 대통령의 몫은 어떻게 처리됩니까?」

「국내에 들어온 돈 중에서도 상당액이 대통령에게 전달되고, 나머지 반은 외국에서 아예 대통령의 해외 구좌로 입금시켜버리지.」

「대통령으로서는 가장 깔끔한 방식이었겠군요.」

「이르다 뿐이오. 차세대 전투기 기종 변경 문제는 이런 추악한 커넥션이 여실히 드러난 결정판이었소. 모두가 F-18을 결정한 상황에서 맥도널 더글라슨지 제너럴 다이내믹슨지 하여튼 F-16을 생산하는 회사가 노태우를 집중적으로 공략했소. 그 결과 차세대 기종이 돌연 바뀌어버렸소. 조종사들도 평가분석단도 모두 F-18이 좋다고 했는데 말이오. 대신 노태우는 해외에서 엄청난 돈을 받았지. 우리 민족의 현실이 참 서글프지 않소? 그 다음 대통령들도 이런저런 이유로 돈도 못 찾고 오히려 정치적 협력이니 뭐니 하고 있으니……. 대통령도 이런 식으로 돈을 빼먹었는데 밑에 있는 자들은 오죽했겠소? 공급자에게 무기 대금을 더 비싸게 청구해달라고 요구하는 경우까지 왕왕 있었지. 분통이 터질

커미션

일이오. 커미션을 더 챙기려고 쓸모없는 별 희한한 무기들을 이
나라 저 나라에서 앞다투어 들여오기도 했고. 나는 이런 꼴들이
보기 싫어 일본으로 가버렸지.」

「그렇다고 외면하시면 어떡합니까? 끝까지 투쟁을 하셨어야
죠.」

「그것은 권력 게임이오. 힘센 자가 이기는 거지. 공군의 입장을
대변하여 끝까지 F-18을 주장하던 공군참모총장이 보안사에 붙
들려가 수모를 당하고 결국 옷까지 벗었던 것을 기억하오?」

「그런 일이 있었군요……. 그렇다면 박정희 대통령은 어땠습니
까?」

「일화를 하나 들려주리다. 언젠가 내가 직접 무기거래상을 데
리고 청와대에 들어간 적이 있었소.」

일행은 대통령 집무실에 들어서자 깜짝 놀랐다. 몇 년 만의 더
위라며 부산을 떨 때였는데, 박 대통령은 부채질을 하면서 손수
건으로 이마의 땀을 부지런히 닦아내고 있었다. 박 대통령은 일
행을 맞은 후 국제적 로비스트인 외국인이 연신 손등으로 땀을
훔치는 것을 보자 그제야 비서를 불러 에어컨을 켜도록 지시했
다. 로비스트는 준비해온 수표를 꺼냈다.

「각하, 본사에서는 각하의 결정을 진심으로 고마워하고 있습
니다. 좀 더 준비했으면 좋았겠지만 국제 관행에 따라 가져왔습니
다. 받아주시면 영광이겠습니다.」

박 대통령은 수표를 쓰윽 훑어보았다. 잠시 시간이 흘렀다. 로비스트는 박 대통령이 자리에서 일어나 악수를 청해올 순간이라고 생각하며 만족스러운 미소를 지었다. 좀 더 인간미 있는 대통령이라면 어깨를 두드리고는 포옹을 해올 것이다. 이제껏 커미션 봉투를 손에 든 후진국의 모든 지도자들이 그랬듯이.

그러나 박 대통령은 한참이나 수표의 액면가에 시선을 고정시킨 채 굳은 표정으로 깊은 생각에 잠겨 있었다. 일행은 지나치게 오래 걸린다고 생각했다.

이윽고 박 대통령은 일행 쪽을 바라보며 천천히 고개를 흔들었다. 일행은 당황했다. 뭐가 잘못되었는지 재빨리 머리를 굴려보았지만 짚이는 게 없었다. 안절부절못하는 일행에게 대통령의 목소리가 날아왔다.

「집어넣으시오. 대통령인 내가 국민들이 죽도록 일해서 모은 이 돈을 어떻게 받을 수 있겠소? 나라를 지키자고 한 푼 두 푼 아낀 돈인데 말이오. 수표는 집어넣으시오. 대신 이 돈만큼 무기를 더 주시오.」

일행은 감동했다. 이런 일은 무기 거래사상 처음 있는 일이었다. 무기 거래 대금이라면 모두가 눈이 벌게져서 달려들었지만 박정희는 거들떠보지도 않았던 것이다. 일행은 이 옹골찬 모습의 지도자를 보면서 한국의 미래는 보장받을 수밖에 없다고 느꼈다.

「내 그렇잖아도 무기 때문에 골치를 썩고 있소. 여기 나와 있는 주한 미군 장성들 중에도 군수산업체의 하수인 노릇을 하는 작자들이 있질 않나, 큰 거 팔아먹을 때는 국방장관이란 자가 노상 날아오질 않나…… 정작 우리한테 필요한 것은 주지도 않고, 심지어는 자기네 나라에서 단종된 것까지 팔아먹지만 안 산다고 할 수도 없으니 우리 민족이 참으로 가련하오. 더욱이 커미션이다 뭐다 해서 엽전이니 양코배기니 잔뜩 붙어서 뜯어먹으니, 이래 가지고 우리 조국에 미래가 있겠소? 당신은 사람이 정직해 보이는데, 본국에 돌아가면 이 커미션 대신 무기를 더 달라고 하시오. 이익금까지 빼면 액면가보다는 더 많은 액수의 무기가 돌아올 수 있을 거요.」

「각하, 저는 진심으로 감격했습니다. 최선을 다하겠습니다.」

그 후 무기 공급자는 그 커미션 액수의 두 배에 해당하는 무기를 보내주었다.

「박 대통령은 그런 분이었소.」

「한여름에 집무실에 에어컨도 안 켰으니 오죽했겠습니까?」

손장래는 일화를 얘기하고 나서야 마음이 조금 풀리는 모양이었다.

역사적 격동기에 권부의 내부를 볼 수 있는 위치에 있었던 전직 국방부 전략기획국장 역시 10·26의 원인으로 자주국방을 거론했다. 미국의 눈으로 보면 박정희의 자주국방은 김재규의 말마따나 '위험한 행동'이었다. 경훈은 한국 중앙정보부장의 시각이 미국과 완전히 일치한다는 사실에 다시 한 번 혀를 차지 않을 수 없었다.

김재규가 합수부에서 진술한 자주국방이란 결국 핵 개발에 다름 아니었다. 박정희의 자주국방이 핵 개발을 뜻한다면, 김재규가 '자주국방으로 말미암아 미국과의 관계가 나빠지고 안보를 저해하게 되었다'고 진술한 것도 의미가 뚜렷해졌다. 그것은 박정희의 민족주의가 미국과 정면으로 충돌했음을 뜻하며, 미국의 입장에서는 어떤 형태로든 박정희의 도전에 대해 결말을 내야 했던 것이다.

김재규의 진술은 미국의 진술이나 마찬가지였고, 이런 관점에서 본다면 김재규는 미국의 사상과 시각을 가진 사람이었다. 이미 박정희를 제거해야 할 미국의 필요조건은 완벽했다.

그러나 경훈은 쉽사리 단정할 수는 없었다. 미국이 김재규의 배후에 있었다 하더라도, 혹은 박정희를 제거해야 할 미국의 필요조건이 완벽했다 하더라도 구체적 행위에 대한 확신이 없는 한 어떤 것도 단정지어서는 안 되었던 것이다.

이제 구체적으로 시해가 어떻게 이루어졌는가를 밝혀내야 했다. 일단 김재규가 미국의 조종을 받아 박 대통령을 시해했다면 그 후 김재규와 미국의 관계가 중요할 것임은 더 말할 필요도 없다. 그러나 그것을 밝히는 작업이 쉽지는 않을 것이다.

우선 당장 떠오르는 의문은 미국이 김재규를 밀었다면 어째서 김재규가 거사에 실패하고 형장의 이슬로 사라졌는가 하는 점이다. 그것은 미국의 관련성을 부정케 하는 직접적인 현상이다. 그 현상의 내부로 들어가서 진상을 캐지 못하는 한, '미국이 배후에 있었다'는 충분조건은 완벽하게 묻혀버리고 말 것이다.

이처럼 진상을 캐는 일에는 절대로 증거가 나타날 리 없었다. 그렇다고 해서 결정적 증인이 나타날 리도 없었다. 박 대통령과 그렇게 가까웠던 제럴드 현마저도 죽음의 순간이 임박해서야 전화를, 그것도 고작 수연에게 했을 정도니 다른 사람의 경우는 말할 것도 없었다.

하지만 지금 알려져 있는 10·26의 진상이란 너무도 허술하고 유치했다. 그러다 보니 죽은 김재규만 모든 몰상식과 모순을 한 몸에 덮어쓰고 희대의 얼간이가 되어 있는 것이다.

경훈은 모순으로 점철된 10·26에 대한 결론을 그냥 덮어둘 수 없었다. 그것은 한민족의 수치라는 생각이 들었다. 이제 자신이 10·26의 진상을 밝히는 것은 단순히 감추어진 현대사를 들춰내는 정도의 일이 아니었다. 부끄러운 민족사를 가다듬고 치유하는 일인 동시에 재발을 막는 일이기도 했다.

인질

경훈은 사무실로 돌아와 바로 수연에게 전화를 걸었다. 수연의 도움으로 손장래를 만날 수 있었고 그를 통해 많은 의혹이 풀렸던 것이다. 그 결과를 알려주고 싶었다. 그러나 수연은 전화를 받지 않았다. 경훈이 점심을 먹고 돌아오자 비서는 전화가 두 통 걸려 왔었다고 전했다.

「여자던가요?」

「아니, 남자였습니다.」

「누구라던가요?」

「밝히지 않았습니다.」

「메시지 남겨둔 것도 없고요?」

「네, 다시 건다고만 했습니다.」

경훈은 불안해졌다. 이렇게 이름을 밝히지 않는 전화는 거의 없었다.

경훈이 자리에 앉아 생각을 가다듬으며 수연에게 다시 전화를 걸려고 할 때 인터폰이 울렸다.

「변호사님, 아까 전화했던 분입니다.」

「돌려줘요.」

잠시 후에 걸걸한 음성이 수화기에서 흘러나왔다. 그는 희롱하듯 말했다.

「이 변호사, 당신의 애인은 우리가 데리고 있소. 대단한 미인이군.」

「뭐요? 애인이라니?」

「돈이고 뭐고 다 떠나서 이 여자를 그저 행복하게 해주고 싶은데, 나뿐만 아니라 내 부하들도 같은 생각인 것 같소.」

「당신 지금 무슨 소릴 하는 거요?」

「이 봉긋한 젖가슴에 가느다란 허리, 알맞게 들러붙은 궁둥이하며 시원하고 보기 좋은 허벅지, 황홀한 상상을 불러일으키는 종아리에 이르기까지, 어쩌면 이렇게 훌륭한 처녀를 애인으로 두었소?」

「……」

「앞으로 두 시간 안에 미국에서 가지고 온 그 목갑을 건네주시오. 만약에 누구에게 알리거나 하면 이 여자는 끝이오. 알겠소?」

「……」

「흠, 그렇다면 맛을 보여주지. 얘들아, 이 여자의 옷을 벗겨라.」

「잠깐! 멈추시오. 가겠소.」

경훈의 목소리가 다급해졌다.

「얘들아, 멈춰라. 바로 오신댄다.」

「그렇지만 하나는 약속하시오.」

「뭐요?」

「내가 갈 때까지 그녀의 옷자락 하나라도 건드리면 안 되오.」

「후후, 그건 염려 마시오. 그 목갑만 주면 당신의 애인을 온전하게 보내주지.」

「그녀와 직접 통화하게 해주시오.」

「그거야 좋도록 하시오.」

사나이는 바로 수화기를 넘겼다.

「선배! 미안해. 조심했어야 되는데…….」

수연의 긴장된 목소리였다.

「괜찮니?」

「응. 그런데 이 사람들이 가지고 오라는 것이 뭐야?」

「목갑.」

「무슨 목갑?」

그때 사나이가 수화기를 가로챘다.

「시끄러운 일이 생기면 이 여자의 내일은 없소. 알겠소?」

「알았소.」

「휴대폰 번호를 알려주시오.」

경훈은 전화를 끊자마자 은행으로 향했다. 케렌스키가 원망스러웠다. 도대체 무슨 이유로 이렇게 중요한 목갑을 자신에게 맡긴 것일까. 지금은 목갑이 문제가 아니라 수연이 걱정이었다. 저들이 목갑을 받고도 약속을 지키지 않을 경우 경훈으로서는 어떻게 할 방법이 없었다.

시간을 전혀 주지 않는 것이나 말하는 품새로 봐서 보통내기가 아니었다. 그렇지만 경찰에 연락했다가는 정말 수연에게 큰일이 날 것만 같았다. 현재로서는 저들을 믿어보는 수밖에 도리가 없었다.

경훈이 은행에서 목갑을 찾아 도대체 무엇이 들어 있는지 확인해보려는 순간 휴대폰이 울렸다.

「가짜 목갑을 주거나 하면 비극이 생긴다는 것을 명심하시오.」

「그런 염려는 하지 마시오.」

「좋소. 그러면 그 목갑을 가지고 덕수궁 정문 앞으로 오시오.」

「내 친구는?」

「일단 목갑을 보고 보내주겠소.」

「안 되오. 목갑과 바로 교환해야 하오.」

「우리는 우리의 방식대로 일할 뿐이오. 당신은 따라올 수밖에 없고. 싫다면 그만두시오.」

「아니, 좋소. 시간은 얼마나 걸리겠소?」

「30분 정도.」

「알았소. 그 장소에서 기다리겠소. 하지만 통화는 계속 하게 해줘야 하오.」

「그건 염려 마시오.」

상대는 한 치의 틈도 주지 않고 경훈의 약점을 압박해왔다. 경훈은 수연에게 무슨 일이 생기는 것은 상상만 해도 견딜 수 없었다. 그렇지만 최악의 경우가 발생할 수 있었다. 상대가 목갑을 차지하고도 수연을 그냥 돌려보내지 않거나 폭행할 수도 있지 않은

가. 여기에 생각이 미치자 경훈은 목갑을 열어보는 것도 잊어버리고 정신없이 사무실로 전화를 걸었다.

「미스터 강을 보내주세요!」

경훈은 사무실 직원인 미스터 강을 만나 목갑을 건네주며 부탁했다. 미스터 강은 누군가에게 자신을 이 변호사라고 밝히며 불안한 표정을 지은 채 목갑을 전해주라는 얘기를 듣고 어리둥절해했다.

경훈은 미스터 강을 잘 지켜볼 수 있는 위치에서 기다렸다. 잠시 후 미스터 강 앞으로 누군가가 걸어왔다. 선글라스를 낀 사나이는 미스터 강의 옆에 서서 한동안 두리번거리다가 말을 걸었다. 이 변호사냐고 묻는 모양이었다. 미스터 강은 경훈이 시킨 대로 불안한 표정을 지은 채 목갑을 사나이에게 건네주었다. 목갑을 받아든 사내는 지하철 입구로 내려갔다.

경훈은 적당한 거리를 두고 사나이를 뒤쫓았다. 사나이는 부지런히 지하도를 건너 프라자호텔 입구를 거쳐 북창동 골목길로 들어섰다. 옛 시경 후문 앞에 다다르자 그는 흘끗 뒤를 쳐다봤다. 다행히 몇 사람의 행인이 있어 경훈은 사나이의 눈에 띄지 않을 수 있었다.

사나이는 몇 번 힐끔거리더니 옆 골목으로 들어섰다. 경훈도 재빨리 그를 뒤쫓아 골목으로 접어들었다. 경훈은 계속 사나이의 뒤를 쫓다가 이상한 기분을 느꼈다. 사나이의 걸음걸이가 달라져 있었다. 이제까지의 조급하던 걸음걸이가 아니었다. 경훈은 아차 하는 생각이 들었다. 좀 전에 골목에서 스칠 듯 지나친 자동차가 의심스러웠다.

과연 사나이는 태평로 큰길로 나가더니 다시 프라자호텔 쪽으로 갔다. 경훈은 사나이를 불러세웠다.

「잠깐 서시오.」

사나이는 흠칫 놀라는 표정이었다.

「그 목갑을 어떻게 했소?」

「목갑이라뇨?」

「시치미 떼지 마시오. 경찰에 가야 말을 하겠소? 당신 도대체 누구요?」

「심부름센터 직원인데요.」

「심부름센터? 그런데 그 목갑은?」

「아, 손님이 부탁한 상자 말이군요. 그건 손님에게 전해주었습니다. 덕수궁 앞에서 어떤 변호사로부터 받아서는 북창동에서 손님에게 전해주었는데, 무슨 일로 그러세요?」

「북창동에서 누구에게?」

「손님에게요. 차 안에서 기다리고 있더군요. 거기서 만나기로 약속했거든요.」

「그런데 왜 뒤를 그렇게 힐끔힐끔 돌아다보며 걸었소?」

「손님이 혹시 폭력배들이 따라올지도 모르니까 조심하라고 했어요. 뭔가 이상하면 바로 휴대폰으로 전화하라고 해서…….」

「전화번호는?」

「여기 있습니다.」

경훈은 바로 전화를 걸었다.

「후후, 이 변호사. 참으로 부지런히 걷더군.」

「내 친구는 어디 있소?」

「걱정 마시오. 목갑이 진짜인가만 확인하면 바로 돌려보낼 테니.」

「언제요?」

「얼마 안 걸릴 거요. 기다리시오.」

「왜 그렇게 시간이 걸리지? 당신이 확인하는 것이 아니오?」

「그런 건 묻지 마시오.」

「그동안 친구와 계속 통화를 하게 해주시오.」

「그거야 문제없지. 하지만 쓸데없는 일을 하진 마시오. 번호를 추적한다거나 하는.」

「염려 마시오.」

수연이 전화에 나왔으나 이런 상황에서 별로 할 말은 없었다. 그저 그녀의 안전을 확인해볼 뿐이었다.

「약속대로 그들에게 목갑을 넘겨줬어. 별일 없지?」

「아직은.」

「조금만 기다려. 별일 없을 거야.」

그러나 다음 순간 경훈은 절망의 나락으로 떨어졌다. 전화가 끊겨버렸기 때문이다. 처음엔 혹시 휴대폰이라 그랬나 했지만 자신이 그 점을 염려하여 한자리에 계속 서 있었으므로 저쪽에서

끊어버린 것이 분명했다. 경훈은 다시 전화를 걸었다. 그러나 전화기에서는 건조한 녹음만 반복되어 나올 뿐이었다.

「지금은 고객이 전원을 끈 상태입니다.」

경훈의 가슴에 후회가 물밀듯이 밀려왔다. 아무리 급했다고 하나 목갑을 가지고 끝까지 흥정했어야 했던 것은 아니었을까? 이젠 목갑을 줘버렸으니 기다릴밖에 달리 방법이 없었다.

아무리 기다려도 휴대폰이 울리지 않자 경훈은 절망감에 몸을 떨었다. 수연이 어떤 상황에 처했을지 상상조차 하기 싫었다. 5분이 지나고 10분이 지나고 30분이 가까워지도록 아무런 변화가 없었다. 늦었지만 이제라도 경찰에 신고해서 전화번호를 추적하는 것밖에는 방법이 없었다. 경훈은 손 수사관을 불렀다.

달려온 손 수사관이 살벌한 기세로 심부름센터 직원을 닦달했으나 그는 실제로 아는 게 없었다.

「죄라면 수고료 좀 많이 받은 것밖에 없습니다.」

손 수사관은 자세히 조사하려고 그를 자신의 사무실로 데리고 갔다. 그러나 손 수사관이 그를 조사해서 납치범들을 잡을 수 있을 것 같지는 않았다.

경훈은 후회와 절망을 이기지 못한 채 집으로 돌아왔다. 땅거미가 깔리고 어둠이 깊어지도록 휴대폰은 울리지 않았다. 납치범을 믿었던 것이 잘못이었다. 그러나 당시는 납치범의 말대로 하는 수밖에 달리 도리가 없지 않았던가. 경훈은 손 수사관에게도 몇 번이나 전화를 걸었으나 역시 아무런 성과가 없다는 대답뿐이었다.

이제는 밤도 깊어가고 있었다. 경훈은 휴대폰을 앞에 놓은 채 벌써 몇 시간이나 꼼짝 않고 자리에 앉아 있었다. 혹시 전화가 올지도 모른다는 생각에서였다. 그들이 목갑의 내용을 확인하는 데 예상외로 시간이 더 걸릴 수도 있다는 털끝 같은 희망이 경훈으로 하여금 가까스로 견디게 하고 있었다.

거실의 괘종시계가 9시를 알리는 종소리를 무겁게 토해냈다. 이제 희망이 없었다. 그들이 수연을 어떻게 했을까. 상상하기조차 싫은 광경들이 머릿속에 떠올랐다.

경훈은 도저히 집 안에 앉아 있을 수가 없었다. 답답한 나머지 속이 메스거리고 진땀이 흘렀다. 경훈은 벌떡 일어섰다. 어디론가 나가야만 할 것 같아 옷을 입었다. 마치 인생의 모든 것을 잃은 패배자 같은 심정으로 무작정 현관을 나섰다. 그때였다.

삐리리리.

휴대폰 벨 소리였다. 경훈은 얼른 플립을 열었다.

「선배, 나야.」

「아니, 수연아!」

경훈은 소스라치게 놀랐다. 틀림없이 수연의 목소리였다. 경훈은 숨이 넘어갈 듯 서둘러 물었다.

「지금 어디니? 괜찮아? 다친 데는 없니?」

「응, 괜찮아. 여기 시내야, 시청 부근.」

「기다려, 바로 갈게.」

디스켓의 비밀

　수연은 경훈을 보자 애써 웃으려 했지만 눈에 이슬이 맺혔다. 경훈은 수연의 손을 꼭 쥐고 근처의 커피숍으로 데려갔다.

　「얼마나 걱정했는지 몰라. 그런데 놈들이 너를 왜 이렇게 늦게야 풀어줬지?」

　「자세한 건 모르겠지만 갑자기 상황이 바뀐 것 같았어. 누군가의 전화를 받고는 나를 풀어줬어. 목갑도 돌려주면서 말이야.」

　「뭐라고? 목갑을 돌려줬다구?」

　수연은 가방에서 목갑을 꺼내 경훈의 앞에 놓았다.

　「그래, 나도 이해할 수 없었어. 매우 중요한 물건 같았는데 말이야. 그들은 누군가에게 목갑을 전해주고 나서야 나를 풀어주려고 했어. 그런데 목갑을 받을 사람과 연락이 되지 않았는지, 아니면 다른 사정이 생겼는지 한참 기다리더니 결국 한 통의 전화를 받고는 나를 풀어줬어.」

　「그들이 누구인지 짐작 가는 바는 없니?」

　「누군가의 하수인 같았어. 하지만 그들을 지시하는 자는 누구인지 모르겠어.」

　「왜 이 목갑을 돌려주었을까?」

경훈은 도저히 이해할 수 없었다.

「밥은 먹었니?」

「생각 없어.」

「그럼 우리 집으로 가자.」

경훈은 불안해서 수연을 혼자 놔둘 수 없었다.

집으로 돌아온 경훈은 수연을 쉬게 하고는 곰곰이 생각했다. 누군가의 전화를 받고 목갑과 함께 수연을 풀어주었다면 갑자기 상황이 바뀌었다는 얘기다. 도대체 왜 목갑을 도로 돌려주었을까.

경훈은 목갑을 찬찬히 살펴보았다. 테이프는 뜯기지 않은 채 그대로 있었다.

한참 생각하던 경훈은 목갑의 테이프를 뜯었다. 내용물을 보지 않고는 더 이상 견딜 수 없었다. 목갑을 열자 디스켓 하나가 나왔다. 경훈은 극도의 궁금증을 누르며 디스켓을 노트북에 집어넣었다.

화면에 암호를 입력하라는 메시지가 떴다. 경훈은 아차했다. 이런 중요한 디스켓이라면 당연히 암호를 알아야 열 수 있을 것이다. 경훈은 케렌스키와 관련된 생일이니 전화번호니 하는 것들을 쳐보았지만 소용이 없었다. 오랫동안 생각에 잠겨 있던 경훈은 문득 케렌스키가 마지막으로 했던 말을 떠올렸다.

형제.

'언젠가 이 형제라는 단어가 필요할 때가 있을 것이오.'

경훈은 두근거리는 마음으로 재빨리 형제라는 단어를 입력했다. 그러자 수록 내용의 리스트가 화면에 나타났다. 리스트에는 약 20여 개의 제목이 있었다.

경훈은 리스트의 맨 앞에 있는 〈걸프전〉 파일을 열어보았다.

〈걸프전〉

2차 대전이 끝나고 미국이 유일의 초강대국으로 떠오르자 세계 각국은 미국의 달러를 보유하고 싶어 했다. 특히 일본 등이 대량 수출로 달러를 긁어모으자 미국의 금본위제는 심각한 위협을 받기 시작했다. 유출되는 달러만큼의 금을 보유해야 하는데 미국은 그럴 능력이 없었다. 그래서 닉슨은 금본위제를 포기했다.

그 대신 미국은 달러가 종이 조각이 되는 것을 막기 위해 치밀하게 연구했다. 그 결과 석유 대금의 결제는 반드시 달러로 이루어져야 한다는 조건을 만들어냈다. 이를 위해서는 산유국을 장악해야 했다. 미국은 산유국 장악의 초석으로 먼저 사우디아라비아의 국방을 대신 맡기로 하는 조약을 체결했다. 그 후 중동지역의 산유국 정치와 군사에 깊숙이 개입하면서 순조롭게 석유에 대한 지배권을 장악해나갔다.

그러나 시간이 흐르면서 문제가 생겼다. 이슬람 근본주의자들이나 아랍 민족주의자들, 즉 조국의 미래를 생각하는 애국 아랍인들이 자국에 의한 자국 석유의 처리를 주장하고 나선 것이다. 그래서 우리는 여기에 개입했다. 석유의 자국 소유를 주장하는 자들을 일부 회유하거나 협박했으며, 극단적인 경우 없애버렸다.

그중 리비아의 카다피나 이라크의 후세인이 가장 문제가 되었다. 그들은 이미 권력의 정점에 서 있었기 때문에 납치나 암살이 용이하지 않았다. 특히 후세인이 문제였다.

우리는 이란·이라크전쟁 때 후세인과 급속히 가까워졌다. 그때는 이란의 이슬람 혁명 수출을 막아야 했기 때문에 이라크를 엄청나게 지원해주던 시기였다.

그 전쟁이 끝나자 이번에는 힘을 키운 이라크가 석유에 대한 지배권을 주장하고 나왔다. 우리는 방법을 생각했다. 그 문제를 놓고 외교적으로 티격태격하는 것은 옳지 않았다. 아랍의 여론이 어디로 뭉쳐질지 몰랐기 때문이다. 방법은 이라크와 아랍의 다른 산유국들을 떼어놓는 것이었다.

그러던 차에 우리는 아주 좋은 기회를 포착했다. 평소 이라크는 쿠웨이트에게 석유를 도둑맞는다고 불평해왔다. 이라크는 쿠웨이트가 특수 굴착기로 자기네 지하의 석유를 끌어간다는 사실을 알아챘다. 이라크는 약 360억 달러를 손해봤다며 그 대가로 2백억 달러를 쿠웨이트가 지불해야 된다고 주장하던 참이었다.

우리는 그것을 이용하기로 했다. 우리 직원들은 외교적·군사적으로 이라크와 접촉했다. 이에 고무된 이라크는 곧 쿠웨이트를 응징하고 싶다는 의견을 표명했고, 우리는 이렇게 대답했다.

「텍사스에서는 기름을 도둑질하는 놈들을 모두 죽여버렸소.」

그 대답이 나가고 나서 이라크는 3일 만에 쿠웨이트를 침공했다. 우리는 만반의 준비를 갖추고 있다가 걸프전에 개입했고, 그 결과 석유에 대한 지배권을 반영구적으로 굳혔다.

아랍의 많은 산유국들과 더욱 군건한 관계를 유지하기 위해서는 이라크의 위협을 증대시키는 것이 필요하다. 그러면 다른 아랍국들은 우리에게 더욱더 의존해올 것이다. 그리고 달러의 높은 가치는 지속될 것이다.

〈아시아의 외환위기〉

지난 70년대와 80년대에 아시아와의 무역전쟁에서 미국은 참혹할 정도로 패배했다. 무역 흑자로 넘쳐나는 일본의 자본이 온 미국을 휩쓸고 다녔다. 록펠러빌딩은 물론 미국의 상징인 엠파이어스테이트빌딩까지 일본에 매각되고, 심지어는 할리우드까지 일본의 자본에 먹히는 실정이 되어버렸다.

우리는 무역전쟁으로는 도저히 값싼 노동력을 기초로 한 아시아를 이길 수 없다는 사실을 깨달았다. 또한 80년대의 엔고 조작이 일본의 체질만 굳혀주었을 뿐이라는 사실도 확실히 알고 있다.

그렇다면 방법은?

우리는 일본의 이자율이 거의 제로에 가깝다는 사실에 착안했다. 5퍼센트가 넘는 프라임 레이트로 일본인들이 보유한 달러를 얼마든지 끌어올 수 있으니, 이제까지의 전략을 완전히 바꾸는 것이다. 우선 강력한 달러를 기초로 무역전쟁에서 금융전쟁으로 간다. 그런 다음 아시아의 가치 있는 기업을 헐값으로 인수하면 결과적으로 아시아의 강병들을 우리의 용병으로 만들 수 있다.

90년대 초 우리는 미국을 움직이는 숨은 실력자들을 한데 모았다. 그들도 모두 이대로는 안 된다는 데 공감했다. 그 결과 강력한 달러를 만들기 위해서는 일단 주식시장을 키워야 한다는 묵시적 합의를 도출했다. 우리는 청사진을 보여주었다.

그들은 합의한 대로 주식시장에 계속 불을 질러댔고, 주식은 지난 8년간 열 배가 뛰었다. 넘쳐나는 달러를 쥔 헤지펀드들은 아시아의 환투기장으로 몰려갔다. 결과는 계획한 대로였고 우리는 아시아의 가치 있는 기업들을 헐값에 인수했다.

고맙게도 학자들은 이 모든 현상을 '시장의 원리'로 설명해 준다. 그렇다, 세상은 시장의 원리에 의해 움직인다. 일단 우리가 큰 틀을 짜주기만 하면.

그 밖에 〈케네디〉·〈리비아〉·〈이란〉·〈피노체트〉·〈이탈리아〉·〈인도네시아〉 등의 파일들은 모두 외부에 알려져 있지 않은 CIA의 공작 내용을 담고 있었다. 경훈은 놀라움에 가득 차 파일을 하나하나 읽어 내려가다가 한 파일의 제목 위에서 눈길을 멈추었다.

〈김대중〉

우리는 바하마 회의에서 김대중을 지원하기로 결정했다. 야당에 의한 첫 번째 정권교체라, 이 민주투사는 수십 년간 뭉쳐온 보수층과 재벌들의 반발을 이겨내기 쉽지 않을 것이다. 그때 우리 정부와 자본이 그의 힘이 되어준다.

김대중은 미국을 등에 업은 채 과감하고 자신 있게 정책을 펴나갈 것이다. 차츰 우리는 자금을 풀어주며 한국을 IMF 우등생으로 칭찬하기 시작한다. 한국 국민들은 국가 부도 위기를 극복해가는 그에게 신뢰를 가질 것이다.

그러나 문제가 없는 것은 아니다. 김대중은 그전의 대통령들과 달리 숫자 감각이 뛰어나다. 그도 처음에는 정권의 안정을 위해 미국에 매달리겠지만 차츰 자신의 힘을 낼 것이다. 김대중은 한반도를 안정시키고 국민을 잘살게 하겠다는 뚜렷한 목표를 가지고 있는 전문 정치인이다. 그리고 무엇보다도 머리가 비상하다. 이런 그의 최종 목표가 무엇인지는 명약관화하다.

김대중은 지금 미국, 일본, 중국을 돌면서 한반도의 경제와 안정을 위한 외교에 골몰하고 있지만 그의 최종 목표는 남북 정상회담이다. 그는 한반도가 군축이라는 목표를 달성하지 못하는 한 선진국 대열에 올라서지 못한다는 것을 누구보다도 잘 알고 있다.

그는 민주 회복에 이바지한 자신의 경력으로 르윈스키 스캔들로 얼룩진 클린턴의 부족한 점을 채워주면서, 햇볕정책에 관한 강력한 공조를 이끌어냈다.

김대중은 필사적으로 남북 정상회담을 추진할 것이며 그 최종 목표는 군축이다. 그는 김정일에게 북이 군축하는 금액을 산업 생산에 투자한다면 남이 군축하는 비용을 북한에 지원하거나 투자하겠다고 제안할 수도 있다. 그것은 바로 통일의 첫걸음을 의미한다.

박정희의 핵 개발 못지않게 김대중의 군축은 우리에게 위협이다. 이미 김대중은 IMF를 구실로 140억 달러에 달하는 대미 무기 계약을 연장하거나 실질적으로 취소해버렸다.

한반도의 군축, 그리고 통일. 이것은 아시아에 선풍을 일으키고 마침내는 우리 군수산업을 도산시킬 것이다. 군수산업의 도산이란 곧 우리 군사력의 붕괴를 뜻하는 것이 아닌가. 우리는 새로운 방법을 마련해야 한다.

〈KAL 007기 사건〉

우리는 이 사건이 터졌을 때 소련 극동지역 방공사령관과 현지 지휘관, 그리고 조종사 간의 대화록을 신속하게 입수했다. 소련 측에서는 당시 지속적으로 우리 공군의 RC-135정찰기를 쫓고 있었으며, 그날도 우리 정찰기는 소련 영공을 따라 정찰 비행을 했다. 소련은 매우 신경이 곤두서 있던 참이었다.

우리는 소련 측 대화록을 분석한 결과, 자신들이 격추시키려 하는 비행기가 정찰기인 줄 알고 있었고 사후에도 마찬가지였다는 결론을 내렸다. 우리는 그것을 백악관에 보고했다.

그런데 당시 유럽에 우리의 전략 미사일 퍼싱 2를 배치하는 문제로 첨예하게 대립하고 있던 소련을 세계 여론을 빌려 악의 제국으로 만들자는 의견이 나왔다. 우리는 이후 침묵했다. 물론 그 당시 미 공군의 레이더가 KAL 007이 소련 영공으로 흘러가는 것을 그저 지켜만 보고 있었던 사실에 대해서도 굳게 입을 다물었다. 사실 공군은 그 비행기가 어떻게 되나 보고 싶었던 것이다.

1993년 유엔에서 그 당시 소련이 정찰기인 줄 오인하고 정당하게 요격을 했다는 판정이 나왔지만, 그때는 이미 우리가 얻을 것은 다 얻은 후였다.

경훈은 주먹이 부들부들 떨렸다. 케네디 전문가 빌의 얘기가 떠올랐다.

'케네디의 죽음은 미국의 역사에, 아니 세계 역사에 하나의 뚜렷한 획을 그었소. 진정한 세계 평화를 위한 미국의 리더십은 땅에 묻혀버렸소. 그 후 국내적으로는 돈과 힘의 추악한 결탁이, 국외적으로는 미국의 국가 이기주의가 있었을 뿐이오.'

미국의 전횡이 뚜렷하게 다가왔다. 이쯤 되면 한국에 앉아서는 무엇이 옳고 그른지 전혀 알 수 없었다. KAL 007기 사건만 보더라도 한반도의 국민들은 그동안 소련의 잔인하고 비인간적인 태도에 얼마나 치를 떨었던가. 그러나 그 실상은 정반대였으니 역사는 왜곡될 대로 왜곡된 셈이었다.

경훈은 디스켓을 보자 케렌스키의 정체가 더욱 궁금해졌다. 그는 도대체 무슨 이유로 어떻게 이런 극비 중의 극비 문서를 모았는지 이해할 수 없었다.

케렌스키는 과연 자살했을까.

처음에는 한 인간의 부탁에 얽매여 있다는 것이 정신적으로 부담스러웠지만, 디스켓을 보고 난 지금은 케렌스키가 하던 일이 몹시 궁금해졌다. 경훈은 눈을 감은 채 케렌스키에 대해 집중적으로 생각했다.

그러다가 문득 경훈의 기억 깊숙이 있던 케렌스키의 유언이 두꺼운 껍질을 뚫고 그의 의식으로 떠올랐다.

점점 숨이 막혀온다. 이제 내가 선택할 수 있는 길은 없다.

도박의 끝은 파멸 밖에 없다는 걸 나는 죽음으로 이 세상에 알린다.

사랑하는 아내여, 이제 한 줄기 빛조차 스러지고 나면 알바트로스의 날개에 올라 안개 깔린 천국에서 다시 만납시다.

그동안 안녕.

이상한 유언이었다. 어째서 그냥 천국이 아니고 안개 깔린 천국이란 말인가. 안녕도 그냥 안녕이 아니고 그동안 안녕이다. 곰곰 생각하던 경훈은 어쩌면 이것은 유언이 아닐지도 모른다는 생각이 들었다. 만약 유언이 아니라면? 경훈은 두 눈을 번쩍 떴다. 만약 유언이 아니라면 그것은 부인에게 남기는 어떤 암호가 아닐까.

경훈은 의문을 간직한 채 디스켓을 다시 목갑에 넣어 깊숙한 곳에 보관했다.

하문의 정체

　다음날 아침 수연은 경훈의 집에서 잤다는 사실이 부끄러운지 서둘러 돌아가려 했다.

　「수연아, 무슨 급한 볼일이 있는 것이 아니면 당분간 여기서 같이 지내는 게 낫겠어.」

　「아냐, 우리 집으로 갈래. 여기도 위험하기는 마찬가지잖아. 그리고 나도 미국으로 돌아가야지. 현 선생님이 부탁하셨던 일이 어느 정도 윤곽이 드러나면 말이야.」

　「그러면 며칠간만이라도 어디 호텔 같은 데서 묵도록 해. 아직은 위험해.」

　수연은 고개를 끄덕였다.

　「그럼 이따가 호텔에서 전화할게.」

　경훈의 집에서 나온 수연은 오피스텔에 들러 간단한 짐을 싸가지고는 바로 호텔에 방을 잡았다. 수연은 한국에 와서 경훈에게 별로 도움도 되지 못하고 납치까지 당해 부담만 주었다는 사실에 기분이 가라앉았다. 경훈에게 전화할 기분도 나지 않을 정도로 침체되어 그대로 침대에 누워 있었다.

그러나 오후가 되자 수연은 마음을 다잡았다. 이럴수록 무언가를 해야 한다는 강한 의욕이 솟구쳤다. 수연은 최소한 제럴드 현이 남긴 메모의 의미만큼은 자신이 풀고 싶었다. 벌써 한 달 가까이 자신은 하문이라는 이름에 대해 생각하고 있지 않은가. 그녀는 자리에서 벌떡 일어나 테이블 앞에 앉았다.

하문, 이놈은 왜 나를 슬슬 피하는 걸까? 나 모르게 할 수 있는 일은 하나도 없다는 걸 잘 아는 녀석이 왜 그러지? (79. 10. 11)
제리, 네가 원하는 것은 모두 해줄게라고? 하문, 네가, 네가 그럴 수 있는 거야? 그 자식은 이미 빼돌리고. (79. 10. 27)

수연은 이것을 읽고 또 읽었다. 문장은 두서가 없었고 제럴드 현이 한때의 자기 감정을 적어둔 것에 불과했다.

수연은 '노벰버'를 자신이 해독한 데 대해 자부심을 가지고 있었다. 아닌 게 아니라 경훈은 그것이 육사 11기를 의미한다는 사실을 알게 되자 10·26으로부터 비롯된 일련의 역사에 대한 포괄적 해석을 할 수 있었다.

수연은 기필코 이 문장들도 해독하여 경훈에게 도움을 주고 싶었다. 그러나 아무리 해도 문장의 핵심적 주어인 '하문'의 뜻을 알 수 없었다. 어떤 사람의 이름임에는 틀림없지만 낯설었다. 경훈도 온갖 방법을 동원하여 하문이란 이름을 수배했지만 찾을 수 없었다고 했다.

하문의 정체

수연은 찬찬히 머리를 굴렸다. 이름을 찾는 데는 전화번호부가 제일이라는 생각이 들었다. 수연은 옷을 차려입고 광화문에 있는 한국통신 본사로 갔다. 전국 각 지방의 전화번호부가 모두 전시된 그곳에서 수연은 하문이라는 이름을 찾고 또 찾았다.

그렇게 찾은 이름을 다 적어서 호텔로 다시 돌아온 수연은 일일이 전화를 걸어 확인했다. 그러나 전화를 하면서도 자신은 없었다. 하문이란 이름은 성이 생략된 이름일 수도 있으므로. 역시 아무런 소득도 얻지 못했다.

수연은 침대에 비스듬히 누워 텔레비전을 켰다. 잠시 쉬고 나서 다시 생각해볼 참이었다. 공허한 마음으로 무심코 텔레비전을 보던 그녀는 한 외국인 코미디언이 등장하자 어딘지 이상한 기분이 들었다. 수연은 텔레비전을 보다 자기도 모르게 몸을 일으켰다. 한국말을 유창하게 구사하는 그 코미디언의 한국식 이름이 자막으로 나오는 순간, 수연은 그만 소리를 지르고 말았다.

「아, 그래! 그럴 수도 있잖아!」

다음날 아침 수연은 경훈의 사무실로 찾아갔다.

「웬일이야, 이렇게 일찍?」

「'하문'이란 이름 말이야, 그거 혹시 외국인 이름을 우리말로 쓴 게 아닐까?」

「외국인 이름이라고?」

「그래, 문장상으로 보면 현 선생님과 매우 친한 사이 같던데,

그렇다면 한국에서 같이 근무하던 동료가 아닐까?」

「그럴듯한데.」

「무엇보다 문맥이 맞잖아. '하문'은 현 선생님을 제리라는 애칭으로 불렀어.」

「음…….」

「그리고 현 선생님은 그를 '하문'이라 부르고. '하문'이란 어쩌면 현 선생님이 지어준 외국인의 애칭 같은 것이 아닐까?」

경훈은 고개를 끄덕였다.

「어쩌면 네가 또 결정적인 걸 생각해냈는지도 모르겠구나. 그런데 어떻게 확인한담? 참, 오 선생님께 물어보면 아실지 모르겠다.」

경훈은 바로 오세희에게 전화를 걸었다.

「현 선생님과 같이 근무한 이들 중에 우리말로 고치면 '하문'이라고 할 수 있는 이름을 가진 자가 있습니까?」

「글쎄, 너무 갑작스럽게 물으니 잘 떠오르지 않는데…….」

「그러시겠죠. 사실 그런 사람이 없는지도 모르고요. 단순한 가정이니까요.」

「하문, 하문이라, 왠지 귀에 익은 것 같긴 한데…….」

「나중에라도 떠오르면 연락해주십시오.」

「그럽시다. 하문이라, 하문, 하맨, 하우문, 하우스먼?」

「네, 뭐라고요? 하우스먼?」

「하우스먼, 그게 비슷한가?」

「하우스먼이란 이름이 있었습니까?」

「그럼, 그 사람을 모른단 말이오?」

「저는 처음 듣는 이름입니다.」

「저런, 내가 얘기를 안 해준 모양이군.」

「누구죠?」

「강일이 형님하고 같이 일하던 사람이오.」

경훈의 귀가 번쩍 뜨였다.

「직함은요?」

「그 사람은 장군이오. 주한 미군 고문관실 실장이지. 캡틴.」

「아!」

「뭔가 풀렸소?」

「틀림없습니다. 바로 그 사람입니다. 하우스먼이 현 선생님이 말씀하던 사람입니다.」

경훈은 순간 맨 처음 제럴드 현이 자신에게 전화를 걸었을 때 했던 말 중에 '하우스'가 있었던 것을 떠올렸다. 그 알 수 없던 '하우스'란 말은 하우스먼을 지칭하는 것이었다. 그렇다면 하우스먼은 10·26에 깊게 연관되어 있는 사람일 것이다.

「현 선생님하고는 친했던 모양이죠? 제리라는 애칭으로 부른 걸 보면.」

「그럼, 아주 친했지.」

「그 사람은 언제부터 주한 미군으로 근무했습니까?」

「원래는 형님이 먼저 그 자리에 계셨고 하우스먼이 나중에 합류했지. 하우스먼은 장군까지 진급했소. 아무래도 형님은 한국계라는 제약이 있었지.」

「업무에서는 두 사람이 어떤 관계였나요?」

「명콤비라고나 할까.」

제럴드 현은 '하문'을 자기 없이는 아무 일도 못하는 녀석이라고 했고, 그것은 아마도 두 사람의 친밀도를 나타낸 것이리라.

「주한 미군 고문관실은 CIA와는 어떻게 다른가요?」

「주한 미군은 특성상 고문관실에서 CIA의 많은 공작 업무를 수행했소. 하우스먼의 위치는 CIA 한국 지부장보다 월등했지. 북한 및 중국·소련과의 대치 상황에 있던 한국의 현실에서 미군이라는 조직은 그 무엇보다도 강했고, 하우스먼이나 강일이 형님처럼 20년 넘게 근무한 터줏대감들은 잠시 왔다 가는 CIA 한국 지부장보다 훨씬 큰 영향력을 가지고 있었소. 대사관에 있는 CIA 직원들이 주로 정보의 수집과 분석에 몰두했다면, 미군 고문관실은 조작이나 공작 같은 업무에서 힘을 발휘했지. 정보기관 간의 위상은 회의를 할 때 보면 잘 알 수 있소. 주로 하우스먼이 지부장을 부대로 부르는 편이었지. 물론 거기에는 보안상의 이유도 있었지만.」

「보안상의 이유라면요?」

「8군에는 구리로 만든 방이 있소. 무엇으로도 감청을 할 수 없는 곳이지. 이 밖에도 고문관실은 한국의 모든 정보를 장악하기 때문에 가히 주한 미군의 핵이라고 할 수 있소. 주한 미군이 얻는 모든 정보는 일단 고문관실로 취합되어 본국으로 들어가니까 그 두 사람의 힘을 알 만하지.」

「하우스먼은 지금 어디서 무엇을 하고 있습니까?」

「그는 얼마 전에 죽었소.」

「그렇군요. 의문 나는 것이 있으면 수시로 전화드리겠습니다.」

경훈은 전화를 끊은 다음, 외우고 있던 두 문장을 종이에 옮겨 쓰고는 몇 번이나 읽었다.

「뭐래, 하우스먼이래?」

「그래, 하우스먼. 우리말로 옮기면 정말 하문이라고 할 만하다. 서수연, 너 정말 대단한데. 중요한 순간에 늘 뭔가를 해내는구나.」

수연은 환하게 웃었다.

「그런데 하우스먼이 누구지?」

「주한 미군 고문관실 실장, 즉 책임자지.」

「어머, 그렇다면······.」

「그래, 어떤 형태로든 미국이 김재규의 뒤에 있었던 것은 확실한 사실 같아. 더군다나 제럴드 현의 두 번째 문장은 10·26 바로 다음날 쓰여진 거야. 그렇다면 하우스먼이 빼돌렸다는 그 친구는 어쩌면······.」

이때 인터폰이 울렸다.

「변호사님, 전화 왔습니다.」

「알았어요. 돌려줘요.」

「여보세요?」

「이 변호사, 나 제임스요.」

「기다리고 있었습니다.」

「전에 했던 그 이야기 말이오. 빨리 끝내버리고 싶어 전화했소.」

「그럼 지금 만나죠.」

「롯데호텔 사우나가 어떻소?」

「좋습니다.」

경훈은 수연을 배웅하고는 바로 약속 장소로 갔다.

최후

　제임스는 사우나에 먼저 와서 땀을 흠뻑 흘리고 있었다. 경훈은 끝내 증기실 안에서 얘기하겠다고 고집하는 제임스를 보며 아직도 조직원으로서의 본능이 강하다고 생각했다. 제임스는 벌거벗은 상태에서만 입을 열었다.

　「이 변호사가 얘기한 것을 깊이 생각해보았소. 나에게는 재직 중 알았던 사실에 대해 보안을 유지할 책임이 있긴 하지만, 이미 20년이나 지난 일이고 내가 아는 부분이 사건의 본질을 다 드러내는 것도 아니니 얘기하기로 결정했소.」

　제임스는 일단 방패막이부터 했다.

　「만약 추호라도 거짓말로 넘기시려는 부분이 있으면 우리의 신사협정은 깨지는 겁니다.」

　「걱정 마시오. 나는 이 변호사가 그런 엄청난 추리를 했을 때 이미 속일 수 없는 사람이라고 생각했소. 나는 하늘에 맹세코 절대 거짓말을 하지 않을 것이오. 대신 이 변호사도 다시는 수사관을 데리고 온다든지 하지 마시오.」

　「좋습니다. 하우스먼은 왜 제럴드 현을 그 일에서 떼놓으려고 했습니까?」

「사실 문제는 제리에게 있었소. 그는 나이에 어울리지 않게, 아니 직업에 어울리지 않게 낭만적인 사람이었지. 일단 그는 한국의 대통령과 너무 가까웠소. 그리고 그 딸을 사랑했소. 어떤 때 그는 노골적으로 김종필이라든지 유력자에게 자신이 박근혜를 사랑한다고 밝히기도 했소. 이것은 우리에게 큰 득이 되는 한편 큰 장애도 되었소.」

「대통령에게 반대하는 공작을 할 때 말이죠?」

「그렇소. 우리는 박 대통령의 독재에 대항하는 공작을 해야 할 필요성을 많이 느꼈소.」

「솔직히 그 궁극적인 이유가 한국에 민주화를 가져오기 위한 것은 아니었죠?」

「……」

「하여간 계속하시죠.」

「상부에서는 만약 거사를 한다면 제리를 미리 본국으로 송환해야만 한다고 생각했소. 상황이 임박해서 보내면 의심을 살 수 있었으니까. 무엇보다도 제리 본인에게 말이오. 제리는 정보원으로 타고난 사람이었소. 그래서 우리는 고민했던 거요.」

「그런데 제럴드 현이 그것을 눈치챘죠?」

「당시 미국의 정보 계통에서는 박 대통령을 제거해야만 한다는 강박관념을 갖고 있었소. 그의 핵 개발은 세계 질서에 대한 미국의 구상을 근본적으로 파괴하는 것이었으니까.」

「핵무기보다는 미국의 국익 우선주의가 오히려 세계 평화에

최후

해가 되는 게 아닙니까?」

「그런 것은 워싱턴에서 알아서 하는 거고, 나는 명령받은 대로 하기만 하면 되었소.」

「……」

「하우스먼은 제리에게 굳게 약속을 했소. 무슨 변화라도 생기면 반드시 알려주겠다고. 제리는 최악의 상황에 처하면 청와대로 직접 들어가 박 대통령과 담판을 짓겠다고 생각하고 있었소.」

「그랬군요.」

「하지만 상황이란 갑자기 바뀌는 법 아니오. 우리는 청와대의 정밀 도청에서 이상한 것을 알아챘소.」

「뭐죠?」

「박 대통령이 우리가 생각했던 것 이상으로 핵 개발에 가까이 가 있는 듯했소.」

「그래서요?」

「박 대통령과 협상을 하거나 할 상황이 아니라는 인식이 팽배했고, 그때부터 제리는 우리에게 짐이 된 거요.」

「그래서 닥터 손이 손을 쓴 것이군요.」

「그렇소.」

「제럴드 현의 수첩을 보면 그는 박 대통령의 서거 다음날 하우스먼을 찾아간 것으로 되어 있는데, 그때 두 사람은 무슨 대화를 나누었습니까?」

「10월 27일 아침 제리가 눈에 핏발이 선 채 하우스먼의 사무실로 뛰어들어왔다고 하더군.」

제럴드 현은 환자복 위에 외투만 걸친 차림으로 하우스먼의
사무실로 뛰어들어왔다.

문을 걷어차고 들어온 그를 보는 순간 하우스먼의 안색이 확
변했다.

「제리!」

「누구야? 누가 죽였어?」

제럴드 현은 하우스먼의 멱살을 잡고는 거세게 밀어붙였다.

「JK(재규).」

그리고 하우스먼은 제럴드 현의 눈치를 살폈다.

「홀리건, 홀리건 그 새끼 어디 있어?」

「한국에 없어.」

「어디 갔어?」

「어젯밤 오산에서 일본으로 나갔어.」

「이 개새끼, 너 나에게 약속했잖아. 나에게 알려주기로 했잖아.
이 새끼야, 너 무슨 일이 있으면 나에게 기회를 준댔잖아. 나에
게 청와대로 들어가 핵만 포기하게 하라고 했잖아. 핵만 포기하
면 미국은 언제나 박 대통령의 뒤에 있을 거라고 얘기하랬잖아.
하문 너, 나하고 둘도 없는 친구라면서, 형제보다 더 가까운 친
구라면서 이럴 수 있어. 내가 그의 목숨만 살려달라고 했잖아. 무
슨 일이 있더라도 그를 죽이지는 말아달라고 그랬잖아. 미사일,

핵, 내가 다 포기시키겠다고, 제발 목숨만 살려달라고 빌고 또 빌었잖아. 그래도 그 사람, 한 나라의 대통령이야, 대통령. 우리나라 대통령이라고! 나라 한번 만들어보겠다고 자기 집사람까지 희생시켜가면서 일해왔어. 너 나한테 그렇게 다짐해놓고 이럴 수 있어? 마지막 기회는 주기로 했잖아. 그런데 네가, 네가 이럴 수 있어! 이럴 수 있냐구!」

제럴드 현은 하우스먼의 멱살을 잡고 흔들었다. 직원들이 말리려 했으나 하우스먼이 손을 내저었다. 제럴드 현은 하우스먼을 거세게 밀치고는 사무실 집기를 닥치는 대로 부수기 시작했다. 책상을 들어엎고 유리란 유리는 모두 깨부수며 이리 뛰고 저리 뛰었다.

「미안해, 제리. 진정해. 네가 원하는 것은 뭐든지 해줄게.」

「이 개새끼야, 사람을 죽여놓고 이제 와서 뭘 해준다는 거야? 뭐라고, 원하는 것을 다 해주겠다고? 그럼 그를 살려내, 그를 살려내란 말이야!」

제럴드 현은 급기야 통곡하며 쓰러졌다. 하우스먼은 제럴드 현의 이런 모습을 물끄러미 바라보고만 있었다. 아무리 정보와 공작으로 한평생을 보내온 그였지만 가슴이 아프지 않을 수 없었다. 더군다나 이 공작 때문에 평생을 조울증으로 고생하게 될 동료이자 친구인 제럴드 현의 모습을 보니 쓰라림이 더했다. 이제 자신이 불행한 이 친구를 위해 해줄 수 있는 일이라곤 연금을 한 푼이라도 더 탈 수 있게 해주는 것뿐이었다. 쓰러진 제럴드 현을 껴안은 하우스먼의 눈에서도 어느새 눈물이 흘러내리고 있었다.

역시 경훈이 생각했던 대로였다. 제럴드 현은 자신을 배제하고 이루어진 박 대통령 시해 공작을 견디지 못하고 결국 전역해버린 것이다.

증기실 안에서 제임스의 얘기를 듣기는 너무 힘들었다. 땀이 머리끝까지 차오르고 숨이 막히는 가운데 그와 무슨 논쟁을 한 다는 것은 불가능했다. 경훈은 참지 못하고 일어나서 밖으로 나 왔다. 찬물에 몸을 담그면서 제럴드 현의 모습을 그려보았다.

언제부터인가 세계는 미국의 시각만이 존재하는 기형의 혹성 으로 전락하고 말았다. 강력한 자본주의의 힘은 미국의 대중문 화를 전세계에 퍼뜨렸는데, 그것은 기본적으로 권력과 폭력에 대 해 손을 들어버린 가치포기적 문화였다. 그러다 보니 대중은 미 국의 폭력에 대해 분노할 줄 모르게 되었고, 미국은 세계의 구조 를 결정짓는 데 있어 절대자적 존재로 군림하게 되었다.

제럴드 현은 누구보다도 이런 현실을 잘 알고 있었다. 그는 분 노했으나 고작 하우스먼의 책상을 뒤엎고 전역을 요구할 수밖에 없었다. 공작을 위해 동료들에 의해 제거되어야 했던 자신의 슬 픈 운명에 대해서는 알지 못했던 것이다.

아니, 그것은 20년 전 제럴드 현의 운명만이 아니었다. 21세기 를 목전에 둔 지금, 한국민 중 미국의 전횡으로부터 자유로울 수 있는 사람은 얼마나 될까.

무엇보다도 한국의 정책이 미국의 영향을 받아야 하고, 정치인들은 미국을 추종한다는 것을 보여야만 하며, 경제 역시 미국이 원하고 조종하는 방향으로 끌려가지 않을 수 없는 게 현실이다. 5천 년 역사를 자랑한다는 한국의 문화 역시 미국의 대중문화 앞에서 맥을 추지 못하는 현실이고 보면, 한국민으로 살고 있다는 것은 미국의 변방 혹은 아류에서 헤어나지 못하고 있음에 다름 아니었다.

「미안하오. 이제 라운지에서 얘기합시다.」

제임스가 숨을 헐떡이는 경훈에게 다가와 여유 있는 미소를 지었다. 경훈은 가운을 걸치고 라운지로 나가는 제임스의 뒷모습을 보며 손에게 제럴드 현을 제거하라고 명령하는 모습이 그려졌다. 경훈은 그를 따라나섰다.

「찬 음료수라도 한잔합시다.」

제임스의 이야기를 듣느라 뜨거운 열기를 쐬면서 얼마나 버텼던지 목이 탔다. 종업원이 콜라를 내왔다.

「미리 시켜놨소. 드시오.」

경훈은 찬 콜라를 쭈욱 들이켰다.

「제럴드 현은 자신의 조울증이 공작에 의해 비롯되었다는 사실을 몰랐을까요?」

「물론이오. 상상조차 못하고 살아가고 있을 거요.」

「그는 이미 이 세상을 떠났습니다.」

「저런!」

「양심의 가책을 느끼십니까?」

「괴로운 일이오. 하지만 모든 공작은 상부의 지시에 따라 이루어졌소. 하부에서 일일이 그 윤리적 가치를 따진다면 아무 일도 할 수 없소.」

「그 후 제럴드 현으로부터는 아무런 연락도 없었나요?」

「아마 하우스먼하고는 계속 연락을 했을 거요. 그들은 친했으니까.」

「박 대통령의 죽음이 두 사람을 갈라놓지는 않았습니까?」

「제럴드 현은 곧 힘든 투병 생활에 들어갔소. 아마 박 대통령을 생각하고 어쩌고 할 여유가 없었을 거요.」

「음, 그랬군요.」

죽음의 약

경훈은 호텔을 나왔다. 하지만 발걸음을 어디로 옮겨야 할지 알 수 없었다. 이제껏 느끼지 못했던 미국이라는 그림자가 사방에서 옥죄어왔다. 자신이 지금까지 의미를 두어왔던 그 어떤 가치도 더 이상 진실과 부합되지 않는다고 생각하자 의식 자체가 무너지는 것 같았다.

미국이라는 거대한 배후, 그리고 온갖 수단으로 사람의 목줄을 조이는 CIA와 그 하수인들이 온 거리에 꽉 들어차 있는 것 같았다.

정치, 경제는 말할 것도 없고 통일이든 외교든 한국이 독자적으로 해나간다는 것이 너무도 허황되게 느껴졌다. 신문의 지면을 메우는 그 많은 뉴스들도 결국은 공작의 하나라고 생각하자 갑자기 장님이 된 것 같았다.

한 나라의 대통령이 암살을 당한 10·26이라는 엄청난 사건의 진상을 아는 한국인이 단 한 사람도 없다는 사실이 처량하기 짝이 없었다.

경훈은 이상하게 자꾸 가슴이 답답하게 차올랐다. 목이 막힐 것처럼 갑갑하다가 가슴에서 뜨거운 것이 불끈 치솟아 올랐다.

이 세상의 어떤 불의라도 응징할 수 있을 것 같은 자신감이 아랫배에서부터 끓어올랐다. 주위를 지나치는 모든 비겁한 사람들에 대한 분노와 더불어 그들의 나약함을 한 주먹에 날려버리고 싶은 생각이 들었다.

경훈은 거리를 달리는 자동차로 뛰어들고 싶어졌다. 부딪쳐도 아무런 문제가 없을 것 같았다. 그는 자신도 모르게 갑자기 자동차 앞으로 뛰어들었다.

끼이이익!

귀청을 찢는 듯한 파열음과 함께 욕설이 날아들었다.

「야! 이 개새끼야! 자살하려면 한강에 가서 뒈져. 이 새끼야, 누구 신세 조지려고 환장했냐!」

경훈은 미친 듯이 욕설을 퍼붓는 운전사에게 히죽 웃음을 남기고 다시 보도로 돌아와서 걸었다. 남이 보기에 미친 사람 그 자체였을 것이다. 아련한 의식 밑바닥 어디에선가 이러면 안 되는데 하는 생각이 들었으나 이내 밑도 끝도 없는 용기가 다시금 솟아났다.

경훈은 주위의 건물을 올려다봤다. 20층이 넘는 건물들이 좌우에 솟아 있었다. 그는 아무 건물이고 무조건 뛰어들어서는 엘리베이터를 탔다.

「ㅎㅎㅎㅎ」

한 사나이가 경훈이 엘리베이터를 타는 것을 보고는 음산한 웃음을 지으며 모습을 감추었다.

엘리베이터를 탄 경훈은 이 빌딩 꼭대기에서 뛰어내려도 아무렇지 않을 것 같은 자신감이 솟아났다. 꼭대기에서 뛰어내려 사람들에게 대통령을 살해한 미국의 음모를 알려야 한다는 생각만이 심장에서 퍼덕거리고 있었다.

맨 꼭대기 층에서 내린 경훈은 허겁지겁 뛰어가 옥상으로 통하는 문을 열어젖혔다. 얼굴을 스치는 바람이 시원했다. 경훈은 잠시 정신을 차렸다. 알지 못할 열정에 의해 자신이 움직인다는 생각이 들었지만 이내 뜨거운 그 무엇인가로 가슴이 미어졌다.

경훈은 비틀거리며 옥상 가장자리로 걸어갔다. 가슴 높이의 벽을 손으로 잡고 버티며 다리를 걸어 벽 위에 올라섰다. 거리가 까마득하게 내려다보이고 그 거리에는 많은 사람들이 걸어가고 있었다. 경훈은 가슴을 풀어헤치면서 외쳤다.

「가엾은 한국인들이여! 여러분들의 텅 빈 가슴속에는 미국의 음모와 공작만이 들어차 있소. 우리의 인간 중심 문화는 어디로 가고, 폭력과 범죄가 난무하는 미국의 저질 물질문화가 꽉 들어차 있단 말이오. 이제 나는 여기에서 뛰어내리겠소. 그리하여 우리 한국인들의 위대함을 알려줄 것이오. 나는 여기에서 뛰어내려도 죽지 않소. 우리 한국인들은 여기에서 뛰어내려도 죽지 않는단 말이오!」

경훈은 기합을 넣으면서 바닥을 향해 점프했다.

「선배, 이게 어떻게 된 일이야?」

경훈은 희미한 의식 속에서 수연의 목소리를 들었다. 그리고 아득한 기억을 더듬으면서 차츰 깨어났다. 머리가 빠개지는 듯 아팠다.

「괜찮아?」

「으응.」

「선배, 왜 그랬어?」

「으음, 내가 어떻게 한 거니?」

기억이 날 듯 말 듯했다. 경훈은 머리를 흔들며 기억을 더듬으려 애썼다.

「이 변호사, 다행이오.」

아득한 옛날의 기억 속에서 살아나오는 듯한 목소리였다. 어디서 들은 목소리인지 한참이나 생각했다. 그러나 목소리는 마치 전생의 기억처럼 희미하게 머릿속을 춤추고 다녔다.

경훈은 천천히 고개를 돌렸다. 그러자 마치 기적과도 같은 일이 생겼다. 어렴풋이 다가오던 얼굴의 윤곽이 한순간 너무도 뚜렷하게 경훈의 눈에 들어와 박혔다.

케렌스키. 그 얼굴은 분명 케렌스키였다.

「아! 케렌스키 변호사!」

「이 변호사, 큰일 날 뻔했소.」

「케렌스키 변호사가 맞군요. 제가 죽은 겁니까, 아니면 케렌스키 변호사가 살아 계신 겁니까?」

「나는 이렇게 살아 있소. 미안하오.」

경훈은 뻐근한 머리를 흔들며 상체를 일으켰다.

「어떻게 된 일입니까? 마치 열병을 앓은 것 같은 기억이 나긴 하는데……」

「이 변호사는 고층 빌딩의 옥상으로 올라가 뛰어내리려 했소.」

「네? 제가 고층 빌딩에서 뛰어내리려 했다고요?」

「그렇소. 다행히 우리 측의 방어기제가 작동해서 살았지.」

「무슨 말씀인지 모르겠군요.」

「음, 이유는 말할 수 없지만 어쨌든 이 변호사는 내 직원들의 눈에 띄었소. 이 변호사를 미행하던 직원들은 이 변호사가 길거리로 뛰어드는 것을 보고 직감적으로 위험을 감지했지. 그래서 즉각 나에게 연락을 해왔소. 나는 이 변호사가 제임스를 만났다는 보고를 듣고는 고함을 질렀지. 내 직원들이 이 변호사를 쫓아 빌딩 꼭대기로 뛰어올라갔을 때 이 변호사는 막 뛰어내리려던 참이었소. 직원들은 젖 먹던 힘까지 다 내어 이 변호사를 뒤에서 가까스로 붙잡을 수 있었지.」

「세상에! 제가 그렇게 정신 나간 짓을 했습니까?」

「틀림없는 사실이오. 여기 있는 수연 씨에게도 내가 급히 연락을 했지. 이 아가씨도 무척 놀랐소.」

경훈은 수연에게 눈길을 돌리면서도 이해가 가지 않는다는 듯이 고개를 흔들었다.

「이해할 수 없어. 나의 잠재의식 어느 곳에 그런 위험성이 내재해 있었는지.」

「선배, 그건 선배 잘못이 아니래.」

「무슨 말이야?」

경훈의 눈길이 케렌스키의 얼굴에 박혔다.

「그렇소. 그것은 이 변호사의 잘못이 아니오.」

「그렇다면? 누군가 나를 떠밀었다는 말씀인가요?」

「제럴드 현, 제럴드 현을 생각하면 알 수 있을 거요.」

「네?」

「그는 갑자기 조울증에 빠져 입원했다면서요?」

「네.」

「이 변호사도 같은 방법으로 당한 거요. 그 옥상에서 뛰어내려도 전혀 다치지 않을 것 같은 느낌이 들었겠지. 물론 자동차 앞에 뛰어들어도 괜찮을 것 같고. 또 그전에는 감정이 고조되고 이성적 사고 대신에 욱하는 기분이 치밀어 올랐을 거요.」

「그랬습니다. 그런데 그것이 무슨 이유가 있다는 말씀인가요?」

「그자에게 당했던 거요.」

「그자라뇨?」

「이 변호사가 만났던 사람 말이오. 그자는 그렇게 만만한 사람이 아니오.」

「그자라면 제임스 말인가요?」

「그렇소. 그런데 이 변호사는 대관절 무슨 일로 그를 만나게 되었소?」

경훈은 제임스를 추적하게 된 경위부터 지금에 이르기까지의 일들을 케렌스키에게 설명했다.

「그랬군. 제임스는 자신의 범죄가 탄로 나자 이 변호사를 죽여야겠다고 생각했던 거군. 그런 악랄한 약을 사용해서.」

「그런 살인이 정말로 가능한가요?」

「물론, 제임스에게는 가능한 일이오. 그는 보통사람과는 다르오.」

「그러면 처음에 제임스가 사우나에서 얘기를 하자고 했던 것도 계산된 행동이었을까요?」

「틀림없소. 이 변호사를 방심시키기 위해서였겠지.」

경훈은 기억을 더듬었다.

제임스가 땀을 흠뻑 흘리게 한 후 시원한 콜라가 나왔고, 그것을 한입에 들이켠 것까지.

「놀랍군요. 사우나에서 땀을 흘리게 한 후 약을 탄 콜라를 마시게 하다니……. 정말 치가 떨리도록 무서운 자로군요.」

「하지만 이 변호사에게는 결과적으로 득이 되었을 거요.」

「어째서요?」

「제임스가 이 변호사가 알고 싶어 하던 진실을 털어놓았을 테니까.」

「어차피 제가 죽을 것이라고 생각했으니까 말이죠?」

「그렇소. 그는 이 변호사가 틀림없이 죽을 걸로 계산했겠지.」

「새삼 케렌스키 변호사가 고마워지는군요.」

「나에게 고마워할 일은 아니오. 결국 모두가 같은 뿌리에서 나온 일이니 한곳으로 모이는군.」

「무슨 뜻입니까?」

「우연처럼 보이지만 사실은 필연일 수밖에 없는 결과란 말이오. 이미 이 변호사가 제럴드 현의 인적사항을 알아달라고 했을 때부터 우리는 같은 인물을 쫓고 있었던 모양이오.」

「우리가 같은 인물을 추적하고 있었다고요?」

「그렇소. 이 변호사가 쫓던 홀리건, 내가 쫓던 카를로스, 그리고 지금의 제임스, 그들은 모두 한 사람이오.」

「네? 그게 정말입니까? 제임스가 바로 홀리건이라고요?」

「그렇소. 그들은 모두 동일인이오.」

「그렇다면 케렌스키 변호사는 누구십니까? 에이펙스로펌의 대표라는 신분 외에 또 다른 무엇이 있나요?」

「아니, 나는 틀림없는 에이펙스로펌의 대표 케렌스키요.」

「이해할 수 없군요. 그 위험한 목갑을 제게 준 것이나 죽었다고 나를 속인 것이나……」

「미안하오. 이 변호사에게는 진심으로 미안하게 생각하오. 하지만 이 모든 일은 이 변호사로부터 시작되었다고도 할 수 있소.」

경훈은 고개를 저었다. 뭐가 뭔지 도무지 이해가 되지 않았다.

팬암 103

케렌스키는 혼란에 빠진 경훈에게 말했다.

「맨 처음 이 변호사가 나에게 부탁한 문건이 있잖았소? 연금을 받던 누군가의 신원을 알아달라고.」

「네, 그랬죠.」

「세상일이란 참 묘하지. 그 하찮은 문건이 내가 지난 10년 세월을 쫓던 비밀의 열쇠를 제공했으니.」

「그게 무슨 말씀입니까?」

「그 문건이 그림자를 상대로 한 나의 전쟁에 확실한 목표물을 알려주었소.」

케렌스키는 점점 알 수 없는 말을 하고 있었다.

「이해할 수 없군요. 그 문건을 보셨습니까? 제럴드 현에 대해 뭔가를 알게 되신 겁니까?」

「아니오, 절대로 나는 그 문건의 내용을 보지 않았소. 워싱턴에서 봉인된 채로 온 문건을 그대로 이 변호사에게 넘겨주었을 뿐이오.」

「그런데 어째서 그 문건에 의해서 변화가 생겼다고 하십니까?」

「이 변호사, 이것을 보시오.」

케렌스키는 가방에서 낡은 신문을 꺼내 경훈에게 넘겨주었다. 워싱턴 지역에서 발간되는 신문인데, 살인사건이 보도되어 있었다.

「이 살인사건 말씀입니까?」

「그렇소. 이 셔우드라는 젊은이, 내가 그 일을 시켰던 사람이오.」

「그 일이라면?」

「이 변호사가 부탁했던 문건 말이오.」

「네?」

「그 문건을 이 친구가 빼왔소. 그리고 셔우드는 그 문건 때문에 죽었소.」

「아니, 그럴 수가? 그까짓 문건 하나 빼낸 게 얼마나 대단한 일이라고 사람을 죽인단 말입니까?」

「제럴드 현이 어떤 사람인지 사전에 알았다면 나도 신중히 생각했을 것이오.」

경훈은 가슴이 철렁 내려앉았다.

「제가 큰 실수를 저지른 셈이군요. 하지만 저도 그 서류를 보기 전까지는 그가 어떤 사람인지 알지 못했습니다. 그런데 제럴드 현의 신원이 셔우드라는 사람의 죽음과 관계가 있다는 말씀입니까?」

「그렇소. 제럴드 현이 보통 사람 같으면 셔우드를 죽였을 리가 없지 않겠소?」

경훈은 섬뜩한 느낌이 들었다. 제럴드 현이 보통 사람은 아닌 것으로 드러났지만 이렇게까지 무서운 감시를 받고 있을 줄은 짐작하지 못했다.

「누가 왜 셔우드를 죽였을까요?」

「셔우드가 죽었다는 정보를 접했을 때 나는 의아한 생각이 들었소. CIA와 나는 늘 극적으로 대립하고 있었지만 그런 문건 하나 때문에 사람을 죽일 정도는 아니었지. 그래서 나는 의문을 품고 그 사람, 제럴드 현에 대해 독자적으로 조사했소. 그러나 나와는 아무런 관련이 없는 사람이었소. 때문에 나는 많은 시간을 들여야 했소. 왜 셔우드가 죽어야 했을까를 연구하는 데 말이오. 나는 내 생각의 어떤 부분이 잘못됐을까를 찬찬히 검토했소. 그러다가 경솔하게 속단을 내린 사실을 집어냈소.」

케렌스키는 논리적으로 사고했다.

「제럴드 현이 나와 아무 관련이 없다고 속단을 해버렸던 것이오. 나는 의심을 품었소. 나와 아무런 관련이 없다면 그들이 왜 나의 정보원을 죽였을까. 그래서 나는 거꾸로 생각하기 시작했지. 제럴드 현이란 사람은 나와 관련이 있지만 내가 그 관련의 인과관계를 모른다는 가정에서 출발한 거요. 제럴드 현은 CIA의 임무를 수행하는 주한 미군이었소. 나는 CIA와 오랜 기간 전쟁을 벌여왔고. 나는 그 점에 주목했소. 그래서 내가 지난 10년간 추적하던 카를로스가 제럴드 현과 무슨 관계가 있지 않나, 혹시 한국에서 무슨 공작을 하지 않았을까 하는 추측을 하게 됐지. 나는 다시 정밀조사를 했소.」

경훈은 점점 케렌스키의 정체가 궁금해졌다. 케렌스키가 해온 일은 결코 보통 사람으로서는 할 수 없는 것이었다.

「제럴드 현과 근무하던 주한 미군을 샅샅이 훑었지. 그랬더니 세 사람에게 공통점이 있었소. 한 사람은 제럴드 현, 그는 군인이지만 아주 오랜 기간 CIA의 각종 공작에 관여해왔소. 그리고 또 한 사람은 로버트 숀, 그는 의사지만 CIA의 특별 실험 프로젝트에 관련된 사람이오. 마지막 한 사람이 바로 카를로스, 한국에서 그는 홀리건이라는 이름을 썼소. 세 사람이 모두 10·26 직후 한국을 떠났지. 두 사람은 계획에 의해, 제럴드 현은 10·26 다음 날 스스로 한국을 떠났소. 나는 그들이 한국 대통령 암살과 관련이 있을 거라고 짐작했소. 그리고 특히 카를로스, 그자가 이 모든 일의 실행 배후에 있다는 생각이 들었소. 이 정도 일은 그자만이 할 수 있기 때문이오.」

「그런데 그 디스켓은 어떻게 된 겁니까?」

「나는 CIA 깊숙이 심어놓은 나의 정보원에게 이제까지 취합한 비밀을 모두 가지고 나오도록 지시했소. 왜냐하면 내가 제럴드 현의 신원을 손에 넣었다는 사실이 그들에게 큰 위기감을 주었기에 나도 신변에 위험을 느껴 잠시 잠적하는 것이 낫겠다고 판단했기 때문이오. 그걸 필립 최에게 인수토록 부탁한 거고.」

「원래는 내가 당해야 했던 일이군요.」

「아니오. 이 변호사는 안전하오. CIA는 내가 나의 필요에 의해 제럴드 현의 신원을 손에 넣었다고 생각하고 있으니까.」

「그런데 그토록 중요한 디스켓을 왜 나에게 보관시켰습니까?」

「그 점은 미안하오. 그것은 하나의 트릭이었소. 이 변호사가 그 디스켓이 든 목갑을 한국으로 가지고 가면 그들이 결국 탈취할 것으로 생각하고 은근히 정보를 흘렸소. 그렇게 되면 카를로스가 드러날 테니.」

「성과가 있었나요?」

「그렇소. 제임스가 카를로스란 사실을 알게 됐으니까.」

「제임스, 아니 카를로스, 그는 어떤 사람입니까?」

「바로 팬암 공작 전체를 지휘하고 나의 증인을 살해한 자요. 이 변호사도 그자가 박 대통령 시해의 배후에 있다는 걸 알았겠지?」

「어떻게 그것을 아십니까?」

「나는 이 변호사가 필립 최를 이용해 홀리건의 이름을 얻어내는 것을 보며 감탄했소.」

「그런데 그들은 왜 목갑을 돌려보냈을까요?」

「카를로스라는 자는 보통이 아니오. 그는 내가 죽지 않았다는 사실을 알아챈 것 같소. 납치 하수인들이 감시당한다는 기미를 느끼고는 아예 목갑을 인수하지도 않았소. 함정인 것을 간파한 거지.」

「그렇게 된 거군요. 그런데 저는 그 목갑을 열고 디스켓의 내용을 다 보고 말았습니다.」

「어차피 이 변호사가 볼 거라고 생각했소. 또 이 변호사를 위해서도 그 디스켓을 봐두는 게 좋을 거라 생각했고.」

「놀라운 비밀이더군요.」

「엄청난 돈을 들여 얻어낸 것들이오.」

「그런데 케렌스키 변호사는 왜 CIA와 대립을 하게 됐습니까? 그리고 지금 얘기한 팬암 공작이란 것은 무엇입니까?」

「나는 중요하고도 어려운 한 사건을 맡았소. 10년 전에 말이오. 모두가 꺼리던 사건이지만 나는 해낼 수 있다고 믿었소. 아니, 정의를 위해 해결해야만 한다고 생각했소.」

「무슨 사건이었습니까?」

「여객기 폭파사건이었소. 바로 팬암 103기 말이오.」

「저는 잘 모르겠는데요.」

「그럴지도 모르지. 그 당시 이 변호사는 한국에 있었을 테니까. 하지만 미국에서는 아주 유명한 사건이오. 그 사고로 결국 팬암은 문을 닫고 말았으니까. 나는 당시 팬암 측 사고조사위원장을 맡았소. 우리 위원회에서는 사고가 폭발물에 의한 것이라는 결론을 내렸고, 그것은 FBI나 국제민항기구의 결론과도 일치했소.」

「그럼 별문제가 없는 것 아닙니까?」

「그렇소. 하지만 위원장으로서 나의 역할은 팬암을 그 사고로부터 법률적으로 보호하는 것이었소. 문제의 핵심은 누가 폭발물을 비행기에 장치했는가와 누구에게 팬암의 안전을 지켜야 할 책임이 있었는가 하는 것이었소. 범인이 누구냐에 따라, 또 어느 측의 책임이냐에 따라 배상의 주체나 금액이 천지 차가 나니까.」

「그러나 변호사로서 범인까지 잡아낼 수는 없는 것 아닙니까?」

「물론 그것은 수사 당국에서 할 일이지. 그러나 수사 당국에서는 오랜 기간 수사를 했지만 범인을 잡지 못했소. 유족들은 당연히 팬암을 상대로 소송을 제기했지. 나는 팬암의 사고조사위원장으로서 범인을 찾는 일에 부심했소. 그러니 그 일은 비단 팬암의 일뿐만 아니라 우리 에이펙스의 일이 되어버렸던 거요.」

경훈은 고개를 끄덕였다. 팬암으로서는 젖 먹던 힘까지 다해 책임을 면할 수 있는 최소한의 꼬투리라도 찾아내야 했을 테고 에이펙스는 팬암의 대리 전사였다는 얘기다.

「런던과 프랑크푸르트에 출장을 간 것만도 자그마치 30회가 넘었소. 처음에는 시리아를 의심했지. 그러던 어느 날 미국 정부는 갑자기 폭발의 배후로 리비아를 지목했소. 리비아가 국제 테러 분자들을 사주하여 일을 저질렀다는 거지. 시리아는 걸프전에서 미국에 도움을 주었으니까 제외시켰던 거요. 우리는 다급하게 정부에 판단 근거를 요구했소. 폭발 직후부터 누군가 언론에 그런 풍문을 흘리긴 했지만 우리가 추궁할 때마다 정부에서는 아무런 판단 근거도 제시하지 못했지. 그러다가 정부는 리비아를 폭파사건의 배후로 기정사실화시켰던 거요. 우리의 거센 추궁에도 불구하고 정부는 어떤 자료도 제시하지 않았소. 정보원을 보호해야 한다는 핑계였지. 하여튼 팬암은 유족과의 소송에 지고 막대한 배상액을 마련하기 위해 주식을 내놓을 수밖에 없었소. 리비아를 상대로 어떻게 소송을 제기할 수 있겠소? 당시 CIA가 연결된 희미한 꼬투리를 갖고 있던 나는 참으로 착잡했소. 정부를 상대로 소송을 걸고 싶었지만 어떤 유효한 증거도 찾을 수 없었지.」

「그러면 미국 정부가 리비아를 지목한 것에는 뚜렷한 근거가 없었습니까?」

「미국 정부는 납득할 만한 근거를 제시하지 못했소. 그럼에도 불구하고 미국은 리비아에 폭격을 감행했지. 그러고는 자신들이 지목한 용의자들을 내놓으라고 몰아쳤소. 만만한 게 리비아 같은 나라니까.」

「그래도 아무런 근거 없이 미국 정부가 그런 일을 했을 리 있습니까?」

케렌스키는 잠시 침묵을 지키다가 무겁게 입을 뗐다.

「당시엔 몰랐는데 시간이 지나면서 차츰 희미한 정보를 얻게 되었소.」

「어떤 정보입니까?」

「리비아인들을 용의자로 몰아붙이는 데 결정적인 타격을 줄 수 있는 사실이 있었소. 그 비행기에는 이상한 사람들이 타고 있었거든.」

「어떤 사람들이었죠?」

「그 당시 베이루트에 억류돼 있던 미국 인질들을 구출할 임무를 띤 CIA 요원인 찰스 맥키 소령과 부하 4명이었지. 그런데 그 요원들은 이란에서 이상한 점을 발견했소. 당시 미국은 이란에 대한 금수조치를 취하고 전세계에 미국의 정책을 따르도록 종용하고 있었지. 자유 세계는 물론 심지어는 소련조차도 미국과의 무역 관계상 이란에 무기를 공급하는 일을 꺼릴 수밖에 없었소. 그런데 그 요원들은 이란에 엄청난 양의 미국제 무기가 반입되는 것을 보고 말았던 거요. 루트를 조사해보니까 거기에는 CIA가 개입하고 있었소. 한층 더 기가 막혔던 것은 시리아의 테러범인 몬저 알카사르가 CIA의 후원과 보호 아래 프랑크푸르트로부터 뉴욕으로 헤로인을 반입하여 막대한 돈을 벌고 있다는 사실이었소. 그들은 거기서 중동 사태의 본질을 깨달았던 거요. 그래서 즉각 맡았던 공작 임무를 중단하고 귀환 결정을 내렸소. 꼭두각시 춤을 출 수는 없다고 판단하고는 미국으로 돌아가 모든 것을 폭로하려고 했던 거지. CIA는 수차례에 걸쳐 그들을 만류했지만 소용이 없었소. 문제는 그들이 바로 그 팬암기를 탔다는 사실이오.」

「그렇다면?」

「나는 CIA가 요원들을 제거하기 위해 그 비행기를 폭파했다는 가정을 했소.」

「그것은 너무 지나친 비약이 아닙니까? 물증도 하나 없는데.」

「바로 그게 문제요. CIA가 수행하는 공작에는 물증이 전혀 없소. 나는 당시 승객 명단과 이란에서의 그들의 교신 내용 등을 조사하면서 뚜렷한 심증을 가졌지만 결국 소송을 제기하지는 못했던 거요.」

「모든 것은 베일 속에서 이루어졌군요.」

「하지만 나는 그 사건을 포기할 수 없었소. 너무나 뚜렷한 심증이 있었거든. 그래서 CIA의 심층부를 파고들었지. 나는 지난 10년간 소송도 직접 맡지 않았소. 전력을 다해서 그 사건만 파헤쳤지. 그러던 어느 날 마침내 아주 중요한 사실을 알아냈소.」

경훈은 눈을 빛내며 귀를 기울였다. 케렌스키는 경훈의 눈을 깊이 들여다보며 말을 이어나갔다.

「1989년 12월 20일 문제의 그 비행기가 떠나던 날, 프랑크푸르트공항의 독일 정보국 직원이 자신의 CIA 파트너를 긴급히 찾아 교신했던 내용을 내가 입수하게 되었던 거요.」

「무슨 내용이었는데요?」

「그날 독일 정보국 직원은 팬암 103기로 들어가는 몬저 알카사르의 가방 크기가 여느 때와 다른 것을 발견했소. 그 직원은 마약이 담긴 그 가방을 세관 직원들이 손대지 못하도록 항상 감시를 하고 있었던 거요. 그 직원은 자신의 CIA 파트너에게 급히 연락을 했지. 가방이 평소와 전혀 다른데 어떤 조치를 취해야 하느냐고 물었더니, 그 파트너는 '걱정 마시오, 중지할 수 없소. 그냥 내버려두시오'라고 응답했소. 독일 정보국 직원은 시간도 있으니 짐을 빼놓고 당신이 와서 보는 게 어떠냐고 물었지. 하지만 그 파트너는 모든 것을 다 안다는 듯이 그냥 실으라고만 대답할 뿐이었소. 나는 그 가방이 터졌을 거라는 강한 심증을 갖고 있소.」

「세상에!」

「나는 뒤늦게나마 소송을 제기하려고 무던히 애를 썼소. 그러나 모든 방법을 봉쇄당했지. 그 독일 정보원도 매수했지만, 그는 갑자기 태도를 바꾸었소. 왜 돌변했는지는 말할 필요도 없겠지. 미국이 지목한 리비아의 용의자들은 결국 희생양이 될 수밖에 없었소. 그들은 막후 거래에 의해 하지 않은 것도 했다고 허위 자백할 수도 있소. 그것이 미국의 힘이오. 진정 힘 있는 자들에게는 진실을 가지고도 패할 수밖에 없었던 거요.」

「그러나 그것은 불가항력의 일이 아니었습니까?」

「불가항력? 그래, 불가항력이었소. 나는 도저히 어떻게 해볼 수 없는 마의 성 앞에서 무릎을 꿇었소. 감당할 수 없는 절망과 허무의 나락으로 빠져들었소. 그때부터 이미 변호사로서의 내 삶은 구겨지기 시작했소. 나는 그 무서운 권력을 두려워하며 살아올 수밖에 없었던 거요. 그런 인생에 회의를 느끼던 중 나는 중대한 결심을 했소. 영원히 도피하고 살아서는 일개 벌레의 삶이 될 수밖에 없다! 나는 그들과 싸우기로 결심했던 거요.」

「어려운 결심을 하셨군요.」

「이미 감시를 당하고 있던 나는 도박을 하면서 그들의 눈길을 피하고, 엄청난 돈을 동원해 그들의 범죄 행각을 수집했소.」

경훈은 고개를 끄덕였다. 디스켓에 들어 있던 정보 하나하나가 모두 대단한 것들이었다. 예사 노력으로는 정보를 얻기는커녕 죽임을 당하고 말았을 것이다. 대단한 사나이 케렌스키는 자신이 한국까지 온 이유를 카를로스 때문이라고 했다.

「제임스는 지금 무기거래상인데, 아직도 위험한가요?」

「그에게는 지금도 틀림없이 어떤 음모가 있소.」

「그게 뭐죠?」

「미안하오.」

케렌스키는 정작 중요한 것은 알려주려 하지 않았다.

경훈은 이 음모는 결코 예삿일이 아니란 생각이 들었다. 이미 10·26에 가담했던 제임스, 즉 홀리건의 음모라면 분명 보통 일이 아닐 것이다. 그러나 케렌스키의 태도로 보아 결코 얘기할 것 같지 않았다. 이때 수연이 케렌스키의 얼굴을 똑바로 쳐다보며 말했다.

「케렌스키 변호사는 너무하시는군요. 이 변호사는 디스켓을 부탁받던 순간부터 위험에 노출되었지만 이제껏 이유도 모르는 채 단지 부탁을 들어드려야 한다는 일념으로 위험을 감수했어요. 저도 이유도 모르고서 괴한들에게 납치되어 목숨을 잃을 뻔했고요. 그러나 지금 케렌스키 변호사는 모든 것을 숨기려고만 하시는군요. 이것은 우리를 이용하려고만 하지 인격적으로 대하지 않는다는 명백한 증겁니다. 이게 당신의 방식인가요?」

케렌스키는 수연의 눈빛을 피해 시선을 돌리더니 한동안 무언가를 생각하다가 입을 열었다.

「그 점은 두 사람에게 정말 미안하오.」

「진심으로 그렇게 생각하신다면 모든 것을 말씀해주세요. 죽음을 가장하면서 한국에 와 계신 이유에서부터 제임스를 감시하셨던 이유까지 말이에요.」

그러나 케렌스키의 표정은 완고했다. 순간 경훈의 머리에 케렌스키의 디스켓이 떠올랐다. 경훈은 머릿속으로 디스켓의 내용을 하나하나 검색했다. 떠오르는 것이 있었다.

「말하지 않아도 좋습니다. 나는 이미 알고 있으니까요.」

케렌스키의 표정이 변했다. 경훈이 알 리가 없다고 생각했지만 그의 두뇌를 무시할 수도 없었다.

「지금 한국에서 진행되는 음모는 이 나라의 대통령과 관계가 있는 일입니다. 그리고 케렌스키 변호사는 제임스를 감시하며 무언가를 기다리고 있습니다.」

「음…….」

「지금 우리에게 필요한 것은 진정한 협조입니다. 나도 케렌스키 변호사께 도움이 될 수 있습니다. 사실을 털어놓고 정보를 교환해야 합니다.」

다시금 케렌스키의 표정이 여러 갈래로 변했다.

「좋소. 얘기하리다. 하지만 무슨 일이 있더라도 비밀은 지켜야하오.」

「물론이에요.」

수연이 먼저 대답했다.

김대중 파일

「이 변호사의 짐작이 맞소. 디스켓에 있던 〈김대중〉 파일을 기억하오?」

「물론입니다.」

「그 파일이 현재 진행되고 있는 일과 관계가 있소.」

「그게 뭐죠? 도대체 한국의 대통령과 관계있는 음모라는 게 뭡니까?」

「지금 김대중 대통령은 미국의 강경파들에게 큰 방해가 되고 있소.」

「그럴 리가? 김 대통령은 철저히 친미적 성향을 보여왔는데.」

「그렇소. 이 변호사는 김 대통령이 당선 직후 미국의 의회에서 연설한 것을 기억할 거요. 의장 이하 모든 의원들이 진심으로 손뼉을 쳤소. 모두가 그를 곱게 보았고 미국인들이 한국에 대한 호감을 갖도록 하는 데 그보다 적합한 사람은 없었소.」

「그런데요?」

「그런데 사실 김 대통령은 미국이 가장 경계하는 인물이오. 한국의 대통령으로 앉히기에 그보다 더 불편한 사람이 없다는 것을 이제야 깨닫게 된 거요.」

「왜 그렇죠?」

「김대중 대통령은 취임 후 '민족'이라는 말을 쓰지는 않지만 그가 움직이는 방향은 지극히 민족적이오. 그는 자꾸 이유를 붙여 미국으로부터의 무기 구매를 연기해왔소. 그러면서 중국과 일본을 부추겨 아시아적 집단 체제를 구상하고 있지. 그 집단 체제에 김 대통령은 북한을 끌고 들어가려 하고 있소.」

「그러면 오히려 동아시아의 평화에 도움이 되지 않습니까? 경제도 더 활기차게 돌아갈 테고요.」

「음, 그것은 미국이 바라는 바가 아니오. 북한이 그 집단 체제에 들어가면 남북 관계가 안정되고, 한반도에 통일의 분위기가 형성될 거요. 동아시아 전체에 협력과 합동의 거대한 흐름이 생기는 거지. 그러면 중국이 대만을 흡수할 가능성이 커지고, 동아시아가 미국의 거대한 상대로 부상한단 말이오. 한국과 중국, 일본이 힘을 합한다고 생각해보시오. 현재 한반도는 미국이 동아시아의 힘을 흐트러뜨리고 제어하는 데 필요한 보루인 셈이오.」

경훈은 어금니를 깨물었다. 케렌스키의 분석은 탁월했다. 언론에 늘 떠오르는 평화니 협력이니 하는 미사여구와는 달리 매우 현실적인 분석이었다. 미국이 한반도를 그렇게 이용하는 한 이 땅의 백성들은 뭐가 뭔지도 모르고 그냥 휘둘릴 수밖에 없지 않은가.

「김 대통령이 북한을 끌어내려 해도 북한이 전면 개방할 가능성은 희박하지 않습니까?」

「이제까지는 그랬소. 그러나 북한의 상황은 급격하게 변하고 있소. 상황을 변화시키는 요인은 내부적으로는 식량이지만, 외부적으로는 김 대통령 때문이오. 그는 확실하고 독자적인 그림을 그리고 있소.」

「미국 측에서 볼 때 김 대통령이 그리는 그림에 문제가 있습니까?」

「물론, 엄청난 문제가 있소. 지난 50년간 북한에 개방을 권유한 지도자는 등소평과 강택민, 그리고 김대중 대통령이오. 그중에서도 김 대통령이 그리는 그림이 가장 무섭소.」

「무섭다니요?」

「미국의 매파들과 군부, 정보국, 군산복합체들에게 말이오. 김대중 대통령은 남북 정상회담이라는 미끼를 꾸준히 북한에 던지고 있소. 그리고 북한이 미끼를 물 가능성은 그 어느 때보다 높소.」

「김정일이 과연 응할까요?」

「그렇소. 김 대통령은 다른 사람이 아닌 김정일을 유혹하고 있는 거요. 이제 김정일은 선택의 기로에 놓여 있소. 어쨌거나 김정일은 기본적으로 한 나라의 지도자요. 단순한 군인이 아니란 말이오. 엄청난 모험이긴 하지만 김정일은 군의 손아귀에서 벗어나려 하고, 김 대통령은 그 틈새를 노리고 있소. 그만큼 남북 정상회담의 실현 가능성이 높단 말이오. 물론 그 회담에서는 군축이 화두가 될 수밖에 없소. 이 변호사도 군축이 얼마나 위험한 화두인지 알 것 아니오?」

「아이러니군요.」

이 세상 어느 나라가 군축이란 단어를 싫어할 것인가. 그러나 군축을 위해 동분서주하던 미국 대통령 케네디의 피살은 이 단어의 또 다른 얼굴을 여실히 보여주는 셈이 아닌가. 경훈은 섬뜩한 느낌이 들었다.

「나는 왜 미국이 이미 제네바에서 약속했던 북한에 대한 경제 제재를 풀지 않는지 의심하고 있었소. 북한이 핵 개발이나 미사일 수출 등으로 나갈 수밖에 없도록 상황을 만들어간다는 생각도 하게 되었고. 미국은 국제사회에 북한이 약속을 안 지키는 나라라고 선전하고 있지만, 사실은 미국부터 먼저 경제 제재를 풀겠다는 제네바회담의 약속을 지켜야 하는 것 아니오? 약속은 약소국에게만 강요되는 단어요. 어쨌든 김대중 대통령은 모든 악조건을 무릅쓰고 남북 정상회담을 진행할 테고, 군축이 거론되면 김대중 대통령도 케네디나 박정희 같은 입장에 처할 수 있소.」

경훈은 목갑 속 디스켓에 들어 있던 〈김대중〉 파일의 내용을 떠올렸다. 그 마지막에 쓰여 있던 구절은 '우리는 새로운 방법을 마련해야 한다'가 아니었던가.

「그러면 현재 진행되고 있는 음모란 김대중 대통령의 노선을 무력화시키는 것인가요?」

「아직 확실히는 알 수 없소, 그들이 무슨 방법을 쓸지. 하지만 나는 카를로스가 개입할 거라는 강한 심증을 갖고 있소.」

「어째서요? 제임스로 행세하는 지금의 그는 무기거래상 아닙니까?」

「카를로스는 한국에서 무기 거래에 관여하면서 엄청난 돈을 벌었소. 물론 미국과 한국에 두터운 인맥도 쌓았고. 하지만 지금 그자는 일생일대의 위기를 맞고 있소. 카를로스는 한국에 수송기와 정찰기, 그리고 차세대 미사일을 팔기 위해서 막대한 자금을 들여 로비를 했소. 엄청난 이익이 떨어지는 일이오. 그자는 이번 일을 끝으로 사업을 그만두고 미국으로 돌아가려 했소. 모든 일이 순조롭게 진행되었지만, 계약금을 받기 직전에 한국 정부는 군비 지출을 동결해버린 거요. IMF 핑계를 대고 있지만 사실 그 본질은 김대중 대통령의 군축정책 때문이오. 카를로스는 끝까지 일이 안 되면 가만히 있지 않을 거요.」

「가만히 있지 않는다면?」

「나의 정보원은 카를로스가 한국에 있다는 말을 남기고 죽임을 당했소. 이 변호사도 카를로스가 무슨 일을 하던 사람인지 알잖소?」

「그렇다면 내가 짐작했던 대로……?」

케렌스키는 말없이 고개를 끄덕였다.

「설마?」

「미국의 군산복합체에서는 김대중 대통령의 노선에 대해 큰 불만을 갖고 있소. 이미 예전에 그들의 불만이 극대화되었을 때 케네디가 죽었지.」

경훈은 눈살을 찌푸리고 잠시 생각하다 케렌스키에게 물었다.

「만약 카를로스가 뭔가를 하고자 한다면 먼저 케렌스키 변호사의 정보망에 포착되겠군요?」

「그럴지도 모르오. 나는 그자의 범죄 사실을 필요로 하오. 무슨 말인지 알겠소? 나의 증인을 무참히 살해해버린 그자, 팬암의 재판을 결정적으로 불리하게 만들어버렸던 그자가 이번 공작에 연루되어 있다는 단서가 필요하단 말이오. 즉, 나는 카를로스가 음험한 CIA의 공작 전문가라는 사실을 선량한 배심원들에게 내보여야 하오. 이것이 내 필생의 과제요. 경훈 형제, 우리는 힘을 합쳐야 하오. 그리고 더 이상 미국이 범죄조직 같은 CIA에 놀아나도록 방치해서는 안 되오. 미국이 패권주의로 치달으면 인류의 역사는 정의를 상실하게 되오. 지금 무엇보다 중요한 것은 미국을 옳은 방향으로 굴러가도록 만드는 것이오. 그것이 곧 지금의 나를 있게 한 진정한 미국을 위한 길이오. 그리고 지금 군축으로 치닫는 한국의 대통령은 그 어느 때보다 위험에 처해 있소.」

「카를로스는 본래 어떤 자입니까?」

「전설적인 존재였소. 그래서 팬암 사건에도 관여하게 된 거고. 그자는 인텔리지만 실제로는 정부 전복이나 쿠데타, 암살 등의 전문가요. 그자는 비상한 머리로 현지에서 모든 공작을 지휘하고는 유령같이 사라져버리지. 그런데 나는 팬암 사건 후 잠적해버렸던 카를로스가 최근에 다시 움직이고 있다는 정보를 입수했던 것이오. 바로 여기 서울에서 말이오. 그리고 놀랍게도 나는 그자가 제임스라는 이름으로 10년간이나 여기서 무기 거래를 해왔다는 사실도 알게 되었소.」

「그런데 과연 그자가 다시금 한국의 대통령을 어떻게 할 수 있을까요?」

「그게 나의 고민이오. 김대중 대통령은 이미 국제적으로 유명한 인물이오. 함부로 어떻게 할 수 있는 상대가 아니지. 그럼에도 불구하고 카를로스는 한국에 와 있소. 그자는 무기 구매를 성사시키기 위해 한반도에 긴장을 조성하려 들 거요. 또 지금 은밀히 추진되고 있는 남북 정상회담을 방해하려 할 텐데 어떤 방법을 쓸지는 알 수 없소. 지금으로서는 그저 감시만 하고 있을 뿐이오. 혹시 좋은 방법이 떠오르면 내게 알려주시오.」

「어떻게 연락하면 됩니까?」

케렌스키는 휴대폰 번호를 일러주었다.

「자, 그러면 다음에 봅시다.」

케렌스키는 경훈을 구해준 게 기분이 좋은 모양이었다. 그는 웃으면서 경훈의 어깨를 가볍게 두드린 다음 수연에게도 악수를 청하곤 병실을 나갔다.

음모

다음날 아침 병실에서 잠을 깬 경훈은 아무런 장애도 느껴지지 않아 안심했다.

수연은 퇴원한 경훈과 같이 집으로 와서는 차를 끓였다. 그동안 경훈은 소파에 앉아 처음 제럴드 현의 전화를 받고 나서 지금까지 겪은 일들을 하나하나 정리하기 시작했다.

다행히 오세희와 케렌스키를 만나 세상에 묻혀 있던 사실들을 어느 정도 찾아내기는 했지만 새로 직면한 문제는 결코 만만한 것이 아니었다. 모든 정황으로 미루어보아 미국이 김재규와 어떤 형태로든 관계를 맺고 있었던 것은 틀림없지만 의문은 여전히 남았다.

미국이 김재규를 시켜 박정희를 살해했다면 무엇보다 그 뒤가 연결되지 않았다. 미국이 배후에 있었다면 김재규는 실패할 리가 없었을 것이다. 설사 실패했다 하더라도 그토록 어설프게, 아니 우스꽝스럽게 실패하지는 않았을 것이다.

경훈은 10·26의 진정한 비밀은 바로 10·26 후 김재규와 미국의 관계에 있다는 확신이 들었다. 라스베이거스에서 만난 브루스에 의하면 미국이 최고급 정보를 제공하는 등의 방법으로 김재

규를 조종해왔고, 김재규의 소원이었던 주한 미군 철수라는 엄청
난 문제도 해결해주었다.

그 다음부터 김재규는 미국 사람에 다름 아니었고, 분위기가
무르익자 미국은 브루스보다 직위가 높은 홀리건이라는 자로 하
여금 김재규를 전담하게 했다. 홀리건의 임무는 미군 철수 중단
이라는 빚을 진 김재규로부터 그 빚을 받아내는 일이었다.

김재규 전담자, 그는 이전의 브루스와는 비교도 안 되게 깊이
있는 얘기를 김재규와 나누었을 것이다. 세상의 다른 누구도 모
르는, 단지 두 사람만 아는 모종의 협약을 맺었을 것이다. 여기까
지 생각하던 경훈은 갑자기 탁자를 내리쳤다. 왜 그 생각을 하지
못했을까.

「어머, 선배 왜 그래?」

차를 끓여오던 수연은 경훈의 평소답지 않은 행동에 놀랐다.

「제임스, 아니 홀리건이라는 자 말이야.」

「그래.」

「그자가 열쇠야. 그자가 속임수를 썼을 가능성이 있어.」

「무슨 속임수?」

「아니, 홀리건이 아니지. 미국, 미국이 엄청난 속임수를 썼을
가능성이 있어. 맞아, 그러면 수수께끼가 풀려. 이것은 분명 속임
수야.」

「속임수라니, 도대체 무슨 말이야?」

「그래야 김재규가 남산으로 가지 않고 용산으로 간 이유도 설

명이 되는 거야. 훌리건의 속임수, 아니 미국의 작전이었어.」

「무슨 말인지 나는 도무지 모르겠다. 좀 찬찬히 설명해봐.」

「이미 CIA 국장이 김재규를 미국으로 초청했을 때부터 그의 운명은 결정된 거야. CIA 요원을 영어 가정교사로 넣어 그를 관찰하면서 미국은 어떤 형태로 김재규를 써먹을지 연구했어.」

「그랬겠지.」

「미국이 궁극적으로 바라던 바는 박정희의 제거였어. 그건 확실하지. 그런데 미국은 하나의 고민을 갖고 있었단 말이야.」

「무슨 고민?」

「당시의 동서 냉전체제하에서 박정희의 죽음이 몰고 올 엄청난 공백을 염려하지 않을 수 없었지.」

「당연히 염려했겠지.」

「그래서 미국이 딜레마에 빠졌던 거야.」

「나도 거기까지는 이해가 돼.」

수연은 경훈의 논리를 따라잡는 데 문제가 없는지 여유 있게 차를 한 모금 마셨다.

「미국은 마침내 그 문제를 해결해냈어.」

「어떻게?」

「김재규는 오래전부터 박정희를 암살하려고 준비해왔다고 진술했어. 심지어는 군단장 시절 박정희가 자신의 부대를 방문했을 때 그를 체포하고 억류해서 독재를 끝장내도록 담판 지으려 했고, 태극기에 주머니를 만들어 권총을 숨겨놓기도 했다고 증언했거든. 즉 김재규는 평소 박정희를 처치할 생각을 해왔다는 거지.」

「……」

「실제 일어난 것은 궁정동의 10·26이지만 김재규는 이 밖에도 다양한 형태의 거사를 생각했단 말이야.」

「그게 무슨 의미가 있어?」

「모든 거사 형태의 장단점을 비교하고 분석했단 얘기지.」

「그래서?」

「그러고는 실제 일어났던 10월 26일 밤을 택한 거야.」

「그게 제일 낫다고 판단해서 그런 거 아냐.」

「아니, 이것은 매우 이상한 형태의 거사야. 보안사령관을 거쳐 중앙정보부장으로 있던 김재규는 평소에 어떻게 하면 거사할 수 있는지에 대해 깊이 연구했고, 도상 훈련도 수없이 해두었거든.」

「그런데?」

「그러나 김재규는 평소 훈련했던 방식을 택하지 않았어. 자신의 방식을 택하지 않았단 말이지. 사람들은 그가 그런 방식을 택하지 않은 것을 두고 바보니 얼간이니 하고 얘기하지만, 그것은 전혀 다른 각도로도 볼 수 있어.」

「어떻게?」

수연은 입에 침이 말랐다.

「김재규는 다른 방법을 받아들였던 거야. 그래서 전화 한 통화면 될 그 '김학호, 시작해'를 하지 않았던 거지.」

「'김학호, 시작해'가 뭐야?」

「평소 훈련해두었던 중앙정보부의 작전명령이야.」

찻잔을 입으로 가져가던 경훈은 그대로 동작을 멈추었다. 한참 동안 꼼짝 않고 있는 경훈에게 수연은 조심스럽게 물었다.

「선배, 왜 그래?」

그래도 한참을 더 말없이 있던 경훈이 갑자기 고함을 질렀다.

「그래, 바로 그거야! 연결이 돼, 그것까지도!」

「뭐가?」

「노벰버.」

「노벰버, 육사 11기?」

「그래. 네가 생각해냈지, 육사 11기라고.」

「10·26과 육사 11기가 관련이 있다는 얘기야?」

「그것뿐만이 아냐. 더 있어.」

「뭐가?」

「이럴 게 아니지.」

경훈은 벌떡 일어나더니 책상 앞으로 가서 잔뜩 쌓여 있는 자료를 헤치며 무언가를 찾아서는 몇 번이나 반복해서 읽었다.

「갑자기 왜 그래?」

「기나긴 시나리오였어. 10·26부터 12·12를 거쳐 5·18까지 이어지는 미스터리는 결국 한 뿌리에서 나온 거야.」

「어떻게 알 수 있지?」

「바로 그 노벰버가 열쇠야. 육사 11기의 스터디. 제럴드 헌이 육사 11기를 스터디했다는 건 결국 이들이 권력을 잡도록 미국이

1026

설계했다는 거지.」

「그들이 대통령을 암살하기 전에 이미 암살 후 흔들릴 수밖에 없는 한국 사회를 육사 11기에게 맡긴다는 시나리오를 짰다는 얘기네.」

「바로 그거야. 제럴드 현은 죽어가는 와중에도 할 말은 다 한 거야.」

「그날 선배가 그 전화를 받길 참 잘했네. 내가 받았으면 10·26의 진실은 그냥 묻혀버릴 수밖에 없었을 텐데.」

「아니. 여기까지 오는 데는 너의 추리가 결정적 역할을 했어.」

경훈의 칭찬에 수연은 기분이 좋았다.

「유산을 받은 후 오직 현 선생님의 원을 풀어드려야겠다는 생각만 했어. 참, 아까 미국에서 연락이 왔는데 내가 일을 부탁한 사람이 정부문서보관소에서 매우 특별한 걸 찾았다고 했어. 그래서 말인데, 나 내일 미국으로 갈 거야.」

「미국까지 가야 돼? 팩스로 보내라고 하지.」

「내가 검토해보고 보수도 줘야 넘겨줘.」

다음날 경훈은 수연을 공항까지 바래다주었다.

「성과가 있으면 연락할게.」

수연은 손을 내밀어 악수를 청했다.

막상 수연이 미국으로 가고 나자 경훈은 허전했다.

경훈은 이제 10·26에 대한 결론을 내릴 수 있었다. 하지만 결론이 나왔다고 해서 현실적으로 어떻게 할 수 있는 일은 없었다. 다만 케렌스키가 얘기한 카를로스, 즉 제임스의 또 다른 음모에 대비해야 했다.

경훈은 자동차를 운전하며 공항에서 시내로 돌아오는 내내 한반도의 운명에 대해 생각했다. 남과 북의 권력 내부에서 어떤 일이 벌어지고 있는지는 모르지만, 누가 생각해도 한반도가 군축으로 가야 한다는 것은 자명한 일이다. 남한이나 북한이나 엄청난 돈을 빈 독에 물 붓듯 하는 현실이 너무도 개탄스러웠다. 더군다나 그 무기들이 동포를 겨누고 있음에야.

경훈은 남북 정상회담이 하루라도 빨리 이루어졌으면 싶었다. 남북 간의 신뢰 회복에 정상회담보다 더 효과적인 방법은 없을 것이다. 그러나 미국이 한국 정부의 햇볕정책을 언제까지 곱게만 보고 있을 리는 없었다.

함정

    케렌스키는 제임스가 김대중 대통령을 직접 노릴 가능성도 배제하지 않았다. 사실 이 나라의 대통령 가운데 어느 한 사람도 청와대에 들어가 끝이 좋지 못했다. 대통령들의 삶이 그렇게 굴곡져왔다는 것은 바로 이 나라의 운명이 그만큼 휘둘려왔다는 얘기였다.

    경훈은 지금의 대통령도 그런 점에서는 예외가 아니란 생각이 들었다. 북한을 이끌어내어 한반도의 항구적 안전을 도모하고, 민족의 숙원인 통일의 초석을 깔겠다는 김대중 대통령. 그러나 그의 정책은 미국의 대북 정책 및 동아시아 정책에 정면으로 배치되는 것이다.

    미국의 노선을 벗어나면 불안해지는 수많은 국민을 보듬어 안은 채 까탈스럽기 짝이 없는 북한을 끌어내려는 김대중 대통령. 그 역시 케네디가 겪고 박정희가 겪었던 비운의 암살 위협에 노출되어 있다는 사실에 경훈은 불안해졌다.

    경훈은 상준을 만나 은근히 자신의 생각을 비쳐보았다. 그러자 상준은 실소를 흘렸다.

「우습잖아. 대통령을 어떻게 한다고? 제임스인가 뭔가 하는 사람 말이야, 전직 CIA라면 당장 미국이 거론될 것이 뻔한데 설마 그런 짓을 하겠어?」

「그건 그래. 하지만 누구도 생각지 못하는 방법이 있을 수도 있잖아.」

「하지만 드러나지 않을 방법이란 게 있겠어?」

「그건 알 수 없지.」

다시 경훈은 청와대 비서관으로 근무하는 믿을 만한 선배를 찾아갔다.

「글쎄, 박 대통령 죽음의 배후에 미국이 있다는 얘기는 김재규 자신이 했던 얘기니까 어떨지 모르지.」

「박 대통령은 국방에 관한 시각이 미국과 크게 엇갈렸고 그것이 죽음의 원인이었죠. 그리고 지금 그때와 같은 상황이 또다시 한반도에서 조성되고 있어요.」

「같은 상황이라고?」

「김 대통령은 군축과 통일을 달성하기 위해 남북 정상회담을 모색하고 있어요. 하지만 미국에는 남북 정상회담과 군축을 방해하는 세력이 있죠. 대통령의 정책은 미국의 노선과 엇갈릴 수 있어요. 대통령은 위험해요.」

「하하, 자네 신경과민인 것 같군.」

「어째서요?」

「지금은 상황이 달라. 박정희 대통령은 독재의 화신이었지만 김대중 대통령은 민주화의 화신이야. 국정 운영에도 아무런 흠이 없어. 그리고 노구를 이끌고 경제위기 극복에 최선을 다하는 모습을 국민들이 다 지켜보고 있지. 어떤 쿠데타든 국민들에 의해 거부당해. 미국? 미국도 김 대통령을 어떻게 할 수는 없어.」

「선배, 그러나 지금 상황이 매우 급박해요. 북한은 결코 미사일 개발의 성과를 포기하려 들지 않을 거예요. 미국의 강경파들은 이미 북한을 어떤 형태로든 응징하려 하고 있고, 김 대통령의 햇볕정책이 자신들의 한반도 정책에 커다란 장애가 된다고 생각하니까.」

그러나 비서관은 경훈의 말에 코웃음을 칠 뿐이었다. 경훈은 답답했지만 혼자서 어떻게 할 수 있는 일이 아니었다. 답답해하는 것은 경훈만이 아니었다. 지나다 들렀다는 손 수사관 역시 경훈에게 갑갑한 심정을 털어놓았다. 범죄자를 두고 보지 못하는 성격 탓이었다.

「세상에, 이런 경우가 있십니꺼? 범죄를 저지른 사실은 분명한데 증거가 없어 잡아넣질 못한다는 게 말이나 됩니꺼.」

「좀 기다려봅시다.」

「지야 힘이 없어서 그렇다 치더라도 이 변호사님은 어떻게 할 수 있지 않십니꺼?」

경훈은 손 수사관에게 일전에 죽을 뻔했던 일을 얘기했다. 그러자 손 수사관은 주먹으로 테이블을 내리치며 울분을 토했다.

「정말 쥑이뿌리고 싶은 놈이구만.」

「그자는 무슨 일을 하든 흔적을 남기지 않아요. 지금으로선 어떻게 할 수도 없고……」

그런데 며칠 후 손 수사관은 다부진 결심을 머금은 얼굴을 하고 다시 찾아왔다.

「변호사님, 두고 보십시오. 그놈이 그런 수법을 썼다면 지한테도 다 생각이 있심더.」

「아니, 함부로 움직이면 큰일 납니다.」

「알고 있심더. 하지만 지는 대한민국의 수사관이 그렇게 만만치 않다는 걸 보여주고야 말끼라예. 그놈이 증거 없이 사람을 죽이는 데 이골이 난 작자라면 지도 똑같이 해줄 수 있심더.」

「아니, 손 수사관, 그러면 안 돼요. 그자에게 섣불리 손대서는 안 돼요.」

경훈은 손 수사관이 제임스를 건드려 큰일을 그르칠까 봐 덜컥 겁이 났다.

「중요한 것은 제임스가 아니에요. 그자의 배후를 알아야 합니다. 그자는 지금 엄청난 일을 획책하고 있어요. 그것이 뭔지를 알아내야 합니다.」

「세상에는 CIA나 인공위성만 있는 게 아니란 것을 보여줄 깁니더. 대한민국의 수사관도 있고, 전자장치 못지않은 기술자의 손도 있다는 것을 똑똑히 보여줄 깁니더. 두고 보이소.」

손 수사관은 의미심장한 얘기를 남기고 돌아갔다. 그는 마음껏 불법을 저지르는 외국인을 어떻게 하지 못한다는 한국적 현실에 대해 순수한 인간적 분노를 터뜨렸던 것이다.

경훈은 한편으로는 불안하면서도 또 한편으로는 기대도 되었다. 그리고 손 수사관이 남긴 전자장치 못지않은 기술자의 손이라는 게 뭘 말하는지도 궁금했다.

손 수사관이 나가고 나자 바로 전화벨이 울렸다. 수연이었다.

「지금 비행기를 탈 거야. 서울에는 내일 오후 늦게 도착해.」

「무슨 소리야? 간 지 얼마나 됐다고 이렇게 빨리 돌아온다는 거야?」

「선배 보고 싶어서 그냥 돌아가야겠어.」

「농담은. 몇 시 비행기야? 내가 공항에 나갈게.」

「바쁠 텐데. 괜찮아.」

「아냐. 내가 나갈게. 그런데 목소리가 아주 밝구나.」

「미국에 오기를 너무 잘했어. 가서 깜짝 놀랄 얘기를 해줄게.」

「뭔데?」

「가서 들려줄게.」

제임스는 미국에서 갓 도착한 한 통의 전문을 앞에 놓고 화가 머리끝까지 치밀어 있었다.

때르르릉 때르르릉 때르르릉……

전화벨이 한참 울리도록 제임스는 무슨 생각엔가 잠겨 있었고 이내 그의 눈빛은 살기를 띠었다. 그는 벨이 열 번도 더 넘게 울렸을 때에야 비로소 전화를 받았다.

「제임스입니다.」

「그 일은 어떻게 되었소?」

「본국 통상본부의 라인을 통해 깊숙이 찔러보았는데 노골적으로 거절당했습니다. 무기 구입은 좀 기다려달라는 완곡한 대답으로 일관했다는 것입니다.」

「핑계는 역시 IMF겠지.」

「그렇습니다.」

「김대중은 셈에 밝아. 이제까지의 대통령들과는 근본적으로 다르오. 그는 한국이 그런 엄청난 군비를 써가면서는 도저히 세계 경제를 따라잡지 못한다고 생각하오. 서두르시오. 지금 사태가 매우 급박하오. 식량정책에 실패했다는 비난이 김정일에게 쏟아지고 있소. 그가 돌연 남북 정상회담에 응할 가능성이 매우 높아졌소. 그들이 만나 전격적으로 군축에 합의하면 모든 게 엉클어지는 거요. 앞으로 3일 이내에 썰매를 출발시키시오.」

「알겠습니다.」

제임스는 전화를 끊자 즉시 승용차를 대기시켜서는 어디론가 출발했다.

「니 진짜로 자신 있나?」

「형님, 걱정일랑 붙들어 매노라 카니까예. 지 별명이 안창따기 아입니꺼, 안창따기!」

「그래. 그놈이 정말 서류를 양복 안주머니에 넣고 다니더나?」

「우리는 한 번 척 보면 안다 아입니꺼. 며칠 지켜봤는데 전부 안주머니라예. 가방 안 들고 다니는 놈이 안주머니가 불룩하면 틀림없어예.」

「잘못되면 니나 내나 다 형무소행이다.」

「글마가 그렇게나 무서운 놈입니꺼?」

「그래, 나 같은 수사관 따윈 안중에도 없는 놈이지.」

「염려 마이소. 어떤 놈이라도 지가 개발한 수법에 걸리면 국물도 없심더.」

「니만 믿는다. 고맙다.」

「원 참, 형님도. 그라믄 지가 부끄럽지예. 근데 글마는 와 하루에 두 번씩 꼭 평택엘 갔다 오는 깁니꺼?」

「이유는 내도 모린다.」

「밀수라도 하는 놈 아입니꺼?」

「밀수할 놈은 아이고…….」

안창따기는 손 수사관에게 언젠가 꼭 은혜를 갚고 싶어 하던 참이었다. 수년 전 특별단속에서 붙들려 빼도 박도 못하던 안창따기를 고향 선배인 손 수사관이 동료 수사관에게 사촌동생이라고 사정하여 빼준 적이 있었다. 그 후로 다시는 손 수사관 앞에 나타나지 않기로 맹세했는데 뜻밖에도 손 수사관이 자신을 찾아온 것이 아닌가. 더욱 놀라운 것은 자신에게 손 수사관이 일을 부탁해왔다는 사실이다.

「저쪽 온다. 잘해.」

제임스는 빌딩 앞에서 승용차를 내려서는 현관으로 걸어 들어왔다. 엘리베이터 앞에서 기다리던 안창따기는 문이 열리자 몇 사람과 같이 자연스럽게 엘리베이터를 탔다. 제임스는 엘리베이터에 타자 8층을 눌렀다.

엘리베이터의 문이 닫히려는 순간 한 사나이가 급하게 외치며 뛰어왔다. 손 수사관이었다. 한 아가씨가 얼른 버튼을 눌러 엘리베이터의 문을 열어주었다.

「아, 고맙심더.」

손 수사관은 엘리베이터에 타자 주위를 두리번거리다 갑자기 고함을 질렀다.

「어, 이놈, 이거 여기 있었구나. 야, 이 새끼야! 이 살인범 놈아!」

손 수사관의 고함소리에 사람들은 모두 놀랐다.

「이거 왜 이래!」

제임스는 멱살을 잡으려는 손 수사관을 피하면서 황급히 고함을 질렀다.

「너 이 새끼, 우리 변호사님한테 먼 짓을 했노?」

손 수사관은 막무가내로 제임스의 멱살을 잡아채면서 고함을 질렀다. 좁은 엘리베이터 안에서 손 수사관이 제임스의 멱살을 잡고 흔들어대자 엘리베이터가 심하게 흔들렸다.

「이거 엘리베이터 안에서 왜 이러시오. 위험하잖아요.」

한 승객이 두 사람 사이로 나서며 말렸다.

「이놈 이거 살인범입니더. 죽일 놈이란 말이라예.」

「뭐? 이거 못 놔! 이 자식, 너는 모가지야.」

「나가서 얘기해요. 엘리베이터가 흔들리잖아요.」

다시 여자 승객 한 사람이 겁에 질린 목소리로 말했다.

「이거 좀 말려줘요! 이 미친 사람을 좀 붙들고, 멱살 좀 풀어줘요!」

제임스의 요청에 따라 곁에 얌전히 서 있던 안창따기는 아주 여유 있게 그의 안주머니를 자신의 특기인 안창따기 수법으로 뜯어냈다. 그러고는 6층에서 다른 승객들과 같이 내렸다. 10여 년이 넘는 그의 작업 역사를 볼 때 이 정도는 문제도 아니었다.

「너, 내가 정식으로 영장 가지고 올 테니까 내빼지 말고 기다리라!」

손 수사관은 인터폰을 받고 달려온 경비원들에게 신분증을 내밀고는 고함을 버럭 질렀다. 그러나 엘리베이터를 타고 밑으로 내려와서는 급히 안창따기와 약속해둔 장소로 택시를 타고 갔다. 그리고 안창따기로부터 봉투 하나를 전해 받고는 그길로 경훈을 찾아갔다.

「정말입니까? 이게 그자의 주머니에서 빼온 것입니까?」

「틀림없심더.」

봉투는 아주 두텁게 밀봉되어 있었다. 경훈은 자못 기대감이 서린 손길로 봉투를 뜯었다. 봉투 안에는 종이 한 장이 있었고, 거기에는 다섯 사람의 이름만 쓰여 있었다.

함정

이재억 지영호 유수하 임창순 민봉규

「허 참, 아니 이게 뭡니꺼?」

「……」

「그렇게나 어렵사리 빼왔는데 고작 이름 다섯 개라니예.」

「……」

「꼬박 열흘 동안 하루에 두 번씩 평택에 내려가길래 무슨 특별한 일이라도 있나 했는데 아무것도 없으니 힘빠지네예.」

「이 이름들에 무슨 특별한 의미가 있는 것은 아닐까요?」

「고작 이름 몇 개에 의미가 있으면 얼마나 있겠십니꺼? 이 이름들이 누구의 이름이든 그게 무슨 의미라꼬예.」

경훈은 천천히 고개를 끄덕였다. 손 수사관의 말은 틀리지 않았다. 손 수사관의 얼굴은 실망감으로 일그러졌다.

경훈은 땅이 꺼져라 한숨을 쉬며 나가는 손 수사관을 위로할 특별한 말이 생각나지 않아 머뭇거리며 그냥 앉아 있었다. 종이를 들고 이리저리 살펴보아도 무슨 비밀 글씨가 보이거나 하는 것도 아니었다. 인명사전을 찾아보아도 다섯 개의 이름 중 어느 하나 나와 있지 않았다.

경훈은 끝까지 포기하지 않고 신문사와 잡지사 등의 친구들에게 전화를 걸어 물어보았지만 아무도 그 이름들을 알지 못했다. 경훈은 종이를 접어 주머니에 집어넣고는 자리에서 일어났다.

손 수사관은 퇴근 시간 직전까지 조마조마한 마음으로 앉아 있었다. 혹시라도 제임스 측에서 항의라도 해올까 봐 걱정스러웠던 것이다. 그러나 별다른 일이 없자 가벼운 마음으로 경찰서 정문을 나섰다. 그는 근처의 공중전화를 들어 안창따기를 불렀다. 성과는 없었지만 노고에 보답하는 의미에서 술이라도 한잔 사주고 싶었다.

저녁을 겸해 시작한 술자리가 몇 차를 거치는 동안 두 사람은 인사불성이 되도록 취했다. 그래도 선배라, 손 수사관은 안창따기를 먼저 택시에 태워 보내고 자신은 길거리에 서서 빈 택시를 기다렸다. 그때 검은색 자가용 한 대가 다가오더니 운전석에 앉아 있는 젊은이가 창문을 내리며 말했다.

「아저씨, 쌍문동으로 가는데 같은 방향이면 만 원만 내고 타세요. 택시 요금도 안 되는 돈이에요. 기름값에나 좀 보태려고요.」

「그으래, 가자.」

손 수사관이 조수석에 올라타고 차가 막 출발한 순간이었다. 뒤에서 가느다란 철사 하나가 넘어 오더니 그의 목을 조여왔다. 순식간에 벌어진 일이었다.

다음 순간부터 손 수사관은 피가 끓고 살이 튀는 고통을 맛보아야 했다. 자동차는 어느 야산에 멎었다.

「어느 놈한테 전해줬어?」

손 수사관은 인간이란 참 나약한 존재라고 생각했다. 거의 30분이나 계속된 무자비한 고문을 온몸으로 맞받아 이제 살아날 가망이 없다는 것을 알면서도 떨고 있는 자신을 느꼈던 것이다.

「이 새끼, 진짜 독종이구나. 야, 너는 이 보기 싫은 귀때기부터 잘라내버리고, 너는 야구 빠따로 뼈다구 몇 개 더 뿌샤버려!」

손 수사관은 이미 부러진 두 다리와 두 팔을 힘들게 움직이며 귀를 감싸려는 자신에 대해 웃음이 나왔다. 웃음은 이내 비명과 섞여 입을 틀어막은 천 조각 사이로 기괴한 소리를 흘려냈다.

한쪽 귀에서 금속의 싸늘한 감촉과 함께 끈적끈적한 액체가 흘러내리자 손 수사관은 두려움에 젖은 눈동자를 희번덕거리며 고개를 끄덕였다. 입에서 천 조각이 빠져나가자 손 수사관은 쓰러진 채 숨을 거칠게 몰아쉬었다.

「누구야? 빨리 말해!」

「이, 이, 경훈…… 이경훈 변호사.」

「또?」

손 수사관은 고개를 가로저었다.

「진작 말했으면 아무 고통 없이 편하게 죽여주잖냐, 이 미련퉁아! 야, 이 새끼 구덩이 파고 묻어버려.」

사나이는 쓰러져 있는 손 수사관의 무감각해진 얼굴을 쳐다보며 휴대폰을 꺼내 버튼을 눌렀다.

「형님, 이 짭새 새끼가 그 서류를 이경훈이라는 변호사 놈한테 줬답니다.」

에버레디 계획

다음날 오후, 손 수사관을 위로하려고 검찰청에 전화를 걸었던 경훈은 그의 결근 소식을 들었다.

「지각은 했지만 결근은 안 하던 사람입니다. 어젯밤에 집에도 안 들어왔다는데 무슨 일인지…….」

경훈은 손 수사관이 출근하면 전화를 해달라고 부탁한 뒤 조용히 수화기를 내려놨다.

제임스, 그의 얼굴이 떠오르자 경훈은 마음이 편치 않았다. 시계를 보았다. 수연을 마중 나가야 할 시각이었다.

경훈은 공항에 나가서 다시 한 번 손 수사관에게 전화를 걸었다. 역시 소식이 없었다.

수연이 탄 비행기는 정시에 도착했다. 밝은 얼굴로 나온 수연은 경훈의 초조한 표정을 보자 놀랐다.

「나를 도와주던 수사관이 한 분 있는데 행방이 묘연해. 제임스로부터 서류를 탈취했는데 어제 저녁부터 소식이 없어. 한 번도 그런 적이 없었는데. 불길한 생각이 들어. 도대체 일이 어떻게 진행되고 있는 건지 모르겠다.」

경훈은 수연에게 탈취한 서류에는 단지 다섯 사람의 이름만 적혀 있는데 모두 처음 보는 이름이라는 등의 이야기를 했다.

「케렌스키 변호사에게 물어봐. 도움도 청하고.」

그럴 수도 있겠다는 생각에 경훈은 케렌스키에게 전화를 걸었다. 케렌스키는 즉각 약속 장소로 나왔다. 그간의 정황을 전해 들은 케렌스키는 미간을 좁혔다.

「다섯 사람의 이름만 적혀 있었다고 했소?」

「그렇습니다.」

「이 변호사가 모르는 사람들이오?」

「네, 전혀 들어본 적 없는 사람들입니다.」

「어떤 사람들일까?」

「무기 거래에 관련된 사람들일지도 모르죠.」

케렌스키는 고개를 끄덕였다.

「그나저나 제임스는 움직임이 없습니까?」

「전혀. 밀착 감시하고 있는데 통 움직임이 없소.」

「하여튼 무슨 이상한 기미가 보이면 바로 연락을 주세요.」

「알았소. 그런데 이 변호사도 집으로 들어가면 위험하지 않을까?」

「그렇지 않아도 손 수사관의 행방이 확인될 때까지는 호텔에서 머무를 예정입니다.」

「그게 좋겠소. 호텔을 정하면 내게 알려주시오.」

수연과 같이 시내의 호텔에 숙소를 정한 경훈은 다섯 사람의 이름이 적힌 종이에서 잠시도 눈을 떼지 않았다. 수연은 샤워를 마치고는 과일을 들고 경훈의 방으로 건너왔다.

「선배, 신경이 극도로 곤두서 있구나.」

「틀림없이 무슨 일인가가 진행되고 있는데, 손 수사관은 왜 이렇게 소식이 없을까?」

무심코 과일을 집어 한입 베어먹던 경훈은 아무 맛도 못 느끼겠는지 과일을 치우고 다시 종이를 들여다보았다.

「기자 친구도, 청와대 선배도 아무 염려 말랬다면서?」

「그런 사람들은 아무것도 몰라. 제임스가 가만있는 것이 오히려 불안해.」

「아무리 대단한 자라 하더라도 감히 대통령을 어떻게 할 수는 없겠지, 설마?」

「그자는 개인적으로도 이번의 무기 거래에 운명을 걸고 있다고 했어. 그리고 김 대통령의 군축은 위험하기 짝이 없는 모험이야. 그들에게 행동을 해야 할 이유는 충분해. 다만 어떤 방법을 쓰는가가 문제지.」

「……」

경훈은 제임스가 하루에 두 번씩 빠짐없이 평택에 다닌다는 손 수사관의 말을 떠올렸다. 평택과 그 이름들이 관계가 있을지 모른다는 생각이 들었다.

「평택에 뭐가 있지?」

「글쎄?」

「이런 일은 캐나다의 오 선생님에게 묻는 게 낫지 않을까?」

수연의 말마따나 이런 걸 묻기에는 오세희가 적격이었다. 경훈은 바로 그에게 전화를 걸었다.

「평택? 거기에 506이 있지.」

「506이라뇨?」

「특수 부대요. 감청 전문이지. 한반도에서 오가는 모든 대화를 엿들을 수 있는 부대요. 멀리 만주까지도 감청할 수 있소.」

「대단한 부대군요.」

「무슨 일 있소?」

「아직 확실하지는 않습니다.」

「거기 분위기는 어떻소? 이쪽에는 미국과 북한의 충돌을 점치는 시각도 있는데……..」

「글쎄요. 특별한 변화는 보이지 않습니다. 정말 미국이 북한을 폭격하는 일이 벌어질까요?」

「방심할 수는 없소. 워낙 공격적인 자들이니까. 이 변호사는 지난 94년 미국에서 무슨 일이 일어났는지 알고 있소?」

「잘 모릅니다.」

「한반도에 사는 사람들은 꿈에도 모르는 채 전면전이 터질 뻔했소.」

「네?」

「미국은 그때 실제로 전쟁을 계획했소. 당시 미국은 걸프전의 승리로 말미암아 호전적 분위기에 휩싸여 있었지. 북한의 핵 개발 의혹은 군산복합체에게는 절호의 기회였소. 그들은 CIA를 내

세워 폭격의 꼬투리를 잡으려 했지. 이 변호사, 그 당시 CIA 국장이 의회에서 북한은 이미 열 개 이상의 핵탄두를 보유하고 있다고 증언했던 것 기억나오?」

「네, 기억납니다.」

「미국은 그런 나라요. 국방성은 1차로 1만 명의 미군을 증파하는 계획을 세웠소. 처음 미군은 영변 일대를 폭격하고 일시에 북한의 공군력을 궤멸시키려 했지. 그러면 북한의 지상군이 대거 남으로 공격해오리라 예상했소. 그럴 경우 미군이 약 8만 정도, 한국군이 약 30만 정도 희생될 것으로 판단했지. 민간인은 수백만 이상이 사망하고 한국 경제는 하루아침에 폐허가 되는 거요. 그들은 이처럼 전면전을 불사하고라도 북한의 핵 개발을 막아야 한다고 주장했소.」

「실제로 그 당시 북한이 핵탄두를 보유하고 있었던 것은 아니지 않습니까?」

「물론이오. 그러니까 더 무섭지. 있지도 않은 핵무기를 없앤다고 전면전을 계획하는 미국의 시스템이 더 위험하다는 얘기요. 일반인들은 아무것도 모르는 상황에서 일단 군산복합체·국방성·CIA 등이 앞장서 일을 저지르고, 군산복합체는 걸프전과는 비교가 안 되는 대규모 전쟁에서 다시 엄청난 이익을 챙기는 거요. 미국이 추구하는 세계 정책의 본질은 군사력이고, 군산복합체는 절대 망해서는 안 되기 때문에 지구상의 어딘가에서는 위기나 전쟁이 상존해야 하는 거요. 하지만 절대 핵무기 개발은 안

「되지. 미국의 통제를 벗어날 수 있거든.」

「알겠습니다. 미국의 군사력 유지를 위해 한반도는 끊임없이 위기에 시달리고 무기를 사주지만, 정작 국방을 강화하고 값싼 안전을 보장하는 핵무기는 안 된다는 의미군요.」

「문제는 한반도의 어느 누구의 의사와도 상관없이 미국이 그렇게 대담한 전쟁 계획을 세웠다는 사실이오. 미국의 필요에 의해 남한은, 아니 한반도는 하루아침에 잿더미가 되는 운명을 맞을 수도 있소. 더욱 비참한 것은 미국의 폭격에 의해 남북한이 아수라장의 전쟁판을 벌여야 한다는 거요.」

「뭐라 말이 안 나오는 현실이군요.」

「미국이 북한을 폭격하면 나도 가족들과 서울로 들어가겠소.」

「네? 여기로요?」

「그렇소. 나도 나라와 고난을 함께하고 싶소. 한반도에는 이 땅을 지키려고 하는 사람들이 있다는 것을 보여주겠소. 아무리 초강대국이지만 그런 식으로 함부로 약소국을 공격해서는 안 된다는 것을 온몸으로 항의하겠소.」

경훈은 전화를 끊으며 온몸에서 전율을 느꼈다. 그는 평소에도 오세희와 대화를 하다 보면 무뎌진 민족애와 조국애가 새삼스럽게 싹트는 것을 느끼곤 했다.

「왜 그래?」

「아냐, 아무것도 아냐.」

경훈의 뇌리에 불현듯 수연이 하버드대학교 케임브리지 광장에서 어깨에 북을 비껴 메고 판소리 공연을 하던 광경이 떠올랐다. 그때 수연은 말했었다. 그 넓은 광장에 우리 것만 없어서 아예 판소리를 배워 공연을 시작했다고. 경훈은 말없이 수연을 바라보았다.

「왜 그래?」

「이 민족이 존속하는 것은 오 선생님이나 너 같은 사람이 있기 때문일 거야. 내가 많이 부끄럽다.」

「선배, 놀리는 거야?」

「아니, 진심이야.」

「그럼 이제 내 얘기 좀 해도 돼?」

경훈은 그제야 수연이 미국에서 성과가 있었다고 얘기했던 것을 떠올렸다.

「참, 그 얘기 좀 들어보자. 내가 손 수사관의 실종으로 너무 정신이 없었구나.」

수연은 손에 들고 있던 편지봉투를 내밀었다.

「이게 뭐야?」

「이 땅에는 이미 오래전부터 주한 미군이 한국의 대통령을 거세하려 했던 기도가 있었어.」

「그래, 그 증거를 찾았단 말이지?」

「그래, 에버레디 계획이란 게 있었어. 미국의 문서보관소에서 그것을 찾아냈지.」

「에버레디?」

「에버레디. 그건 항상 준비가 돼 있다는 뜻이지. 그 말은 결과적으로 주한 미군은 언제나 쿠데타 준비를 하고 있다는 뜻이 돼버렸어.」

「뭐?」

「에버레디는 주한 미군이 이승만 대통령을 축출하고 미국의 말을 고분고분 들어줄 사람을 지도자로 앉힌다는 계획이었단 말이야.」

「그게, 그게 정말이야? 그런 계획이 정말 있었어?」

「그럼. 그것도 한 번도 아니고 두 번이나. 작전도 다양해. 미군이 직접 하는 걸로 계획을 세웠다가 한국군을 이용해 실행하는 방법도 검토하고. 어떤 경우든 한국군이나 한국 정치인을 표면에 내세웠지. 그런 사실이 서류로 남아 있는 것을 보니 숨이 막힐 지경이었어.」

「믿을 수가 없어. 그런 게 어떻게 존재할 수 있지?」

「비밀 해제가 된 지 얼마 안 됐어. 어디 이것만 그렇겠어? 나는 이걸 보면서 10·26이니 12·12니 5·18이니 하는 것들도 미국의 어느 문서보관소에서 먼지를 뒤집어쓰고 있을지 모른다고 생각했어.」

경훈은 수연의 손에서 편지봉투를 빼앗듯이 낚아채서는 내용물을 끄집어냈다. 눈길이 제목을 스치는 순간 경훈은 아연 긴장했다.

⟨1급 비밀⟩

-유엔군 총사령관 클라크

1. CX50901 3항에 언급된 세부 계획들을 세웠는데 그것은 일련의 사태에 대처하기 위한 것입니다. 이 계획은 8군과 협조 아래 마련됐으며 무초 대사와 사전에 협의한 것입니다.

2. 모든 계획이 완벽히 준비되기 전에 언커크, 대사관, 유엔군 사령관이 합동으로 이 대통령에게 모종의 요구를 해야 할지는 아직 검토되지 않고 있습니다.

3. 유엔 사령부가 어떤 조치를 취하더라도 한국 정부의 상징은 보존되어야 합니다. 설령 군사력을 통한 장악이 필요한 경우에도 유엔 사령부 이름으로 행해진 조치는 보조 차원으로 알려져야 합니다. 그러나 한국군만의 단독 수행은 적절치 않습니다. 왜냐하면 그럴 경우 내전이 일어날 가능성이 있기 때문입니다. 내전까지는 안 간다 하더라도 작전에 나선 한국 군인들이 꺼려해 한국군의 반발을 살 것입니다. 따라서 나는 유엔군에 장악된 다수의 한국군 부대를 동원하는 것이 바람직하다고 생각합니다.

4. 나는 나의 임무 수행에 위협을 줄 대혼란이 도래할 경우에 대비하고 있습니다.

5. 나는 이 임무를 유엔군 보안대에 맡겨서는 안 된다고 생각합니다. 그럴 경우 계획이 조기에 노출되어 이 대통령에게 외국 간섭에 저항할 시간을 줄 것입니다.

6. 개입이 실행될 때에 대비하여 나는 다음과 같은 세부 계획을 세워

두고 있습니다.

　　a. 이 대통령을 부산 밖 어디론가 유인해내기 위해 서울이나 또
다른 장소로 그를 유인한다.

　　b. 예정 시간에 유엔군 총사령관이 부산으로 간다. 이승만의 독
재 정치에 핵심 역할을 한 주요 한국군 장교 5~10명을 체포한다.
주요 한국군 시설과 유엔 사령부 시설을 방호하고 한국군 참모총
장을 통해서 계엄권을 인수한다.

　　c. 취해진 군사행동에 대해 이 대통령에게 통보한다. 그에게 계엄
령 해제를 선포할 것임을 서명 받는다. 그리고 국회, 신문사, 방송
국에 대한 자유를 보장받는다.

　　d. 이 대통령이 만일에 이런 것들을 반대한다면 그는 외부와 차단
된 곳에 감금될 것이다.　　　　　　　　　　　　　　　　(후략)

　경훈은 서류를 내려놓으며 경악을 금치 못했다. 이미 오래 전
에 10·26과 똑같은 그림이 그려져 있었다는 얘기가 아닌가. 경훈
은 특히 제3항에 유의했다. 미국이 주동을 하더라도 한국 정부의
상징은 반드시 살려야 한다는 구절이었다. 이것은 미국이 전세계
에서 행하는 모든 테러와 쿠데타에 있어 필수적인 조건이었다.

「대단하구나.」

「또 있어.」

　경훈은 마치 늘 특종을 터뜨리는 유능한 기자를 주시하듯이
기대감으로 들떠 수연의 입가에 눈길을 모았다.

수연은 테이블 위에 있는 펜을 들었다.

No government employee could participate in attempts to kill foreign leader. (Executive order 11905)

경훈의 눈이 수연의 펜에서 흘러나오는 잉크의 궤적을 쫓았다.

「미국 정부의 어떤 공무원도 다른 나라 지도자의 암살에 관여해서는 안 된다, 이게 뭐지?」

「레이건 대통령의 특별 명령이야.」

「무슨 의미지?」

「공작을 금지하는 거야. 레이건 대통령은 취임 직후 이런 해괴한 특별 명령을 내렸어. 이걸 보니까 불현듯 이상한 기분이 들었어.」

「어째서?」

「보다시피 미국 정부는 타국 지도자의 암살에 관여해서는 안 된다는 거잖아?」

「그건 당연한 얘기 아닌가? 이런 것을 굳이 선포할 필요가 있었을까?」

「그래, 전혀 선포할 필요가 없지. 그런데도 선포했다면 왜 그랬겠어?」

「그전에는 그런 일들이 있었다는 방증?」

「맞아. 하지만 이 특별 명령은 이미 76년에 포드 대통령에 의해서 선포되었다는 게 수수께끼야.」

「그게 무슨 얘기야?」

「미국 정부는 이처럼 부끄러운 명령을 똑같은 내용으로 두 번이나 선포했거든. 이미 포드가 선포했던 것을 레이건이 다시 한 거지. 그렇다면 그 사이에 뭔가 있었다는 얘기 아닐까? 즉, 포드에서 카터를 거쳐 레이건으로 정권이 바뀌는 사이에 미국 정부가 타국 지도자의 암살에 관여한 적이 있었다거나…….」

경훈은 별로 대수롭지 않게 보았던 한 문장에서 의외로 강렬한 힘을 느꼈다.

「두 개의 명령 사이에 일어났던 전세계의 지도자 암살에 관한 조사를 해보았어. 단 한 사람뿐이었어.」

「누구지?」

경훈은 떠오르는 예감을 누르며 물었다.

「누구였겠어?」

경훈은 말없이 고개를 가로저었다. 그러자 수연은 잘라 말했다.

「박정희 대통령.」

「그게 정말이야?」

「그래, 오직 박 대통령만이 그 기간에 죽임을 당한 외국의 원수였어.」

경훈은 시대를 꼽아보았다. 1976년 포드에 의해 이 명령이 선포됐고 1981년에 레이건에 의해 다시 선포됐다면 그 사이의 미국 대통령으로는 카터가 있었다. 그리고 박정희는 1979년, 바로 그 카터의 시대에 죽임을 당했다.

「수연아, 이것은 매우 유력한 정황 증거야.」

「그래. 레이건은 취임하자마자 자신의 정견을 미국의 국정에 반영하고 싶었을 거야. 물론 그로서는 카터의 도덕정치의 배후를 공격하고 꼬집음으로써 자신의 이미지를 부각시키고자 했을 테고, 그것을 상징적으로 나타낸 것이 바로 이 공작 금지 명령이지.」

경훈은 고개를 끄덕였다. 박정희 시해의 배후는 엉뚱한 곳에서 그 꼬리를 드러낸 것이다.

이제 추리는 정점으로 치달았다. 10·26의 가장 큰 수수께끼는 그 거대한 날개를 서서히 접고 있었다. 김재규는 군이 자기편이라는 강한 믿음을 가진 채 일을 저질렀고, 김재규에게 그런 환상을 심어주었던 미국은 일단 박 대통령이 제거되자 그를 버렸다. 남산을 지나쳐 주한 미군이 있는 용산으로 가버린 그날 밤의 거사는 순진하고 정열적이었던 이 사나이에게 결국 죽음만을 안겨주었을 뿐이다.

경훈은 김재규가 불쌍하기도 하고 가상하기도 했다. 모두가 김재규를 비웃지만, 그가 아니었다면 유신의 폭압이 언제까지 이어질지 몰랐던 게 당시의 현실이었다. 끝까지 군인이었고, 군인으로 살고 싶어 했던 김재규. 그러나 그의 순진한 성품으로는 미국의 공작팀을 당해낼 수 없었던 것이다.

경훈은 중앙정보부 감찰실장이었던 김학호에게 전화를 걸어 만나기로 약속했다. 경훈의 마음속에 있는 김재규에 대한 일말의 아쉬움이 자연히 김학호에게로 이어졌던 것이다.

거대한 배후

경훈은 김학호의 집 근처 호프집에서 그와 마주 앉았다.

「미스터리가 풀렸다고요?」

「그렇습니다. 이제 저는 10·26 최대의 의문점이었던 김재규 부장의 용산행을 이해하게 됐습니다.」

「남산을 지나쳐 용산으로 간 데는 그만의 확실한 이유가 있었다는 얘기로 들리는군?」

「인간은 본능적으로 그런 상황이라면 당연히 자기의 본거지로 가게 되어 있습니다. 자기 집인 중앙정보부를 두고 육군참모본부로 간 행위를 두고 후세 사람들은 김 부장을 얼간이라고 하지만, 그에게는 확고한 계획이 있었던 것입니다.」

「어떤 계획이오?」

「먼저 미국의 딜레마부터 얘기되어야 합니다.」

「미국의 딜레마라니?」

「미국은 박정희 대통령을 제거하고 싶었지만 그의 죽음이 몰고 올 엄청난 공백을 걱정하지 않을 수 없었습니다. 힘의 공백을 틈타 소련, 중국, 북한이 준동할 것을 염려치 않을 수 없었던 거지요.」

「그래서?」

「이미 김재규는 미국과 깊은 얘기를 나누는 단계에 있었습니다.」

「그랬겠지.」

「많은 사람들이 막연히 배후에 미국의 힘이 작용했을 거라는 추측을 하기도 하지만, 실지로 김재규가 택한 거사의 방식을 면밀히 들여다보면 미국의 적극적인 의지를 읽을 수 있습니다. 김재규의 거사는 미국이 바라는 방식으로 진행되었기 때문입니다.」

「……?」

「김재규는 어떤 한국인과도 그 일을 의논할 수 없었습니다. 김 장군님을 포함해서 그 누구도 말입니다. 노출 즉시 죽음 혹은 그 이상의 것이 닥칠 테니까요.」

「그랬을 거요.」

「그러나 그런 큰일을 누구와 의논도 없이 단독으로 행할 수는 없습니다. 특히 김재규처럼 뜨거운 사람이.」

「그래서?」

「그 당시 브루스 대신에 김재규를 전담하러 온 홀리건은 아주 특별한 사람이었습니다. CIA의 터너 국장은 홀리건을 보내며 김재규에게 말했을 겁니다. 미국은 당신이 무엇을 하든 언제나 지금처럼 도와줄 것이다. 지금 한국의 민주주의는 아사 직전이다. 대통령 박정희는 절대로 물러나지 않을 것이다. 그렇게 되면 한국의 미래는 없다. 민주주의를 요구하는 학생들이 수천 명씩 희생

되는 불행한 나라 한국, 이 나라를 구할 사람은 당신밖에 없다고 우리는 믿고 있다. 당신이 무엇을 하더라도 당신 뒤엔 미국이 있을 것이다. 지금 보내는 이 사람 홀리건은 아주 믿을 만한 사람이니 필요한 게 있으면 그와 상의하라.」

「음……」

「정황을 보건대 김재규는 홀리건과 거사에 대해 모의했을 가능성이 큽니다.」

「어째서 그렇게 생각하시오? 확실한 근거가 있소?」

「일이 미국이 바라는 대로 진행되었기 때문이죠. 미국은 김재규의 거사를 통해 바라던 바대로 두 마리 토끼를 다 잡았습니다.」

「두 마리 토끼라면?」

「박정희 대통령도 제거했고 안보상의 공백도 없었죠.」

「안보상의 공백이 없었다는 것은 무슨 뜻이오?」

「충돌이 없었다는 것입니다. 근 20년을 집권해온 박 대통령이 암살당했으니 엄청난 소용돌이가 일었어야 하는 게 정상이었을 겁니다. 국론이 분열되어 충돌했을 것은 너무나 당연했을 겁니다. 그러나 실제로는 아무런 충돌도 일어나지 않았습니다. 민주와 반민주, 보수와 진보, 군과 중앙정보부, 심지어 경호실과 중앙정보부의 충돌조차도 없었습니다. 어떻게 그럴 수 있었을까요?」

「……」

「김재규의 선택입니다. 아니, 미국의 선택입니다.」

「그러나 이상하지 않소? 그렇다면 더더욱 김 부장은 정보부로 오고 싶지 않았겠소? 모든 주도권이 군부로 넘어가는 육본으로 가고 싶었을 리가 없잖소?」

「바로 그것이 홀리건의 역할이었다는 겁니다. 홀리건은 김재규를 설득했을 겁니다. 믿어라, 나를 믿어라. 터너 국장을 믿어라. 아니 미국을 믿어라. 유신의 심장을 쏜다면 당신은 영웅적 행위를 하는 것이다. 우리 미국뿐만 아니라 한국 국민이 당신의 행위를 지지할 것이다. 그러면서 애국심 깊은 김재규를 자극했을 겁니다. 당신의 거사가 진정 한국을 위한 것이 되려면 내부의 충돌을 야기해서는 안 된다. 그것이 진정한 애국이다라고.」

「그것만으로는 너무 미흡하지 않았겠소? 자신의 목숨을 거는 일인데.」

「그랬겠죠. 하지만 거기에 만족할 만한 대답이 또 있습니다. 이것은 10·26의 또 하나의 의문에 대한 답도 되죠.」

「10·26의 또 하나의 의문이라면?」

「어째서 김재규는 정승화 총장을 그런 어정쩡한 상태로 불러두었느냐는 것입니다.」

「어정쩡하게라. 그거 참 적합한 표현이오. 김 부장은 왜 그때 육군참모총장을 어정쩡한 상태로 불러두었다는 거요?」

「홀리건이 김재규에게 믿음을 주었다는 증거입니다. 한국군은 주한 미군의 손 안에 있다. 작전권뿐만이 아니라 주요 인사권도 사실상 미군에게 있다. 누가 감히 미군과 맞설 수 있단 말인가.

군은 우리가 책임진다. 군은 당신이 제시하는 노선을 따라갈 것이다. 우리는 그 부분을 이미 확실하게 해두었다.」

「증거는?」

「김재규는 거사 직후 육군본부에 가서 줄곧 계엄 선포를 주장했습니다. 계엄이 선포되면 국가의 모든 권력은 군으로 넘어갑니다. 그러니 계엄 선포는 '군은 내 편'이라는 확고한 신념에 기인한 주장입니다. 또한 안보의 공백이라는, 미국이 주입한 개념이 그의 머리에 꽉 차 있었다는 얘기도 됩니다. 그러나 실제로는 그와 정승화 사이에 거사에 대한 아무런 공감대도 없었습니다. 군이 자기편이라는 확고한 믿음, 육군참모총장과 아무런 사전 약속이 없었음에도 그런 믿음을 심어줄 수 있는 힘은 하나뿐입니다.」

「그것이 미국이다?」

「그렇습니다. 미국은 이런 방향으로 김재규를 유도했던 것입니다.」

김학호는 머리가 극도로 혼란스러웠다. 자신이 철저하게 배제된 채 벌어진 일이었기에 김재규의 우발적 단독 범행이었을 거라고 믿었던 자신의 신념이 조용히 허물어지는 느낌이었다.

「그런데 또 하나의 의문이 있소.」

「무엇입니까?」

「결과적으로 김 부장은 죽었소. 거사는 성공했는데 김 부장은 혼자 죽은 거요. 미국이 뒤에 있었다면 왜 김 부장을 살리지 않았다는 게요? 혹시 누군가 얘기하듯이 김 부장은 아직 죽지 않고 어딘가에서 이름을 바꾸고 살고 있기라도 하다는 것이오?」

「얼토당토않은 얘기입니다. 김재규는 분명히 사형당했습니다.」

「그렇다면 뭔가 잘못된 것 아니오? 미국이 밀었던 김 부장이 그렇게 비참하게 죽은 것은? 미국이 김 부장을 살릴 정도의 힘은 있지 않소?」

「다 끝난 상태에서 김재규의 목숨을 살려주느냐 않느냐는 것은 이미 중심 사항이 아니었죠. 문제를 간단하게 끝고 가자면 미국으로서는 김재규라는 사람, 이미 소임을 다한 그 사람이 없어지는 것이 더 편합니다. 박 대통령 사후 경호실이나 중앙정보부가 없어져주어야 군으로 힘을 모을 수 있고, 또 그것이 신속하게 안정을 찾는 최선의 길이었을 테니까요.」

「충돌 없이 말이지.」

「그렇습니다. 김재규는 신문을 받는 도중 수사관에게 몇 번에 걸쳐서 미국에서 연락이 없었느냐고 물었답니다. 하지만 헛된 메아리일 뿐이었죠. 미국에서는 사전에 그에 대한 처리 방안이 잡혀 있었으니 말입니다.」

김학호는 충격을 받은 듯 한동안 말이 없었다. 그는 거푸 맥주 두 잔을 들이켜고는 미간을 좁히며 확인하듯 다시 물어왔다.

「음, 미국이 군을 책임진다고 김 부장을 설득하고는 실제 박 대통령을 살해하자 김 부장을 버렸단 말이오?」

「그렇습니다.」

김학호는 한참 동안이나 무언가를 생각하며 간간이 술잔을 기울렸다.

「왜 미국은 김 부장을 끝까지 믿지 않았을까?」

「박 대통령이 죽었으니 그를 따르던 친위 장교들의 반발이 엄청났을 겁니다. 그들의 반발을 한 몸에 받는 김재규를 앞세워 안보 공백을 막는다는 것은 어불성설이죠. 미국은 그 점을 고려했을 겁니다.」

「그렇군. 어리석은 사람. 그런 걸 모르고 미국 놈들을 그리 철저히 믿다니.」

「어차피 김재규는 한계가 있는 인물이었습니다. 미국이 두려워했던 것은 김재규가 거사 이후 국정을 장악하고 배후에 자신들의 공작이 있었음을 빌미로 미국을 끌고 들어간다면 자신들이 끝 간 데 없이 휘둘리게 되니 결코 원하는 바가 아니었죠. 따라서 미국은 이중 플레이를 썼던 겁니다.」

「이중 플레이라?」

「그렇습니다. 이중 플레이.」

「누구와 이중 플레이를 했단 말이오?」

「노벰버, 바로 육사 11기입니다. 미국은 권력의 성향으로 보나 군부의 편제로 보나 육사 11기가 박정희 이후를 맡을 강력한 세력으로 부상해 있다고 판단하고 있었습니다. 따라서 김재규에게는 박정희를 살해하는 임무만을 수행토록 하고 그 뒤는 육사 11기가 정리하도록 한 것입니다.」

「그럼 육사 11기가 일어난 것이 우연이 아니라는 얘기요? 정승화를 체포하는 과정에서 뭉친 자들의 세력이 자연스럽게 확장된 것이 아니오?」

「이제껏 모두가 그렇게 생각해왔지만 10·26의 전모를 들여다보면 그건 너무 근시안적인 것입니다. 우선 미국의 정보·공작팀이 끊임없이 육사 11기를 스터디해온 것, 12·12를 묵인한 것, 그리고 5·18 때 한국군의 광주 투입을 허용한 것 등으로 미루어보아 그들은 이미 긴 구도를 짰습니다.」

「미국은 육사 11기에게서 무엇을 바랐을까?」

「무엇보다도 박 대통령과는 다르게 되어주기를 바랐겠죠. 자주 국방이니 뭐니 하며 벌이던 핵무기니 미사일 개발이니 하는 것들을 포기하고 한반도에 비핵화 선언을 하고 지금처럼 미국의 무기로 냉전이 이어지길 바랐던 거겠죠.」

「박 대통령을 이어 정권을 잡는 것까지 허용했을까?」

「그것까지 허용했는지는 모릅니다. 미국은 그들을 단지 안보를 받칠 세력으로만 키워두었지만 11기가 스스로 찬스라고 생각해 한발 더 나가 정권까지 잡았을 수도 있겠지요. 그런 경우라면 미국은 처음에는 11기의 쿠데타를 강력하게 반대했을 겁니다. 그러나 그들은 핵 포기를 조건으로 이내 미국의 동의를 얻었을 겁니다. 민주화보다는 핵개발 저지가 10·26의 본질이니까요.」

「절묘하군. 김 부장의 대통령 시해는 한편으로는 미국의 뜻을 실현하고, 또 한편으로는 신군부의 집권을 위해 철저히 위장되고 이용되었다는 이야기군.」

「이제 10·26의 진실이 드러나야 한다고 생각합니다.」

「최소한 김 부장을 희대의 얼간이로 보는 시각만이라도 없어졌으면 좋겠소. 그래도 독재와 유신을 무너뜨린 당사자인데 말이야……..」

10·26을 누구보다 가장 잘 알고 있던 당시 감찰실장 김학호, 김재규 부장이 '김학호, 시작해'를 하지 않음으로써 어쩌면 자신은 지금까지 살아 있는 것일지도 모른다는 생각이 들면서 그는 씁쓸한 한숨을 토해냈다.

506부대

손 수사관은 시체로 발견됐다. 등산객이 발견한 손 수사관의 시체는 참혹했다.

복수. 경훈은 입속으로 이 단어를 몇 번이나 반복했다. 태어나서 처음으로 품게 되는 분노였다. 그러나 하루 종일 복수의 방법을 생각하던 경훈은 결국 고개를 가로저었다. 이것은 한 개인의 사사로운 일이 아니었다.

경훈은 손 수사관이 가지고 온 다섯 명의 이름들을 다시 들여다보았다. 손 수사관을 죽음으로까지 이끈 그 이름의 주인공들을 알아내는 것이 바로 복수라는 생각이 들었다. 그러나 백방으로 알아봐도 그중 한 명도 밝혀낼 수 없었다.

「선배, 우리 분위기를 한번 바꿔보자. 탁 트인 바다라도 보면 뭔가 떠오를지 모르잖아.」

수연은 경훈에게 뜻밖의 제안을 했다. 두 사람은 자동차를 타고 영동고속도로로 빠져나가 대관령을 넘었다. 경포대, 낙산을 지나 바닷가를 끼고 설악산 방향으로 달리다가 수연이 물었다.

「설악산으로 갈까?」

「아니, 그냥 더 가보자. 바다가 시원한데.」

「뭐 좀 생각날 것 같아?」

「글쎄, 열쇠는 그 평택의 506부대에 있는 것 같은데 말이야.」

「나도 그 생각 중이었어. 제임스가 그 부대에 하루에 두 번씩은 꼭 다닌다는 거나, 그 이름들이 평택에 갔다 오던 제임스의 안주머니에서 나왔다는 거나, 506과의 관련은 확실한 것 같은데……」

「노동계와 시민사회, 군부 어디든 다 뒤져봐도 그 이름들은 나오질 않아. 전화번호부로도 다 확인했지만 다섯 명의 이름들 사이에 아무런 공통점도 없고. 제임스도 평택에 갔다 오는 일 말고는 꼼짝 않고 있으니 동태를 통 알 수 없어.」

자동차가 속초, 간성, 화진포를 지나자 눈앞에 통일전망대의 표지판이 나타났다.

「이제 더 이상은 못 가.」

「통일전망대에 한번 올라가보자.」

「그래.」

두 사람은 자동차에서 내려 안내 버스를 타고 통일전망대에 올랐다. 망원경으로 북녘 산하를 바라보던 수연이 갑자기 두 눈을 반짝이며 물었다.

「그런데 선배, 제임스만을 지켜보고 있는 것은 소용없지 않을까?」

「무슨 말이야?」

「제임스가 시선을 끌어모으는 역할을 하고 있는 것은 아닐까 하는 생각이 든단 말이야. 우리가 그 사람을 지켜보고 있는 동안 뒤에서 딴 음모를 꾸미는 게 아닐까 하는……」

「……」

「제임스의 전력도 그렇고, 현재 어느 정도는 정체가 드러났잖아. 그렇다면 미국이 무슨 일을 한다 해도 그 사람을 통해서는 안 할 것 같은데.」

「글쎄.」

수연의 얘기를 들어보니 그럴 가능성이 충분했다.

「그 사람들 목표는 결국 남북 정상회담을 못하게 하는 거잖아.」

「그렇지.」

「그런데 방법이 김 대통령에 대한 테러밖에 없을까? 세계 언론의 시선을 확 끌게 되는 부담을 안고.」

「그렇다면?」

「그 다음은 몰라. 그냥 그런 생각이 들어.」

경훈은 수연의 얼굴을 한동안 뚫어지게 쳐다보다가 천천히 입을 열었다.

「필시 그들은 할 수 있는 모든 방법을 동원해서 남북 정상회담을 좌절시키려 하겠지. 그러나 그런 방법들이 통하지 않는다면 결국은 테러밖에 없을 거야. 하지만 네 말대로 굳이 김 대통령이 아니라도 가능한 일일 수 있지.」

「무슨 말이야?」

「남북 정상회담에는 김 대통령이 아닌 또 하나의 정상이 있어.」

「또 하나의 정상이라니? ……북한!」

수연은 자신도 모르게 외쳤다.

「그래, 그럴 가능성도 있어.」

순간 경훈은 머리가 탁 트이는 느낌이었다.

「아, 어쩌면 그 이름들이란…….」

「선배, 뭔데?」

「잠깐만. 좀 더 생각해보고. 정상회담을 무산시키려면 북한을 건드리는 방법이 있어. 개연성이라는 측면에서는 그게 훨씬 가능성이 높아.」

「그럼 그 이름들이 뭔데?」

「확인해봐야겠지만 짐작이 가는 데가 있어. 제임스가 감청부대를 드나들고 있다면 이것은 서울을 감청하는 것만이 아닐 가능성이 높아. 북한을 감청할 가능성도 있지.」

「그럼 그게 북한 사람들의 이름이라는 거야?」

「그래, 일은 북한에서 벌어지고 있을지도 몰라.」

「북한에서 무슨 일이라도 꾸미고 있는 걸까?」

「내 짐작대로라면 이건 보통 일이 아냐.」

「왜? 그 이름의 주인공들이 누군데?」

경훈은 뭔가 말하려다 말고 멈추었다.

「아냐, 확인해보고. 어서 서울로 돌아가자.」

서울로 돌아온 경훈은 케렌스키를 만났다.

「그 명단이 무엇인지 짐작이 갑니다. 그들은 여기 남한 사람들이 아닙니다.」

「그러면 북한 사람들이란 말이오?」

「그럴 겁니다.」

「어떤 사람들이지?」

「대략 짐작은 가지만 아직 확신할 수는 없습니다. 다만 케렌스키 변호사가 여기서 제임스를 지키고 있어도 그자의 범죄 행위를 포착할 수 없다는 사실은 명백합니다. 우리는 오히려 그자의 알리바이를 증명해주는 역할만 하게 될지도 모릅니다.」

케렌스키는 한동안 무언가를 골똘히 생각했다.

「이 변호사, 그 명단을 지금 즉시 나에게 주시오.」

「어떻게 하려고요?」

「그것을 바로 의회와 언론에 팩시밀리로 보내겠소. 일단 팩시밀리의 접수 시간만 남게 하는 거요. 만약에 그 이름들로 말미암아 무슨 문제가 발생한다면 그 접수 시간이 매우 중요해지지. 그들이 사전에 무슨 공작인가를 했다는 증거가 되니까.」

케렌스키는 경훈과 마찬가지로 그 이름들이 예사롭지 않다는 것을 금방 알아챘다.

「대다수의 선량한 미국 국민과 정부 담당자들에게 이제 더 이상 미국이 CIA와 같은 공작 집단에 이끌려가서는 안 된다는 것을 보여주겠소. 그동안 이 변호사가 10·26의 배후를 캐러 다니는 모습을 보면서 나는 정부의 예산으로 활동하는 미국 공무원들이 암살, 테러, 쿠데타, 언론 조작 등에 관여하는 일이 없어지도록 더욱 노력해야 한다는 생각이 들었소. 그리하여 한국인들에게 진정한 미국인들의 우정을 심어주고 싶소.」

케렌스키와 경훈은 굳게 손을 맞잡았다. 누가 뭐라 해도 미국은 역시 초강대국이고 세계를 선도하는 나라다. 아무리 한국이 미국을 욕하고 증오해도, 문제가 생기면 역시 그 해결책을 찾기 위해 마지막으로 돌아갈 수밖에 없는 곳이 바로 미국이다. 그리고 그 미국을 끌어가는 힘은 케렌스키 같은 사람들로부터 나오고 있다.

「케렌스키 변호사, 고맙습니다. 이제 다시는 미국의 공무원이 타국 원수를 암살해서는 안 된다는 이상한 특별 명령 같은 것은 필요 없는 나라가 되기를 바랍니다. 그러면 한국과 미국은 그 각별한 인연으로 가장 가까운 이웃이 될 겁니다. 저는 진정 그렇게 되기를 바랍니다.」

경훈은 케렌스키에게 다섯 사람의 이름을 적어주었다.

다음날 경훈은 사무실의 문을 열고 들어오는 사람을 보고 깜짝 놀랐다. 바로 제임스였던 것이다.

「후후, 놀라지 마시오. 당신네 회사에 일을 하나 맡겼소. 당신네 정부가 차세대 미사일의 구매 의향서를 인도한 상황에서 마구 해약을 하고 있으니 소송이라도 해야 할 것 아니오. 이제 이 변호사는 나의 일을 위해 뛰어야 할 거요. 나는 당신에게 이 사건을 맡기고 싶다고 얘기했거든. 물론 마음에 안 들 거요. 그러나 할 수밖에 없지. 그게 당신들의 한계요. 모두들 입으로는 미국을 욕하지만 현실적으로는 미국을 위해 뛰는 거요.」

「대담하군. 여기까지 불쑥 들어와 궤변을 늘어놓다니.」

「10·26도 김재규가 입을 다물었으니 아무도 모르는 일 아니오? 이제는 다 역사 속에 묻혀진 이야기가 되었소. 어쨌거나 한국은 박정희의 죽음으로 말미암아 독재로부터 헤어나지 않았소.」

「무슨 말을 하든 당신은 살인자요. 어떻게 그런 표정으로 활보할 수 있는지 놀라울 뿐이오.」

「내가 그를 죽였다는 무슨 증거가 있다는 거요? 그러니 그런 말 함부로 하지 마시오. 무엇보다 나는 나의 조국을 위해서 일하는 것을 기쁘게 생각하오. 이상한 것은 오히려 당신 같은 한국인들이 아니오? 한국인들은 어떤 이념으로 살아가는지 모르지만, 당신들처럼 자신의 조국에 무관심한 국민들도 없을 거요.」

「우리는 맹목적인 애국심보다는 세계 평화와 인간 존중의 이념을 갖고 살고 있소.」

「푸하하하! 그래, 한국인들은 대단한 사람들이오. 그런 면에서는 세르비아니 크로아티아니 하는 가난한 동유럽의 나라들이 부끄러워하겠군. 그들은 타민족에게 고난 받는 자기 민족이 안타까워 모든 걸 버리고 동포를 구하기 위한 전쟁을 마다않으니 말이오. 한국은 어떻소? 한국은 미국이 북한을 폭격하면 미국 편에 서서 북한과 전쟁을 치르겠다는 나라가 아니오?」

「그것은 북한이 나가는 방향이 잘못되었기에 그런 것이오.」

「방향이 잘못되었다? 웃기는 얘기요. 국제정치에는 잘잘못이 없소. 솔직히 말합시다. 북한이 핵을 개발하고 미사일을 개발하는 것이 그리도 잘못된 일이오? 북한이 그런 것들을 개발하면 남한보다 군사력에 있어 결정적 우위에 설 것 같소? 천만의 말씀이오. 남북 간에 전쟁이 난다면 핵이 있으나 없으나 결과는 비슷할 거요. 북핵은 남북한의 문제가 아니란 말이오. 우리 미국은 북한이 장거리 미사일에 핵을 장착하면 본토가 위협당할 수 있기에 한반도의 초토화를 무릅쓰고라도 북폭을 감행하려는 거요. 게다가 일본과 한국이 북한 핵과 미사일을 기화로 마찬가지의 무장을 할까 봐 겁내는 거지. 그렇게 되면 미국의 군사력을 바탕으로 한 패권주의는 끝장이 나기 때문이라는 거 솔직히 이 변호사도 알고 있는 일 아니오? 그러면서 짐짓 위선을 떠는 게 아니냔 말이오.」

「……」

「이런 미국의 전쟁에 남한은 기꺼이 미국의 전위대가 되려 하오. 그런 한국인들이 그렇게 자랑스럽소? 미국의 뒷다리를 잡고 민족을 부정하는 사람들이 훌륭하오? 그게 인간 중심이오? 분단 50년 만의 쾌거라는 금강산 방문을, 북한이 그 자금으로 남침 준비를 한다면서 스스로 무산시키려는 민족이 그렇게나 훌륭하오?」

제임스의 비아냥거림은 점점 도를 더했다.

「간첩선 한두 척만 내려오면 모든 대북 유화책을 취소하라고 아우성치는 언론과 국민이 바로 당신네 아니오? 미국 쪽에서든 북한 쪽에서든 조금만 장난치면 당신네들의 햇볕정책이란 그냥 무너지고 마는 거요. 분단 50년 만에 처음으로 나온 민족 화해정 책이란 게 말이오. 이 변호사는 그런 조국이 자랑스럽소? 내 보기에 한국의 배운 사람들은 조국에 봉사하는 것을 부끄러워하는 것 같던데. 내 말이 틀렸소? 조국이니 애국이니 하면 비난받는 유일한 나라가 바로 한국이오. 이 변호사, 내가 CIA를 위해 일한 것이 그렇게도 부끄러운 일이오? 나는 자부심이 있소. 조국을 세계 최강국으로 유지하는 데 큰 역할을 했다는 자부심 말이오.」

「당신의 맹목적 애국심이 약소국에 큰 해가 되었으니 하는 말 아니오?」

「그럼 당신들도 애국심으로 나라를 지키면 되잖소? 내가 보기에 미국은 한국이 없어도 외눈 하나 깜박 안 할 거요. 하지만 한국은 미국이 없으면 하루도 못 버티고 쓰러질 나라지. 어때요, 내 말이 틀립니까?」

「어쨌거나 당신은 살인자요!」

「살인? 그렇게 함부로 말하지 마시오! 살인은 김재규가 한 거요. 광주사태? 그것 역시 한국의 정치군인들이 저지른 거요. 우리는 독재로부터 한국민을 구출하고 광주의 소요를 신속히 해소하도록 하여 북한의 위협으로부터 남한을 보호했소. 우리가 당신네 나라를 구해주었단 말이오.」

「그런 궤변은 그만 늘어놓으시오. 어쨌거나 당신이 살인자라는 사실에는 변함이 없소. 게다가 당신은 지금도 무슨 공작인가를 꾸미고 있소.」

「무슨 증거로 그런 말을 하오. 당신네 대통령의 햇볕정책은 한반도에 불안을 가져오고 있소. 당신이 입수한 명단의 그 다섯 사람은 남북 정상회담에 부정적 시각을 가진 한국인들일 뿐이지. 그 이상 아무것도 아니오. 무슨 증거로 내가 공작을 꾸미고 있다고 말하고 있는 거요.」

「나는 그들을 찾아내고 말 거요.」

「할 수 있을지도 모르지, 당신은 똑똑하니까. 당신이 그들을 찾아내면 나도 패배를 인정하고 한국을 떠나겠소.」

「미국에 돌아가면 당신을 기다리는 사람이 있을 거요. 그가 당신을 법정에 세울 테지.」

「후후후. 케렌스키를 말하는군. 그가 당신에게 자신의 정체를 밝힌 모양이지?」

「……」

「얼빠진 작자요. CIA의 범죄를 조사한다나 어쩐다나, 보장된 영화를 버리고 고난의 가시밭길을 헤치는 자지. 누구의 노력으로 일등 국민으로 사는지도 모르고 말이오. 군사력과 CIA를 빼면 이 아시아의 일벌레들과 어떻게 경쟁할 수 있다고 그리 나대는지…… 딱한 친구요.」

「그러나 케렌스키는 당신과는 비교도 안 될 만큼 훌륭한 미국
인이오. 그는 틀림없이 자신의 손으로 당신의 인생을 끝장내고
말 거요.」

제임스는 차갑게 웃으며 자리에서 일어섰다.

5천 년의 하늘

경훈은 호텔을 나와 청와대 비서관으로 근무하는 선배에게 전화를 걸었다.

「선배, 급히 만나야 합니다.」

「이 변호사, 이번엔 또 무슨 일이야?」

「전화로 얘기할 순 없습니다. 아주 중요한 일입니다.」

「그럼 점심이나 같이 하지.」

「안 됩니다. 지금 즉시 만나야 합니다.」

비서관은 경훈의 비장한 목소리에 놀랐다. 경훈은 광화문 부근의 커피숍에서 선배를 만났다.

「이 이름들을 확인해보세요.」

「뭐하는 사람들이지?」

「모릅니다. 하지만 추측은 해봤어요.」

「말해봐.」

「이들은 북한 사람들일 가능성이 큽니다. 그리고 북한 사람들일 경우에는 엄청난 문제가 있습니다.」

「무슨 소리야?」

「하여튼 확인해보세요. 시간이 없으니 신속하게 해야 합니다.」

사무실로 돌아오는 차 안에서 경훈은 미국의 북한 폭격 가능성을 보도하는 전광판을 보았다. 그러나 하루를 꼬빡 기다려도 선배로부터는 아무런 연락이 없었다. 경훈은 초조한 마음으로 전화를 걸었다.

「아, 시간이 없어서 알아보질 못했어. 그런데 그게 정말 신빙성이 있는 거야?」

「선배! 누군 시간이 남아돌아서 이러는 줄 아세요!」

경훈은 화가 치밀어 고함을 질렀다.

「그런데 이거 어디서 얻은 정보야? 내 입장도 있잖아. 밑도 끝도 없이 북한 사람들일 것이라고 하면서 던져주면 어떻게 해. 이런 식으로는 알아보기 어려워.」

「선배, 그들은 전문가예요. 선배가 지레짐작해서 되니 안 되니 평가할 사람들이 아니란 말이에요. 어려우면 관둬요!」

「미안해.」

경훈은 수화기를 쾅 소리가 나도록 내려놨다. 마침 사무실로 찾아와 있던 수연이 불안한 눈초리로 말했다.

「선배 이러는 거 처음 본다.」

경훈은 다시 주먹으로 책상을 쳤다.

「어떻게 하란 말이야? 우리더러 도대체 어떻게 하란 말이냐구! 미국이 북한을 치면 미국을 따라 북한에 총부리를 대란 말이야? 북한은 우리 형제 아냐? 5천 년 민족이고 뭐고는 이제 없는 거야? 이 나라 사람들에게 해답을 줘야 할 게 아냐. 한미방위조약이 있으니 미국이 북한을 치면 자동적으로 미국 편에서 싸워야 하는 거야? 북한이 미사일을 개발한다는 이유 하나로 말이야? 미국은 미사일 없어? 우리는 미사일 개발하면 안 돼? 미국이 파는 미사일이나 달라는 대로 주고 사와야 하는 거냐구. 북한이 핵을 개발하면 삼천리 강토가 초토화되는 전쟁을 치러야 하는 거야? 미국이 하자는 대로?」

수연은 경훈의 눈이 벌겋게 달아오르다 못해 살기를 띠는 것을 보았다.

「왜 5천 년을 한 핏줄로 살아온 역사를 무시하는 거지? 방법이 그것밖에 없어? 폭격은 미국의 방법일 뿐이야. 우리는 거기에 동조할 수 없어. 한반도에 전쟁을 불러오는 미국의 북한 공격에 절대로 동의할 수 없다구!」

경훈은 자리를 박차고 일어섰다.

「나가자!」

「어딜?」

「어디든 가자.」

경훈은 문을 박차고 나갔다. 비서가 깜짝 놀라 들고 있던 수화기를 떨어뜨렸다. 수연도 경훈의 그런 모습은 처음 보는 터라 불안한 마음으로 뒤를 쫓았다.

경훈이 회사에서 나와 눈에 띄는 대로 아무 술집이나 찾아 들어가는 것을 지켜보는 두 사나이가 있었다. 그들은 경훈의 모습을 지켜보다 휴대폰을 꺼내 누군가에게 보고했다.

경훈은 소주를 거푸 다섯 잔이나 마셨다. 수연이 말리려 해도 소용이 없었다. 금방 술기가 오른 경훈이 처연한 표정을 지으며 하소연하듯 힘없는 목소리로 얘기를 늘어놨다.

「부끄럽다, 수연아. 나는 언젠가 나도 모르는 새에 반(反)미국인이라고 생각했던 적이 있어. 그러나 그때 부끄러워하기는커녕 온전한 미국인이 되었으면 하고 바랐지. 알겠니?」

수연은 고개를 끄덕였다. 그것은 경훈만이 아니었다. 자신은 더하면 더했지 못했을 리가 없었다.

「또 언젠가는 미국이 그 강력한 힘으로 저 너저분한 북한을 싹 쓸어버렸으면 하고 바란 적도 있어. 얼마 전까지도 북한과 미국이 대립한다면 나는 미국이 이겼으면 하고 바랐지. 쥐꼬리만한 양심이 걸릴 때면 나는 미국이 북한 정권만 무너뜨리면 한반도에는 밝은 내일이 열릴 것이라고 자기합리화를 하곤 했어.」

「나도 그랬어.」

「그런데 수연아, 왜 이렇게 부끄러운 거니? 왜 이렇게 괴롭냔 말이야.」

경훈이 다시 거친 손길로 술잔을 비울 때 수연은 소스라치게 놀랐다. 검은 양복을 입은 두 사나이가 경훈을 응시하면서 다가왔기 때문이다.

「제임스?」

수연의 입에서 제임스라는 이름이 튀어나왔다. 또 그가 누군가를 보낸 게 아닌가 생각한 모양이었다. 경훈 역시 취중에도 놀라 자리에서 벌떡 일어났다.

「누구야, 너희들은?」

「아, 미안합니다. 놀라셨습니까?」

수연은 다시 한 번 놀랐다. 사나이들이 너무도 공손했던 것이다.

「이 변호사, 고위 정보 책임자가 만나고 싶어 하십니다. 급히 청와대로 들어가셔야겠습니다.」

「누구요? 당신들은?」

사나이들은 신분증을 내보였다. 국가정보원의 직원들이었다.

「가시죠.」

경훈과 수연은 대기하고 있던 자동차에 올랐다.

자동차가 청와대 입구에 도착하자 경훈의 선배인 비서관이 정문에서 기다리고 있다가 안내를 해주었다. 안내하는 동안 선배는 한마디도 묻지 않았다. 아마 자신이 관여할 문제가 아니라고 생각하는 모양이었다.

「자, 이리로.」

비서관은 경훈과 수연을 정중하게 대했다. 경훈과 수연은 회의실이 아닌 대통령 집무실로 안내되자 당황했다. 막상 대통령을 만나게 된다고 생각하자 잔뜩 긴장이 되었다. 수연은 심장이 쿵쾅쿵쾅 뛰었다. 비서들이 대기하고 있다가 집무실 문을 열어주었다.

「어서 오시오, 이 변호사.」

대통령은 몇 사람과 함께 앉아 있다가 경훈을 반갑게 맞았다.

「안녕하십니까?」

「그래, 이 변호사는 아주 탁월한 국제변호사라면서요?」

「과찬이십니다.」

「옆에 있는 숙녀는 누굽니까?」

「서수연, 저의 파트너입니다.」

「편히들 앉으세요. 자, 내가 이분들을 소개하겠소. 우선 비서실장, 그리고 국가정보원장, 여기는 국방장관, 그리고 담당 수석비서관이오.」

「이 변호사는 이 이름들이 북한 사람들의 것이라고 말했다는데, 명단은 어디서 얻은 겁니까?」

수석비서관이 낭비할 시간이 없다는 듯 바로 질문을 던져왔다.

「먼저 그 이름의 주인공들이 북한 사람들이 맞는지 대답해주시겠습니까?」

국방장관이 고개를 끄덕였다.

「어떤 사람들입니까?」

참석자들은 서로를 마주 보았다. 국가정보원장이 넉넉한 얼굴을 약간 찌푸리며 대답했다.

「모두가 요직에 있는 사람들이오.」

「요직이라는 건 어떤 의미입니까?」

「이 변호사, 우리는…….」

수석비서관이 뭐라고 얘기하려 하자 국가정보원장이 손을 내저었다.

「모두가 평양에서 쿠데타를 일으킬 수 있는 위치에 있는 사람들이오. 이 변호사도 그렇게 생각하고 있었겠죠?」

「역시 그랬군요.」

수연은 온몸에 전율을 느꼈다. 역시 경훈의 추리는 비상했다.

「자, 이제 말해줄 수 있겠지요?」

국가정보원장이 차분한 어조로 경훈을 재촉했다.

「저는 그 사람들의 명단을 한 미국인으로부터 빼냈습니다.」

「뭐라고요?」

모두들 놀라는 표정이 역력했다.

「그 미국인은 어떤 사람입니까?」

담당 비서관이 재빨리 물었다.

「전직 CIA 요원입니다. 아니, 어쩌면 현직인지도 모릅니다. 하나 분명한 것은 지금 무기상을 하고 있는 그가 김재규의 배후에서 매우 중요한 역할을 수행했다는 사실입니다.」

「그가 이 명단을 가지고 있었다는 사실에 대해 이 변호사는 어떻게 생각하고 있습니까?」

「그는 미국의 군산복합체의 이익을 위해 행동하고 있습니다. 그들은 남북 정상회담이 군축으로 이어지는 것을 극도로 싫어합니다. 또 우리 정부의 햇볕정책도 혐오하고 있습니다. 북한과 충돌이 있을 경우 그간 햇볕정책으로 형성된 그나마의 남북 화해 분위기가 자신들의 패권적 국제질서 유지에 방해가 될 것으로 생각합니다. 저는 처음에 그들이 우리 대통령께 테러를 가할 수 있다고 생각했습니다만, 그들의 목표는 북한이었습니다. 저는 그들이 북한을 군사적으로 압박하는 동시에 북한에 쿠데타를 일으키려는 계획을 갖고 있다고 생각합니다.」

「이 명단이 그 미국인으로부터 나온 것이 확실합니까?」

「틀림없습니다.」

경훈은 이제까지 있었던 일을 소상히 설명했다.

묵묵히 듣고만 있던 대통령이 그제야 입을 열었다.

「예상하지 못했던 일은 아닙니다. 미국뿐 아니라 일본, 중국, 러시아, 그 어느 나라도 우리의 통일을 원치 않아요. 일본은 이웃이 강대국이 되어 좋을 것이 없고, 중국은 한반도가 통일되면 바로 조선족에게 큰 영향을 미쳐 만주 지역에서 한민족 공동체가 형성될 것을 두려워하고 있어요. 러시아도 역시 동북아의 변화를 달가워하지 않아요. 하지만 나는 통일이 되지 않는 한 한민족에게 미래는 없다고 생각합니다. 우리는 이 어려운 현실을 떨치고 일어나야 합니다. 그러기 위해서는 무엇보다도 남북 정상회담이 필수적이에요. 그리고 남북 간 군사 대결을 종식해야 합니다. 당연히 군축을 해야지요. 한민족의 에너지가 이렇듯 서로를 향해 파괴적으로 쓰여서는 안됩니다. 그 힘은 세계와의 경제 전쟁에 돌려져야 해요. 물론 이런 정책이 미국과 충돌할 수도 있어요. 그러나 우리에게는 당위성이 있습니다.」

경훈은 민족의 미래에 대한 확고한 신념과 철학이 담긴 대통령의 목소리를 듣자 가슴 밑바닥에서부터 한 줄기 뜨거운 기운이 치밀어 올랐다.

「대통령님, 참으로 오랜만에 들어보는 우리의 목소리입니다. 그러나 미국의 대외 공작을 추적하다 보니 대통령님의 대북정책은 앞으로 엄청난 어려움을 겪을 것으로 예상되었습니다. 남한의 보수 기득권층, 북한 강경파와 군부의 반대 공작까지 고려하면 바람 앞의 등불 같은 것입니다. 우리는 잠수함 한 척만 내려와도 모든 것이 물거품이 되고 마는 어려운 상황에 봉착해 있습니다. 그럼에도 불구하고 남북 화해는 반드시 이루어져야 하고, 그것은 중단 없는 노력에 의해서만 가능합니다. 그런 점에서 대통령님의 대북정책은 확실한 물줄기를 형성하고 있습니다. 이제 우리가 끌고 가지 못하고 끌려다닌다면 우린 스스로는 아무것도 하지 못하는 박약아 신세가 되고, 결국에는 비참한 미래를 맞고야 말 것입니다. 대통령님, 한반도 5천 년의 역사는 대통령님을 지켜보고 있습니다.」

경훈의 말에 귀 기울이고 있던 대통령은 국가정보원장에게 지시했다.

「원장, 즉각 북한에 이 이름들을 통보해주세요. 우리 정보 전문가들도 이 명단에 있는 사람들을 주시하고 있던 참 아닙니까? 군부 쿠데타를 일으킬 가능성이 가장 큰 자들이라면서요.」

「네, 그렇습니다.」

대통령은 자상하나 뚜렷한 신념이 담긴 눈길로 경훈과 수연을 바라보며 입을 열었다.

「무슨 일이 있어도 정상회담은 해야만 합니다. 민족이 사는 길은 북한을 시장경제로 이끌어내는 것이예요. 그들에게 돈 버는 법을 가르치고, 주민들로 하여금 탄탄한 경제에서 오는 가정의 행복을 맛보게 해야 합니다. 그것만이 한반도의 안전을 보장하고 민족의 미래를 보전하는 유일한 방법이예요. 누구의 어떤 방해를 받더라도 햇볕정책은 무너져서는 안 됩니다. 우리는 인내로 견뎌야 합니다. 무엇보다 애정과 시간이 쌓여야 하는 일이거든요. 그리고 이 모든 화해정책은 굳건한 국방력이 뒷받침될 때만 가능하지요. 강병 강군을 육성하되 무기 구입은 효율적으로 알뜰하게 우리의 필요에 의해서 집행되어야 합니다. 내가 미국뿐 아니라 일본과 중국을 우리 국방의 범주 안으로 끌어들이는 것은 북한을 압박하기 위해서가 아니라 더욱 안전하고 폭넓게 이끌어내기 위해서예요. 물론 엄청난 비용 절감 효과도 있어요. 경제를 고려하지 않은 국방만의 국방은 뇌 없는 공룡이 될 수 있어요.」

「네, 알겠습니다.」

각료와 비서들은 깊이 고개를 숙였다. 그러나 경훈은 대통령의 설명에서 뭔가 아쉬운 것을 느꼈다. 가장 중요한 현안이 빠져 있는 것이다. 그러나 이런 것을 물으면 대통령이 난감해하지 않을까 생각하며 경훈이 입술을 달싹거릴 때 수연이 끼어들었다.

「대통령님, 지금 우리 사회는 완전히 양분되어 있습니다. 현실적으로 세계를 움직이는 강대국을 따르느냐, 아니면 5천 년을 이

어온 우리 역사와 민족을 지키느냐의 기로에 서 있습니다. 여기
에 대한 답을 주십시오.」

「무슨 말이오?」

「만약 미국이 북한을 공격하면 우리는 어떻게 해야 합니까?」

수연의 단도직입적인 말에 좌중의 분위기는 갑자기 싸늘하게
얼어붙었다. 각료와 비서들은 말할 것도 없고 같은 질문을 하려
했던 경훈조차도 막상 수연의 물음이 터져나오자 긴장했다.

「아, 그런 문제는……」

수석비서관이 황급히 수연의 질문을 막으려 하자 대통령이 손
을 내저어 만류했다. 그러고도 한참의 침묵이 흘렀다.

「비서실장.」

「네, 대통령님.」

「미국의 대통령에게 편지를 쓰세요.」

「지금 말입니까?」

「그래요. 내가 부르는 대로 쓰세요.」

「네.」

준비가 되자 대통령은 차분한 음성으로 입을 열기 시작했다.

「각하, 우리는 북한의 핵 개발이 사실이라면 귀국과 같이 그
심각성을 충분히 인식할 것입니다. 하지만 저는 북한의 핵 개발
에 대한 유일한 대처 방법이 미군이 북한을 폭격하고, 따라서 한
반도에 전쟁을 초래하는 것이라고는 절대 생각하지 않습니다. 우
리 한민족은 5천 년의 유구한 역사를 거치는 동안 단일민족으로

살아왔습니다. 그동안 수많은 고난을 겪었고, 또 그 고난을 극복해왔습니다. 우리는 이번의 핵 위기도 충분히 스스로 극복할 수 있다고 믿습니다. 아직 대화를 할 수 있는 기회가 많이 있습니다. 북한이 미국이 설정한 너무도 짧은 시간 안에 모든 것을 공개해야 한다고는 생각하지 마십시오. 한반도에 있는 사람들은 언제 미국이 북한을 폭격할지, 그 결과로 언제 한반도가 전면전에 돌입할지 아무도 모릅니다. 이것은 북한에 대한 폭력일 뿐 아니라 남한에 살고 있는 자유시민 모두에 대한 인권유린인 동시에 세계사에 대한 폭압입니다. 인류는 힘보다는 상호 이해와 협력으로 살아가야 합니다. 그러기 위해 국가와 국가는 자국의 이익이 아닌 상호 존중의 정신으로 관계를 맺어가야 합니다. 우리 국민은 우리의 동의 없이 미국이 일방적으로 북한을 공격했을 때 절대로 미국의 편에 서서 핏줄 간의 전쟁을 치르지는 않을 것입니다.」

경훈은 더 이상 그 자리에 앉아 있을 수가 없었다. 옆을 보니 수연의 얼굴도 붉게 상기되어 있었다.

이렇게 역사에 대한 자부심을 가지면, 이제껏 일방적이기만 했던 미국과의 관계도 조금씩 서로를 존중하는 대등한 관계로 발전시킬 수 있을 것이다. 경훈은 기대감에 가슴이 벅차올랐다.

대통령이 수연의 눈을 정면으로 바라보며 힘주어 말했다.

「이것이 나의 대답입니다. 그리고 한반도의 모든 정치인들이 마음 깊숙이 간직해야 할 불문율이라고 나는 생각해요.」

수연은 자리에서 일어나 깊게 허리 숙여 인사했다. 감사의 인사였다.

대통령은 집무실 밖까지 경훈과 수연을 직접 배웅했다. 대통령
과 헤어져 청와대 정문을 걸어나오면서 수연이 경훈에게 팔짱을
끼었다. 제럴드 현의 장례를 치르고 나오면서 처음으로 끼었던 팔
짱과는 사뭇 다른 느낌이었다. 현 선생님도 지하에서 웃고 계실
것만 같았다. 수연은 더욱 힘주어 경훈의 팔에 의지하면서 하늘
을 올려다보았다. 5천 년을 이어온 파란 하늘이 여전히 그 자리
에 있었다.

〈끝〉